KB061976

오늘은 운수 좋은 날

오늘은 운수 좋은 날

지은이_ 이림니키

1판 1쇄 발행_ 2014. 2. 12
1판 3쇄 발행_ 2015. 9. 27

발행처_ 김영사
발행인_ 김강유

등록번호_ 제406-2003-036호
등록일자_ 1979. 5. 17.

경기도 파주시 문발로197(문발동) 우편번호 413-120
마케팅부 031)955-3100, 편집부 031)955-3250, 팩시밀리 031)955-3111

값은 뒤표지에 있습니다.
ISBN 978-89-349-6647-0 03810

독자의견 전화_ 031)955-3200
홈페이지_ www.gimmyoung.com
이메일_ bestbook@gimmyoung.com

좋은 독자가 좋은 책을 만듭니다.
김영사는 독자 여러분의 의견에 항상 귀 기울이고 있습니다.

이림니키 글·그림

오늘은 운수 좋은 날

김영사

인생은 모두가 함께하는 시간여행이다.
매일매일 사는 동안, 우리가 할 수 있는 최선을 다해,
이 멋진 여행을 만끽해보자.
오늘이 내 특별한 삶의 마지막 날인 것처럼.

_영화 〈어바웃 타임〉

뜨겁지 않게, 차갑지 않게, 딱 알맞게

골디락스Goldilocks는 영국 전래동화에 나오는 금발머리 소녀다.
차가운 수프는 너무 차가워서, 뜨거운 수프는
너무 뜨거워서 먹지 않고 차갑지도 뜨겁지도 않은
딱 적당한 온도의 수프만을 끝까지 맛있게 다 먹는다.
천문학에서는 지구처럼 생명체들이 살아가기에 적당한 환경을 지닌
지구와 같은 우주 공간의 범위를 골디락스 존이라고 하고,
경제학에서는 뜨겁지도 차갑지도 않은 호황을 의미한다.

"차가운 수프는 별로."
"뜨거운 수프도 별로야."
수프 먹기 하나에도 제법 까다로워 보이는 골디락스이지만
이 동화 속 세상에서는 귀여운 이야기의 주인공이다.
가끔은 이런 까탈스러움에
누군가 엄청 피곤해지거나 세상에 눈치가 보이더라도
남이 바라보는 기준이 아닌, 세상이 정해놓은 잣대가 아닌
내가 원하고 나에게 딱 알맞은 온도의 수프를
맛있게 먹으면서 살아가고 싶다.

"세상에 본인의 이력서를 책으로 낸다고 생각하면 어때요?"
늦은 나이에 어떻게 프랑스로 가서 그림 공부를 했고,
스물과 서른 사이를 지나는 인생은 어떤 생각으로 사는지,
좋아하는 일을 하며 산다는 것은 어떤 느낌인지 등등등.
세상에 이력서를 낸다고?
이 말이 너무 좋아서 뭐가 되든 해봐야겠다고 결정했다.
이제야 나와 어울리는 옷을 찾은 느낌이었다 할까?

"밝고 따뜻한 글과 그림으로 지친 현대인들에게
위로를 해주는 컨셉은 어떨까요?"
"당당하고 멋지게 삶을 살아가고 있는 30대 미혼 여성의
성공 스토리는 어떨까요?"
"꿈과 낭만이 가득한 프랑스 유학 이야기는 어떤가요?"
몇 번의 출판 미팅 때 받은 제안들은 대부분 그 책을 쓰다가
오히려 내가 불행해질 것만 같은 느낌이 들었다.
세상의 밝은 빛을 찾아주려다가
내가 어둠과 고뇌의 나락으로 떨어지거나,

이처럼 소소하게 살아가는 내가 누군가에게
성공한 것처럼 보이려다가 가랑이가 찢어지거나,
잊혀졌을 수도 있지만 알게 모르게 내 안에 자리잡은
마음의 고향인 프랑스의 기억을 꾸역꾸역 이야기로 만들어내거나.
이건 아니지, 아니야!
하지 않는 게 맞다고 생각했다.
그치만 이력서야 재미있게 쓸 수 있지 않을까?
이력서에 첨부되는 자기소개서처럼
약간의 포장이야 필요하겠지만 솔직하게 거짓없이 부담없이
내 이야기를 쓰면 되겠구나 생각했다.

그래서 시작한 나의 이야기.
누군가에겐 관심 없고, 누군가에겐 그래서 어쩌라구,
또 누군가에겐 꿈이 될 수도 있는 나만의 이력서다.
'인생에서 가장 맛있는 수프를 먹는 법'에 대한
나만의 레시피를 공개한다.

차례

#one
뜻밖의 기쁨

12

삶에 잘못된 길이란 없다. 그저 새로운 길이 있을 뿐.

#one

뜻밖의 기쁨

나는 이림니키입니다

이림니키. 엄마의 성 '이'와 아빠의 성 '임'이 더해져 '이림', 내가 가장 좋아하는 아티스트 '니키 드 생팔NIKI DE SAINT PHALLE'에서 따온 '니키'가 더해져 '이림니키'라는 필명이 되었다.

처음 프랑스에 도착했을 때 프랑스 친구들이 H[ㅎ]를 잘 발음하지 못했지만, 나의 뿌리를 잊지 않겠다는 의지의 표현으로 '혜원'이란 이름을 고수했다. 그러나 어학당에서 첫 학기가 끝났을 때 내 이름을 기억하는 친구는 거의 없었다. 한국어를 어려워하는 프랑스 교사들에게 나는 존재감 없는 코레엔coréenne(한국인) 중 한 명일뿐이었다. 결국 나는 그다음 학기부터 '니키NIKI'라는 이름을 쓰기 시작했다. 그것은 담임 선생님에게 관심 받고 싶은 초등학생의 마음이 아니라, 나라는 존재에 대한 의문에서 시작한 일이었다. 사람들에게 이름이 불려지는 것은 중요하다. 특히 짧은 시간에 친구를 사귀고 다양한 사람들과 교류할 때, 쉬운 이름은 친근감을 주고 친밀도를 높여준다. 나는 새로운 이름에 생각보다 쉽게 적응되었고, 친구들과 서로의 이름을 부르며 좀 더 수월하게 상대를 알아갔다. 1년이 지나고 어학당을 떠나 미술대학에 들어가면서부터는 다시 혜원이라는 본래의 이름을 사용했다. 어학당에 비해 학교생활은 장기전이었기 때문에 처음에는 조금 불편하고 어려운 이름일지라도 시간이 지나면 익숙해질 거라고 생각했다. 공부를 마치고 한국으로 돌아올 때 내 이름을 모르는 친구나 선생님은 없었다. 매일 마주치는 경비원 아저씨, 행정실 조교 선생님, 옆집과 앞집에 사는 이웃들까지도 '혜원'이라는 내 이름을 기억하고 불러주었다.

한국에 돌아와서 나는 다시 '니키'라는 이름을 사용한다. 수많은 일러스트 작가들 사이에서 나의 그림을 좀 더 쉽게 기억하게 하는 이름이라고 생각해서다. 이름 자체만으로 호감을 주고, 사람들에게 보다 인상적으로 기억될 수 있다면 좋은 일이다. 그 이름은 나를 더 빛나게 해주고, 늘 곁에 있는 친구다.

〈화장실〉, 1978, 니키 드 생팔
그녀는 미술을 통해
세상과 화해하고 소통했다.

〈자화상〉, 2005, 이림니키

내 인생의 마법 🌸🌸

수학을 전공하고 그림을 그리는 나의 프로필을 보고
특이한 경력을 가졌다고 하는 사람도 많지만
프랑스에서는 단 한 번도
전공을 왜 바꾸었느냐는 질문을 받아본 적이 없다.
한때 울면서 팠던 수학이라는 구덩이가 나중에 어떤 마법을 부릴지는
아무도 모르는 일이기 때문이었을까?

고등학교 때까지 나는 수학이 좋았다.
집중해서 모조리 외워야 하는 암기 과목보다,
공식을 알면 풀리는 수학이 게으른 내 성격에 잘 맞았다.
그러나 대학에서 배우는 수학엔 그다지 관심이 가지 않았고
대학생활 자체에도 적응을 잘 못해 학교를 그만둘까 많은 고민을 했다.
난 어차피 그림 공부를 할 건데,
수학과를 졸업한다는 것 자체가 시간낭비 같기도 했다.
그러다 어찌어찌 졸업을 맞게 되었는데,
돌이켜 보면 그 시간은 내게 소중한 경험이 되었다.
프랑스 어학 공부 비용을 마련하려
과외를 할 때 돈을 만들어준 것도 수학이었고
사람은 좋아하는 일을 하며 살아야 한다는
삶의 방향을 정해준 것도 수학이었다.
아무리 하기 싫은 일도 어떻게든 최선을 다해 마무리해야 한다는
인내심도 가르쳐주었고,
머리 터질 것 같은 수학과 졸업장을 가지고 있는데
더 이상 뭐가 어렵겠나 하는 자신감도 선사해주었다.

고맙다, 친구!

나도 모르는 습관

한국에 돌아온 지 얼마 되지 않아 턱이 아프기 시작했다.
스트레스성 장염, 스트레스성 위염,
스트레스성 편두통에 생리통, 알레르기성 피부염…
내가 갖고 있는 질병 대부분이 스트레스에서 기인했으므로
또 그런 종류의 증상이겠거니 싶어 대수롭지 않게 여겼다.
이번에도 그냥 참고 며칠 지나면 괜찮아질 거라 여겼는데,
턱의 통증은 좀처럼 가라앉지 않았고 결국 병원을 찾아갔다.
통증의 원인은 평소 이를 악무는 습관 때문이라고.

그때까지는 내가 이를 악무는 습관이 있다는 것을 알지 못했다.
무언가에 집중하거나 스트레스를 받을 때
나도 모르게 이를 악물곤 했나보다.
하지만 옛말에 힘든 일이 있어도
이를 악물고 열심히 살라고 하지 않았던가.
그 말 그대로 이를 악물고 열심히 살았는데
그게 병의 원인이라니… 좀 억울한데…

물리치료와 함께 이를 악무는 습관을 고친다는 스플린트를 하고
집에 돌아와서 다시 한 번 생각해본다.
우리가 안고 사는 수많은 병들이 사실은 너무 잘 살려고
열심히 노력하다 생기는 것일 수도 있겠다.
조금 덜 아프게,
덜 고되게,
덜 힘들게 살 수는 없을까.
오늘부터는 옛말을 이렇게 수정해봐야지.
"이를 악물고 열심히 살면, 병이 온다."

나쁜 습관을

고치지 못하는 것보다

더 나쁜 건

내가 하고 있는 행동이

나쁜지조차

모 르 는 것

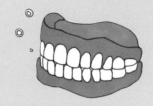

여행을 기억하는 법

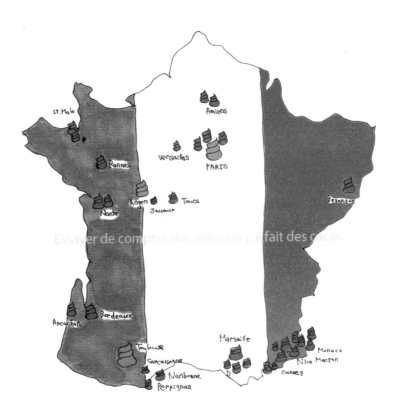

하나, 찍어둔 사진을 찾아본다.

둘, 여행지에서 들었던 음악을 듣는다.

셋, 같이 여행했던 사람들을 만난다.

넷, 기억나는 풍경을 그려본다.

다섯, 여행지에서 먹었던 음식을 먹어본다.

여섯, 여행의 기억을 종이에 적어둔다.

일곱, 지도를 펼쳐본다.

여덟, 모아두었던 티켓들을 꺼내본다.

아홉, 다녀온 여행지를 배경으로 쓴 소설을 읽는다.

그 리 고,

그곳에　다 시　간 다.

삶의 균형을 잡는 법

완벽한 균형을 유지하며
인생을 사는 것은 쉽지 않다.
삶은 왼쪽에서 오른쪽으로, 오른쪽에서 왼쪽으로,
아래에서 위로, 위에서 아래로 왔다갔다
구불거리는 길을 걸어가는 것이지
천 길 낭떠러지 절벽에서의 외줄타기가 아니다.
한 번 헛디뎠다고 해서 나락으로 떨어지거나
영원히 추락하는 것은 아니다.
이쪽으로도 기울고 저쪽으로도 기우는
불안정함이 인생의 맛이고 매력이다.
삶은 그저 이리저리 기우는 불안 속에서
나름의 균형을 잡아가며 한 발 한 발, 천천히 내딛는 여정.
때론 잘못 들어섰다고 생각했던 그 길이,
생을 전혀 다른 방향으로 이끌어
뜻밖의 기쁨을 선사할지도 모른다.
삶에 잘못된 길이란 없다. 그저 새로운 길이 있을 뿐.

삶은 조각 이불이다

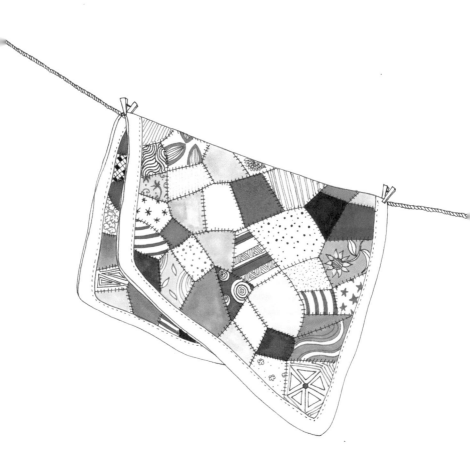

"인생의 어느 조각을 꺼내 보아도 행복하지 않은 순간이 없다."
수채화가 박정희 할머니가 남긴 말이다.

아흔 살 노화가의 이 한마디는
행복하고 좋은 기억만 남기려 애쓰는 나에게 충격으로 다가왔다.
인생의 몇 조각만을 끄집어내며 행복을 이야기할 것이 아니라
매일의 조각조각이, 일상의 조각조각이 모여
행복한 삶의 풍경을 이루는 것이라는 사실을
새삼 일깨우는 말씀이었다.

남이 보기에는 예쁜 조각이 많지 않아도,
지금은 슬픔의 조각을 꿰매는 순간일지라도
우리의 인생은 그렇게 기쁘고 슬프고 예쁘고 못난 조각들이
모여서 채워지고 있다.
가끔은 그다지 마음에 들지 않는 조각을 꿰매면서
왜 이렇게 삶이 불공평하냐며 우울해할지도 모르고,
또 가끔은 다른 사람이 가진 예쁜 조각을 탐내며
내가 가진 조각을 몰래 내버리고 싶은 유혹에 시달릴지도 모른다.
하지만 삶의 조각보가 완성되어갈 때쯤이면 알게 되겠지.

한 땀 한 땀,
한 조각 한 조각 꿰매던
모든 순간이 진정 소중하다는 것을…

길을 같이 가는
사람들 중에는

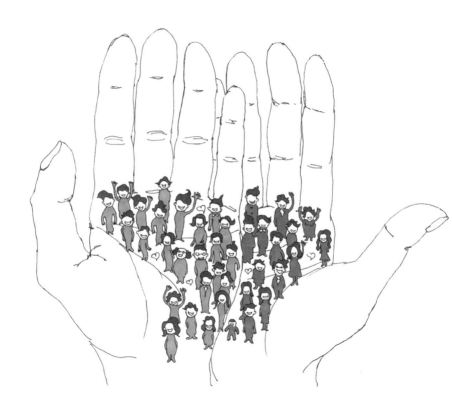

좋아하는 사람과 싫어하는 사람을
나는 어떤 기준으로 나누고 있는지 생각해보기.

길을 같이 가는 사람들 중에는
'과정'이 같은 사람들이 있고
'목적'이 같은 사람들이 있다.

과정이 같은 사람들은
그 존재만으로도 큰 힘이 된다.
지치고 힘들 때, 지금 가는 이 길이 맞는지 의심스러울 때
서로에게 위안이 되어주고 벗이 되어준다.
그러나 시간이 흘러 각자의 목표에 다가서게 되면
어느새 조금씩 멀어져 있는 거리를 발견하게 된다.
각자의 목표에 따라 간격은 조금씩 커져간다.
서로에게 생겨난 틈을 보면서 놀라기도 하고 안타까워하기도 하지만,
머지않아 서로를 멀리서나마 응원하는 관계가 된다.

목적이 같은 사람들은 처음에는 쉽게 마음을 나누지 못한다.
목표를 향해 나아가는 각자의 방법이 낯설고
자신과 다른 상대의 모습에 쉽게 익숙해지지 못한다.
하지만 같은 목적이 이내 서로를 하나로 묶어준다.
목표를 향해 저마다 다른 방법으로 길을 걸으며 도전하지만,
정상까지 함께 갈 것이고
그때까지 함께할 것이라는
믿음이 관계를 지속시켜준다.

그런데 사실,
과정이 같든 목적이 같든 내가 좋아하는 사람과
함께 하는 것이라면 아무런 상관이 없다.
하지만 내가 좋아하지도 싫어하지도 않는 사람들과
함께 해야 하는 일이 있다면,
이 둘의 차이와 특성을 한번쯤 따져보면 좋을 것 같다.

도자기는
자살하지 않았다

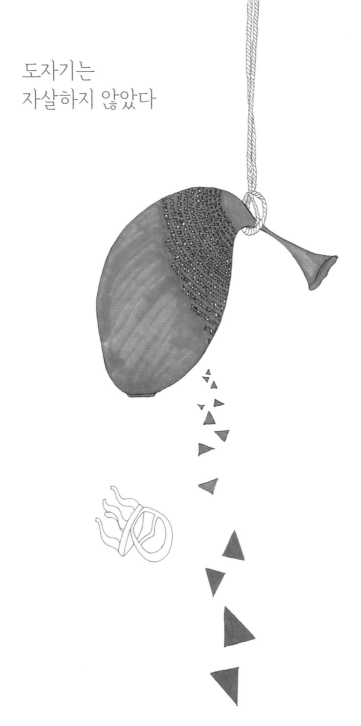

집으로 돌아온 할아버지는
아끼던 도자기가 깨져 있는 걸 발견한다.
도자기는 깨져 있을 뿐 말이 없고,
식구들은 모두 발뺌이다.
할아버지는 노발대발하며
"아무도 도자기를 안 깼다면,
도자기가 자살이라도 했단 말이야?"라며
범인을 잡기 위해 가족들을 심문하기 시작하는데…
한때 온 나라가 들썩일 만큼 인기 있던 시트콤의 에피소드다.
결국 범인을 잡았는지는 기억이 나질 않지만,
'도자기의 자살'이라는 말에 대해 생각해본다.

분명 눈앞에 도자기가 깨져 있는데
도자기를 깬 사람은 없다.

우리 바로 눈앞에,
누군가로 인해 고통받는 사람이 있고
누군가에 의해 목숨을 잃은 사람도 있고
누군가에 의해 깨진 도자기 파편들도 널려 있다.
이렇게 확실하게 피해를 입은 결과들이 눈앞에 있는데도
우리 중에 범인이 없다고 말한다.
아무도 도자기가 자살했다고 믿지 않지만,
도자기는 자살했다고 역사에 기록되고,
우리는 금세 깨진 도자기를 잊고 살아간다.

하지만 우리는
모두 알고 있다.
도자기는
스스로 자살하지
않 는 다 는 것 을 .

방아 찧기

하나의 절구통을 향해
상대와 내가 방아를 찧을 때,
나는 그가 어떻게 방아를 찧는지
언제 올리고 언제 내리는지
어떤 각도로, 어느 정도의 힘으로 내리치는지
단지 그것이 알고 싶었던 것뿐인데

사람들은 내게
까다로운 여자,
눈이 높은 여자,
아직 덜 고픈 노처녀라고 한다.

에잇.

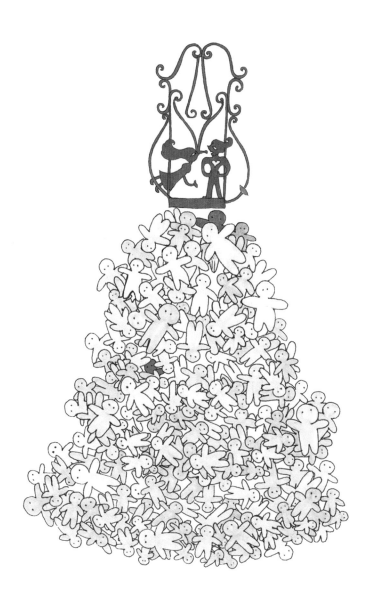

컵 시계

일을 하고 있지 않을 때의 불안감은 엄청나다.
도태될 것만 같아 숨이 막히고, 하루하루가 우울감으로 가득 찬다.
지금 이렇게 빈둥거리며 보내다가는
실패한 인생으로 이어질 것만 같은 걱정에
불안하고 초조하고…
열심히 작업에 몰두하고 있을 때도 우울감과 두려움은 찾아온다.
불안감은 강력해서 일을 안 해도, 일을 해도 찾아온다.
그때마다 컵 이야기를 떠올리며 마음을 다스린다.

무언가로 가득 차 있는 컵은
이제 더는 담을 수 없기 때문에 컵이 아니다.
안을 비워줘야만 컵으로서 존재 이유를 되찾는다.
그렇듯 내가 하루 종일 생산적인 작업을 하지 않았다고 해서
쓸모없이 시간을 보낸 것은 아니다.
다시 채우기 위해 내가 가진 것을 비워내고 있을 뿐이다.
하고 싶은 공부로 일을 그만두거나, 직장을 옮기기 위해 쉬거나,
건강상의 이유 등으로 휴가를 가지거나 등등
우리 안에 자리한 컵은 어쩌면 자신보다 똑똑해서
비울 시간을 정확하게 알려주는 것인지 모른다.
컵을 채우는 시간만이 유익하다고 생각되는 요즘 시대에,
어쩌면 우리가 가지고 있는 컵이 이미 가득 차서 넘칠 때
불안은 엄습하는 것이 아닌지 생각해본다.

적당한 비움이 삶의 엔진을 더 크게,
쿵쾅쿵쾅 뛰게 할 것이다.

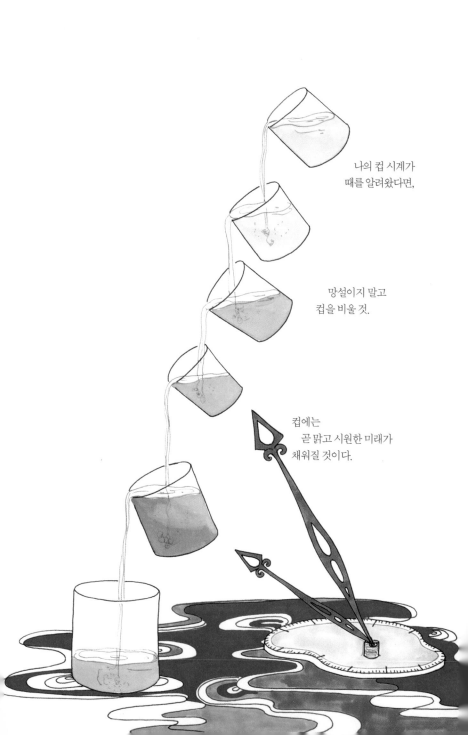

나의 컵 시계가
때를 알려왔다면,

망설이지 말고
컵을 비울 것.

컵에는
곧 맑고 시원한 미래가
채워질 것이다.

습관

습관은 '나'라는 종이로
무언가를 싸는 것과 같다.

향긋한 향을 감싼 종이에서는
좋은 향기가 나고,

썩은 생선을 쌌던 종이에서는
지독한 비린내가 난다.

사소한 버릇과 습관이
인생의 향기를 만든다.

치약을 짜면서

나만의 버릇에 대해

생각해보기.

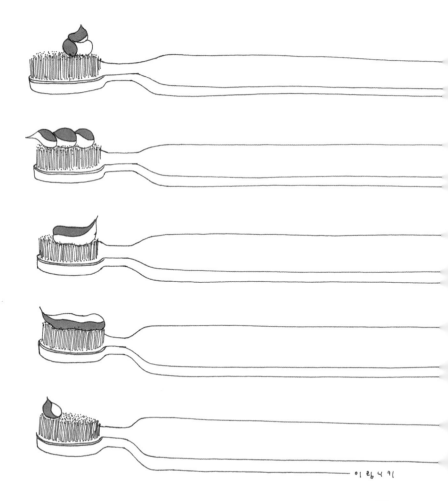

이럅나기

나이

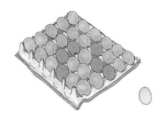

무언가 특별할 것 같은 새해 첫날이지만
결국 아무런 일 없이 지나가버린다는 걸
알아버린 삼십대가 되었다.

_31세의 기록

계란 한 판 안에 내 나이가
모두 들어가지 않는다는 걸 알지만
더 이상의 달걀은 그리기 싫다.
두 살은 깨뜨려버려!

_32세의 기록

닭은 쑥쑥 잘도 알을 낳는구나.
다른 계란 판을 준비해 분산투자를 해야겠다.
나도 이제 연금이나 노후를
준비해야 하는 건가.

_34세의 기록

대학을 졸업하고 스물넷을 넘기면서부터
나는 늘 나이가 많다고 여기며 살았다.
지금 생각하면 어린 나이에 왜 그렇게 스스로를
늙은이 취급하며 살았는지 모르겠다.
재수 없으면(?) 100세까지 살게 된다는 지금 시대에,
무언가를 하기에 늦은 나이도 없고
시기를 놓쳐 안타까운 나이도 없을 것이다.
프랑스의 미술대학에 들어갔을 때 나는
같은 학년 친구들보다 여섯 살이나 많았다.
그러나 졸업 후에 전공과는 다른 일을 하고 있는
대부분의 동창들과 비교해봤을 때
나는 여전히 그림을 그리고 있고
꾸준히 창작활동을 하는 몇 안 되는 졸업생 중 하나다.

앞으로 살아갈 날 중에
오늘이 가장 어리다고 했 다.
내일은 늙는다.
오늘 이 순간, 가장 싱싱하게 살자.

국경의 소리

"국경을 넘어 다니는 느낌은 어때요?"
일러스트 작가 모임에서 만난 '봄눈'이란 동화작가가 내게 물었다.
비행기가 아닌 땅 위로 다른 나라를 간다는 건
어떤 느낌일지 궁금하다고 했다.
대륙과 이어진 반도라고 해도 실질적으로는 바다를 건너야만
다른 나라에 갈 수 있는 한국 땅에 살다보니,
비행기나 배가 아닌 육지로 국경을 넘는 경험이
나에게도 익숙한 것은 아니었다.
유럽에서는 육로로 국경을 넘는 일이
무척 자연스럽다.
알프스에서는 스키를 탈 때
잠시 한눈을 팔면
이탈리아로 넘어간다는 말이 있을 정도니까.
엄마와 함께 프랑스에서 이탈리아로 기차여행을 하던 때
나는 처음으로 육지를 통해 국경을 넘는 경험을 했다.
같은 하늘, 같은 구름, 같은 초원이 펼쳐지고 있었는데
어느 순간 기차의 안내방송이 봉주르Bonjour에서
본조르노Buongiorno로 바뀌었다.
국경을 넘은 것이다. 안내방송의 언어가 바뀌더니
티켓 검열관이 프랑스인에서 이탈리아인으로 바뀌고
창밖으로는 프랑스에서 볼 수 없었던
빨래가 널린 마을이 보이기 시작한다.
언젠가 북쪽으로 자유로운 왕래가 가능해져서
중국까지 기찻길이 열리는 모습을 상상해본다.
그러면 나는 기차 안에서 국경의 소리를 들을 수 있겠지.
화닝 라이 다오 중구어欢迎来到中国.(중국에 오신 것을 환영합니다.)

39

프랑스의 운수 좋은 날

내가 사랑하는 프랑스의 거리에는
아름다운 건축물, 고풍스런 상점, 보는 것만으로도 숭고해지는 조각품,
자유와 낭만이 넘치는 광장, 그리고 로맨틱한 사람들이 넘쳐난다.
골목골목엔 오랜 시간의 흔적이 보석처럼 빛나고 있고
곳곳에 자리한 대성당, 박물관, 기념관, 분수대 등은
이방인의 예술적 호기심을 자극한다.

하지만
이 아름다운 풍경에도 예외가 있으니,
그것은 지천에 깔린 개똥이다.
세상에, 프랑스와 개똥이라니.
나는 정말 내 눈을 의심했다.

프랑스에 오래 살다보면 개똥을 피하는 레이더가
저절로 생긴다고 하는데, 유학 시절 초기에 나는
아름다운 풍경에 넋을 놓고 있다가 개똥을 참 많이도 밟았다.
똥 묻은 신발로 울상이 된 나에게
프랑스 친구는 기가 막힌 위로를 해주었다.
"똥을 왼쪽 발로 밟으면 그날은 운이 좋대!
너무 슬퍼하지 마."

아침에 멀쩡한 한 무더기의 개똥을 봤는데
저녁에 그 똥 무더기가 무너져 있으면,
누군가는 오늘 하루 엄청나게 운이 좋았던 것이다.

Sonata

"타임머신을 타고 과거로 돌아갈 수 있다면 언제로 돌아가고 싶어?"
"음… 나는 지금이 가장 행복한 것 같아."

내가 들은 가장 기분 좋은 답!

진실

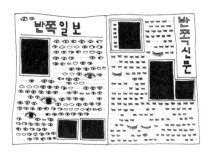

진실은 두 면을 가지고 있다.
하나는 절대적으로 존재하는 것,
다른 하나는 우리가 믿고 받아들이는 것.

고집스럽게 한쪽 면만 보는 사람도
애써 한쪽 면만 만들어내는 사람도
이쪽저쪽을 다 보려는 사람도
결국은 각자가 보고 싶은 것, 읽고 싶은 것,
받아들이고 싶은 것만을 향해 서 있다.
자신의 의지대로 세상을 읽고
받아들이는 것이 진실이다 .

그러나 모두 보여준다 해도 보이지 않는 뒷쪽이 있고
전부 보고 있다 해도 보고 있지 않는 뒷면이 있다.
진실의 다른 페이지는 늘 존재한다는 진실!

뒷모습까지 잘 봐야

그 사과가 썩었는지

그 사람이 썩었는지

알 수 있지.

아무것도 하지 않을 자유

기나긴 기다림 끝에 찾아오는 여유는
오히려 나를 무기력하게 만들거나 강박 속으로 밀어넣는다.

고3 시절 수능시험이 끝나고 찾아온 긴긴 저녁 시간,
프랑스에서 학위 심사가 끝나고 텅텅 비어버린 하루…
이럴 때만큼은 늘어지게 빈둥거리거나
아무것도 하지 않고 게으름을 충분히 즐겨도 좋을 텐데
헛되이 흘려보내지 말아야 한다는 강박이
게으르게, 느리게, 방만하게 보낼 수 있는
특권을 허락하지 않는다.
어렵게 찾아온 소중한 여유를
여행 일정으로 빡빡하게 채우거나,
친구들을 불러내 내용 없는 수다로 날려버리거나,
밀린 숙제하듯 문화생활을 속성으로 하면서 써버린다.

이럴 땐 아무것도 하지 않는 것이 나를 위한 최고의 선물.
휴가 때 할 일도 내가 정해놓은 또 다른 할 일이니까.

그간 힘들게
안간힘을 쓰며 살아왔으니
가끔 찾아오는 삶의 쉼표는
지우지 말 것.

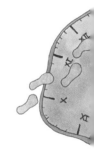

최 고 의 행 복 은 아 무 것 도 하 지 않 는 것 이 다 .

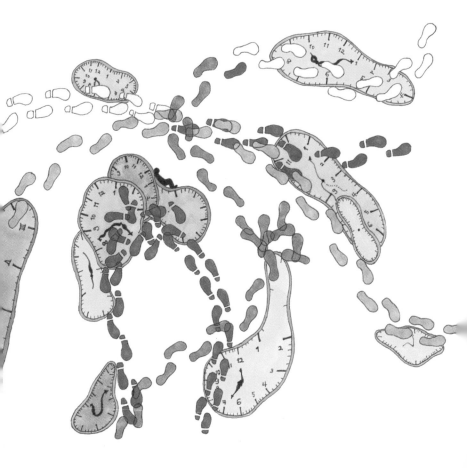

너무 많이 알아도

어느 해 여름 대한대장항문학회에서 발행하는
《대장암 완치 프로젝트》라는 책의 일러스트 작업을 했다.
작업에 들어가기 전 원고를 꼼꼼하게 읽는 스타일인 나는
열 번 정도 원고를 정독했는데,
이 작업 이후 아침 용변 때마다 대장암 의심증에서 벗어날 수가 없었다.

나,
대장암인가?

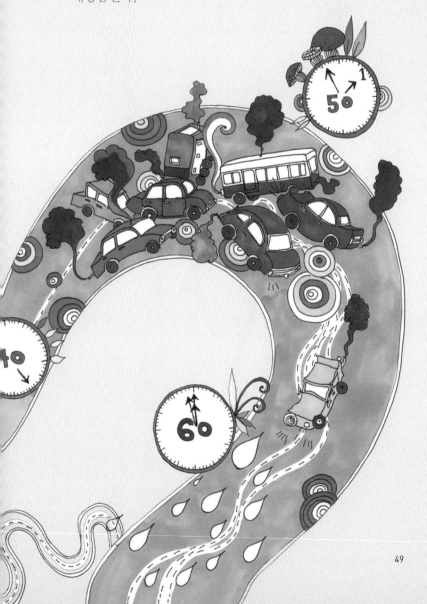

낚이고 싶지 않아

어느 날 길을 가는데 하늘에서
낚싯바늘이 내려와 내 코와 입을 꿰거나,
눈알을 찌르거나, 얼굴에 구멍을 낸다.

고통에 몸부림치는 내게
자신이 그 낚싯바늘의 주인이라며
친절하게 바늘을 빼준 뒤 잘 가라고 손을 흔든다.
이 순간, 당신은 그저 재수가 없었을 뿐이라고
이해하고 넘어갈 수 있을까?

그럴 마음이 없다면,
마치 지금 막 누군가의 생명을 구해준
자비심 많은 사람처럼 미소를 지으며
물고기의 고통스런 펄떡거림을
자랑스럽게 바라보는 취미 낚시는 하지 말길!

맛없는 나비

맛없는 나비가 있다.
실제로 어떤 맛이 나는지는 모르지만,
이 맛없는 나비를 한 번 맛본 새는
그 끔찍한 맛 때문에
비슷하게 생긴 나비는 전부 피한다고 한다.
그래서 이 맛없는 나비는
다른 종류의 나비보다 긴 생명력을 갖는다는데,
보통의 나비들은
이 '끔찍한 맛'을 가진 나비의 겉모습을 흉내 내
그들처럼 밝고 눈에 띄는 색을 가진 나비로
진화한다고 한다.

나는 그림을 그리는 데 타고난
끔찍한 맛을
가지고 있지 못하다.
그 끔찍한 맛을 타고난 사람이 부러울 때도 있고,
내 재능이 아쉬울 때도 많다.
그러나 맛없는 나비가 그 존재만으로
다른 나비의 생명줄을 늘리듯,
끔찍한 재능을 가진 일러스트 작가들 덕분에
나 또한 노력하고 발전하게 된다.
갈수록 일러스트 작가들의
밥그릇 싸움이 치열해진다.
조금은 서로의 재능에 감사하고,
서로가 서로에게 존재만으로 위안이 되는
우리가 되었으면 좋겠다.

재능이 없다고 말하는 사람들은 대부분 시도해본 일이
별로 없는 사람들이다. _앤드류 매튜스, 호주의 작가

SEOUL

서울은 언젠가 터져버릴 풍선처럼 팽창한다.
어디까지 부풀어 오를까?
언제까지 부풀어 오를까?
이러다가 언젠가

빵!

터져버리면 어쩌지?

빵
　　빵
빵

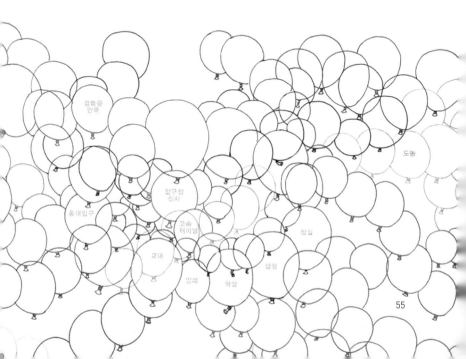

C'est la vie

Que sera, Sera
될 대로 되라지
Whatever will be, will be
어떻게든 될 거야
The future's not ours to see
미래는 우리가 볼 수 있는 게 아니니까
Que sera, Sera
될 대로 되라지
Whatever will be, will be
어떻게든 될 거야

때론 어떻게든 될 것이라는
막연한 믿음이 필요하다.

될 일은 되고, 안 될 일은 안 될 것이며,
이루어질 일은 이루어질 것이다.
미래를 걱정한다 한들
걱정만으로 미래는 바뀌지 않으니까.

이루어질 일은 이루어질 것이고,
우리는 결국 원하는 곳으로 가게 될 것이다.
될 대로 되라지.
어떻게든 되겠지.

케 세라, 세라

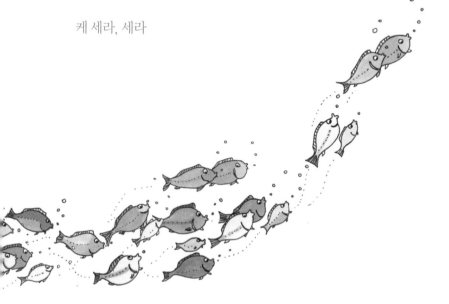

'살다'와 '사람들 사이에 존재한다'
'죽다'와 '더이상 사람들 사이에 존재하지 않는다'
이것은 로마인의 언어에서 동의어로 사용된다.
마감을 지날 때마다 나는 죽고 살기를 반복한다.

마감1

나의 하루 시간표에는 정해진 무언가가 없다.
몇 시부터 몇 시까지, 언제부터 언제까지
뭔가를 한다는 것이 없다.
그저 마감이 있고, 마감 때까지 달리고,
마감이 끝나면 멈춘다.
그런 내 생활에서도 계획표라는 걸 짤 때가 있다.
마감에 쫓겨 부득이하게 시간을 쪼개야 할 때
나는 48시간 계획표를 만든다.
말 그대로 하루를 24시간으로 잡는 것이 아니라
48시간으로 잡는 계획표다.
하루에 두 장씩 이틀에 네 장을 그리는 게 아니라
이틀에 세 장의 그림을 그리는 식이다.

유명인들 중에서도 이렇게 생활하는 사람이 있다고 들었다.
하지만 그들은 자는 시간도 아까워서
이틀에 한 번씩 자기 때문이고,
나는 그저 일을 마무리하기 위한
가장 효율적인 단위를 발견한 것일 뿐 잠은 매일 꼬박꼬박 잔다.

48시간 계획표는 쫓기듯 작업하는 것을 막을 수 있다는 장점이 있다.
밤 11시가 되더라도 앞으로 남은 시간이 한 시간이 아니라
스물다섯 시간이니까 마음에 훨씬 여유가 생긴다.
그래서 이렇게 일하면 한 달을 꼬박 일해도,
보름만 일한 것 같은 느낌이다.
바쁜 시간은 덕분에 여유로우면서도 빠르게 흘러간다.

믿어지진 않지만
진실인 것들

세상 사람 모두가 알고 있는
보통의 상식이나 과학적 사실조차
나는 도대체 믿어지지 않는 경우가 많다.

지구가 둥글다면 내가 발 딛고 서 있는 이 땅의 반대편에는
누군가 거꾸로 매달려 서 있는 게 아닐까?
프랑스어 한마디 하지 못하던 내가 프랑스 친구들과
낄낄거리며 수다를 떨고 있는 지금 이 순간은 과연 진짜 현실일까?
눈앞으로 밀려오고 밀려나가는 바닷물이
하늘의 달 때문이라는 게 사실일까?
오래전에는 이 지구가 온통 공룡들의 놀이터였다고?
주인을 찾아 수백 킬로가 넘는 거리를 달려온 진돗개가
정말 존재했을까?

누구나 상식으로 알고 있는 사실이나
실제로 벌어진 일들이 뉴스로 보도되어 세상에 드러나도
나는 자꾸만 의문형으로 반응하게 된다.

세상의 풍경과 내 머릿속의 세상이
늘 일치하는 건 아니다.

갈릴레이가 "그래도 지구는 돈다"라고 말하던 그 순간,
내가 그의 곁에 있었다면 얼마나 많은 물음표를 내던졌을까?

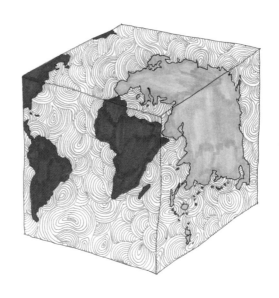

콜럼버스가 신대륙 개척에 성공한 시대에 태어났더라도
나는 둥근 지구를 믿지 않았을 것 같다.

졸업

한국과 프랑스에서 각각
두 번의 대학 졸업식을 치뤘다.
나라가 달라도, 나이가 달라도, 전공이 달라도
내가 느낀 졸업은 같았다.
쫓겨나기 전에
외투도 준비하고 털모자도 준비하고
북극곰하고도 친해져야 한다는 것.
물고기를 잡을 장비를 정비하고
변덕스런 날씨에 적응할 수 있도록 단련하고
살 곳을 마련해야 한다는 것.

졸업이란,
추운 겨울 이글루 밖으로
　　　　쫓겨나는 것과 같거든.

여유

거리의 밤나무나 은행나무는
사람을 욕심쟁이로 만든다.
먼저 줍는 사람이 임자니까!

우리 집 감나무에 마지막 감 하나를
까치밥으로 남겨두는 건?
마당에 열린 감은 모두 내 것이니까
가능한 여유!

스스로 빛나는 사람 되기

일을 하다가 좋은 기회가 찾아오면
가장 먼저 부모님께 자랑을 늘어놓게 된다.
아직 성사된 게 아닌데도 뭔가 잘 될 것 같은 느낌에
내 마음은 온통 들떠 있다.
그러나 설레고 부풀어 있는 나의 꿈을 단번에 터트리시는 부모님.

"다른 사람 덕 보려고 하지 마라. 다른 사람 덕분에 빛을 보려고 하면,
그 순간은 잠시 빛이 나는 것 같아도 그 빛이 사라졌을 때
나는 보이지 않게 돼. 좋은 기회일수록 스스로 빛을 내는 사람이 되어야지.
집으로 가는 도로 하나가 더 생기는 것만큼만 설레라."

펑펑 터져 올라가던 불꽃놀이는 거기서 끝이 난다.
불꽃이 사그라들면 섭섭한 마음이 들지만
결국 시간이 지나 그 일이 성사되지 않게 되면
그때 해주신 말씀이 위로가 된다.
'그래, 집으로 가는 도로 하나쯤 생기지 않아도 괜찮아.
조금 불편하고 편하고의 차이지.
내가 살고 있는 집 자체에 영향을 주는 건 아니니까.
딱 그만큼만 섭섭해하자.'

좋은 기회가 사라졌다고 해서
내가 가진 본연의 빛이 사라지는 건 아니다,
중요한 건 나 스스로가 빛나는 사람이 되는 것이다,
이렇게 마음을 다스린다…
그러고는 똑같은 상황이 되면 또다시 자랑질이다.

진주는 돌 속에 있어도 빛나고,
돌은 조개 속에 있어도 빛나지 않는다.

나는 그것을 알 수 없기에 다만 끝까지 가볼 뿐.
꿈꾸는 것들 속엔 노래가 잠들어 있어.

#two

날아라,
이림니키

"사람들은 어디에 있지? 사막은 좀 고독한 것 같아…"
지구에 도착한 어린왕자는 사람들은 아무도
찾아볼 수 없다는 점을 매우 의아하게 생각했다.

_생텍쥐페리, 《어린왕자》 중에서

고독에 대처하는 방법

작업실을 혼자 쓰는 내가 가장 많이 받는 질문 중 하나는
외롭지 않느냐는 것이다. 물론 많은 시간 외롭다.
때문에 공동 작업실로 옮겨볼까 고민한 적도 있지만, 가만히 따져본다.
내가 외롭다고 느낀 시간과 외롭지 않다고 느낀 시간에 대해.
더 많은 시간 나는 외롭지 않았다.
외로움은 얕은 심심함을 느낄 때 찾아온다.
주말이나 연휴를 보내고 작업실로 돌아왔을 때의
낯선 느낌과 데면데면한 시간,
하고 있던 작업이 끝나 잠시 쉬게 되는 시간,
그리고 오후 네 시의 티타임…
이런 시간 나는 적막하고 고독하다.
이 얕은 심심함이 점점 더 깊어지기 시작하면 더 이상 외롭지 않다.
깊어진 심심함은 타인과는 함께 할 수 없는
나만의 작업을 불러오고 다시 작업대에 앉게 만든다.
창조적인 일을 하는 사람은 혼자 시간을 보내는 데 익숙하다.
그래서 대부분 혼자 있는 시간을 즐기는 부류가 많다.
어떤 사람에게 외로움이 고통이라면,
어떤 사람에게 외로움은 영광이다.
고독이라는 홀로 있음에 대처하는 가장 좋은 방법은
그 시간을 영광으로 만들 만한 자신만의 방식을 찾아내는 것이다.

"인간은 자신이 아무것도 하고 있지 않을 때
그 어느 때보다 활동적이며, 혼자 있을 때 가장 덜 외롭다."

_카토, 로마의 정치가

콩 심은 데 콩 나고,
팥 심은 데 팥 난다.

무엇이 자랄까

〈행복한 세상의 족제비〉라는 애니메이션이 있다.
하얀색 족제비 '제삐'를 키우는 한 남자의 이야기인데
에피소드마다 동물의 시각과 사람의 시각을 각각 보여준다.

어느 날 남자가 화분에 씨앗을 심었다.
제삐는 주인의 행동을 이해할 수 없었다.
"저 맛있는 씨앗을 왜 땅에 묻을까?"
옆집에 살고 있는 햄스터 쪼롱이는 자기 주인이 해바라기 씨를 심어
나중에 더 많은 씨를 수확하는 것을 본 적이 있었다.
"좋아하는 것을 심으면 나중에 자라서
더 많은 열매가 열리기 때문이야."
그 말을 들은 제삐는 소고기 튀김을 땅에 묻으면 소고기 튀김이 열리고,
간식을 묻으면 간식이 잔뜩 열릴 것이라고 믿고,
자신이 좋아하는 먹이를 땅에 묻기 시작했다.
가끔은 주인이 좋아하는 연필, 노트, 지우개 등도 땅에 묻었다.
주인은 말썽만 피우는 제삐 때문에 속상해했고,
제삐는 자신을 나무라는 주인을 이해할 수 없었다.

구제역이다 광우병이다 조류독감이다 해서
우리가 파묻은 동물에 대해 생각해본다.
콩 심은 데 콩 나고 팥 심은 데 팥 난다는데,
동물들의 울부짖음이 깊게 배어 있는 그 땅에서는
과연 무엇이 자랄까?

나를 구속하는 것이
무엇인지
생각해보기

관습, 규범, 제도,
무엇보다
타인의 시선

벗어야 하는 것

넥타이와 브래지어.
패션 아이템 중 가장 쓸모없다 생각하는 두 가지다.
가만히 생각해보면 무언가 기능을 한다는 점에서
아주 쓸모가 없는 것은 아니겠지만,
그 쓸모가 정말 쓸데없는 쓸모라는 점이
마음에 들지 않는다.

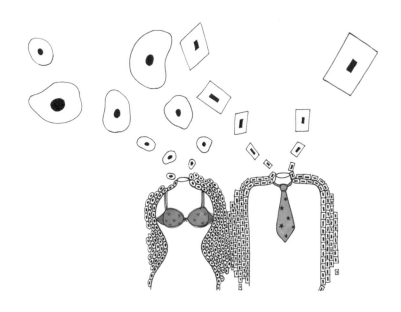

내 처지는 이렇다

새로운 꿈을 꾸기에 나는,
스물여섯 살의 노처녀이고
모아놓은 돈도 없고
미술에 대해서는 아무것도 모르고
프랑스어는커녕 영어도 잘 못하고
우리 집에서 없어서는 안 될 존재다.

지금
내 처지가 이런데
　　　유학을 갈 수 있을까?

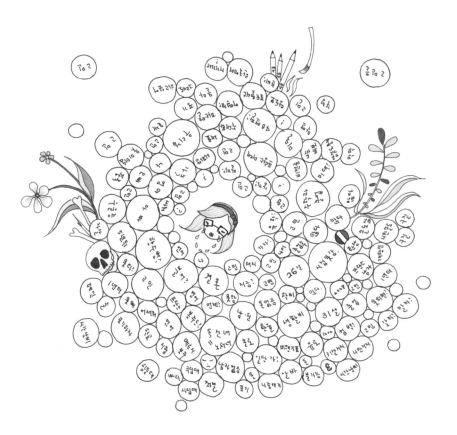

그러니까 처음부터 내 처지는 생각하지 않는 편이 좋다.

고민은 가장 깨기 쉬운 것부터
깨고 나와야 한다

가족이나 친구들은 비록 자신이 직접 겪을 미래는 아니지만
고생길이 훤하다며 나를 안쓰럽게 여긴다. 그래서 함께 고민하고 걱정해준다.
생각하면 할수록 고민과 불안은 더 늘어나는데,
오히려 주변 사람들의 불안과 배려는
나를 도전할 수 없는 방향으로 가게 만든다.

이림니키의 처지

: 여자 나이 26세, 유학이 끝날 즈음엔 서른 살이 넘어 완전 늙어 있을 것이다.
: 서른이 넘은 나이에 한국에 돌아오면 취업이 가능하기나 할까?
: 혼기를 놓치면 평생 결혼을 못할 수도 있는데…
: 대학까지 나와서 부모님께 다시 손을 벌리는 것은 불효다.
: 프랑스어는 어렵다는데 나는 언어 감각도 없는 것 같다.
: 수학과도 겨우 졸업했는데 전혀 다른 길인 미술대학에 진학할 수 있을까?
: 내가 아는 미술재료라곤 4B 연필과 수채 물감뿐이다.
: 내가 없으면 부모님은 매일 싸울 것만 같고,
  내가 보고 싶어서 우울증에 걸릴지도 모른다.
: 아무래도 유학을 가는 건 무리수가 너무 많다
  등등등

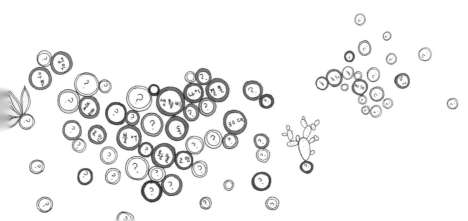

가족과 친구, 선생님들 모두 배고프고 힘든 예술가의 삶을 걱정한다.
예술가는 '다르다'는 통념이 두려움을 만든다.
두려움은 도전을 포기하고 싶게 만든다.

그러니까 처음부터 내 처지는 생각하지 않는 편이 좋다.
고민을 하는 순간에는 세상에서 내가 제일 힘든 것 같다.
하지만 막상 미지라고 생각한 그 땅에 도착해보면
나보다 훨씬 어려운 상황, 훨씬 많은 고민과 사연을 갖고 있지만
꿋꿋하게 버텨내고 있는 이들이 많다는 걸 알게 된다.
그쯤 되면 유학을 포기하려고 했던 내 자신이 우습다.
고민을 시작했다면
가장 깨기 쉬운 고민부터 깨고 나와야 한다.
나를 둘러싼 고민들 가운데 가장 해결하기 쉬운 것부터
하나씩 공략하자.
길은 트고 만들면서 가는 것이다!

취미가 없는 사람

수학에서 일러스트로 전공을 바꾸면서
나는 취미가 없는 사람이 되었다.

수학을 공부할 때는 그림을 좋아하고 즐겼으니
조금은 다채로운 삶이었는데
그 좋아하는 그림을 업으로 삼고 보니
수학 문제 푸는 걸 취미로 하지 않는 이상
좋아하는 취미 하나 없는 무미건조한 삶이 되어버렸다.
취미가 직업이 되면 생기는 부작용인가?

그러나 나는 삶의 다른 즐거움을 포기한 것이 아니다.
좋아하는 것을 삶 속에서, 일 속에서 찾는 중이다.
아무 생각 없이 그림 그리는 그 자체가
즐겁고 충만하게 느껴지는 순간들.
잘 그릴 필요도 없고,
멋있게 보일 필요도 없이
이보다 즐겁고 행복할 수 없는 시간을 만끽한다.

다음 장의 작업들은 일러스트 작가가 되고 나서
연락할 이가 아무도 없고 아무 할 일도 없을 때
흔히 말하는 빽빽이를 채우는 시간이 만든 산물이다.

오류 찾아내기 (게으름×게으름)

채송화는 작은 틈새에서도 잘 자라는 끈질긴 생명력과 강인함을 지녀서
꽃밭 가꾸는 데 서툰 사람들도 쉽게 예쁜 꽃을 볼 수 있다.
어느 날 집 앞 텃밭에서 채송화를 가꾸고 있던 엄마가
불쑥 내게 물었다.

"채송화가 피기 전에 무슨 색의 꽃이 필지 어떻게 알게~?"
"글쎄, 모르겠는데. 그걸 미리 알 수 있나?"
"줄기 색을 보면 알 수 있지.
 빨간 꽃은 줄기도 빨갛고, 노란 꽃은 줄기도 노랗다."
"아!!! 오오오!!! 놀라워라."

사실 나는 엄마와 이 대화를 나누기 전에 채송화를 그렸었다.
뿌리가 흙에 닿기만 해도 잘 자라는 강한 생명력이 매력적이어서
'질긴 생명력 삼총사' 그림에 써먹으려고 그려둔 것이었다.
그때 채색을 하면서 어렴풋이 빨간 줄기를 본 기억이 떠올랐지만
그냥 모든 줄기를 초록색으로 칠해버렸다.
귀찮아서 자료조사를 게을리한 것인데,
빨간 꽃에 초록 줄기를 그리는 오류를 범하다니!
얼른 작업실로 돌아가 그림을 고칠까 생각하다가
기왕 이렇게 된 거 한 번 더 게으름을 피워보기로.
제목을 '오류 찾아내기'로 바꾸었다.

고독과 게으름은 상상력을 자극한다.

_도스토예프스키, 러시아의 문호

비

내

리

는

백만 가지 소리

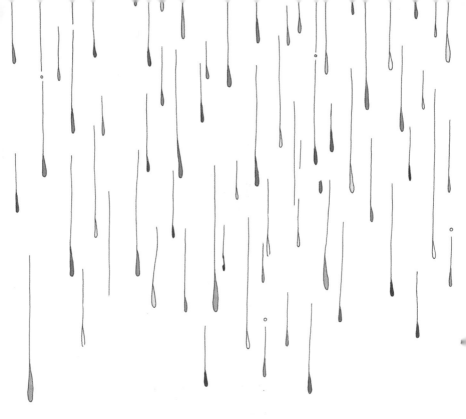

나는 비오는 날이 좋다. 비 내리는 소리 때문이다.

빗소리만큼 사람의 마음을 편안하게 해주는 소리는 없는 것 같다.

타닥타닥 후두둑

쏴아아— 쏴아아—

후두두두둑—

비 오는 소리를 인공적으로 만들기란 쉽지 않다.

한두 장소에 떨어지는 소리를 모아봤자

여차 하면 오줌 줄기 떨어지는 소리처럼 들릴 뿐이다.

각기 다른 크기의 물방울들이 각기 다른 장소에 떨어져

백만 가지 소리들이 모여야 비로소 '빗소리'가 완성된다.

우리 눈에 같아 보이는 그 빗방울 하나하나가 각기 다른 모양과 크기를

가지고 있어서 빗소리가 더욱 근사하게 들리는 건지도 모른다.

검은 입술이 예쁘니까요

고무줄놀이 규칙처럼, 동네마다 친구마다 달라지는 것이 아름다움의 기준.
바다만 건너가도 아름다움에 대한 생각은 저마다 달라지는데,
언젠가 〈아프리카의 눈물〉이라는 다큐멘터리에서 한 부족의
여자아이가 입술에 검은 문신을 하며 울어서 퉁퉁 부은 눈으로 말했다.

"검은 입술이 예쁘니까요."

날카로운 바늘로 입술을 찔러대는 통에 그녀의 입술은 주먹만큼
부풀어 올랐지만 그렇게 검어진 입술이 예쁜 입술이니까
기꺼이 참는다는 것이다.

아름다움의 기준이 여자아이들의 고무줄놀이 규칙처럼 우리끼리만
혹은 저들끼리만 통하는 룰과 같은 것이다.
한국에서 평생 나의 콤플렉스였던 찢어진 눈과 양 볼의 주근깨가
프랑스에선 나를 매력적인 여자로 만들 수 있고,
평생 유일한 자랑이었던 작은 머리 크기와 갈색 머리카락이
어느 나라에선 나를 평범한 외모로 만들 수 있다.

사과를
그리는 법

1. 사과를 오래 바라보는 일
2. 사과를 이리저리 만져보는 일
3. 사과를 뒤집어보는 일
4. 사과를 한 입 베어 물어보는 일
5. 사과에 스민 햇볕을 상상하는 일
6. 사과를 기르고 딴 사람을 생각하는 일
7. 사과가 내 앞에 오기까지의
   길을 생각해보는 일

_안도현의 〈시와 연애하는 법〉에서

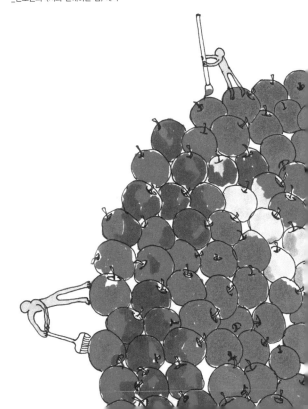

이림니키가
사과를 그리는 법

1. 사과의 정의를 찾아보는 일
2. 사과로 연상되는 단어를 끝말잇기로 그려보는 일
3. 사과의 과육, 껍질, 꼭지, 씨 등으로 분해해보는 일
4. 사과를 먹을 때 있었던 지난 기억들을 생각해보는 일
5. 사과의 색깔을 바꾸어보는 일
6. 사과의 냄새를 맡아보는 일
7. 그리고 진짜 사과를 그려보는 일

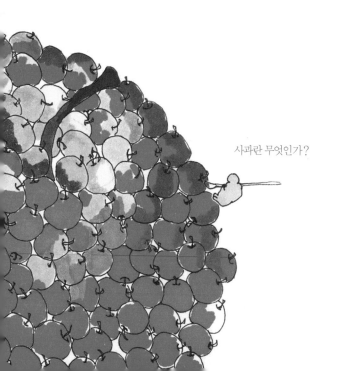

사과란 무엇인가?

기도

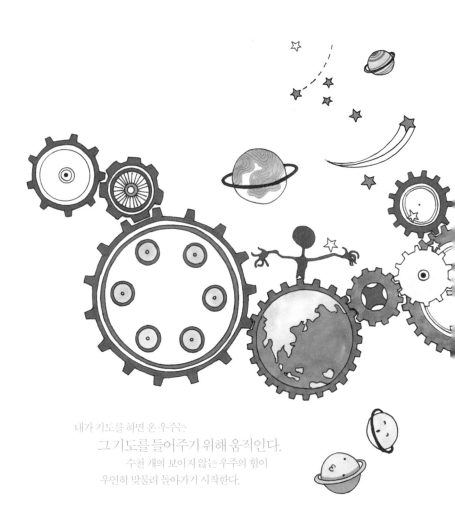

내가 기도를 하면 온 우주는
그 기도를 들어주기 위해 움직인다.
수천 개의 보이지 않는 우주의 힘이
우연히 맞물려 돌아가기 시작한다.

간절하게 기도를 한다.

몇 날 며칠이고 바라고 또 바란다.

그 순간만큼은 백일기도라도 올릴 수 있을 만큼 절실하다.

하지만!

시간이 지나면서 나도 모르게 사기꾼처럼 말을 바꾸기 시작한다.

사소한 바람을 은근슬쩍 끼워넣는다든지

'다시 행복하게 해주세요' 같은 원천적 소망을 덧붙인다든지

'오늘 ○○해주세요' 같은 식의 기도로 돌아간다.

아, 그만큼이었던 것이다. 아무리 간절하게 원하는 것 같아도 그렇다.

어떤 때는 내가 진정으로 원하는 게 무엇인지조차 갸우뚱할 때도 있다.

'이 기도가 진짜로 이루어지면 어떻게 하지?'라는

걱정과 의심이 들 때도 일단은 열심히 기도를 한다.

그리고 나서 시간이 한참 지난 뒤에 보면 알 수 있다.

내가 원하는 게 무엇이었고 어느 정도였는지.

기도의 진정한 힘은 기도의 내용이

진심으로 내가 원하는 것인지 아닌지 알게 해주는 것이 아닐까.

"내가 진짜 원하는 게 뭐지?"

야생오리가 철새 이주기에 날아갈 때면,

이들은 지나가는 곳 지상 위에 묘한 분위기를 유발한다.

삼각형으로 거대하게 무리 지어 날아가는 이들의 모습에 홀린

집오리들은 익숙하지 않은 날갯짓을 시도한다.

야생의 부름이 이들에게 무언가 야생의 추억을 되살린 것이다.

그리고 농장의 오리들은 잠시 철새로 둔갑한다.

_생텍쥐페리, 《인간의 대지》 중에서

집오리와 야생오리

나는 한국 대학에선 수학을 전공했고
프랑스 미술대학에서는 시각디자인commucation을 전공했다.
한국에 돌아와서는 주말마다 인문학 강좌를 듣고 있고
기회가 되면 철학 공부도 해보고 싶다는 생각을 한다.
어떤 식으로 따져도 한 우물을 파지 못했으니 동물로 치자면
나는 어설프게 날고, 뒤뚱거리며 걸으며,
어찌어찌 물고기를 잡아먹는 수영 실력을 가진 오리다.
나는 하늘의 제왕인 독수리도, 땅 위에서 군림하는 사자도,
바다의 황제 고래도 아니지만, 날고 싶을 때 날고,
걷고 싶을 때 걷고, 배가 고플 때 수영하는 행복한 야생오리다.
한 분야에서 최고가 되는 건 분명 좋은 일이다.
그러나 그것만이 정답은 아니다.
나는 최고가 되지 못하더라도
한 단계 한 단계 밟아가는 과정에서 기쁨을 느끼고 성장하고 싶다.
그 안에서 나는 많은 것들을 발견하고, 깨닫고, 터득해간다.
전혀 상관없어 보이는 나의 전공들도 어느 순간 합해져
삶의 에너지와 지혜를 증폭시켜내겠지.
야생오리의 삶에서 고단함을 느낄 때, 집오리가 되고 싶은
충동이 들기도 하지만 안락한 집과 먹이의 대가는 결국 오리 백숙으로
식탁에 오르는 것뿐이라는 사실도 잊지 않으면서.
원하는 것을 먹고, 원하는 것을 하고, 원하는 곳으로 이동하는
야생오리의 자유를 위해!

시골에서 살아가려면 친해져야 하는 것

시골에서 평화롭게 살아가기 위해서
친해져야 하는 몇 가지가 있다.
일기예보, 이웃주민, 새벽 시간, 버스 시간표…
하지만 가장 중요한 문제의 친구는 뭐니뭐니해도 벌레다.
여름이면 어떤 모기약도 통하지 않는, 일명 아디다스 산모기.
겨울이면 스멀스멀 집 안으로 들어오는 다리가 많은 벌레들.
일 년 열두 달 끊이지 않는 전쟁이 일어난다.
이 피 튀기는 전쟁을 최대한 피해야만
평화로운 전원생활을 이어갈 수 있다.

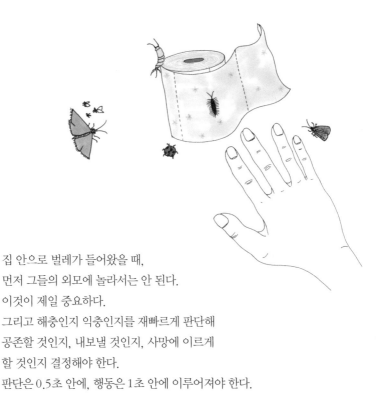

집 안으로 벌레가 들어왔을 때,
먼저 그들의 외모에 놀라서는 안 된다.
이것이 제일 중요하다.
그리고 해충인지 익충인지를 재빠르게 판단해
공존할 것인지, 내보낼 것인지, 사망에 이르게
할 것인지 결정해야 한다.
판단은 0.5초 안에, 행동은 1초 안에 이루어져야 한다.

해충인 경우 전기충격기와 비극적 죽음을 선사할 것.
익충일 경우 1센티미터 이하는 공존, 1센티미터 이상인 경우에는 추방.
시골 생활을 통해 터득하고 정립한 나만의 엄격한 벌레 처리 기준이다.
하지만 아무리 깨끗하고 착한 벌레라도 미안하지만
퇴출시키는 녀석이 있으니, 바로 귀뚜라미다.

두려움

내가 모기로 태어났다면 하고 생각하면 세상에 못 할 일이 없다.

우리는 태어나기를 두려움 많은 겁쟁이로 태어났지만 세상에는 도전
하고 부딪히고 넘어지고 다시 일어나야만 하는 일투성이다. 스키를
제대로 즐기려면 어느 정도 속도를 내줘야 하듯이, 인생의 도전에도
어느 정도 위험은 필요하다. 넘어지는 걸 두려워하지 말자. 넘어지면
일어나면 되니까.

할 만한 가치가 있는 일이라면 잘못될 수도 있다는 점을 흔쾌히 받아들이자. 위험을 감수하는 것만으로도 그것은 할 만한 가치가 있다. 자신의 한계에서 확장하려면 무언가 활력을 불어넣어주는 것이 필요하다. 위험이 바로 그 역할을 한다. 도전할 만한 일을 선택하고 그 일을 감행하는 건 자신감을 낳고, 그런 자신감은 더 큰 도전을 위한 밑거름이 된다.

_줄리아 카메론, 《아티스트 웨이》 중에서

사람들은 프랑스어 한마디 할 줄 모르는 내가 프랑스로 혼자 유학을 떠난 일을 용감하다고 말한다. 그러나 사실 나는 용감은커녕 조금의 변화도 무서워하는 모태 겁쟁이다. 넘어지는 게 무서워 첫돌이 지나고도 일곱 달 뒤에야 걸음마를 뗀 그런, 소심쟁이. 이렇게 겁 많은 내가 프랑스로 떠날 수 있었던 것은 용기가 대단했다기보다는 그냥 무지했기 때문이다. 내 몸보다 무거운 짐을 지고 말도 안 통하는 낯선 땅으로 아무런 연고도 없이 훌쩍 떠나다니… 지금 생각하면 두렵고, 후회할지 모르고, 겁나는 일이었다. 하지만 떠날 시간이 돼서 비행기를 탔고, 열한 시간이 흐른 뒤 내려보니 프랑스 땅이었다. 프랑스 철도 파업 덕분에 샤를드골 공항에서 앙제Angers까지 찾아가는 데는 꼬박 1박 2일이 걸렸다. 당시 43킬로그램이던 내가 48킬로그램의 짐을 이리 끌고 저리 끌고 다니면서 겨우 하숙집에 도착했을 때 내 다리는 달마시안의 얼룩무늬처럼 시커먼 멍으로 가득했다. 그때의 여정은 말로 다할 수 없을 만큼 고생스러웠지만, 지금은 그때의 무지함에 감사한다. 비록 나의 용기로 시작한 도전은 아니었지만 내가 도전하는 삶을 살게 해준 계기가 되었으니까. 어린아이가 처음 걸음마를 시작할 때의 느낌은 우리가 처음 스키를 배울 때 느끼는 두려움과 비슷하다고 한다. 초보 때 슬로프 위에서의 무서움과 떨림처럼 아이도 한 걸음 떼는 것이 두렵지만 용기를 낸다. 그렇게 한 살배기 아이도 두려움을 이기고 삶을 배워나간다. 두려움은 굉장히 컸지만 나는 기어이 한 발을 내딛은 것이다! 걸음~마! 걸음~마!

재료에 관한

나의 그림 재료는 다채롭지 않다. 거의 대부분 펜과 마카만으로 그림을 그린다. 그마저도 부분 채색이거나 흰 바탕이 대부분이고 아주 가끔 수채 연필을 쓰기도 하지만 이것도 거의 쓰지 않는 편이다. 그래서 그림이 아직 완성되지 않았느냐 혹은 습작이냐는 말도 듣는다.

깊이감을 더해달라거나 그라데이션을 넣어달라는 클라이언트 때문에 재료의 단순함을 고민한 적도 많았지만 아직까지는 나만의 재료를 고집하고 있다. 수단이 제한될수록 표현은 강해지는 법이니까. 단순한 재료를 쓰면서도 충분히 봐줄만 하지 않나 싶기도 하고. 화려하게 그리거나 다양한 테크닉을 쓸 때, 나의 그림은 집중도가 떨어진다.

그래서 그림 자체보다도 메시지 표현에
더 오랜 시간을 들이는 작업 습관이 생긴 것인지도 모르겠다.

보는 재미만이 아니라 오 래   생 각 하 고
깊이 사유할 수   있 도 록 .

물고기 숨기기

내가 활동하고 있는 일러스트 작가 모임에서
'숨은그림찾기'를 주제로 내놓았던 적이 있다.
그림 속에 물고기를 숨기기로 했는데,
물고기 자체를 숨기는 건 아무래도 심심할 것 같다는 생각이 들었다.
그래서 나는 물고기는 숨기지 않고, 물고기의 옆줄만 숨기기로 했다.
그런데 물고기 옆줄이라는 것이 물고기를 그릴 때
그려도 그만, 안 그려도 그만인 부분이라
아예 안 그리는 것은 숨기는 게 아니었다.
이걸 어떻게 숨길까 고민하다가
문득 엄마가 물고기를 다듬던 모습이 떠올랐다.

엄마는 언제나 물고기를 사오면 이렇게 해두어야
먹을 때 편하다면서, 지느러미를 모두 잘라내고,
비늘을 벗긴 후 봉지에 싸서 냉동고에 보관했다.
그렇게 잘 다듬어진 물고기를 보면서
나는 어쩐지 미안하다는 생각이 들었다.
인간의 식탁을 위해 죽은 것도 억울할 텐데,
발가벗겨놓은 느낌이랄까. 창피할 것만 같은데…
그래서 물고기의 옆줄과 박음선 느낌이 비슷한
청바지를 입혀보았다.

안녕?
멋진 패셔니피쉬야!

물고기는

머리와 꼬리도 모두 잘라서 보관하지만

여기에서 머리와 꼬리는 미관상 살려두었다.

'너를 위해 청바지를 준비했어.'

사랑 L'amour

나는 작가가 자신의 작품에 대해
이러쿵저러쿵 설명하는 것을 좋아하지 않는다.
그리는 사람이 무슨 생각으로 그렸는지
미리 파악하고 수동적으로 보는 것보다는,
보이는 대로 느껴지는 대로 보고 느끼는 것이
그림을 더 풍요롭게 만든다고 생각해서였다.
그런데 옆의 그림을 누군가에게 보여줬더니
의도와는 반대로 풀이를 하길래,
나는 이런 생각으로 그렸다고 이야기를 꺼내본다.

나는 하트를 오리고 있지 않다.
나는 하트 모양의 테두리를 오리고 있다.
알맹이에 대한 생각은 어딜 갔는지,
하트 모양 테두리를 완벽하게 오려내려 하고 있다.
실제로 오려보면 알겠지만
완벽한 하트 모양 테두리는 오릴 수 없다.
나는 이미 이렇게나 많은 하트를 오렸음에도 불구하고
껍데기에 집착하고 있기 때문인지
완벽한 모양은 보이지 않는다.
나라는 속물이 사랑을 할 때 이것저것 재보게 되는 것들
내가 진정한 사랑을 하지 못하는 이유다.

나는 완벽하게 사랑을 오려내고 싶었다.
사실 중요한 건 하트 모양일 텐데,
자꾸만 의미 없는 껍데기에 집착하고 있다.

창조하는 인간

1. 창조의 목적   생텍쥐페리의 말처럼 나는 창조의 목적을 혼동했다.
창조의 목적은 나 자신을 드러내는 것이 아니라 나를
변화시키는 것이다.

2. 창조의 두려움   새로운 작업에 대한 두려움은 결과물에 대한 것이 아
니라, 작업실 구석에서 혼자 이겨내야 하는 과정인
것이다.

3. 창조의 시간   맛있는 음식에 유통기한이 있고, 괜찮은 조건에는 유
효기간이 있듯이, 나의 아이디어도 영원하지 않다.
산삼을 캐는 가장 적합한 시기가 산삼을 발견했을 때
인 것처럼, 작업은 생각났을 때 만들어져야 한다.

4. 창조의 과정   창조가 시작되는 순간 일과 놀이는 하나가 된다. 그것
은 자신이 선택한 도구를 이용한 자유로운 사색이다.
_스티븐 나크마노비치

5. 창조의 방해꾼   완벽주의, 걱정, 성공 가능 여부 그리고 작업을 하는
나 자신에 대한 불신이다.

6. 창조의 이유   작업을 하며 받는 스트레스 크기가, 작업을 하고 있
지 않을 때의 고통보다 작기 때문이다.

7. 창조의 친구   관심 갖기, 관찰하기, 상상하기, 행복한 게으름, 빈둥
거림, 꾸물거리기…

실물과 그림 사이

그림을 그리다보면, 실물보다 그림이 더 예쁘다거나
상황에 맞지 않아도 끼워 맞추면 더 그럴듯해 보인다거나
개인적 취향은 아니더라도 대중의 인식이 그렇다거나
이미지 관리 차원에서 어두운 색을 밝은 색으로 바꿔야 한다거나 해서
약간의 눈속임이 필요할 때가 있다.

가령,
실제로는 징그럽지만 그려놓고 보면 귀여운 개구리,
무덤 위의 빨간 십자가
(무덤에 빨간 십자가가 있을 리 만무하다),
가을을 대표하는 꽃 코스모스가 그렇다.
대부분의 꽃은 아무리 잘 그려도 실물만 못한데,
코스모스는 그려놓고 보면 참 예쁘다.
(내 그림 실력이 부족해서겠지만)
꽃, 사람, 음식은 아무리 잘 그려도
원래만 못한 것인데 말이다.

나를 그린 것은 혼자일 때가 많았기 때문이고
내가 가장 잘 아는 소재가 나였기 때문이다.
나는 나만의 현실을 그린다.

_프리다 칼로, 멕시코의 화가

프리랜서

금요일 저녁, 다른 이들은 퇴근할 무렵
나에게는 작업 의뢰나 그림 수정을 요청하는 전화가 온다.
그들이 제시하는 마감 시한은 대부분 월요일
다소나마 배려가 있는 회사라면 화요일…
한마디로 주말에 작업하란 얘기?
바쁜 디자인 사무실이나 편집실의 업무 흐름상
내가 주말에 일을 해주면 촉박한 마감 일정 속에서
시간을 단축하며 일할 수 있다는 건 이해하지만,
내가 과연 프리랜서인가 하고 다시 한 번 생각해보게 된다.
프리랜서란 내가 프리하게 일할 수 있다는 뜻이 아니라
그들이 나를 프리하게 쓸 수 있다는 뜻인가?

하지만 나도 때론
불타는 금요일, 신나는 토요일, 한가한 일요일을 보내고 싶다!

2014. 00. 00

일	월	화	수	목	금	토
						1
2	3	4	5	6	7 ?	8 ?
9 ?	10 ?	11 ?	12 ?	13 ?	14 ?	15 ?
16 ?	17 ?	18 ?	19 ?	20 ?	21 ?	22 ?
23 ?	24 ?	25 ?	26 ···	27 ···	28 ···	29 ···
30 ···	31 ···					

누군가의 실수로 다른 누군가는 한 달간 이런 스케줄을 갖게 될 수도!

커튼콜

공연이 끝나면 관객은
환호와 박수를 보내고
배우들은 다시 무대로 나온다.
연극배우들 중에는 이 커튼콜의 매력 때문에
공연을 계속하게 된다고도 한다.
수많은 관객 속에서 박수를 보내는 나도 이렇게 벅찬데
배우들은 오죽이나 행복할까?
커튼콜의 매력에 중독되는 건 너무나도 당연할 것 같다.
비교적 정적이고 감상자와의 소통이 느리게 일어나는
예술 장르에 있는 사람으로서는 부러운 부분이다.

나도 지금 이곳에
내 그림을 보러온 관객이 있다고 생각하며
상상으로나마 커튼콜 위에 책을 올려본다.

온몸의 에너지를 모두 쏟아내고
열정을 다해 혼신의 연기를 펼친 이림니키의 책을 향해
우레와 같은 박수를 보내는 관객~

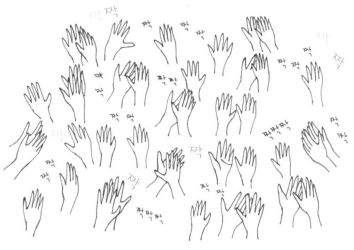

속도를 줄이고 인생을 즐겨라.
너무 빨리 가다보면 놓치는 것은 주위경관뿐이 아니다.
어디로 왜 가는지도 모르게 된다.

_에디 캔터, 미국의 가수이자 코미디언

토끼와 거북 화해시키기

토끼와 거북이는 싸운 것도 아닌데,
토끼의 적은 거북이일 것만 같다.
모두가 거북이처럼 느리지만 꾸준해야 한다고,
그래야 인생이란 경주에서
이길 수 있다고 입을 모아 이야기한다.

하지만 어떨 때는 토끼처럼
빨리 달리다가
한숨 늘어지게 자보는 것도
괜찮지 않을까?

지난 신묘년에 토끼 달력 만들기를 시작했는데
아직도 완성하지 못했다.
그렇다면 이왕 토끼답지 못했으니
거북이처럼 느릿느릿–
열두 해 뒤에나 완성해야지!

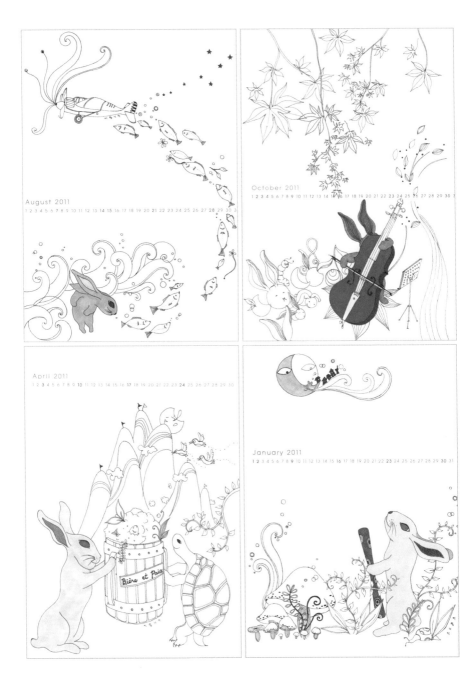

August 2011
1 2 3 4 5 6 7 8 9 10 11 12 13 14 15 16 17 18 19 20 21 22 23 24 25 26 27 28 29 30 31

October 2011
1 2 3 4 5 6 7 8 9 10 11 12 13 14 15 16 17 18 19 20 21 22 23 24 25 26 27 28 29 30 31

April 2011
1 2 3 4 5 6 7 8 9 10 11 12 13 14 15 16 17 18 19 20 21 22 23 24 25 26 27 28 29 30

January 2011
1 2 3 4 5 6 7 8 9 10 11 12 13 14 15 16 17 18 19 20 21 22 23 24 25 26 27 28 29 30 31

Bière et Paix

116

September 2011
1 2 3 4 5 6 7 8 9 10 11 12 13 14 15 16 17 18 19 20 21 22 23 24 25 26 27 28 29 30

July 2011
1 2 3 4 5 6 7 8 9 10 11 12 13 14 15 16 17 18 19 20 21 22 23 24 25 26 27 28 29 30 31

December 2011
1 2 3 4 5 6 7 8 9 10 11 12 13 14 15 16 17 18 19 20 21 22 23 24 25 26 27 28 29 30 31

Mars 2011
1 2 3 4 5 6 7 8 9 10 11 12 13 14 15 16 17 18 19 20 21 22 23 24 25 26 27 28 29 30 31

117

금붕어

여름내 우리 가족을 기쁘게 해주던 연못은
겨울이 되면서 물이 말라 바닥을 드러냈고,
한 가닥 솟아오른 연꽃 봉오리는
끝내 피지 못하고 내년을 기약하게 되었다.
문제는 연못에서 키우던 금붕어 한 마리.
원래는 다섯 마리였는데 한 마리만 살아남았다.
남은 금붕어를 그대로 둘 수 없어서
손잡이가 부러진 반투명 양동이에 넣어 집에 데리고 들어왔는데,
자갈도 깔아주고 연못에 떠 있던 수초도 넣어주니까
그런 대로 나쁘지 않아 보였다.
연못에서 키울 때는 먹이를 따로 주지 않았는데
집 안으로 데려온 후에는 먹이를 따로 챙겨주게 된다.
연못에 살 때 은근히 먹을 게 많았는지, 배가 불룩하니 꼭 풍선 같다.
좁은 통 안에서 동그란 몸이
뒤집어졌다 올라갔다를 반복하며 돌아다닌다.

사람들은 풍선에게 날아가라고 바람을 불어넣고는
또 날아가지 말라고 돌을 매어둔다.
살아남은 금붕어 처지가 꼭 풍선과 같다.
잘 살게 하고 싶어 데려왔는데 이렇게 가둬두니 미안하다.

줄에 매인 풍선 처럼
새장에 갇힌 새 처럼
어항에 사는 금붕어 처럼

119

따끔하면서도 기분 좋은 느낌.

알싸하면서도 시원한 느낌.

찌르르하면서도 갈증이 해소되는 느낌.

누가 이 사이다 마개를 따줄지는 모르겠지만.

그 맛만은 계속 유지해둘 것.

#three

뽀글뽀글

사이다처럼

자유로운 정신nomade을 가질 것!

사물을 거꾸로 그려보기
동물을 나누어 그려보기
왼쪽과 오른쪽을 바꿔 그려보기
지우개를 쓰지 않고 그려보기
연필을 종이에서 한 번도 떼지 않고 그려보기
10초에 하나씩 그려보기
평소에 사용하지 않는 손으로 그려보기
한 부분만 강조해서 그려보기
사물의 한 부분을 다른 오브제로 바꿔 그려보기

그리고,
이 모든 것을 망설이지 않기

밤의 선물

내 방에는 남쪽을 향해 길게 난 창문이 있다.
덕분에 보름달이 뜨는 밤이면 초저녁부터 다음날 새벽까지
밤새도록 달을 볼 수 있다.
이런 밤이면 가리개를 올리고 밤새 달빛 샤워를 한다.

누군가에게는 완전한 어둠 속에 뚫린 한 점의 숨구멍,
누군가에게는 미지의 세계를 꿈꾸게 하는 한 점의 그림,
나에게는 밤이 보여주는 가장 큰 선물이다.

어려서부터 달을 보기만 하면 무의식적으로 소원을 빌었는데…
프랑스 친구들은 달을 노란색으로 칠하던 나를 신기해했다.

만취

술을 먹고 그려도
선은 반듯하고 색이 그 밖을 벗어나지 못하는 건
내 몸이 기억하는 작업일 것이다.
이럴 땐 내 몸의 말을 잘 듣지 않는 왼손의 도움을 받는다.

비뚤비뚤 삐죽삐죽

엉뚱하고 거친 선들이 스케치북 위에서 움직일 때
또 하나의 이림니키 스타일 완성! 야호!

126

왼손으로 그림 그리기

불편해도 괜찮아?

내 작업실은 온통 불편한 것투성이다.
4층 건물 꼭대기의 옥탑방이니 여름에는 덥고 겨울에 추운 건 당연지사.
부엌이 없으니 제대로 된 음식을 해먹을 수도 없다.
인스턴트 식품이나 사온 음식 재료를
전자레인지와 전기포트만으로 조리해 끼니를 해결한다.

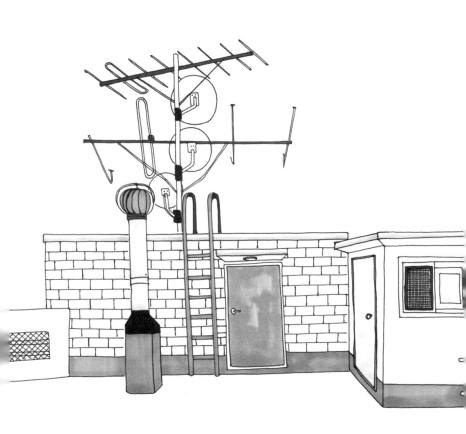

세탁기도 없어서 간단한 것은 손빨래를 해야 하지만
웬만하면 며칠은 그냥 더러운 옷으로 버틴다.
작은 작업 공간에 컴퓨터 한 대와 정리되지 않은 책장의 책들,
작업 도구들만이 여기저기 널브러져 있다.
한번은 작업실의 모든 세탁물을 집으로 가져가버려서
수건 없이 지낸 적이 있다.
보통 작업실에 오면 이삼 일은 틀어박혀
그곳에서 먹고 자며 일을 하는데 수건이 없다니…!
당장 건너편 슈퍼로 달려가 수건을 살까 했지만 하루 이틀 정도는
견딜 수 있을 거라 생각하고 그냥 지내보기로 했다.
하지만 때는 찜통더위가 계속되는 한여름이었고
땀이 많이 나서 샤워를 자주해야 하니 불편하긴 했다.
그런데도 나는 그럭저럭 잘 버텼다.
사소한 불편함을 느끼긴 했지만
죽을 만큼 못 살 정도는 아니었다.
그러니까, 어쨌든 '살 수 있다'였다.
덕분에 깨끗하게 준비된 수건에 감사하는 마음까지 생겼다.
당연하다고 생각했던 것들이 사라졌을 때 생기는 불편함,
겪어보지 않았다면 영영 모르고 살았을 존재의 가치들,
종종 일부러라도 스스로를 불편함 속에 밀어넣어봐야겠다.

예술가의 활동을 제약하는 그물들이
그 자체로 예술의 창조에 유리하다면,
인위적으로 어느 정도의 불편과 제약을 강제로 마련해보기.

대성당을 정의 내리는 것은 대성당을 이루고 있는 개개의 돌이 아니다.
그 자신이 가진 의미로 이 돌들을 풍요롭게 만드는 것은
바로 이 성당이라는 건물이다. 성당을 이루는 돌이 되었기에,
이 돌들이 고귀해지는 것이다.

_생텍쥐페리, 〈전시 조종사〉 중에서

첫 경험

2009년 파주 헤이리 마을에서 첫 번째 개인전을 가졌다.
아주 오래도록 전시장에 머물던 어떤 중년남자에게
왼쪽에 보이는 이 성당 그림을 도둑맞았고,
누군가 프랑스 학위 심사 때 만든 포트폴리오북 하나를
가져갔는데 다시 찾을 수 없었다.
아이들은 전시장을 뛰어다니며 그림을 만지며 놀았고,
DSLR 카메라를 든 커플들은 내 그림을
그들의 멋진 문화생활의 배경으로 삼았다.
아줌마들은 그림이 왜 이렇게 비싸냐고 핀잔을 했고,
아저씨들은 그림 따위에는 관심도 없고 작가 얼굴에 관심을 모았다.
작품평으로 집착이 심할 것 같다는 이야기를 들었고,
궁금한 점을 질문하라고 했더니 몇 살이냐고 했다.

그렇게 정신없던 첫 개인전이었지만,
내 옆엔 함께 기도해주신 아빠,
오는 손님마다 정성껏 대접해주신 엄마,
바쁜 시간 쪼개서 멀리까지 와준
소중한 친구들이 있었다.
전시 시작 처음부터 마지막까지 도와주신
갤러리 관장님,
예쁜 액자를 만들어주신 사장님,

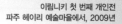

기꺼이 내 도시락까지 챙겨주신
헤이리 작가동 이웃아주머니들,
꼼꼼히 그림을 봐주는 것 하나만으로
고마운 이름 모를 분들이 계셨다.

개인전 제목처럼, 난 장님이 막 눈을 뜬 것처럼
실수도 많았고 세상에 실망할 일도 많았지만
지금까지 보지 못하고 살았던 것을
볼 수 있음에 감사하는 마음을 갖게 되었다.

어제 그 거미가 또 나타났다

작업실에서 그림 작업에만 열중하다 보면
날짜가 며칠이나 됐는지 모를 만큼
시간에 둔감해질 때가 있다.
아침부터 하루 종일 작업대에 앉아 그림만 그리다보니
도돌이표를 무한 반복하는 것 같은 날들의 연속이다.
그날도 며칠 동안 작업실에 있었는지 가늠이 되진 않지만,
아마 3주 정도 마감에만 집중하느라
몸과 마음이 상당히 지쳐 있을 때였던 것 같다.

화장실에 앉아 볼일을 보는데,
거미 한 마리가 지나갔다.
혹시 이쪽으로 오면 어쩌나 하는 마음에
거미가 지나가는 길을 유심히 봤다.
다음 날 나는 또 화장실에 앉았고,
어제 그 거미가 또 나타났다.
그러고는 어제와 같은 길로 지나갔다.
순간, 이상한 생각이 들었다.
"어제부터 시간이 멈춘 건가?"
"타임슬립으로 어제로 다시 돌아온 건가?"
"어… 어! 어?"
아주 짧은 시간이었지만
어제와 오늘이 헷갈리면서 무서운 생각이 들었다.
부랴부랴 밖으로 나와 달력을 봤지만,
오늘이 언제인지 모르겠다.
채 느끼지도 못했던 시간이 그대로 사라져버린 것 같았다.

신선 놀음판 위에 잠시 올라가 있다가 돌아온 것처럼
어느 순간 획−
내일 또 거미가 나타난다면 달력에 X표시를 하면서
날짜가 가는 것을 체크라도 해야 할까?
도돌이표 같은 하루,
작은 하루살이와 별반 다를 게 없는 작업실에서의 시간…
그래도 나에겐 소중한 시간이다.

뽀글뽀글
사이다처럼

'뻬띠양 pétillant ; 장작 따위가 탁탁 튀는, 탄산수 따위가 소리를 내며
거품이 이는'이란 뜻을 가진 프랑스어 형용사.
수업시간에 그림일기를 발표했을 때 선생님이 내게 해준 말이었다.
아, 프랑스어에는 이런 단어도 있구나!
그 후로 나를 기분 좋게 하는 최고의 단어,
힘이 되는 소중한 단어가 되었다.
작업 방향을 잃고 헤맬 때, 의뢰받은 작업들로 개성을 잃어버릴 때,
기나긴 작업에 지칠 때 이 단어를 떠올리면
내가 무엇을 놓치고 있는지, 가야 할 길에서 얼마나 멀어져
헤매고 있는지 알 수 있다.

'pétillant'의 느낌은 마냥 착하거나 따뜻하지 않다.
그렇다고 심각하거나 무거울 듯한 데킬라나 위스키하고도 다르다.
시원한 사이다를 처음 땄을 때 목구멍에서 뽀글거리는 탄산의 맛,
이것이 내가 바라는 pétillant.

톡톡 튀는 상큼함과 낯설고도 이 질 적 인 느 낌,
따끔하면서도 기 분 좋 은 느 낌,
알싸하면서도 시 원 한 느 낌,
찌르르하면서도 갈증이 해 소 되 는 느 낌.

누가 이 사이다 마개를 따줄지는 모르겠지만,
그 맛만은 계속 유지해둘 것.

어려운 것을 쉽게

쉬운 것을 깊게

깊은 것을 상쾌하게

새집 프로젝트

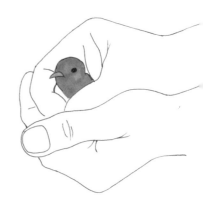

남양주 시골 집에는 예쁜 새가 많이 찾아온다.
대문 우편함에서 알을 낳아 새끼를 키우기도 하고
현관 옆 대나무 숲 사이에 집을 짓기도 하며
부엌 뒤편 지붕 아래서 잠을 자기도 한다.
가끔 정신을 잃고 쓰러진 새도 있는데
그럴 때는 고양이의 습격을 받지 않도록
집 안에 데리고 들어오기도 한다.
이렇게 예쁜 새를 더 자주 가까이에서
보기 위해 일을 저질러 보기로 했다.
평수도 다양하고 위치도 다양한
네 가지 스타일의 새집 만들어주기.

아빠는 집틀을 만들고
엄마는 외장을 꾸미고
나는 지붕을 칠했다.
인테리어는 새들이 알아서 하겠지?

마감 2

마감이 다가오는 날들의 작업실 삶은 구질구질하다. 손으로는 절대 잡히지 않는 초파리와 바닥을 기는 머리카락, 각종 먼지 뭉치, 냉장고 속에서 뭉게뭉게 피어나는 곰팡이와 동거를 시작한다. 작업실이 아무리 넓다 해도 일단 작업이 시작되면 빈 공간은 거의 남지 않는다.

작업하던 곳에서 먹고, 자고, 일어나 다시 작업한다. 정신없이 바쁘지만 잠은 충분히! 대신에 먹는 시간과 씻는 시간, 휴대폰 수다 시간을 줄인다. 로마인의 말과 같이 '나는 사람들 사이에 더 이상 존재하지 않는 사람'마냥 모든 것을 차단하고 마감을 향해 달린다.

프랑스에서의 작업 공간

마감에 가까워질수록 나는 인스턴트 과다 섭취로 형색은 초췌해지고 행색도 남루해진다. 이때 외출을 하게 될 경우 정신을 바짝 차려야 한다. 작업실 밖은 우울증을 야기할 수 있는 수많은 바이러스로 가득하다. 가장 강력한 바이러스는 하이힐을 신고 예쁘게 화장한 언니들과 넥타이를 매고 멀끔하게 차려 입은 아저씨들! 우울이 찾아오면 붓이 마른다. 위험신호를 감지했을 때, 나는 얼른 작업실 문을 걸어 잠근다.

내 앞엔 마감이 있다고!

한국에서의 작업 공간

이림니키의 재테크 마인드

나는 오광의 패를 갖고 태어나진 않았지만,
반드시 '오광'만이 유일한 승부수는 아니니까 괜찮다고 생각한다.

고도리도 있고

청단도 있고,
홍단도 있고, 초단도 있다.

근데 이 방법으로 나는 것도 쉽진 않다.
계속 머리를 굴려야 한다.
안간힘을 써야 하니 피곤할 것 같다.

남들보다 불리한 상태에서 출발해야 한다면?
이런 패를 받았다면 피박이나 면하는 걸 목표로 삼는 게 나을지도 모른다.

이기는 게 목표가 되어야겠지만, 목숨 걸고 덤벼들어도
힘들 게 뻔한데 너무 애쓰진 말아야 할 것 같다.

역시 나는 열심히 꾸준히 '피'를
모으는 게 최선이다.
앗싸! 났네, 났어!
가끔은 2점짜리 소소한 횡재수가 있다면 금상첨화.

소나무는

삐뚤삐뚤 자랄수록 멋있어진다.

모든 나무가 참나무처럼 곧게 자란다면

세상이 얼마나 재미 없을까.

직업 선호도 1위

중고등학생들이 가장 선호하는 직업으로
공무원을 뽑았다는 기사를 보았다.
저마다의 다양한 꿈과 다채로운 상상력으로 채워가야 할
십대 시절에 꿈꾸는 삶치고 너무 단조롭지 않나 싶다.
뭐니뭐니 해도 안 짤리고 일정하게 월급 받으며
모험 없이 사는 직업만이 최고라고 가르치는
어른들의 세상이니 크게 놀랄 일도 아니다.

손바닥만한 어린 소나무가 한쪽으로 기울어 자란다.
멀리서 보기에는 자리를 잘못 잡고
엉뚱하게 자라는 것처럼 보이지만
삐뚤삐뚤 자란 소나무는 다른 나무들보다 훨씬 더 근사해진다.
남들과 똑같은 평범한 삶과 안정된 직장이
지금 당장은 내가 목표로 삼아야 할 모습처럼 보이더라도
한번쯤 도전해보자.

굴곡은 있지만 멋지게 자라는
소나무처럼.

삶과 죽음 사이

누떼의 이동에 놀라 발목이 부러진 코끼리,
무리에서 뒤처져 덤불 속을 헤매다가
결국 사자에게 잡아먹힌다.
사자 무리는 삶을 체념한 코끼리의
숨통을 끊지 않은 채 서서히 잡아먹는데,
먹이의 숨통부터 끊고 식사를 하는
일반적인 사자의 습성을 버리고
계속해서 숨이 붙어 있는 코끼리의 몸을
군데군데 앉아서 뜯어먹는다.
코끼리는 너무 지친 걸까,
몇 시간째 뜯기면서도 울지도 않고
발버둥도 치지 않고 눈만 껌벅거린다.
하루 종일 코끼리의 눈이 잊히지 않는다.

삶이 우리를 놓아주기 전에,
먼저 삶을 내려놓는 대가는
너무나 처절하고 잔인하다.
삶이란,
끝까지 붙들고 있어야 하는 것 아닌가?

주말 내내 머릿속을 떠나지 않던
코끼리의 죽음이 남긴 충격이
그림을 그리고 나니 조금은 치유된다.

소보로빵의 날

친구 돌잔치에 가는 길이었다.
첫돌을 맞은 아기의 엄마인 친구에게서 다급하게 전화가 왔다.
"아기가 먹을 게 하나도 없어. 어떡하지?
오는 길에 소보로빵 하나만 사다줄래?"
생일잔치의 주인공은 아기인데
정작 아기가 먹을 음식이 없다니 웃음이 나왔다.
생각해보면 돌잔치에 차려지는 상은 대부분 한식이고
생일상의 주인공은 아직 젖도 완전히 떼질 못했으니
먹을 게 없긴 하겠다.
아기는 기념사진을 찍고, 돌잡이를 하고,
축하해주러 온 손님들 모두에게 한 번씩 안겨본 후
소보로빵을 먹었다.

하지 않으면 섭섭해할 것 같아서 돌잔치를 하지만
정작 섭섭한 건 아기가 아니라 어른들이 아닐까.

어른들이 먹을 음식을 잔뜩 차려놓고 여기가 어딘지 뭐하는 것인지도
모른 채 어리둥절해하는 아기를 세워두고 축하 인사를 건넨다.
나중에 소보로의 뜻이 '불필요한 것'이라는 말을 듣고,
참으로 돌잔치에 어울리는 빵이라는 생각을 했다.
일본식 외래어인 '소보로'라는 말은,
포르투갈어로 불필요한 것이나 나머지를 의미하는
'soprado'에서 유래한 것이라고 한다.

프랑스에서는 루이뷔똥 가방이 있는 친구가 하나도 없었는데
한국에 오니 루이뷔똥 가방이 없는 친구가 하나도 없다.

숲속의 발코니 일러스트 연구 1

프랑스 대학 졸업 심사 때 개인 작업으로,
줄리앙 그라크의 소설《숲속의 발코니》를 토대로
아트북을 만들었다.

책에서 일러스트의 역할은 보조적이라고 생각하는 사람이 많다.
그러나 좋은 일러스트는
글로만 이루어진 작품을 더욱 풍요롭게 만들며,
작품에서 한 발짝 떨어져 나와
또 다른 세계를 만들어내기도 한다.
텍스트에 충실한 그림을 원하는 클라이언트나 편집장만 아니라면
일러스트 그 자체만으로도 충분히 주체적일 수 있다.

우리는 글을 읽으면서 줄거리, 등장인물, 배경 등을 상상한다.
그러나 이 책에서는 텍스트가 아닌 이미지를 통해
이야기를 상상해보려고 했다.
소설을 읽으면서 상상력을 갖게 해준
서른여섯 개의 문장을 선택하고, 그림을 그렸다.
책에서는 선택된 문장들을 삭제하고
대신 그림들을 그려 빈 공간을 채워넣었다.
책을 읽다가 이 공간을 만나면, 내가 그린 이미지들을 통해
새로운 상상이 이어질 수 있도록 제안해본 것이다.
(그러나 이 작업은, 텍스트가 중간에 사라지고
그림과 겹쳐진다는 이유로 출판은 무산되었다.)

당신은,
지금 어떤 상상을 하고 있나요?

먹방의 시대

저녁 시간 텔레비전에서는
먹을거리가 한 상 가득 차려진다.

리모컨을 들고
오늘은 무엇을 볼까 고민하는 것이 아니라
오늘은 무엇을 먹는 걸 볼까 고민하게 된다.

유명 연예인과 리포터가 나와
형형색색의 화려한 음식들을
물고 뜯고 맛보고 즐기는 걸,
가만히 지켜본다.
리모컨을 메뉴판 삼아 채널을 아무리 돌려도
그 나물에 그 밥.

이제 그만 다른 음식,
아니 다른 프로그램 좀
푸짐하게 한 상 차려주실래요?

온몸으로 버텨내는 시간이힘들 땐
뾰족구두 밖,
구겨진 시간 뒤에 찾아오는
달콤한 휴식 시간을 생각한다.

쉬는 시간

내 패션의 에러는 언제나 신발이다. 한껏 멋을 내고 옷을 차려입어도 언제나 신발은 편안함을 최우선으로 선택한다. 내게 날렵하고 여성스러운 하이힐은 어색하고 불편한 존재다. 그러다 가끔 날을 잡아 꺼내 신는 하이힐은 시각적 만족을 주는 만큼 발가락이 구겨지는 고통도 가져다준다. 그럴 땐, 예쁘지만 고통스러운 구두 속에 있다가 잠시 밖에서 맛보는 쉬는 시간의 달콤함을 생각하며 견뎌본다. 1번부터 10번 발가락까지 동시에 힘껏 펴보기도 하고, 꿈틀꿈틀 발가락 관절을 움직여보다가 발목을 위아래로 끄덕이며 잠시 근육을 풀어주고 나면, 비록 뒤뚱뒤뚱 어색한 걸음이지만 나는 언제든 다시 힘껏 발을 내딛을 수 있다는 사실!

하이힐 속에 감춰진 내 발가락들이
나도 모르게 꼬물꼬물 춤을 춘다.

ㅇㅎㄱㅂ

여행을 떠날 때 가방을 꾸리는 일만큼
오브제의 본질에 대해 생각해보게 하는 것도 없다.
이 물건은 이런 때에 쓰이고 또 저런 때에 필요하니까 챙기고,
이 물건은 있으면 좋지만 없어도 상관없으니 빼고…
떠나기 전날 밤 고심하는 오브제의 양과 질은
우리가 떠날 여행의 양과 질을 좌우하는데,
무겁게 싼 가방만큼, 여행지에서 한 번도 써보지 못한 물건만큼
짐스러운 존재는 없기 때문이다. (그 원래 이름이 설사 짐이라 해도)
여행의 즐거움은
가방을 가볍게 싸는 것부터 시작한다.
최소한의 것을 가지고 떠나는
여행일수록 채워올 수 있다.
무인도나 정글로 떠나는 여행이 아니라면
어지간한 것은 현지에서 구입하는 게 좋다.
그곳에 가장 최적화된 물건들이기 때문에 그렇다.
추운 지역에서 파는 옷이나 모자, 양말은
가져간 것보다 훨씬 따뜻하고,
휴양지의 모기약이냐 해충약 역시 훨씬 효과가 좋다.
낯섦을 느끼는 것이 여행의 목적 중 하나라면,
새로운 곳에서 새로운 물건을 사용해보는 것이
낯섦을 누리는 즐거움일 수 있다.

여행은 낯섦 자체를
즐기기 위한 행위다.

159

초등학교 때부터 지나다녔던 강남대로.
몇십 년 동안 한 번도 같은 자리에 같은 가게가 유지된 적이 없다.

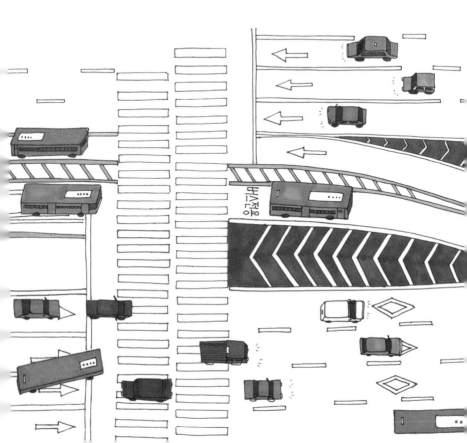

심지어 지하철 출구도 자꾸 바뀌는데…
뭐가 언제 바뀔지 모르니 아예 일 분 일 초 변하는 도로를 그려볼까나…

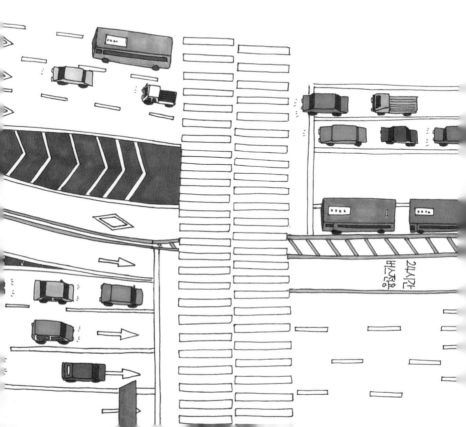

도그마 선언

1. 모든 장면을 핸드 헬드(들고 찍기)로 촬영할 것.
2. 스튜디오를 배제하고 현장 촬영(로케이션)으로만 할 것.
3. 음악을 포함한 모든 사운드를 동시녹음으로 할 것.
4. 컬러 필름만 사용하고 특수조명을 쓰지 말 것.
5. 필터나 광학 효과를 사용하지 말 것.
6. 시간이나 공간적 배경을 지금 여기(Here and Now)로부터
    너무 멀리 잡지 말 것.
7. 눈속임 연기, 즉 살인이나 무기를 쓰는 장면을 넣지 말 것.
8. 장르영화를 배제할 것.
9. 필름은 아카데미 비율의 35㎜만 사용할 것.
10. 감독의 이름은 엔딩 크레딧에 올리지 말 것.

1995년 덴마크 영화감독 라스 폰 트리에는
테크닉에 지나치게 의존하는 기존 영화 시스템에 반기를 들고
위에서 열거한 열 가지 계율에 충실한 영화만 만들 것을 선언했다.
이를 '도그마 선언'이라고 한다.
그러나 최초 제안자인 라스 폰 트리에조차도 결국은 이 규칙을 포기했다.
몇몇 감독들도 시도해보다가
이후에는 전혀 따르지 않자 폐기되고 말았다.

아직 나는 책을 내는 것이 적절치 않다고 생각한 적이 있었다.
오늘의 나는 사랑이 아름다운 것이라 생각하다가도
내일의 나는 사랑이 미친 짓이라 생각할 수도 있는데,
오늘의 내가 어떤 생각을 했는지 글로 남기고
그것을 공개한다는 것 자체가 미래의 나를 속박하는 일 같았다.

이런 부담감을 지인에게 털어놓자,
내게 라스 폰 트리에 감독 이야기를 해주었다.
도그마 선언을 했던 라스 폰 트리에 감독도 얼마 후
'이건 아니네' 하며 쿨하게 자기 생각을 바꿨는데,
틀렸다고 말하는 게 무서워 지금 아무것도 못한다면
그게 더 쿨하지 못한 것이라고.
그냥 "미안! 그때는 내가 잘못 생각했네!" 하면 될 것이다.
막연히 언젠가 멋있는 글을 쓰고, 괜찮은 그림을 그릴 날이 온다면
그때 책을 내야지 했던 건 용기 없는 생각이었다.
지금부터라도 어설프지만 진심을 담아 글을 쓰고,
허점투성이지만 꾸준히 그려야만
조금이나마 발전한 무언가를 만들 수 있다.
당연히 글과 그림, 생각은 시간이 지나면서 바뀌겠지만
지금 완벽하지 않다고 해서
완벽하게 준비가 되는 날만을 기다리면
그때는 끝내 오지도 않고
아무것도 이룰 수 없을 것이다.

생각이 바뀐다고 해도
쿨하게 떠나보내자.
안녕~ 하고.

평생 갖고 싶은 습관
줄리아 카메론의 《아티스트 웨이》 모닝 페이지 쓰기

아침마다 눈을 뜨자마자 책상 앞에 앉아 세 페이지 정도의 모닝 페이지를 쓴다. 지인의 추천으로 읽게 된 줄리아 카메론의 《아티스트 웨이》에서 소개된 나름 유명한 글쓰기 방법인데, 형식적으로 글을 쓰는 것일 뿐 일종의 글쓰기 명상이라고 할 수 있다. 아침에 눈을 떠 의식의 흐름대로 세 페이지 정도 분량의 글을 쓰는 것이다. 잘 쓸 필요도 없고, 누구에게 보여줄 필요도 없으니 있는 그대로의 나를 솔직하게 마주할 수 있다.

어떤 내용을 쓰려고 노력하거나 고민하지 않고 그냥 그 시각 떠오른 글을 써내려가는데, 오늘 작업 계획이나 할 일을 적는다거나, 바깥에서 들려오는 소리를 적는다거나, 정해진 무언가 없이 그 순간에 충실한 나만의 생각을 적어내려간다.

가끔은 마치 '임금님 귀는 당나귀 귀'의 동화 속 이야기처럼 누구에게도 털어놓지 못한 고민을 모닝 페이지에 속 시원히 털어놓거나 살면서 답답한 일도 눈치보지 않고 쏟아낸다. 실컷 누구 흉을 보고 싶을 때, 작업이 잘 되지 않을 때 이제는 그 누구보다도 힘이 되는 나만의 대나무 밭이 되었다.

지나간 하루를 되돌아보는 밤에 쓰는 일기와 달리 오늘 하루를 어떻게 보낼 것인지에 대한 아침의 이 세 페이지 다짐들은 내가 멈추지 않고 작업을 하게 만들어줄 평생 갖고 싶은 습관이다.

창조적인 사람이 되는 데는 아주 작은 변화로도 가능하다.
'모닝 페이지 쓰기'와 아티스트 데이트를 하는 것이다.
당신의 내면의 소리를 이끌어내는 그 둘은 잠재된
창조적 재능을 발견하는 데 꼭 필요한 기본 도구다.

_줄리아 카메론, 《아티스트 웨이》 중에서

낭만적인 프랑스어 🌙

프랑스 유학 생활 중 가장 큰 어려움은 언어였다.
5년여의 유학 생활이 끝날 즈음에야
조금 익숙해졌구나 하는 느낌이 들 정도였으니,
확실히 내가 배우기 쉬운 외국어는 아니다.
비음과 연음, 구어체와 문어체가 확실히 구분되어서,
글만으로는 배울 수 없는 언어.
그러나 수많은 시제와 동사변형, 까다로운 발음에도 불구하고
프랑스어는 알면 알수록 사랑할 수밖에 없는
아름다움을 가지고 있다.
'때밀기'를 '죽은 피부를 벗겨낸다enlever la peau morte'라고 표현하거나,
'보고 싶다'라는 표현을 '당신이 나에게 부족하다Tu me manques'라고
말하는 것들이다.
발음이 가끔 왜 다르게 변하냐고 물으면
"원래대로 말하면 예쁘지 않게 들리니까"라는,
정말이지 로맨틱한 대답이 돌아온다.
하지만 프랑스어 문법의 태생적 정확함 때문에
의미가 불분명한 문장은 없다.

알면 알수록 어려운 프랑스어지만,
알면 알수록 낭만적인 표현도 많아진다.

On sort la bouche

quand on parle français.

프랑스어 발음은

입을 쭈욱 내밀고 하면

조금 쉬워진다.

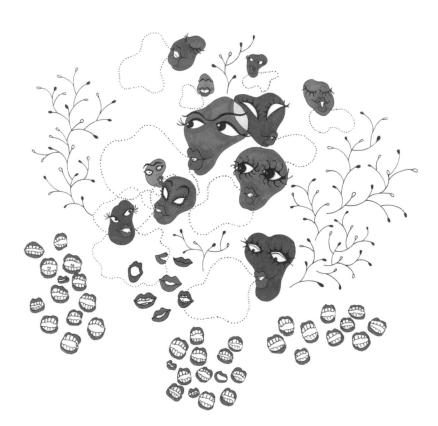

조작 일러스트 연구 2

극적인 반전이 있으면 좋지만,
없어도 하고 싶을 때.

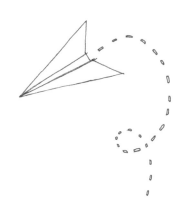

한때 일러스트와 사진을
합성하는 작업을 연습한 적이 있다.
이 둘은 워낙 다른 성질을 가지고 있어서
웬만해서는 어울리기가 쉽지 않았다.
사실 새로운 작업에 도전하거나 스타일을 바꾸는 건 쉽지 않다.
특히 이미 하나의 스타일을 만들어놓은 작가의 경우
처음에 작업한 못난이 결과물들은
이후 작업을 포기하고 싶을 만큼 견디기 힘들다.
그러나 이번 작업물이 아무리 형편없더라도
나는 성장할 것이라는 믿음을 가지고 작업을 계속해야 한다.
이 참을 수 없는 존재의 못난이 시절은 어느 작가에게나 있으며
이번의 못난이 합성 작품은 내가 성장하기 위해
꼭 필요한 디딤돌이 될 것이고
지금 미운오리새끼라고 해서 영원히 미운오리새끼로
남게 되지는 않는다는 걸 기억해야 한다.

내가 지나온 길을 보며 내가 이루어놓은 일들을 본다.
나는 실제로 성장했고, 그동안의 시간과 노력은
모두 앞으로 나아갈 길에 디딤돌이 될 것이다.
설사 그것이 아무리 형편없는 작품이라도.

다시 보면 창피하고 부끄럽지만
누구나 미흡하고 못 난 시 절 은
거칠 수 밖에 없 으 니 까.

비행기

생텍쥐페리 덕분에 나는 수많은 비행기를 그렸지만,
비행기는 웬만하면 피하고 싶은 교통수단이다.
프랑스에서 한국으로 돌아오는 비행기 안에서 호흡곤란을 겪은 뒤로
밀폐된 공간을 무서워하는 공포증이 생겼기 때문이다.
이어진 몇 번의 안정된 비행 경험으로
비행기 자체에 대한 공포는 사라졌지만,
여전히 비행기는 피하고 싶다.
사실 비행기는 빨리 이동한다는 장점을 빼고는 온통 단점투성이다.
밀폐된 기내에서는 시간과 공간의 개념이 없다.
건조하기 짝이 없는 실내공기와 맛없는 음식,
닭장 같은 좌석, 디스크와 턱관절을 악화시키는 비행 중 취침!
장시간 비행에 창가 자리에 앉기라도 하면
자주 화장실을 들락거리는 나를 민폐녀로 만든다.
유일한 장점인 속도는
마음이 몸을 따라갈 수 없는 후유증을 낳기도 한다.
비행기를 타고 열한 시간이면 프랑스에 있을 내 몸과는 달리
마음은 여전히 한국에 머무르고 있어서
이삼 일을 지내고 나서야 겨우 마음도 프랑스에 도착한다.
그 동안은 몸과 마음이 분리된 채로 살아야 한다.
기술의 눈부신 발전으로 세계 어디든 한 시간권의 속도가 된다면
그나마 지금의 열 시간 비행을 그리워하며 살게 되겠지만…
아직은 지금의 속도를 따라갈 수 없는 것이 내 마음이다.

"주느비에브,
사람이 사랑 때문에 죽는다는 것이 정말일까?"
그대는 시 낭송을 멈추고는 깊은 상념에 잠겼다.
그대는 고사리와 귀뚜라미와 벌 들 속에서 아마 그 답을 찾았으리라.
그러고는 "그럴거야"라고 대답했다.
벌들 또한 사랑 때문에 죽지 않던가.
필요한 일이고 평온하게 이뤄지는 일이었다.

_생텍쥐페리, 《남방 우편기》 중에

어찌 보면

처음부터 끝까지 외워 부를 수 있는
노래 가사가 없고,
보지 않고 외워 쓸 수 있는 전화번호가
다섯 개를 넘지 못한다.
간단한 덧셈, 뺄셈도 계산기를 이용하고,
아는 길이지만 습관처럼
내비게이션을 따라간다.
간단한 문장이지만 자동 띄어쓰기에 의존하며
빛과 초점, 플래시 자동모드로 카메라를 사용한다.
어찌 보면 풍요롭고 편리한 삶을 사는 시대 같지만

**마음뿐 아니라 머릿속까지
텅 비어가는 시대인지도 모른다.**

머리 땋기

어렸을 때 처음 인형의 머리카락을 땋아주었던 기억이 난다.
몇 살이었는지 정확하게 기억나진 않지만
엄마는 문을 열어놓은 채 목욕탕에서 빨래를 하고 계셨고
나는 인형놀이 집 옆에서 인형의 머리를 땋고 있었다.
그 장면이 누군가 사진으로 찍어 보여주기라도 한 것처럼 선명하다.

왜 엄마에게 머리 땋는 법을 가르쳐달라고 하지 않았는지 모르겠지만
혼자서 인형 머리를 땋으려 했다.
근데 두 갈래로 나누어 땋으려 했으니 잘되지 않았다.
그저 꼬였다가 풀리기를 반복할 뿐.

그러다 우연히 시도한 세 갈래로 머리 땋기.
마침내 인형 머리 땋기를 완성했을 때 너무나 기뻤고
아직까지도 그 순간이 한 장의 필름처럼 강력하게 머릿속에 남아 있다.
아마 누군가 가르쳐준 대로 땋았다면 그날의 일은 금방 잊어버렸겠지?
가끔 일이 잘 풀리지 않으면 인형 머리 땋기를 생각한다.

답은 두 갈래가 아니라 세 갈래일 수 있다!

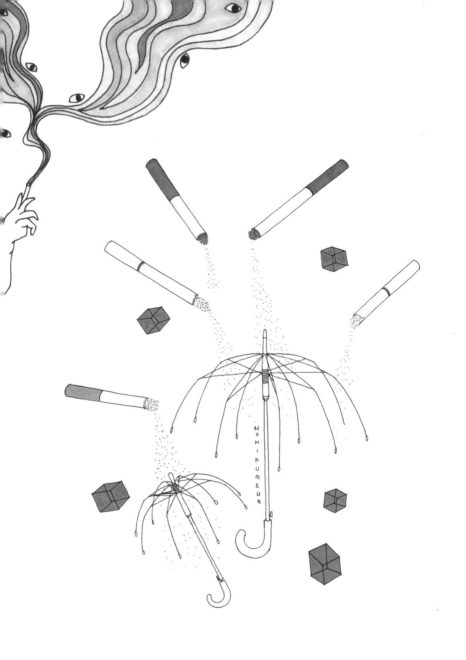

흡연자 FumeuR

프랑스에서의
금연석이란 이 모양이다.

비흡연자의 권리고 뭐고,
간접 흡연의 민폐고 뭐고 없다.

흡연자들이여,
내가 뿜어내는 담배 연기,
내 손과 입에서 나는 담배 냄새,
내가 남긴 담배 꽁초가 어떤 모습일지
생각해보면 어떨까?

컴퓨터 없이 살기

프랑스에 있을 때 비자발적으로 컴퓨터 없이 살기에 도전한 적이 있다. 작업하던 노트북이 고장 나서 한국으로 수리 보내고, 당시 자원봉사를 하던 '뚤루즈 한글학교'에서 노트북을 빌려 사용했는데, 주말에는 빌릴 수가 없어 컴퓨터 없이 일요일을 보내게 됐다. 당시 기록들을 보면 마치 '컴퓨터 중독 치유 프로그램' 일지 같다. 뼛속까지 디지털 세대인 것도 아닌 내가 이렇게 힘든데(오히려 컴맹에 가깝다), 태어나면서부터 아이패드로 〈뽀로로〉를 보는 친구의 아이들이 성장한다면 과연 컴퓨터 없이 사는 게 가능할까?

당시 기록들

일요일 오후 컴퓨터 없이 살아보기

기록1. 초조하다. 불안하다. 심심하다. 낮잠을 자고 냉장고를 열어보고 샤워를 한다. 차를 마시고 남은 차를 또 마신다. 멍하니 있다가 가끔 옆방 친구 컴퓨터를 빌려 쓴다. 괜히 꼭 필요하지도 않은 집안일을 한다. 그렇게 몇 주…

기록2. 무언가 하려고 시도한다. 책을 읽는다. 불어책이라서 한 시간이면 지겨워진다. 음악 듣기나 영화 보기는 하지 못한다(모든 파일이 컴퓨터 안에 있으므로). 다른 기계를 찾는다. 집에는 전화도 텔레비전도 라디오도 없다. 휴대폰으로 짧게 수다를 떤다. 성에 안 찬다. 아무래도 다섯 시간은 무리라고 생각한다. 그렇게 한 달…

기록3. 이제부터는 작업을 해야겠다고 마음먹는다. 힘들다(자료 수집, 이미지 수집이 안 된다). 괴롭다. 스스로 창조적이지 못하다고 자책한다. 컴퓨터가 오면 할 일을 생각한다. 그렇게 또 한 달…

세 달 정도 지나 조금씩 익숙해지던 중 귀국하게 되면서 컴퓨터 없는 삶은 끝이 났다. 좀 더 있었으면 컴퓨터에 의존하지 않고도 할 수 있는 나만의 일을 찾지 않았을까 싶기도 해서 아쉽다. 길을 걸으면서도 잠자리에 누워서도 스마트폰을 보는 우리 모두 한 번쯤 시도해보면 어떨까? 처음엔 다들 나처럼 미쳐버릴 것 같겠지? O_O

굳게 닫혀 있는 문에 소리친다.

"열려라, 참깨!"

혹시 모른다.

반대쪽 사람이 문을 열어줄지도.

#four

그러나,
어떻게든 열릴 것이다

우리 집 울타리

시골로 이사 가서
일 년은 울타리 없이도 잘 살았다.
그런데 너무도 많은 호기심을 보여주는
사람들 때문에 결국 울타리를 만들기로 했다.
산 속에 버려진 죽은 나무들로 뚝딱뚝딱 만든 울타리,
과도한 호기심은 사양한다는 무언의 의사 표시다.
물론 누구든 마음만 먹으면 드나들 수 있지만,
숲속에 사는 청솔모, 옆집에 둥지를 튼 까치,
우리 집이 자기 집인 이름 모를 길고양이…

너희들은
원래 이 땅에 살았으니
당연히, 언제나,
무료 입장!

바람

2009
Très bonne année

왜 소의 눈이 이상하냐고 묻기 전에,
조금은 천천히 그림을 봐줬으면 좋겠다.

: 이 그림은 전혀 그렇게 보이지 않아.

: 나도 그림이나 그리고 살았으면 좋겠다.

: 이 정도 그림은 나도 그리겠다.

: 잘 그리는 게 당연하지, 평생 그림만 그리고 살았잖아.

: 컴퓨터로 그린 그림인데 왜 이렇게 비싼 거야.

: 먹고 살 만하니까 그림이나 그리면서 살겠지.

: 술이나 마약, 섹스로 영감을 얻어봐.

: 집에 걸어놓을 그림 좀 선물해줘.

: 간단한 거니까 그냥 공짜로 그려줘.

: 유명한 누구 그림이랑 비슷한 것 같은데?

그림에 대한 무지를 드러냄과 동시에 작가에게 상처를 주는 말들이다. 물론 의도하지 않은 말이고 별 생각 없이 내뱉은 말이 대부분이라는 것도 안다. 하지만 대부분의 작가들은 자기 그림을 자식처럼 여긴다. 아무리 자식이 못났다 해도 눈앞에서 이런 말을 내뱉는 사람을 너그럽게 받아들일 사람은 거의 없을 것이다. 설사 웃으면서 넘기더라도 속으로는 분명 무례한 사람이라 생각한다.

대단한 그림이 아니더라도 누군가 내 그림을 꼼꼼히 봐주면 기분 좋다. 눈길조차 닿지 않는 사소한 부분도 작가는 많이 고민하고 애써 노력한다. 그만큼 그림을 보는 그 사람의 반응, 속도, 말 한마디에 집중하게 된다. 바람이 있다면, 이상하다고 하기 전에 조금은 천천히 그림을 봐줬으면…

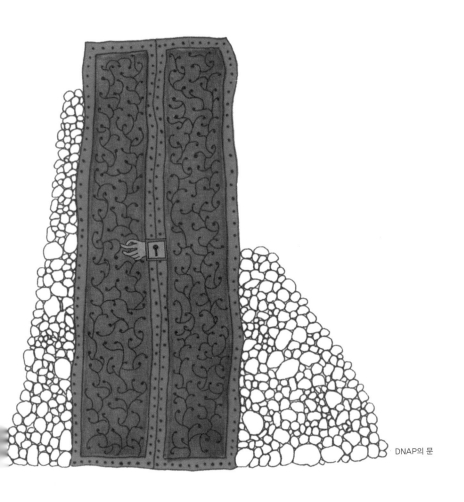
DNAP의 문

열려라, 참깨

문
닫혀 있다.
안에서 보면 밖으로 나가는 문이고,
밖에서 보면 안으로 들어가는 문이다.
잠겨 있는 문을 열 열쇠가 없을 때
굳게 닫혀 있는 문에 소리친다.
"열려라, 참깨!"
혹시 모른다.
반대쪽 사람이 문을 열어줄지도…
열리지 않을 것 같은 문이지만
지나고 보면 문은 항상 어떤 식으로든 열렸다.

이 문은 프랑스 학위심사DNAP 때 그린 그림이다.
그 뒤로 취업의 문턱에서 열어야 할 또 다른 이름의 문이 되었고,
그 문이 열리고 나서는 결혼이라는 또 다른 문이 되었고,
그 문 뒤에는 또 다른 문이 있을 것이고…
우리는 저마다의 모양과 크기를 가진 문을 열면서 살아간다.

그러나 어떻게든 열릴 것이다.
열려라, 참깨!

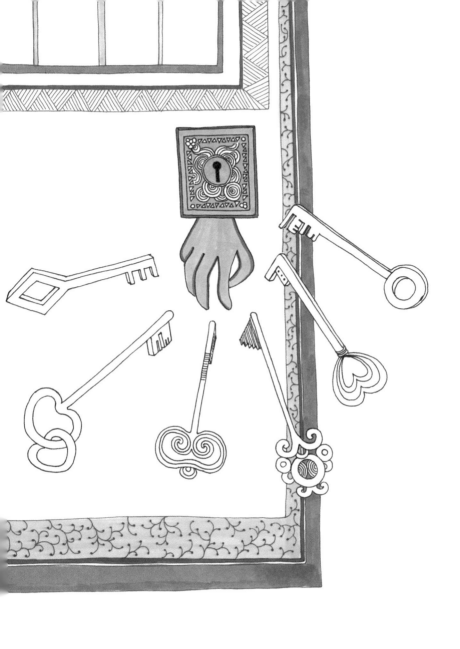

수학의 답은 하 나 지 만
푸는 방법은 여 러 가 지 이 듯 ,
내가 가진 열 쇠 만 이
그 문을 열 수 있는 것은 아 니 다 .

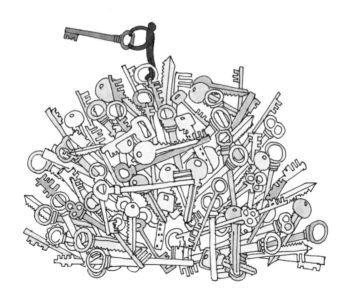

당당한 가운뎃손가락

삶의 리듬을 작업 모드로 변화시켜야 하는데
작업대 앞에 죽치고 앉아 있는 몸과는 달리 마음이 좀처럼
따라주지 않을 때가 있다.
그럴 때 누구는 뮤즈의 강림을 기다린다지만
내가 사용하는 방법은 '시간 끌기'.
그 치열한 싸움 끝에 몸과 마음이 작업에 백 퍼센트 몰입하게 되면
형용할 수 없는 희열이 밀려오며
지나간 날들에게 보란 듯이
가운뎃손가락을 보여주고 싶다.
내가 이겼지, 하하!

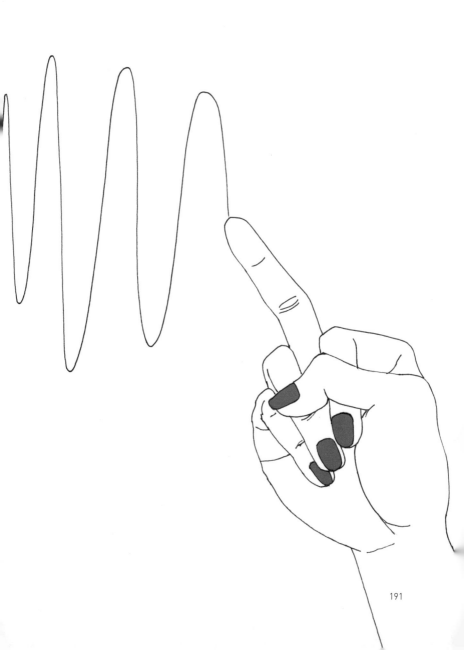

191

지금 내가 가진 것들을 위해 죽은 동물의 수를 세어보기.

193

카르마의 법칙

사람이 죽어 영혼이 육신을 떠나면,
다시 태어나기 전 49일 동안
'바르도'라 불리는 중간지대에 머물게 된다고 한다.
지나간 삶과 새로운 삶 사이를 지나는 이 중유의 시기에
내 영혼이 들고 있을 작은 블랙박스 하나.
이 인생의 블랙박스에는
이번 생의 모든 행위가
선악의 구분 없이 있는 그대로 저장되어 있다.
그 블랙박스의 인연대로 흘러
우리는 새로운 생을 시작한다.

내 인생의 블랙박스가
다음 생의 로또가 될지 폭탄이 될지 생각하면
지금 어떻게 살아야 할지 조금은 쉽게 결정된다.
살아가면서 어렵고 힘든 순간엔
내 인생의 블랙박스를 생각해본다.

내가 겪고 있는 고통은
모두 나에게서 비롯된 것이다.
내가 내뱉은 말과 행동,
마음의 에너지가
온 우주를 돌고 돌아
나에게 되돌아온 것뿐이다.

견우와 직녀를 만나게 해주었던 까치와

까마귀는 올해도 나에게는 찾아오지 않았다.

vin chaud

뱅 쇼

와인, 물론 많이 마셔봤지만
몇 년산 샤또드 어쩌고저쩌고 하는 말은 잘 알지 못한다.
보통 그 지방 산지에서 나는 와인은
대부분 싸고 맛있으니까 가끔씩 마셨을 뿐.
가난한 유학생 신분이라
비싸고 좋은 와인은 마셔볼 생각도 하지 못했다.
또 눈 앞에 펼쳐진 수많은 와인 중에서
맛좋고 질좋은 와인 한 병을 고르는 것도 미스터리한 일인 데다,
술을 고르는 데 시간을 보내는 것 자체도 나와는 맞지 않았다.
그러다 보니 특별히 추천해줄 만한 와인 이름
한두 개 정도도 외우고 있지 못하다.

이런 나에게도 그리운 와인이 하나 있는데, 그건 바로 뱅쇼vin chaud.
12월이면 야외 광장에 크리스마스 마켓이 열리는데
거기서 파는 따뜻한 와인이다.
레드와인에 계피, 별 모양의 아니스, 설탕,
저민 오렌지를 넣고 끓이면 되는데
으슬으슬한 프랑스의 겨울에 몸을 녹일 수 있는 최고의 음료다.
점심식사 후 뱅쇼 한 잔을 마시고
알딸딸한 채 수업을 듣는 재미도 나쁘지 않다.
프랑스어가 스멀스멀 나오니까!
겨울에 프랑스에 갈 일이 있다면 꼭 한번 드셔보길.

"프랑스에 있었으면
와인 많이 마셨겠네요?"
남자들이 자주 하는 질문이다.
"많이 마셨죠! 뱅쇼를!"

마늘

부추

독종 삼총사

겨울이 채 가기 전
얼음장 같은 땅을 뚫고 초록색 머리를 내민다.
봄이 오는 소리.
"우리 살아 있어요."

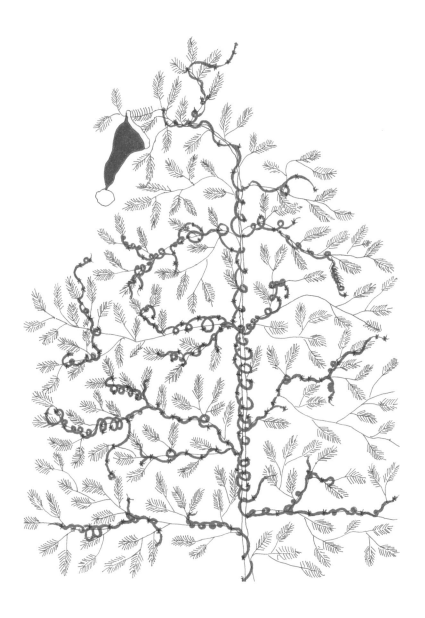

찌릿 찌릿 반짝반짝
깜빡깜빡 번쩍번쩍
길거리의 나무들은 크리스마스가 싫을 것 같다.

프랑스에서 책 읽기

구어체와 문어체가 완전히 다른,
프랑스어로 책을 읽는다는 것은 쉽지 않다.
마치 배가 고파 죽을 것 같은데 소화시키기 힘든 음식을
며칠에 나누어 먹는 것 같다고나 할까?
시간이 오래 걸리는 건 둘째 치고,
그나마 읽은 내용도 처음에 다 소화시킬 수가 없다.
물론 시간이 지날수록 책의 크기와 볼륨,
즉 음식의 질이 높아지고 양도 많아진다.
곧 어색한 음식을 먹는 것에 익숙해지고
만족스럽거나 좋아하는 음식들도 생겨난다.

딱 그런 자신감이 충만할 때,
나는 한국으로 돌아와야 했다.

맙 소 사!

프랑스 요리는 미인과 같다.
그 향을 즐기려면 기다려야 한다.
_브리아사바랑, 프랑스의 정치가이자 미식가

잠을 저축하는 저금통

사람은 여덟 시간 이상을 자야 한다고 생각하고,
실제로 열 시간을 자야 다음날을 완벽하게 보내는 나에게도

아주 가끔은 잠이 오지 않는 시기가 있다.
고3 수험생 때도 아니었고,
프랑스 학위심사 때도 아니었다.
누군가 내 곁을 영원히 떠난다고 느껴질 때였다.

외할아버지와 삼촌이 돌아가셨을 때 그랬고,
사랑하던 사람이 떠났을 때 그랬다.
누군가를 떠나보낼 때 스스로의 의식이랄까.
이 시기엔 사람이 이렇게까지 잠을 안 자고도
버틸 수 있구나 하며 놀란다.
누군가의 연구 결과처럼
잠도 저축해놓고 꺼내 쓸 수 있기 때문인가?

평소에 다른 사람들보다 훨씬 많은 양의 잠을 저축해두니
너무 게으른 게 아닌가 싶어 스스로 죄책감을 느끼기도 하지만,
언젠가 나에게 찾아올 가슴 아픈 이별의 시기에
누군가를 떠나 보낼 의식의 에너지로 꺼내 쓸 수 있다고 생각하면,
묵직해진 내 저금통만큼 조금은 마음이 가벼워진다.

자, 아주 쉽죠

예전에 밥 로스의 〈그림을 그립시다〉라는
EBS 교육방속 프로그램이 있었다.
그는 나무를 그리며 이렇게 말했다.
"자, 아주 쉽죠? 그냥 슥슥 그려주기만 하면 돼요.
내가 나뭇가지를 어떻게 그리든
세상에는 그와 비슷한 나무가 어디엔가 있을 겁니다.
그러니 겁내지 말고 이렇게… 찍어주기만 하면 돼요."
그러면서 10초 만에 뚝딱, 멋진 나무 한 그루를 만들어냈다.
하하하, 세상에나… 어찌나 맞는 말이던지.

심사숙고해서 나뭇가지 하나, 잎사귀 하나를 그려놓고는
그럴 듯한지 아닌지, 괜찮아 보이는지 아닌지 걱정하는 것보다
마음 가는 대로 줄기를 그리고 잎사귀를 찍고 꽃을 만들어놓고
세상 어딘가에는 이런 나무가 존재할 거라고 믿는 것,
정말 멋진 생각이다.

한국에 돌아오자마자
한 출판 관계자에게 인물 그림을 못 그린다는 말을 듣고
사람을 그리는 것에 대한 두려움이 생겼다.
하지만 밥 아저씨 말대로
세상에 이렇게나 많은 사람이 있는데
내가 그린 그림의 주인공도 어딘가 있지 않겠어?

흥!

아침고요수목원의 천년향

얼굴연습

무남이무
금자씨
네

엄마와 아빠는 같은 집에 살고 있지만 다른 말을 한다.

책상에 관한 두 가지 정의

청소하는 것이 하루 일과 중
가장 중요한 엄마에게는
책상 위에는 아무것도 있어서는 안 되는 곳이다.

청소하는 것은 하루 일과에
절대 포함되지 않는 아빠에게는
책상 위란 필요한 모든 것을 올려놓는 곳이다.

금성에서 온 엄마
화성에서 온 아빠

통역은 내가?!

정사각형을 가지고는
정육면체를 그릴 수 없다

"정육면체를 그리는 것은
정육면체 같지 않은 모습을 그리는 것이다."
《오른쪽 두뇌로 그림그리기》라는 책에 나오는 구절이다.

정육면체를 그리려면 보이는 그대로
이상한 각도의 사각형을 그려야 한다.

정육면체의 면이 사각형이라는 것을
알면서도 모르는 체해야 한다.

그리고 그 우스꽝스러운,
기울어진 사각형을 그려야 한다.

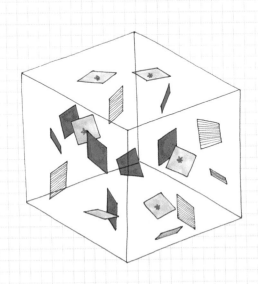

남들에게 그럴듯한 삶의 정육면체를
보여주려면 지금 괴상망측한 사각형,
찌그러진 삶의 일부를 그리고 있는 것이
당연할지 모른다.

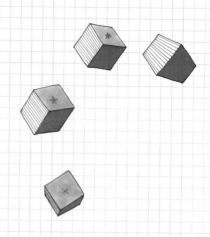

정육면체는 직각이 아닌 괴상망측한 각도로 그려야만 실제 같
은 정육면체로 그려진다. 달리 말하면 사각형의 정육면체를 그
리기 위해서는 직각의 사각형이 아닌 모양들을 그려야 한다는
뜻이다. 그럴 듯한 그림을 그리기 위해서는 언어적 지식이나
개념적 지식과는 상반되는 이 비논리적인 역설을 받아들여야
만 한다. 아마도 이 말은 "그림이란, 진실을 이야기하는 거짓
말"이라는 피카소의 진술과 통할 것이다.

베티 에드워즈, 〈오른쪽 두뇌로 그림그리기〉 중에서

안락사

얼마 전 사촌 동생이 키우던 개 '보리'가
췌장염으로 며칠을 앓다가 죽었다.
췌장 이상 증세를 보이던 보리는
염증이 위와 대장 등 다른 장기로 전이되면서
옆에서 지켜보기 힘들 정도로 고통스러워했다.
주인으로서, 십 년을 함께 해온 가족으로서
사촌 동생은 안락사에 대해 고민하기 시작했다.
나는 원래 안락사에 대해 부정적이었다.

삶은 주어진 대로 살아야 하 는 것 이 라 고 .
우리 스스로가 결 정 해 야 할 영 역 이
아니라고 생 각 했 으 니 까 .

그런데 보리의 죽음을 지켜보면서
어떤 선택이든 존중하고 이해해줘야 한다는 생각이 들었다.
안락사를 결정하는 것.
옳다, 그르다 판단하기조차 어려운,
생명의 존엄과 직결된 힘든 선택.
보리는 결국 보리에게 주어진 삶을 살고 떠났지만
만약 사촌 동생이 안락사를 선택했다고 해도
쉽게 비난할 수는 없었겠지.

의료 기술의 힘을 빌려 남은 삶의 시간을 늘리는 것,
의료 기술의 힘을 빌려 죽음으로 가는 고통의 시간을 줄이는 것,
어떤 선택이든 남은 자가 얼마나 힘든 결정을 한 것인지에 대해
보다 깊이 생각했으면 한다.

217

휴지에 남긴 그림 일러스트 연구3

사실 이 그림들은 이미 버려졌던 이미지들이다.
작업을 완성하기 위해 여러 그림을 그린 뒤
마지막에 선택이라는 것을 하고 나면
그 뒤에는 선택받지 못해 버려진 이미지들이 남는다.
그들 역시 내 그림이기에 미안하고 아쉽지만
아쉬움만으로 그들의 운명이 바뀌지는 않는다.
그래서 이번에는 그들을 위한 프로젝트를 시작했다.
그들과 같은 운명,
짧게, 한 번의 쓰임 후에 휴지통으로 버려지는
휴지 위에 그림을 인쇄했다.
예쁜 그림, 좋은 그림은 언제 어떻게든 쓰인다.
수첩 안을 장식하기도 하고, 액자에 넣어 전시되기도 한다.
의뢰받은 그림은 백만 번의 수정을 거치더라도 그 쓰임이 있다.
그렇다면 그냥 별 볼일 없는 그림은?
그냥 작가의 작업실 창고 속에 있어야 하는 걸까?
그 별 볼일 없어 버려진 그림일지라도
작가가 작업 서랍 속에 넣어두려고 그린 건 아니니까,

별 볼 일 없는 게 그 그림의 운명이라면
나가서 그만큼만 역할을 했으면 하는 바람이다.

혹시 모르지?
누군가에게는 소중히 간직될 휴지가 될지도…

"때로는 일을 조금 미루는 것이 괜찮을 때도 있어.
하지만 그게 바오밥나무일 경우엔
항상 문제가 심각해지고 말아.
나는 게으른 남자가 살고 있는 별을 하나 알고 있어.
그 게으름뱅이는 세 개의 작은 관목들을
태만하게 방치했었지…"

_생텍쥐페리, 《어린왕자》 중에서

갖지 말아야 할 것!

게으름

냉소주의

두려움

나쁜 습관

거만함

바오밥나무

용 그림 그리기

용의 해를 맞이했을 때
크리스마스카드 겸 연하장에 사용할 용을 그렸다.
용은 상상의 동물이라니 내 상상대로만 그리면 되겠구나
싶어서 가벼운 마음으로 시작했다.
그런데 막상 그리고 보니 이 동물은
태생이 상상인지라 사진이나 참고자료가 없다!
사전의 정의대로 그리든지 이런저런 기존 그림을 보고
새롭게 재해석해 그려야 하는데,
그림을 참고하자니 원본의 영향을 받지 않기가 힘들고
정의를 찾아 비슷한 동물을 모두 모아 그리려니
부위마다 참고해야 할 동물이 너무 많다.

"용"은 사전에 이렇게 나와 있다.
"다른 짐승들과 아홉 가지 비슷한 모습을 하고 있다.
머리는 낙타와 비슷하고, 뿔은 사슴, 눈은 토끼, 귀는 소,
목덜미는 뱀, 배는 큰 조개, 비늘은 잉어, 발톱은 매,
주먹은 호랑이와 비슷하다."

맙소사!!
내가 그린 용을 자세히 들여다보니
머리는 악어, 뿔은 영양, 갈기는 사자, 몸통은 뱀이고,
있지도 않은 날개는 박쥐의 날개 같고,
발톱 세 개를 그려놓으니 이게 중국용이냐 한국용이냐 말이 많다
(중국의 용은 발톱이 세 개, 한국의 용은 발톱이 다섯 개라고 한다).
그래도 구불구불한 선을 많이 쓰는 나에게
용은 다른 어느 동물보다 그리고 싶은 동물인걸.

크리스마스 카드 1

크리스마스 카드 2

크리스마스
카드 3

생일카드 1

위로카드 1

감사카드 1

꿈꾸는 기타리스트

삼 년 만에 한국에 놀러온 베스트 프랜드 E. J.가
가끔 기분 전환을 하라며 선물해준 체리핑크 색의 매니큐어.
하루 종일 손을 쓰는 나에게 빨간색의 사치가
낯설어서인지 자꾸만 손을 펴보게 된다.
아무래도 손끝을 부자연스럽게 만드는 네일 케어는
불필요하다는 생각이 든다.

화장은 하면서 왜 네일 케어는 하지 않느냐고?
네일 케어를 받아봤자 그 고운 자태가
하루를 넘기지 못한다는 게 가장 큰 이유지만
그보다 더 큰 이유는, 그냥 나의 맨손이 좋다.

세련된 체리핑크 색 은 없 지 만
그림을 그리면서 생긴 값 진 굳 은살이 있고,
언제든 아끼지 않고 작업할 준비가 되어 있는
수수한 모습이 더 좋다는 거!

메리 크리스마스
Joyeux Noël

일 년 중 가장 큰 명절인 노엘(크리스마스) 바캉스에
혼자 프랑스를 여행하는 것은 권하고 싶지 않다.
문을 여는 상점도 없을 뿐더러 대부분의 프랑스 사람은
노엘을 가족과 함께 보내기 때문에 거리에서 사람 구경조차 쉽지 않다.

노엘 바캉스에 프랑스 시골 마을을 여행한다면
제대로 한 끼 식사를 할 만한 레스토랑도 찾기 힘들다.
나도 어지간하면 외로워도 슬퍼도
노엘 때에는 여행을 가지 않고 조촐하게 한국 친구들과 시간을 보냈다.

바캉스가 끝나면 가족과 함께 시간을 보낸 프랑스 친구들은
명절 에피소드를 잔뜩 안고 돌아온다.

이혼율이 높은 프랑스 가족 관계 덕분에 형제 이야기만 해도,
엄마 쪽 동생 누구누구와 아빠 쪽 동생 누구누구,
얘네랑은 엄마만 같고 아빠가 다 다르고,
쟤네랑은 엄마가 다 다르고, 혹은 엄마 아빠는 같은데
나는 엄마랑 살고 얘는 아빠랑 살고 어쩌고저쩌고…
참 친절하게도 설명해준다.

크리스마스 이브 저녁은 엄마네 가족과,
당일 날은 아빠네 가족과 함께하는 엄청난 양의 스케줄은
우리네 명절과 비교할 수 없을 만큼 길고 복잡하지만
한국에서든 프랑스에서든 그래도 명절은
'가족과 함께'라서 행복한 날인가보다.

선물을 주는 지혜

선물을 주기는 하지만,
왜 주었는지 언제 주었는지
무엇을 주었는지 얼마짜리를 주었는지
내가 선물을 주고 난 순간,
선물에 대한 모든 것을 잊어야 한다.
그렇게 하면 선물로 인한 섭섭함은 없다.

어버이날 선물을 무엇으로 할까 고민하다가
부모님 신발이 닳은 것 같아 새로 사드리기로 결정했다.
아무래도 신발은 직접 신어보고 선택하셔야 할 것 같아
직접 사시라며 현금을 드렸는데 며칠이 지나도 신발장에
새 신발이 보이질 않으니 분명 딴 곳에 쓰신 것 같았다.
드린 돈으로 신발 안 사시고 어디에 쓰셨냐 물었더니 하시는 말씀.
"니가 준 돈으로 뭘 했냐 물으면 그게 어디 날 준 거냐?"
아! 그런가? 음… 그렇다.
선물이란 이름으로 누군가에게 무엇을 주고 나서
그 이후의 나의 바람은 쓸데없는 참견인 것 같다.
선물에 대한 모든 것을 잊어야,
진짜 선물한 것이 된다.

단순하게 보면 물건을 보내는 일에 불과하지만,
실제로는 마음의 교류가 이루어지는 게 선물이라고 생각한다.

_가나모리 우라코, 일본의 작가

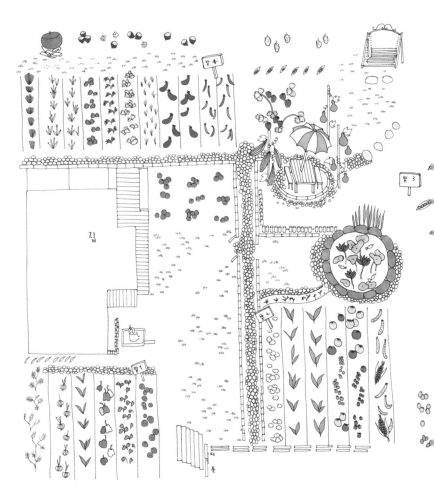

우리 집 텃밭에 무엇이 있느냐고 묻는 이가 많아서 그린 텃밭 지도.

농사 초보

시골에 사는 재미들 중 가장 좋은 것은 텃밭 가꾸기다.
상추, 부추, 고추, 호박, 오이, 가지,
토마토, 깻잎, 옥수수, 파프리카…
땅에서 자라는 웬만한 채소는 다 심어보았지만
아직 텃밭 가꾸기 초보이신 부모님.

아욱이라 믿었던 싹이 시금치로 자란다거나
너무 매워서 입에 댈 수도 없는 고추가 열린다거나
애호박인 줄 알았는데 단호박이 열린다거나…
채소마다 텃밭마다 사연도 많다.
이렇듯 예상치 못했던 황당한 결과물도
시골 생활의 즐거움이다.
마트에서 파는 것처럼 예쁘고 반짝이는 채소는 아니지만
우리 집 식탁은 더 풍성한 먹을거리와 이야깃거리로 넘쳐난다.

애국심

삼일절에도, 광복절에도, 개천절에도 집집마다 태극기가
줄 지어 문 앞에 걸린 풍경을 본 지가 참 오래 되었다.
독립만세를 외치던 33인의 투사나
이름 없이 스러져 간 열사들처럼은 못하더라도
국경일날 집 앞에 태극기를 다는
정성만이라도 가질 수 있다면.
인터넷과 SNS로 비방 댓글 달 시간에
국경일날 태극기 한번 달아보는 게 어떨까.

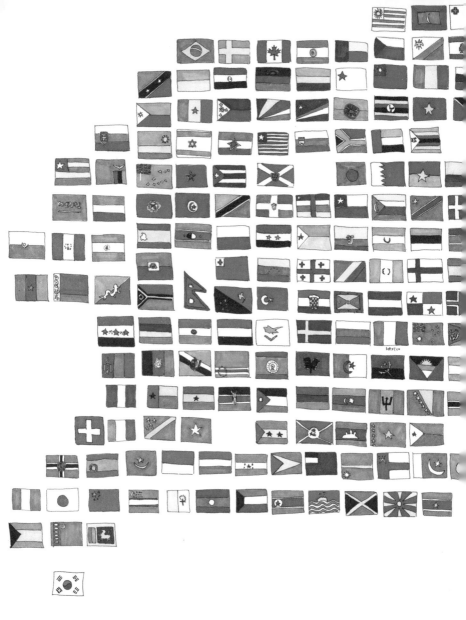

국화꽃

10월 정원의 쓸쓸함에 작은 위로가 있다면 역시 국화꽃이다.
늦가을까지 벌과 나비를 움 직 이 게 하 는 꽃
남들이 모두 필 때 피우지 못해도 주 눅 들 지 않 는 꽃
왜 이제 피었느냐고 물 어 보 지 않 아 도 되 는 꽃
봄, 여름 내내 피지 못 해 도 괜 찮 다 고
언젠가 내가 피어날 시기가 반드시 온다고 믿게 해주는 꽃.

스물여섯이란 늦은 나이에
프랑스에서 다시 대학에 들어갔을 때도 국화꽃을 생각했다.
프랑스엔 늦은 나이까지 학교를 다니는 학생이 생각보다 많지 않았다.
전교생을 통틀어 내가 가장 나이가 많았고
어떤 선생님은 나보다 어리기도 했다.
뭐 동양인 특유의 동안으로 처음엔 나이를 굳이 밝히지 않고 다녔는데
어느 순간 내가 나이가 많다는 것이 소문 나면서
"너 서른 살도 넘었다며" 하고 묻는 친구가 많아
그냥 스물여섯 살이라고 커밍아웃을 하고 말았다.
친구들이 장난 삼아 나이가 많다고 놀리면 나도 웃으면서 이야기한다.
국화는 가을에 피지만 아무도 늦게 피었다고 놀리지 않는다고.

나의 내부에는 주름도 없거니와
지쳐버린 심장도 없다.
있는것은 다 쓰지 못한 청춘뿐이다.

_R. W. 에머슨, 미국의 철학자

우연과 운명

처음 그림을 배우던 때 뭐든 잘 그려지는

알라딘의 요술 펜이 있으면 좋겠다고 생각했다.

지금은 이 알라딘의 요술 펜이

글도 잘 써지는 펜이면

더 바랄 게 없겠다는 생각이 든다.

그런 울트라 수퍼 파워 킹왕짱 요술 펜이

하늘에서 뚝 떨어졌으면 좋겠다.

한 번도 생각해보지
않은 일을 하게 되는 것

요즘 나는 매일 글을 쓰고 그림을 그린다.
그림을 그린 지는 벌써 십 년이 넘어가니 일상이 되었다 치고,
책이란 걸 만들기 시작하면서부터는 글도 쓰고 있다.
사실 글을 쓴다는 건 내게 엄청난 스트레스다.
그림을 그릴 때는 몇 시간이고 자리에 앉아 집중할 수 있는데
글을 쓸 때는 조금만 집중해도 피로감이 몰려와
몇 시간 작업 후 곯아떨어진다.
태어나서 꼭 한 번은 글을 쓰며 살고 싶다거나
글을 써서 밥을 먹고 살아야겠다거나
글을 안 쓰면 큰일 날 것 같다는 생각은 해본 적이 없는데,
나는 지금 글을 쓰고 있다.

곰곰이 생각해보면 그림 공부를 위해 프랑스어 공부를 해야 했고,
프랑스어를 잘하기 위해 프랑스 친구들과 어울려야 했다.
프랑스 친구들과 잘 어울리기 위해
사교성을 키워야 했고, 요리도 했고, 춤도 췄고,
술도 마셨고, 여행도 다녔다.
글을 쓰는 것도 결국 그렇게 연결된 것이 아닐까?
그림을 잘 그리기 위해 지금 나는 글을 쓴다.

어쩌면 그림을 계속 그리기 위해 북극을 여행할지도 모르고
그림을 더 잘 그리기 위해 마라톤을 하게 될지도 모르겠다.
내가 한 번도 생각해보지 않았던 일을 하게 된다 해도
무조건 불평할 일은 아닌 듯하다.
그 일이 내가 가장 하고 싶은 일을
더 잘할 수 있게 만들어주는 일일지 모른다.

꿈꾸는 방법

어떤 꿈은 내가 만들어야 이루어지고,
어떤 꿈은 내 의지와 상관 없이 이루어진다고 생각했다.
그럴 땐 그저 기다리고, 기도하고, 바라는 일이 전부인데,
그 기다리는 시간을 어떻게 보내느냐에 따라
꿈이 이루어지느냐 아니냐는
그다지 중요해지지 않을 수도 있다는 걸 알게 됐다.
간절한 바람과 초조함 끝에 맞게 되는 성공과 실패는
결과에 온전히 집착하게 되지만,
꿈을 이루어나가는 과정을 소중히 하다보면
당장의 결과에 크게 연연해하지 않게 된다.
그 꿈이 지금 이루지지 않았다 해도 끝난 게 아니기 때문이다.
꿈이 이루어질까 이루어지지 않을까 초조해진다면,
다른 무언가를 찾아야 한다.

꿈의 성패를 잊을 정 도 로
열정을 쏟을 만한 무 언 가 를 찾 아 야 한 다.
목표에 좀 더 다가가기 위한 피 를 쏟 을 정 도 의 노 력 이
불안감을 잊을 수 있는
최 고 의 방 법 이 다.

평안히 잠들지는 마소서

책을 준비하면서 막바지로 가면 갈수록
하루에 열두 번도 넘게 걱정과 근심의 나락으로
떨어졌다 올라오곤 한다.
제대로 하고 있는 것일까,
사람들에게 욕을 먹으면 어떡하지,
책이 나오자마자 묻혀버리는 건 아닐까,
다시는 책을 만들지 않겠다며 좌절할 수도…
'첫 번째 책은 두 번째 책을 만들기 위한 발판이기도 하니까 괜찮아'라고
스스로를 위로하면서 한 작업이기도 하지만,
아무에게도 주목받지 못할 수도 있다는 두려움은 쉽게 떨칠 수가 없다.

한 권의 책이 만들어지기까지
이렇게나 많은 시간과 노력이 들어가는데
세상에 나오자마자 사라져버리면 얼마나 슬플까…
아직 책이 나오지도 않았는데 벌써부터 지레 겁을 먹고
절망의 구렁텅이에 빠지는 것이다.

가수에게는 앨범이, 작가에게는 시나 소설이, 화가에게는 그림이…
모든 노력을 쏟아부은 결과물이 세상에 나오자마자
묻혀버릴 수도 있다는 두려움을 이겨내고
작업을 해나가는 그들은 진정 용기 있는 자임을 새삼 깨닫는다.
내 마음을 달래기 위해 이미 사라진 책들과
그 책들의 저자를 위한 그림을 그려본다.
언젠가 다시 무덤을 뚫고 비상하기를 기대하면서!

NE PAS
reposer en paix.

초판
1쇄권
1999. 09. 09
여기에 잠들다

후기

세련되지는 못하지만 순수해 보이는
나만의 색들로 그림 그리기를 시작한다.
하지만 그림은 완성되어갈수록 내가 가진 색,
혹은 내가 갖지 않은 색들이 섞인다.
원래 내가 가지고 있지 않은 다른 색들은
대부분 정체 모를 색이어서 곰팡이가 핀 그림처럼
전체를 망쳐버리기도 하고,
내가 갖고 있었던 색들을 죽여버리기도 한다.
근사하게 배어나오는 그림의 밑색이 되거나,
마지막 그림을 멋지게 살려주는 터치가 되어주는
그런 색을 만나기는 생각보다 쉽지 않다.

책을 쓴다고 하니까 주위에서 말이 많았다.
글 잘 쓰는 사람이 있는데 한번 보여주면 어떻겠냐,
혹은 그림을 잘 그리는 사람이 있는데 조언을 받아보는 건 어떻겠냐…
물론 도움을 받으면 조금은 더 예쁜 그림이 되거나
근사해 보이는 글로 바뀌어 멋진 책이 탄생하게 될 테지만,
그럼 원래 내가 갖고 있던 색깔은?

어짜피 세상엔 나보다 잘난 사람투성인데
내가 그들의 세련됨을 흉내내봤자, 라는 생각이다.
책을 쓰면서 나는 이렇게나 많은 것을 배워왔는데…

이 첫 번째 책을 마지막으로
글쓰기와 그림그리기를 그만 할 것이 아니라면
좀 더 멋있는 색은 차츰차츰 자연스럽게 만들어가는 것이 좋지 않을까,
하는 게 지금의 마음이라 어물쩡거리는 대답으로
대부분의 호의를 넘겼다.
신경써주신 모든 분들의 고마움만 받겠다.
언젠가 내 인생 최고의 멋진 색깔이 나오는 그때
비록 제일 숨기고픈 작업으로 남게 되더라도
내 처음은 이랬구나 하는,
촌스런 니가 있어서 내가 이렇게 멋있어졌구나 하는
고마움이 되는 책이 되었으면 좋겠다.

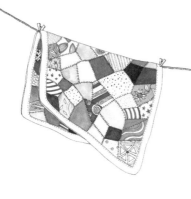

오늘은 운수 좋은 날

백종원의 우리술

백종원의 우리술

1판 1쇄 인쇄 2023. 12. 05.
1판 1쇄 발행 2023. 12. 15.

지은이 백종원

발행인 고세규
편집 봉정하 디자인 정윤수 홍보 반재서 마케팅 박인지
발행처 김영사
등록 1979년 5월 17일(제406-2003-036호)
주소 경기도 파주시 문발로 197(문발동) 우편번호 10881
전화 마케팅부 031)955-3100, 편집부 031)955-3200 | 팩스 031)955-3111

값은 뒤표지에 있습니다.
ISBN 978-89-349-1774-8 03590

홈페이지 www.gimmyoung.com   블로그 blog.naver.com/gybook
인스타그램 instagram.com/gimmyoung   이메일 bestbook@gimmyoung.com

좋은 독자가 좋은 책을 만듭니다.
김영사는 독자 여러분의 의견에 항상 귀 기울이고 있습니다.

우리술

백종원의

백종원 지음

김영사

다양한 매체를 통해, 한국 음식을 해외에 알리고, 세계 여러 나라의 음식을 한국에 알리면서 '음식'이 주는 소중한 가치를 느낍니다.

외식사업을 하면서 벤치마킹을 위해 세계 여러 나라를 방문하거나, 방송 촬영을 위해 그 나라의 시장이나 전통이 있는 음식점을 찾아가면 음식뿐만 아니라 술도 맛보곤 했습니다. 음식의 다양성은 둘째치고 다양한 술의 향연에 놀라곤 했지요. 가까운 일본만 하더라도 지역마다 다른 사케가 있고, 종류도 많았습니다. 처음에는 그 나라 사람들이 다양한 맛과 향의 술을 즐기는 것을 보면서 부럽다는 생각만 들었습니다.

나중에서야 우리나라에도 막걸리나 약주 같은 발효주뿐만 아니라 소주 종류가 매우 다양하게 있음을 알게 되었지요. 그리고 우리술 문화의 근간을 이루는 가양주 문화의 맥이 끊어져 '우리술'의 다양성도 사라졌다는 사실에 안타까웠습니다.

어떻게 하면 '우리술'을 알릴 수 있을까? 이렇게 맛있는 술을 많은 사람들과 나누고 싶다는 생각에 방송이나 유튜브 등에서 소개하고 싶었지만, 술에 대한 지식이 얕아 쉽지 않았습니다. 사업과 방송 등 바쁜 와중에도 시간을 내어 '우리술' 공부를 시작했습니다. 술에 대한 글을 백 번 읽는 것보다 직접 술을 빚어보는 게 좋겠다는 생각에 3~4년 전부터는 술빚기에 매달렸습니다. 하면 할수록 재미도 있고, 빚는 방법과 숙성 기간에 따라서 맛과 향이 달라지는 '우리술'의 팔색조 같은 매력에 빠져들었습니다.

지역 양조장도 찾아다니고, '우리술' 전문가들을 찾아 뵙고 자문을 구하였습니다. 어려운 여건 속에서도 '우리술'의 맥을 이어가고 있는 그분들의 노고에 어떻게든 보답을 하고 싶었습니다.

이렇게 시작된 《백종원의 우리술》은 보다 많은 사람들을 '우리술'의 그 풍부하고 깊은 세계로 안내하기 위해 쓴 입문서입니다. '우리술'에 관해선 비전문가나 다름없기에 그만큼 조심스럽기도 합니다.

여러분들이 '우리술'에 한 발짝이라도 다가서기를 바라는 마음에 최대한 쉽게 그리고 친절하게 썼습니다. '우리술'에 관해 깊고 넓은 지식과 정보를 원하는 분들에게는 다소 미흡할지도 모르겠습니다. 다만, 이 책이 '우리술'의 이해도를 조금이나마 높일 수 있고, 이 책을 계기로 더 많은 '우리술' 관련 책들이 나오길 소망합니다.

음식을 나누면서 그 맛을 이야기하듯, 술에도 '이 음식에는 어떤 술이 좋을지', '이 술에는 어떤 향과 맛이 나는지' 등 자연스럽게 이야기를 나누는 문화가 생겨나길 희망합니다. 그리고 그 중심에 '우리술'이 있었으면 하는 바람입니다.

  더불어, 해외에서도 많은 사람들이 '우리술'을 즐겨 마시는 날이 오길 소망합니다. 그때까지 저 역시 '우리술'을 알리는 데 최선을 다 하겠습니다.

2023년 가을

목차

작가의 말 4

Part1. 우리술의 세계로 안내

1. 우리술, 얼마나 알고 있나?

2. 제대로, 색다르게 우리술 즐기기

백
종
원
의

우
리
술

감수(가나다순)

김재호   한국식품연구원 책임연구원
류인수   한국가양주연구소 소장
명욱   주류문화칼럼니스트, 세종사이버대학교 교수
박록담   한국전통주연구소 소장
이대형   경기도농업기술원 박사
허시명   술 평론가, 막걸리학교 교장

Part 1

우리술의 세계로 안내

우리술, 얼마나 알고 있나?
제대로, 색다르게 우리술 즐기기
우리술을 찾는 방법
알수록 매력적인 우리술 이야기

1. 우리술, 얼마나 알고 있나?

'우리술'이 이렇게 많아?

여러분 눈앞에 많은 술이 있어요. 이 중에서 '우리술'을 한번 찾아
보시겠어요. '우리술'이라고 하면 제일 먼저 막걸리와 소주가 떠오
르실 거예요. '우리술'을 판매하는 인터넷 사이트에 한번이라도 들어
가 보신 분들은 아실 거예요. 종류도 다르고, 맛과 향도 다르고, 색도

다르고, 들어가는 원료도 다양한 술이 매우 많다는 것을요.

그렇다면 어떤 술을 '우리술'이라고 부를 수 있을까요?

한 지역을 대표하는 술은 그 지역에서 심고 키우는 농산물을 원료로 하여, 기후나 풍토에 맞게 빚어집니다.

가령, 춥고 건조한 기후의 나라에서는 곰팡이가 번식하기 어려워요. 또 보리, 밀, 호밀 등 보릿과의 곡식을 주로 키웠고요. 싹을 틔운 보리의 낟알인 맥아를 이용해서 맥주를 빚게 된 데에는 이런 배경이 있습니다.

반대로 덥고 습한 기후의 나라(동아시아)에서는 곰팡이가 번식하기 쉬워요. 이들 나라에서는 술을 만들어주는 곰팡이와 효모를 여러 미생물과 함께 번식시킨 누룩과 쌀, 보리, 수수 등의 곡식을 이용하여 술을 빚었습니다.

우리나라도 여름철엔 덥고 습하기에 우리 조상들은 곡식의 전분을 당분으로 바꾸는 데 누룩을 이용했고, 오랫동안 주식으로 삼은 쌀, 보리 등의 곡식을 원료로 하여 여러 훌륭한 술들을 탄생시켰습니다.

'우리술'은 우리 땅에서 생산되고 주식으로 삼는 곡식을 원료로 하여 누룩을 이용해 술을 빚는 방법을 계승하고 발전시킨 술이라고 할 수 있어요.

우리가 주식으로 삼는 곡식 중 대표적인 것이 바로 쌀이에요. '우리술'을 찾는 첫 번째 단서는 원료가 쌀인가를 확인하는 것이겠죠.

'우리술'은 원료도 다양하고 종류도 다양해요

쌀로 만드는 '우리술'은 그 빚어진 모양새를 보면 식혜와 비슷해요. 위에 맑은 술이 떠 있고, 아래쪽에 삭은 밥알과 누룩의 밀기울 등이 섞여서 가라앉아 있습니다. 술이 다 익으면 '용수'라는 대나무로 만든 기다란 소쿠리처럼 생긴 도구를 술독에 박아서 용수 안에 고이는 맑은 술을 떠냅니다. 이것이 '약(청)주'*입니다.

이후 체로 삭은 밥알과 누룩의 밀기울을 걸러내요. 체 위에 남은 앙금을 지게미라고 불러요. 체로 거른 술은 아주 작은 앙금이 그대로 빠져나와서 뿌연 상태가 됩니다. 이 술을 탁한 술이라고 해서 '탁주'라고 해요.

이 탁주나 약주를 소줏고리 등 증류기에 넣고 가열하면 알코올과 향기를 내는 성분이 증류되어 나와 이슬처럼 방울방울 농축된 진한 술이 됩니다. 이것이 '소주'예요.

---

* 맑은 술을 청주라고 표시해야 하지만, 주세법의 주종 구분에서는 '약주'로 하고 있다. 이 책에서는 맑은 술을 '약주'로 통일한다.

쌀을 원료로 하여 '탁주', '약주', '소주' 세 가지 종류의 술이 만들어집니다. '우리술'은 쌀뿐만 아니라 보리, 밀, 수수, 좁쌀, 메밀, 옥수수 등 다양한 곡식이 원료로 쓰여요. 곡식이 아닌 감자, 고구마, 토란 등 우리 땅에서 키운 전분이 있는 작물도 원료가 됩니다.

우리 땅에서 자라난 과일을 원료로 빚은 술도 '우리술'의 한 종류입니다. 포도, 사과, 무화과, 감귤 등 다양한 과일로 빚은 '우리술'을 시중에서 찾아볼 수 있어요.

'우리술'의 종류를 주세법*에서 정하는 분류법으로 살펴보면, 곡식으로 만든 발효주**로 '탁주', '약주', '청주'와 과일을 발효***한 '과실주'가 있습니다. 또 이들 술을 증류한 '증류식 소주', '일반 증류주', '리큐르' 등이 있습니다(20페이지 참고).

우리술, 전통주, 민속주… 부르는 명칭에 대하여

전통주의 정의는 법에서 정한 것과 사람들이 관습적으로 알고 있

* 주류에 대하여 세금을 부과하기 위하여 제정된 법률.
** 곡물이나 과일 등의 원료를 발효하여 만든 술.
*** 효모나 세균 등의 미생물이 유기 화합물을 분해하는 현상으로 알코올, 유기산, 이산화탄소 등을 만들어낸다.

는 것이 좀 달라요.

관습적으로 전통주는 우리의 정서와 시대상을 반영하는 술로 과거의 생활방식, 역사와 문화가 담긴 술을 의미합니다. 또 과거에서부터 이어져 오는 방법으로 만든 전통적인 양조법을 계승 및 보존하여 빚은 술을 가리킵니다.

그러나 법적으로는 전통주의 정의를 다르게 내리고 있어요. '전통주 등의 산업진흥에 관한 법률'에서 전통주는 민속주와 지역특산주를 합쳐 부르는 명칭으로 정의해요.

민속주는 주류 부문의 국가 및 시·도 무형문화재 보유자와 대한민국 식품명인이 면허를 받아 직접 빚는 술입니다. 지역특산주는 농어업경영체 또는 생산자단체가 지역농산물을 주원료로 제조한 술을 말합니다.

전통주를 정의하는 기준에 대하여 여러 의견이 많은 것이 사실이에요. 이 기준에 따르면 우리가 상식적으로 전통주라 생각하는 막걸리나 약주를 제조하는 업체임에도 전통주 생산업체에 포함되지 않는 경우가 생기게 됩니다.

이 책에서는 '우리술'을 법에서 지정한 전통주, 즉 민속주, 지역특산주와 함께 관습적으로 정의되는 우리의 전통적인 양조법을 계승 및 보존하여 빚는 술까지 모두 포함하는 개념으로 이해하고자 합니다.

그럼, 본격적으로 '우리술'을 맛보러 출발해볼까요.

술의 분류

발효주
곡물이나 과일 등의 원료를 발효시킨 술.

- 탁주: 쌀, 밀, 고구마 등 녹말이 포함된 원료(발아곡류 제외)와 국(입국, 누룩 등) 및 물을 원료로 하여 발효시킨 술을 맑게 여과하지 않고 혼탁하게 걸러낸 술.

- 약주: 쌀, 밀, 고구마 등 녹말이 포함된 재료(발아곡류 제외)와 국(입국, 누룩 등) 및 물을 원료로 하여 발효시킨 술을 맑게 여과한 술.

- 청주: 쌀과 국 및 물을 원료로 하여 발효시킨 술로, 쌀의 총량을 기준으로 누룩을 1% 미만으로 사용하여 맑게 여과한 술.

- 과실주: 과실(과즙) 또는 과실과 물을 원료로 하여 발효시켜 여과한 술. 또는 그 술을 나무통에 넣어 저장한 술.

- 맥주: 발아된 맥류, 홉, 물을 원료로 하여 발효시킨 술.

증류주
발효주를 증류하여 알코올 도수 20도 이상으로 빚은 술.

- 소주: 곡식 등 녹말이 포함된 원료로 빚은 발효주를 증류한 술.
- 브랜디: 와인(과실주)을 증류하여 나무통에 저장한 술.
- 위스키: 발아된 곡류와 물을 원료로 하여 발효시킨 술(예: 맥주)을 증류하여 나무통에 저장한 술.
- 일반 증류주: 소주류, 위스키, 브랜디 등을 제외한 증류주로 불휘발분*이 2도 미만인 술.

혼성주

발효주와 증류주를 섞거나 증류주에 약초, 과일, 감미료, 에센스 등을 첨가한 술.
- 리큐르: 혼성주로 증류주나 주정에 당분을 넣고 과실이나 꽃, 식물의 잎 등을 넣어 만든 술. 불휘발분이 2도 이상인 술.
- 기타 주류: 발효주류와 증류주류를 섞거나 쌀 및 입국에 주정을 섞거나, 발효주이면서 탁주, 약주, 청주, 과실주, 맥주에 해당되지 않는 술 등 모두.

---

* 증발되고 남은 무게의 본래 무게에 대한 백분율.

주세법상의 주종 구분

주정
녹말 또는 당분이 포함된 원료를 발효시켜 알코올 도수 85도 이상으로 증류한 것.

발효주류
● 탁주*
● 약주*
● 청주*
● 맥주
● 과실주*

증류주류
● 소주*
● 위스키
● 브랜디
● 일반 증류주*
● 리큐르*

* 우리술

*지역특산주는 주종에 상관없이 양조장이 소재한 시·군 지자체와 그 인접시·군 지자체의 농산물을 주재료(많이 들어간 순서로 3개까지)로 삼아 빚은 술을 지칭한다.

첫 번째 잔은 막걸리부터

다 빚어진 술독 안을 들여다보면 위에 맑은 술이 떠 있고, 바닥에는 삭은 밥알과 누룩의 밀기울 등이 섞인 침전물이 가라앉아 있어요. 옛날에는 '용수'를 박아서 맑게 걸러진 술, 즉 약주를 먼저 따라내어 마시다가 남은 지게미*에 물을 섞어가며 체에 거칠게 '막' 걸러서 '막걸리'를 만들었다고 해요.

요즘 막걸리는 '막' 거르지 않아요. 마트나 편의점에서 판매되는 막걸리의 알코올 도수는 일반적으로 4~6도 정도예요. 그런데 발효가 끝난 술의 알코올 도수는 무려 14~18도 정도로 높답니다. 양조 공정이 기계화되어 기계로 술을 거르는데, 이때 물을 넣어서 알코올 도수를 맞추는 것이죠. 즉, 요즘의 막걸리는 약주를 떠낸 나머지가 아니라, 온전한 술 그대로에 물을 넣어 알코올 도수를 맞추어 만

---

* 술을 빚은 후에 술을 짜내고 남은 앙금. 주박, 재강이라고도 한다.

든 것이랍니다.

그러니까 이제는 막 걸러서 막걸리가 아니라 '막' 걸러낸 신선한 술이라는 말이 더 맞아요.

요즘은 소비자들이 선택해서 마실 수 있는 막걸리의 종류가 많아졌어요. 맛도 한층 다양해지고, 일반에서 프리미엄까지 가격대도 다양해졌지요. 마트나 편의점에 가서 보면, 냉장고에 들어 있는 여러 종류의 막걸리를 보실 수 있을 거예요.

'막걸리는 하얀색이다'라는 것도 바뀌고 있어요. 쌀로 빚어 하얀색이던 막걸리가 다양한 색의 막걸리로 변신하고 있지요. 홍국을 넣어 빚은 막걸리는 붉은색입니다. 홍국은 콜레스테롤 합성을 억제하는 데 도움을 준다고 하죠. 딸기나 오미자 같은 과실을 넣은 막걸리도 붉은색입니다. 멜론을 넣은 막걸리는 연두색을 지니죠. 캠벨포도를 넣은 보라색 막걸리도 있어요.

이렇듯 쌀이 아닌 다른 곡식으로 빚거나 부재료가 들어가면 다른 색을 띠게 됩니다. 이런 색다른 막걸리의 세계를 즐겨보세요.

막걸리는 흔들어서 마신다?

'막걸리는 위아래로 마구 흔든 다음 뚜껑을 따야 한다.' '아니다.

수평 상태로 들고 빙글빙글 돌려야 한다.' 모임에 가면 막걸리 좀 마신다는 사람들이 저마다 병을 따는 노하우가 있다며 병을 잡습니다. 그런데 잘못하다가는 따는 순간 시큼한 맛의 하얀색 액체가 폭발하며 모두를 혼란에 빠뜨릴 수가 있어요. 정말 막걸리는 흔들어서 마셔야 제맛일까요?

예전의 막걸리는 쌀 함유량이 적고 앙금도 꺼끌꺼끌하니 거칠어서 흔들어 마시는 것을 싫어하시는 분들도 많았어요. 맑은 윗술을 먼저 따라 마시고, 가라앉은 탁한 술을 마시며 두 가지 맛을 즐기는 분들도 있고요.

요즘 시중에서 만나는 막걸리 중 일부는 쌀 함유량이 높고 질감도 부드러운 편이라서 윗술만 따르기도 쉽지 않아요.

저는 흔들어 마시는 쪽을 좋아하기는 합니다. 앞에서도 말했지만 흔든 후 마개를 딸 때는 조심해야 해요. 콜라나 사이다를 마실 때를 생각해보시면 될 것 같아요. 조금이라도 흔들면 탄산가스가 올라오면서 '팡' 하며 흘러넘치잖아요. 막걸리도 안에 탄산가스가 있어서 이를 가라앉히지 않고 뚜껑을 따면 '팡' 하면서 터져버려요.

어떤 분들은 '팡' 소리가 '탁' 소리 같다면서, 이 소리가 나야 진정한 막걸리라며 흔들고 바로 마개를 돌리시기도 하더라고요. 병을 위아래로 사정없이 흔들었다면 반드시 숟가락으로 마개를 탁탁 쳐서 탄산가스를 가라앉히거나, 아니면 마개를 천천히 돌려서 탄산가스가 공기 중으로 일부 나가게 한 다음 열어야 합니다.

아참, 모든 막걸리가 탄산가스가 있는 것은 아닙니다. 탄산가스가 없는 막걸리도 있어요. 그런 막걸리는 흔들어서 뚜껑을 열면 되겠죠.

반대로 탄산가스가 매우 많은, 일명 스파클링 막걸리도 있습니다. 그런 막걸리의 뚜껑을 열 때는 절대 흔들어서는 안 됩니다. 병을 세운 상태에서 뚜껑을 살짝살짝 열었다 닫았다 하면서 탄산가스를 빼내야 합니다. 그 과정에서 탄산가스의 힘에 의해 병 밑에 가라앉아 있던 침전물이 병 안에서 소용돌이치면서 골고루 섞이는 신기한 광경을 구경할 수 있지요.

탄산가스가 있는 생막걸리
흘러넘치지 않게 따는 방법

첫 번째 방법

① 병을 한 방향으로 내용물이 잘 섞이도록 빙글빙글 돌린다.
② 내용물이 잘 섞이면 뚜껑을 조금씩 열었다 닫았다 하면서 탄산가스를
빼내면서 딴다.

두 번째 방법

① 병을 흔들어준다.
② 병목 아래 넓어지는 부분을 10초간 2번 눌러준다.
③ 뚜껑을 반만 열고 다시 한번 병목 부분을 눌러준다.
④ 탄산가스를 모두 뺀 뒤 완전히 뚜껑을 연다.

세 번째 방법

① 병뚜껑을 천천히 조심스레 완전히 열어준다.
② 다시 뚜껑을 닫고 흔들어서 침전물이 골고루 섞이도록 한다.
③ 뚜껑을 숟가락으로 내려친다.
④ 다시 뚜껑을 연다.

동동주 vs 막걸리

동동주와 막걸리가 헷갈리신다고요? 언뜻 보면 같은 술로 보이나요? 동동주와 막걸리는 다른 술입니다.

동동주는 밥알이 '동동' 떠 있는 모습을 보고 붙여진 이름이에요. 법주, 진양주, 소곡주 같은 술의 이름이라고 보시면 됩니다. 반면에 막걸리는 술의 한 종류입니다. 약주, 소주, 맥주처럼요.

아직도 우리는 막걸리를 브랜드처럼 부르고 있습니다. 이제는 동동주처럼 술 이름으로 불러주세요. 해창막걸리, 금정산성막걸리, 백걸리 등등으로요.

동동주에 대해 좀 더 알아볼까요.

밥알이 떠 있는 모습이 흰개미가 떠 있는 것처럼 보인다고 하여 '부의주浮蟻酒'라고도 부릅니다. 아이러니하게도 술독에 밥알이 동동 떠 있을 때는 술이 아직 다 발효되지 않은 상태예요. 술이 익는 과정이지요. 술이 완성된 후 술독 안을 들여다보면 떠올랐던 밥알이 거의 다 가라앉아 있어요. 지게미도 아래로 가라앉고 나면 맑은 술이 위에 떠오르죠. 그래서 동동주는 발효의 끝 무렵에 도달하여 밥알이 약간 떠 있는 맑은 술을 뜻합니다.

만약 음식점에서 분위기를 내려고 동동주를 주문했는데, 술 색깔이 탁하거나 밥알이 중간에 떠 있으면, 이 술은 진정한 동동주가 아닌 거예요.

동동주 = 다 익은 술. 밥알이 거의 없다.

그럼, 현재 우리가 알고 있는 동동주는 어떻게 된 걸까요? 분명 식당에서 동동주를 주문하면 밥알이 떠 있었는데⋯⋯. 맑은 술 위에 밥알이 하얗게 떠 있으면 그건 진정한 동동주가 맞습니다. 술이 익을 때 밥알이 떠오른다고 그랬죠? 그 떠오른 밥알을 미리 건져두었다가, 다 익어 맑아진 동동주를 마실 때 고명처럼 밥알을 띄워준 것이지요.

막걸리는 아시다시피 뿌연 술, 탁주입니다. 발효를 마치고 완성된 술을 지게미와 함께 거름 주머니나 체로 걸러서 탁주를 얻는데, 그 술이 독하고 걸쭉하여 물을 섞어가며 희석하여 걸러낸 술이 막걸리

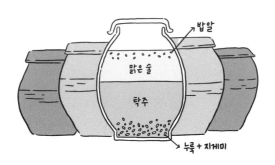

술독에서 술이 발효되는 모습

입니다.

그런데 밥알이 없고 뿌연 술인데도 동동주라고 파는 경우가 있습니다. 고급 막걸리라고 하면서 동동주를 파는 거죠. 과거 우리 경제가 어려웠던 시절 정부에서는 막걸리에 쌀을 쓰지 못하도록 규제하였습니다. 이후 경제 상황이 좋아지며 다시 쌀로 막걸리를 만들 수 있게 되었습니다. 밀로 만든 막걸리와 차별화하여 쌀로 만든 고급 술이라는 점을 강조하기 위하여 동동주라는 이름을 썼다는 일설도 있습니다.

두 번째 잔은 맑은 술로

맑게 걸러낸 술을 '약주'라고 해요. 맑은 술이라는 말에 '소주'를 떠올리신 분 혹시 계시나요? 소주 광고카피에 '맑은'이라는 단어가 등장하기도 해서 헷갈릴 수도 있는데요. 소주는 맑은 술이 아닌 증류주랍니다. 증류주는 뒤에서 만나기로 하고, 지금은 맑은 술인 '약주'를 마셔볼까요.

사실 맑은 술은 맑을 청淸, 술 주酒를 써서 '청주'라고 불러야 하는데요, 우리나라 주세법에는 약주라고 정의되어 있어요. 주세법에서 약주와 청주를 구분하는 가장 큰 차이는 쌀의 중량을 기준으로 전통누룩을 몇 퍼센트 사용할 수 있느냐입니다. 1% 미만이면 청주이고, 1% 이상이면 약주입니다. 또, 원료에 있어서도 청주는 쌀(찹쌀 포함)만 사용하는 데 비해, 약주는 녹말이 포함된 원료(발아곡물 제외)를 다양하게 쓸 수 있는 점이 다릅니다.

주세법에서 말하는 청주는 우리 전통 방식으로 빚은 술이 아니에요. 일본식 양조법으로 만들어진 술입니다. 앞에서 '누룩'의 사용량이 중요한 차이라고 말했듯이, 우리는 술을 빚을 때 전통누룩을 발효제로 쓰는 반면, 일본식 청주(사케)는 백국균*이나 황국균** 같은 특정 곰팡이 종균***을 넣어서 인위적으로 만든 입국을 사용해요. 입국****은 고온다습한 일본의 기후를 반영한 발효제*****예요.

어떤 의미에서 약주는 술을 가리키는 일상적인 용어로 널리 퍼져 있기도 하지요. 어르신들에게 "약주 한잔 하시겠습니까?" 하고 여쭙는 것처럼요. 그렇다면 어쩌다 '약주'라고 부르는 게 일상화된 것일까요?

- •　흰누룩곰팡이. 검정색인 흑국균의 변이종.
- ••　빛깔이 노란 누룩곰팡이. 된장, 간장 제조에도 쓰인다.
- •••　누룩이나 메주 등의 제조시 씨로 사용되는 곰팡이.
- ••••　쌀이나 밀가루를 쪄서 고두밥을 만들고, 여기에 특정한 곰팡이균, 주로 백국균을 접종해 인위적으로 번식시킨 것.
- •••••　발효를 일으키는 물질. 술을 빚을 때 쓰이는 발효제 중 당화를 일으키는 국으로는 누룩을 비롯해 입국, 조효소제, 정제효소제 등이 있다.

우리나라 음식 중에서 약과, 약식, 약포처럼 이름에 '약' 자가 들어가는 식품이 몇 가지 있습니다. 즉, 환자가 치료를 위해 마시는 몸에 좋은 술이라는 뜻에서 약주라고 부르게 되었다고 풀이됩니다. 조선시대 사람들은 몸이 아프거나 허약할 때 약으로 술을 마시거나, 약을 먹을 때 물 대신 술과 함께 마셨다고 합니다. 또 양반이 마시는 술을 약주라고 했다는 기록에서 볼 때 맑은 술을 높여 부른 데서 비롯되었다고 추측됩니다.

실제로 우리 선조들은 술을 빚을 때 몸에 좋다는 구기자, 산수유 등 다양한 한약재를 넣었습니다. 고조리서°를 살펴봐도 약용으로 쓰인 술의 종류가 매우 많습니다. 알려진 술만 해도 송순주, 죽력고, 신선주, 인삼주, 연엽주, 구기자주 등 헤아리기 힘들 정도로 많습니다.

세 번째 잔은 마성의 술, 소주로 건배

우리 국민들이 맥주 다음으로 즐겨 마시는 술이 소주라고 합니다.(2022 국세통계연보)

● 　음식 차리는 법, 음식 만드는 법, 술 빚는 법 등 과거의 식문화를 알 수 있도록 기록되어 전해지는 옛날 조리책.《음식디미방》,《산가요록》,《수운잡방》,《규합총서》 등이 있다.

원래 소주는 술을 빚은 다음, 증류기를 통해 알코올과 향을 농축한 것을 말해요. 우리가 대중적으로 접하는 소주와 조금 다른 형태죠. 구분해서 증류식 소주라고 불러요.

우리가 즐겨 마시는 초록병은 희석식 소주로, 전통주 그러니까 '우리술'이 아닙니다. '우리술'인 소주와는 무엇이 다를까요? 먼저, 술이 만들어지는 순서를 살펴보도록 해요.

희석식 소주는 쌀, 타피오카, 고구마, 감자 등의 전분을 이용해 술을 빚습니다. 그다음에 연속식 증류기라는 기계로 증류를 합니다. 연속식 증류기는 무려 높이가 아파트 15층이나 됩니다. 탑처럼 생긴 증류기가 여러 개 모인 형태의 모습입니다. 한 개의 탑에서 60개의 단을 거치며 계속 증류하여 알코올을 뽑아내는데 단을 거칠 때마다 증류의 효과가 얻어지기에 완성될 때까지 무려 240번이나 거듭 증류한다고 해요.

이렇게 증류를 마치고 나면 95도에 이르는 에탄올이 나오는데, 이것을 주정이라고 불러요. 순수 에탄올이라 알코올 향 외에 다른 향이나 맛은 없습니다.

이 주정에 정제수를 섞어서 알코올 도수를 낮추고 여과한 후 다양한 첨가물을 넣으면 희석식 소주가 완성됩니다.

주정은 9개 회사에서 만들어지지만 '대한주정판매'에서 다 모아서 각 소주 회사에 공급을 한다고 해요.

희석식 소주가 지금처럼 소주의 대명사가 된 것은 1965년부터 시행된 양곡관리법 때문이에요. 식량이 부족했던 시절이어서 쌀, 보리 등 곡식으로 만드는 증류식 소주를 금지하고 희석식 소주만 만들 수 있게 했거든요. 1990년에 양곡관리법이 개정되기 전까지 안동소주, 문배주 등 증류식 소주는 추억의 술로 남아 있어야 했어요.

'우리술'인 증류식 소주는 쌀, 보리, 밀, 메밀 등의 곡식으로 술을 빚은 다음, 소줏고리, 스테인리스 증류기, 동증류기 등을 이용해서 증류하여 만듭니다.

증류를 하게 되면 알코올만 빠져나오지 않습니다. 향을 비롯하여 여러 성분도 함께 빠져나옵니다. 순수 에탄올인 주정과 달리 증류식 소주는 알코올 외에도 여러 성분이 함께 있어서 다양하고 깊은 맛과 향이 납니다.

증류기는 여러 종류가 있지만 원리는 같습니다. 우리 조상들은 옹기로 만든 소줏고리라는 증류기로 소주를 내렸습니다. 소줏고리는 장구처럼 생겼습니다. 자세히 보면 두 개의 항아리가 입구를 마주하여 붙은 모양을 하고 있죠. 아래쪽 항아리 밑에 솥을 안치고 그 안에 소주를 내릴 원료가 되는 술을 넣습니다. 따라서 아래쪽 항아리는 빈 공간 상태로 수증기 상태가 된 에탄올의 통로가 됩니다. 그리고 위쪽 항아리를 붙입니다. 위쪽 항아리는 좀 기묘한 모양을 하고 있습니다. 주전자처럼 주둥이가 튀어나와 있고, 위는 옴폭 패어 있습니다. 이곳에 차가운 물을 넣습니다.

준비된 소줏고리와 솥을 불에 올려서 끓입니다. 물은 100℃에서
끓지만 순수 에탄올(알코올 도수 98.2도)은 78.3℃에서 먼저 끓어서 증
기가 됩니다. 기체가 되어 가벼워진 에탄올이 올라가다가 차가운
물이 담긴 그릇의 바닥에 부딪히게 되면 식어서 다시 액체가 되어
방울방울 떨어져 고였다가 주전자의 주둥이처럼 생긴 곳(귀때)으로
흘러 내리게 됩니다. 다른 향과 맛을 내는 성분들도 마찬가지로 물

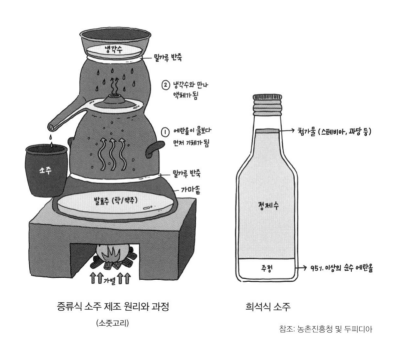

증류식 소주 제조 원리와 과정
(소줏고리)

희석식 소주

참조: 농촌진흥청 및 두피디아

보다 먼저 끓기에 에탄올과 함께 모이게 됩니다.

처음에 증류해서 나온 비점(끓는점)이 낮은 술은 메탄올 등 사람 몸에 좋지 않은 물질이 들어 있기에 버리고(전체 술 양의 1~3%), 그 이후부터 담아서 보관합니다.

증류한 소주는 바로 마시지 않고 일정 기간 숙성을 해요. 숙성을 통해 여러 가지 성분들이 어우러지면서 부드럽고 깊은 맛과 다양한 향이 나게 되지요. 숙성을 위해 소주를 담는 용기도 숙성에 영향을 준다고 해요. 숨 쉬는 옹기 항아리를 주로 사용하는데, 오크통에서 숙성을 해 오크 향이 배어들게도 하지요. 나무로 만든 오크통에 넣어 숙성한 소주는 갈색을 띠어요.

이런 과정을 거쳐서 만들어지는 증류식 소주는 가격이 비쌀 수밖에 없어요. 바로 시판되지 못하고 몇 년에 걸쳐 숙성 과정을 거치다 보니 양조인들은 굉장히 부담이 될 수밖에 없답니다. 프리미엄 소주가 비싼 이유를 이해하실 수 있겠죠.

'우리술' OX 장학퀴즈

1. '우리술'의 종류에는 탁주, 약주, 소주만 있다. o / x

2. 우리 조상들은 술을 빚을 때 맥아를 주로 이용했다. o / x

3. 막걸리는 탁주 중의 하나이다. o / x

4. 막걸리는 하얀색만 있다. o / x

5. 막걸리와 동동주는 같은 술이다. o / x

6. 약주는 한약재를 넣어 빚은 술만을 뜻한다. o / x

7. 소주에는 크게 증류식과 희석식이 있다. o / x

8. 소주는 쌀 외에 다른 곡식으로도 만든다. o / x

9. 막걸리 종류에는 탄산 막걸리만 있다. o / x

10. 소주는 증류주 중의 하나이다. o / x

술이 들어간 재미있는 속담

술에 물 탄 듯, 물에 술 탄 듯
말이나 행동이 분명하지 않고 우유부단하다는 뜻.

공술에 술 배운다
처음에는 남의 권유에 못 이겨 마시다가 술을 배우게 된다는 뜻.

술 사주고 뺨 맞는다
술대접을 잘해놓고 오히려 뺨을 맞는다는 뜻.
남을 잘 대접해놓고 오히려 상대에게 해를 입는 경우에 쓴다.

술 취한 놈 달걀 팔 듯
일하는 솜씨가 거칠고 어지럽다는 뜻.

거지도 술 얻어먹을 날이 있다
살다보면 좋은 기회를 만날 날이 있다는 뜻.

한 잔 술에 눈물 난다

사람의 감정은 사소한 일에 차별을 두는 데서도 섭섭한 생각이 생길 수 있다.

술은 백약의 장長

술을 알맞게 잘 마시면 어떤 약보다도 몸에 좋다는 뜻.

술 샘 나는 주전자

술이 끊임없이 샘솟는 주전자. 전혀 현실 가능성이 없는 것을 바란다는 뜻.

술독에 치마 두르듯

볼품없이 자꾸 덧감고 동인 모양을 비유하는 말.

술은 어른 앞에서 배워야 점잖게 배운다

술은 윗사람에게 배워야 나쁜 술버릇이 생기지 않는다는 뜻.

2. 제대로, 색다르게 우리술 즐기기

술을 부르는 술잔

술을 즐기지 않는 분이라도 맥주, 소주, 와인의 잔이 다르다는 것은 아실 겁니다. 술맛이 중요하지 잔이 무슨 상관이냐고 물으실 수도 있지만, 술잔의 크기나 모양이 술맛을 바꿀 수도 있답니다. 와인을 500cc 맥주잔에 따라 원샷을 했다가는 큰일 납니다.

그러면 우리술은 어떤 잔에 마셔야 술이 술술 들어가는지 알아볼까요.

술의 종류에 따른 잔의 크기에서도 과학을 찾아볼 수 있는데요. 소주처럼 독한 술은 잔의 크기가 작고, 막걸리처럼 알코올 도수가 낮은 술은 잔을 크게 하여 한 잔 들이켰을 때 섭취하는 알코올의 양을 비슷하게 맞췄다고 해요.

벌컥벌컥 시원한 막걸리 한잔

추억의 양은 막걸리잔. 더운 여름날 대포집에 앉아 양은 막걸리잔에 철철 넘치게 따른 막걸리를 '건배'하며 마셔본 경험이 있으실까요? 대포집이라고 하니 세월이 느껴지네요.

양은 막걸리잔

어쩐지 막걸리는 양은으로 된 잔에 마셔야만 할 것 같단 말입니다. 이 잔에는 대략 330ml를 담을 수 있으니 음료수 한 병 정도라고 생각하시면 됩니다. 시판되는 막걸리 한 병이 750ml이니 여유 있게 술을 따르면 3잔 정도 마실 수 있겠네요.

요즘에는 막걸리잔으로 도자기나 유리로 만든 잔이 인기가 있어요. 그 잔을 보면 크기가 양은 막걸리잔에 비해 작습니다. 잔이 작으면 천천히 술을 음미하며 마실 수 있겠죠. 더구나 요즘에는 막걸리의 알코올 도수가 높아져서 작은 잔으로 마시는 것도 좋은 방법이라고 여겨지네요. 도자기잔의 경우 양은 막걸리잔보다 술의 온도를 시원하게 오랫동안 유지할 수 있는 장점도 있지요.

요즘 나오는 막걸리 전용 잔의 모양

맑고 향기롭게 약주를 마시려면

보통 약주를 마시자고 하면 잔이 작은 도
자기잔이나 소주잔을 준비하죠. 오늘은 색
다르게 와인잔을 한번 준비해보는 게 어떨
까요. 와인잔은 입구가 좁지만 몸체가 깊고
커서 향을 알맞게 가두었다가 퍼뜨려 주기
때문에 향이 좋은 약주에 제격이에요.

레드와인잔(왼쪽),
화이트와인잔(오른쪽)

산미가 강한 약주라면 레드와인잔에 비해 조금 더 크기가 작고
잔의 경사가 완만한 화이트와인잔에 마셔보는 것도 좋아요. 술이
혀의 앞부분에 닿기 쉽게 디자인된 잔으로 상큼한 맛과 향을 더욱
잘 느낄 수 있답니다.

한잔 소주로 화끈하게

알코올 도수가 높은 술일수록 잔의 형태가 좁은 타원형이나 직선
형인 게 좋다고 해요. 증류식 소주의 알코올 도수는 대개 25~40도
로 높아요. 소주 전용 잔보다 작으면서 입구가 벌어지지 않고 좁은
모양의 잔이 좋아요.

여러 모양의 소주잔과 싱글몰트 위스키잔

향이 좋은 증류식 소주라면 와인잔처럼 몸통이 둥글면서 입구가 좁아지는 형태의 싱글몰트 위스키잔도 어울린다고 합니다. 향을 음미하기에 알맞다고 하네요.

오로지 술의 향과 맛에 집중하기

'우리술'을 즐기는 가장 좋은 방법은 눈으로 술을 확인한 후, 향을 맡고 나중에 맛을 음미하면서 천천히 마시는 것입니다. 약주나 탁주는 차갑게 마셔도 괜찮지만, 일반적으로 냉장고에서 갓 꺼내온 차가운 술은 향이 잘 느껴지지 않아요. 잠시 실온에 두었다가 찬 기운이 가시면서 술향이 깨어나 서서히 공기 중에 번지기 시작할 때, 향을 음미합니다.

먼저 잔에 코를 넣어 숨을 들이마시며(들숨) 향을 맡아요. 술을 조

금(10ml 정도) 입안에 머금은 후 혀를 돌려 입안 전체에 고루 퍼지게
한 후 숨을 내쉬어(날숨) 향을 맡고, 남는 느낌을 음미해보세요. 혹은
입안에 머금게 한 후 씹어주며 향과 맛을 충분히 느껴주는 방법도
있어요.

입안에서 가볍게 굴리듯이 맛을 보든, 와그작와그작 씹으며 맛을
보든 혹은 자신만의 새로운 방법으로 술의 맛(단맛, 쓴맛, 신맛 등), 향
(산뜻함, 달콤함, 상큼함 등), 그리고 느낌(묵직한지, 가벼운지) 등을 즐겨 보
세요.

어떤 술부터 마셔야 할까요?

'우리술'의 종류가 우리가 알고 있는 것보다 훨씬 많다는 거 이제
좀 아셨을 거예요. 지금부터 '우리술'을 마셔볼까요?

물론 취향대로 마셔도 되겠지만, 기왕이면 '우리술'을 제대로 맛있게 마시면 더 좋겠죠. 먼저 서로 다른 도수의 술이 있다면, 도수가 낮은 술부터 높은 술 순서로 마시는 게 좋습니다. 높은 도수의 술일수록 알코올을 빨리 흡수하여 취하기 쉽거든요. 마실 술이 아직 남아 있는데, 그 술의 맛과 향을 제대로 구별 못한다면 너무 아깝잖아요.

만약 같은 주종이어도 맛과 향이 다른 술을 마신다면, 질감이 진한 술보다는 옅은 술 순서로 마시는 게 좋겠죠. 그 이유는 입안에 남는 뒷맛을 줄이기 위해서랍니다.

또 산미(신맛)가 있는 술은 단맛이 나는 술보다 먼저 마시는 게 좋아요. 신맛은 단맛을 부르지만, 단맛은 신맛을 멀리하기 때문이에요. 에피타이저로는 신맛의 술이, 디저트로는 단맛의 술이 나오는 이유입니다.

향으로 술의 순서를 정한다면, 후각세포는 쉽게 피로를 느끼므로 향이 약한 술부터 강한 술 순서로 마시는 게 좋답니다. 처음부터 강한 향을 맡으면 이후의 자극에 둔감해져 다 똑같은 향으로 느껴질지도 모르거든요.

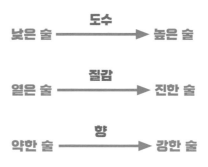

낮은 술 ──── 도수 ────▶ 높은 술

옅은 술 ──── 질감 ────▶ 진한 술

약한 술 ──── 향 ────▶ 강한 술

'아술'(차가운 술)이냐, '따술'(따뜻한 술)이냐 이것이 문제로다

커피를 주문하며 '아아(아이스 아메리카노) VS 따아(따뜻한 아메리카노)' 취향을 따지는 경우들이 있는데요. 술도 '아술'(차가운 술)과 '따술'(따뜻한 술)이 있답니다. 무엇을 어떻게 마시든 취향 문제이니 상관없겠지만, 종류에 따라 다를 수 있으니 알아두면 좋겠지요.

탁주와 맑은 술인 약주의 경우 '아술'을 권해드립니다. 차가운 상태에서 서서히 온도가 높아지면서 깊은 향과 맛을 느낄 수 있거든요.

여러 번 빚은 탁주는 도수가 높고 향이 좋아서 유리잔에 얼음을 넣어 온더락으로 마시는 것도 추천드려요.

증류주인 소주는 미지근한 온도로 마셔야 한다는 의견도 있지만,

도수가 높은 소주라면 얼음과 함께 마시는 온더락으로 즐기는 것도 좋아요. 서서히 얼음이 녹아 높은 도수의 알코올이 희석되어 부담 없이 마실 수 있거든요.

맑은 술인 약주는 겨울철의 경우 체온 정도로 살짝 데워서 '따술'로 즐기기도 해요. 향과 은은하게 올라오는 알코올의 따뜻한 기운이 추위를 이기게 해주죠.

감홍로나 이강주처럼 약재가 들어간 술도 미지근한 온도 또는 살짝 데운 상태로 마시면 좋아요. 따뜻하게 데워진 술에서 짙게 풍기는 향도 좋고, 몸이 따뜻해지는 걸 느낄 수 있어요.

소주가 가장 맛있는 온도는?

보통 소주는 목 넘김이 중요하다고 하죠. 목 넘김이 부드럽고 뒷 맛이 깔끔한 소주라며 광고도 하잖아요.

소주가 가장 맛있는 온도는 8~10℃ 정도로 알려져 있어요. 이 온 도의 소주는 단맛부터 쓴맛까지 조화를 이뤄 소주의 맛을 제대로 즐길 수 있다고 해요. 소주의 온도가 5℃ 이하로 내려가면 향과 맛 이 갇혀 있어 소주 본연의 맛을 느끼기가 어려울 수 있지만, 본인이 원하는 취향대로 다양한 소주의 온도로 즐기시면 될 것 같아요.

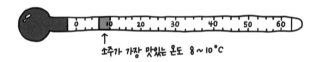

소주가 가장 맛있는 온도 8~10°C

얼음 소주, 살얼음 소주 등등 시원하게 마시는 소주를 즐기시는 분들도 많은데요. 이럴 때는 첫 잔은 시원하게 두 번째 잔은 실온에 두어 조금 온도가 올라간 상태로 다양하게 마시면 좋겠네요.

색다르게
술 즐기기

증류식 소주

❶ 소주 하이볼

소주에 탄산수와 레몬을 넣어 상큼한 맛을 더해보세요.

하이볼잔(240~300ml 크기의 목이 긴 유리잔)에 얼음을 가득 채운 후 소주 30ml(소주잔의 반 정도) 부어주세요. 탄산수(또는 진저에일, 토닉워터) 120ml를 넣고 한두 번 살짝 저어주세요. 소주와 탄산수의 비율은 1:4를 기본으로 취향에 따라서 비율을 조절하세요. 레몬즙 10ml를 넣거나 레몬 슬라이스를 띄워 마시면 더욱 좋아요.

레몬슬라이스

얼음

❷ 커피 소주

소주와 커피를 1:5의 비율로 섞어줍니다. 달달한 맛을 느끼고 싶다면
단맛이 가미된 캔커피를 이용해도 좋아요. 은은한 갈색빛이 매력적인
칵테일이랍니다.

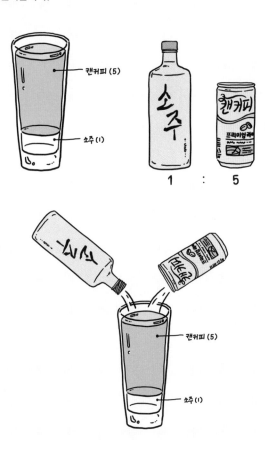

❸ 아이스크림 소주 칵테일

과일맛 아이스바를 유리잔에 담아준 후 잘게 부순 얼음을 2분의 1컵 채
워주세요. 컵의 나머지 2분의 1만큼 소주를 부어주세요.

막걸리

❶ 미숫가루 막걸리

막걸리 한 병과 종이컵으로 3분의 2컵 정도 분량의 미숫가루를 섞어줍
니다. 단맛을 좋아한다면 꿀을 3스푼 정도 첨가해주세요.

❷ 우유 막걸리

막걸리와 흰우유를 1:1 비율로 섞은 후, 꿀을 넣어주세요. 고소한 우유
와 꿀의 달콤함이 더해져 자꾸자꾸 손이 가요. 딸기 우유나 바나나맛
우유를 넣어서도 즐겨보세요.

❸ 막걸리 빙수

얼음틀에 막걸리를 붓고 물을 살짝 섞어 얼린 뒤 분쇄기로 갈아 우유를
분쇄한 느낌을 만들어주세요. 분쇄한 얼음을 유리볼에 담은 후 냉장고
에 있는 과일을 잘라 올리면 완성입니다. 과일은 망고나 샤인머스캣처
럼 단맛이 강한 과일이 좋아요.

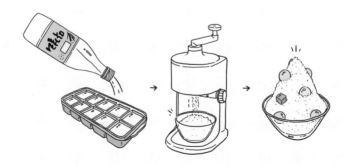

❹ 라떼 막걸리

취향대로 막걸리와 에스프레소 커피를 섞어주세요. 우유를 앞서 막걸리와 커피를 섞은 양만큼 부어준 후 설탕 3~4스푼을 넣고 '맛있어져라' 하며 빨대나 긴 스푼으로 저어주세요.

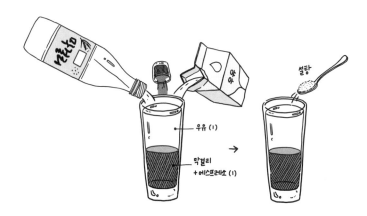

'우리술'은 어떤 음식과 같이 마실까요?

술과 음식을 페어링할 때 무엇에 중점을 두느냐에 따라서 어울리는 궁합이 달라질 수 있습니다. 술을 중심에 두는 관점이라면 안주는 술의 맛과 향을 해치지 않을 정도에서 곁들여야 해요.

요즘 탁주는 막걸리처럼 낮은 도수의 것이 있는가 하면 높은 도수의 술도 있지요.

나물(낮은 도수의 탁주)   생선회(높은 도수의 탁주)

낮은 도수의 탁주에는 간이 세지 않은, 심심한 맛의 김치나 나물을 곁들이거나 오이나 풋고추를 된장에 찍어 먹어도 어울립니다. 높은 도수의 탁주라면 생선회나 구이 같은 고단백식품과 곁들여 마시는 게 좋습니다. 국물이 자작한 찌개나 맑은 탕도 좋고 해물 숙회도 괜찮습니다.

약주를 위한 안주도 높은 도수의 탁주에 준해서 선택하면 됩니다.

소주처럼 알코올 도수가 높은 술에는 국물이 있는 음식이 좋습니다. 국물이 알코올을 희석시켜서 술에 덜 취하게 하고 위에 부담을 덜어줍니다. 기름진 음식도 좋고 고기류나 매운탕도 무난합니다. 사실 매운탕처럼 맵고 간이 세면 술맛을 못 느끼게 하는 단점이 있지만, 소주는 자극적인 음식과

매운탕(소주)

마셔도 괜찮습니다. 원칙적으로 술안주는 저지방 고단백 음식이어야 합니다.

음식을 중점에 둔다면, 다시 말해 음식을 더 맛있게 즐기기 위해서 술 한잔을 곁들이는 것이라면 다소 다른 선택을 할 수도 있습니다.

술별로 어울리는 안주를 더 살펴볼까요.

탁주는 어느 음식과도 잘 어울려요. 파전이나 프라이드 치킨처럼 기름진 음식, 두부처럼 담백한 음식, 김치나 석박지처럼 새콤한 음식은 물론, 떡볶이처럼 매콤한 음식과 마셔도 다 어울려요. 심지어 피자 같은 서양음식과도 궁합

파전

이 잘 맞아요. 삼치구이처럼 다소 비린 생선도 안주로 좋고요. 순두부찌개처럼 매콤한 국물요리를 안주로 찾는 이들도 많습니다.

맑은 술(약주)은 자체의 향이 강하므로, 페어링하는 음식은 담백한 게 좋아요. 생선회나 담백하게 양념한 불고기가 제격이죠. 동그랑땡, 호박전, 육전 등 다소 기름진 음식도 잘 어울려요. 국물요

전류

리를 먹는다면 대체로 담백한 양념의 전골요리가 적당하지요.

소주는 얼큰한 국물요리나 찜을 안주로 많이들 찾고 있지만, 의외로 호두, 잣 등 견과류와 곶감 등 말린 과일도 잘 어울려요. 고다, 브리 등 치즈도 좋고요. 소주 안주로 프로슈토나 하몽 같은 햄을 추천하는 분들도 많아요.

치즈, 견과류 등

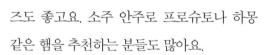

양조인들이 추천하는 '우리술' 페어링

〔제품명 가나다순〕

탁주

‣ G12(청산녹수)

　　견과류, 상큼한 김치, 스페인 음식, 하몽 등 생햄

‣ 골목막걸리 오리지널(골목양조장)

　　두부김치, 전류

▸ 그래, 그 날 막걸리(이스트디자이너스)

　매콤한 찜 종류(아구찜 등), 생선회, 치즈류

▸ 금정산성막걸리(금정산성토산주)

　동래파전

▸ 대관람차(두루미양조장)

　기름진 음식(삼겹살구이 등)

▸ 백련 생막걸리(신평양조장)

　두부김치, 수육, 녹두전, 제육볶음

▸ 볼빨간막걸리(벗드림양조장)

　치즈류, 기타 우유 발효제품

▸ 시향가 탁주(시향가)

　떡볶이, 매운 음식

▸ 얼떨결에 막걸리(동강주조)

　매콤한 음식, 삼겹살 바비큐, 볶음류

▸ 연희 민트(같이양조장)

　토마토 해물 파스타, 크림 파스타, 해물파전

▸ 오로라(날씨양조)

　케이크, 초콜릿

▸ 오메기술(제주 술 다끄는 집)

　흑돼지 두루치기, 고사리나물

▸ 오희(문경주조)

소고기구이, 식전주

▸ 지란지교 탁주(친구들의 술 지란지교)

과일, 샐러드, 숙주나물, 미나리초무침

▸ 팔팔막걸리(팔팔양조장)

모든 반찬류

▸ 희양산 막걸리(두술도가)

맵고 짠 강한 음식, 치즈, 올리브

맑은 술

▸ 경성과하주(술아원)

주꾸미볶음 등 매운 음식

▸ 꿈의 대화(꿈브루어리)

생선회

▸ 니모메(제주샘주)

샐러드, 케이크

▸ 면천두견주(면천두견주보존회)

진달래꽃전(화전), 생선회, 삼겹살

▸ 모든날에(양양술곳간)

차돌박이, 초밥, 육사시미, 활어회

▸ 미담 석탄주(미담양조장)

두부, 전 종류, 생선찜, 큐브 스테이크, 활어회, 치즈,
샐러드, 백김치

▸ 미인 약주(최행숙전통주가)

양념갈비, 도토리묵, 육전

▸ 삼양춘 약주(송도향)

흰살 생선찜

▸ 솔송주((주)솔송주)

생선회, 육류, 버섯류, 담백한 한식

▸ 순향주(추연당)

간장 베이스의 반찬류, 불고기, 나물류, 두부

▸ 천비향(좋은술)

쑥전, 미나리전, 방풍나물전, 곶감과 크림치즈, 생강 편,
무장아찌

▸ 청명주(중원당)

식전주, 담백한 해산물 요리, 봉골레 파스타,
알리오올리오 파스타

▸ 풍정사계 춘(약주)(화양양조장)

해물냉채, 두릅죽순채, 한정식의 반주

▸ 한산소곡주(한산소곡주명인)

　해산물(주꾸미, 꼴뚜기, 갑오징어 등), 소고기 육회

▸ 한영석 청명주(한영석발효연구소)

　갈비찜, 삼겹살 통구이

▸ 해남진양주(해남진양주)

　삼겹살, 계란찜, 과일, 샐러드

▸ 화전일취 15(약주)(지시울양조장)

　치즈 샐러드, 과일류

소주 및 증류주

▸ 감홍로((주)감홍로)

　초콜릿케이크, 전류, 생선 맑은탕

▸ 모월 인, 로(모월양조장)

　소고기 구이, 삼겹살

▸ 미르(술샘)

　생선회, 탕류

▸ 병영소주(병영양조장)

　생선회, 명란탕, 명란계란찜

▸ 보은송로주(보은송로주)

　능이, 표고 등 버섯요리, 산채류, 장어구이

▸ 성산포소주(술도가제주바당)

　삼겹살, 갈비찜, 생선회, 매운탕, 찌개류

▸ 주향(담을양조장)

　해산물, 생선회

▸ 진맥소주(맹개술도가)

　(온더락으로 해서) 생선회, 초밥, 스파게티, 해산물류,

　기타 부드러운 음식, (스트레이트로) 안주 없이

▸ 추성주(추성고을)

　죽순 요리, 생선회

흩날리는 벚꽃과 마시고 싶은 봄의 술

　향기로운 꽃내음 진동하는 봄. 살랑 바람 한 번만 불면 온 세상에 꽃비가 내리는 봄날. 술이 있다면 더더욱 좋겠지요.

　봄철에 피는 꽃으로 빚는 술이 많습니다. 유채꽃, 매화, 벚꽃, 목련꽃, 진달래꽃 등 다양한 꽃으로 우리 조상들은 술을 빚어왔지요. 꽃으로 빚은 '우리술' 중 대표적인 게 '두견주'입니다.

　'두견주'는 진달래의 다른 이름인 '두견화'에서 이름을 딴 술이에

진달래꽃을 넣어 빚은
두견주

요. 진달래 꽃잎을 찹쌀에 섞어 빚기 때문이지요. 달콤하면서도 가
벼운 산미가 있는 두견주는 향기가 일품이며, 알코올 도수가 18도
로 높은 편인데도 부드럽고 감칠맛이 나요.

두견주는 1천 년 전 고려 개국공신 복지겸이 면천에서 병을 앓자
그의 딸 영랑이 백일기도를 드린 후 두견주를 담아 아버지에게 마
시게 하자 병이 나았다는 전설이 전해지고 있어요. 그래서 두견주
를 '효도주', '천년의 술'이라고도 부르지요.

봄이 왔음을 알리는 꽃이 매화입니다. 만개한 매화를 넣어 빚은
술인 '매화주'를 마셔보세요. 굳은 의지와 절개를 상징하는 매화는
옛 선비들이 가장 사랑했던 꽃으로, 향기가 청아하고 기품이 있어

차로도 널리 사랑받아 왔어요.

　단원 김홍도는 그림을 그려주고 받은 돈 3천 냥 중 2천 냥을 떼어 매화 화분을 사고, 8백 냥으로 술 두어 말을 사다가 동인들을 모아 매화음梅花飮을 마련했다는 기록이 있을 정도로 매화주를 좋아했다고 해요.

　봄에 빚는 술은 아니지만 꽃술로 '백화주'도 있어요. 이름 그대로 100가지 꽃으로 술로 빚었다고 하니 꽃술의 끝판왕이라고 할 수 있죠. 동백꽃부터 국화꽃까지 우리 강산 곳곳에 피는 꽃을 일일이 따고 손질해서 말린 후 중양절(음력 9월 9일)에 술을 빚을 때 넣었으니 들어간 정성도 어디 비할 데가 없겠죠. 백화주라고 하지만 실제로 100가지 꽃이 다 들어가지는 않고 대략 20~40가지 꽃이 들어갑니다. 백화라고 했을 때 온갖 꽃이라는 의미로 받아들이면 됩니다. 들어간 꽃의 종류와 비율에 따라서 술의 향도 저마다 조금씩 다릅니다.

　"처가 해마다 양잠하고 길쌈하며, 백화를 따서 술을 빚어 나에게 준다." 조선시대 문인인 서유본이 쓴 글 중에 나오는 구절로 살림 잘하고 음식 잘하는 부인에 대한 자랑과 고마움이 느껴지는 글입니다. 백화주를 빚는 방법은《규합총서》라는 옛날 조리서에 잘 나와 있는데 그 책을 지은 빙허각 이씨의 남편이 바로 서유본이라고 합니다. 그 술맛이 과연 어떠했을까 궁금하네요.

색도 예쁘고 향도 좋은
딸기 막걸리

봄을 대표하는 과일이 있죠. 바로 딸기입니다. 봄철에 꼭 마셔야 될 술 중 하나가 제철 과일인 딸기로 빚은 막걸리입니다. 분홍빛의 색감, 새콤달콤한 맛, 풍부한 딸기향이 번지는 딸기 막걸리 한 잔을 봄날의 따사로운 햇살이 번지는 마루에 앉아서 즐기는 상상을 해보세요. 마음이 설레지 않나요.

뜨거운 여름을 위한 술

더운 여름철에는 시원한 게 먹고 싶어지지요. 수박, 참외, 복숭아 등 온갖 과일을 앞에 두고 원두막에서 즐기는 과일 파티. 여름철 머

배꽃 필 무렵 누룩을 띄워 여름에 빚는 이화주

릿속에 떠오르는 풍경입니다.

'이화주'는 여름철 과일과 함께 먹을 때 잘 어울리는 술이에요. '이화梨花'는 배꽃을 말합니다. 그렇다고 이화주에 배꽃이 들어간 건 아니에요. 배꽃이 필 무렵에 누룩을 띄워 여름에 빚는다고 해서, 또는 배꽃처럼 하얀색의 술이라고 해서 붙여진 이름입니다. 이 술의 특징은 매우 걸쭉하다는 겁니다. 요구르트처럼 진해서 숟가락으로 떠먹기도 하고 시원한 물에 타서 마시기도 합니다. 이화주에 과일을 찍어 먹어도 좋습니다. 새콤달콤한 풍미에 부드러운 감칠맛이 어우러져 디저트로도 잘 어울려요.

여름철에는 오미자가 좋다고 해요. 달고 시고 맵고 짜고 쌉싸름한 다섯 가지 맛을 지녔다고 하는 붉은 색의 약재입니다. 오미자는 기를 북돋우고 갈증을 그치게 하며 몸을 따뜻하게 해주는 등의 좋은 효과를 가지고 있다고 합니다. 그래서 우리 조상들은 여름철에 오미자차,

오미자화채, 오미자 보리수단 등 음료를 만들어 드셨다고 하네요.

이 오미자를 넣어 빚은 막걸리는 맛이 어떨까요. 새콤한 맛과 입 안 가득 그윽히 번지는 향이 여름철 갈증을 싹 가시게 하는 느낌입니다. 나른해진 몸을 추스르게 하는 건강한 맛도 오미자 막걸리의 특징이 되겠죠.

대나무는 차가운 성질이 있다고 합니다. 여름철 대나무 돗자리에 누웠을 때 유독 시원한 느낌이 드는 게 그런 이유에서라고 하네요.

'추성주'는 대나무 잎과 약재를 넣어 빚는 술입니다. 몸이 처지기 쉬운 여름철에 보양을 겸해서 마실 만한 술이죠.

여름은 음식이 상하기 쉬운 계절입니다. 더위도 더위지만, 습도가 높은 장마철은 음식도 술도 쉽게 상해서 버려야 해요. 술은 알코올이니 상하지 않는다 생각하실 수도 있지만, 맛이 완전히 시어져서 마실 수 없게 되어버려요.

여름철 대표적인 술인 과하주는 '과하過夏' 즉 여름을 지내는 술이라는 뜻이에요. 술을 빚는 과정에서 소주를 넣어 알코올 도수를 높여 '발효'를 멈추게 만들어요. 과하주는 당분이 남아 있는 상태에서 발효가 멈추기 때문에 단맛이 강해요.

과하주는 소주를 넣는 시기에 따라서 맛이 달라지는데요. 발효 초기에 넣으면 상대적으로 당도가 높은 단맛의 술이 되고, 반대로 발효 후기에 넣으면 당분이 적고 발효가 거의 된 상태라 달지 않고 알코올 도수가 높은 담백한 과하주를 즐길 수 있지요.

지역과 재료에 따라 맛과 향이 다양하지만, 대부분 오래 숙성한 포트와인같이 그윽한 빛깔과 부드러운 맛, 뛰어난 향을 자랑해요.

이름난 과하주로는 보성군의 강하주, 김천과 경성의 과하주가 있었어요.

불볕더위로 지치는 여름에는 과하주를 마셔주는 것도 좋겠죠.

過夏酒

지날 과 + 여름 하 + 술 주 = 여름을 지내는 술

천고마비의 계절에 마시는 술

가을은 한 해 중 술이 가장 맛있는 시기입니다. 갓 수확해서 향과 맛이 살아 있는 햇곡식과 여름철 새로 띄워 미생물이 잘 증식된 누룩으로 술을 빚어요. 하늘은 높고 맑으며 날은 포근해서 술이 더 잘 익죠. 가을에는 약주를 권합니다.

전통누룩으로 빚은 약주는 복잡하고 오묘한 향과 맛을 지니고 있어 사색의 계절인 가을에 잘 어울리죠. 게다가 약주는 숙성될수록 깊은 맛이 우러납니다. 바람이 서늘해지면서 날로 추워지는 가을철에 오래 두고 마시기 좋은 술이죠.

약주는 대개 밑술*과 덧술**을 여러 번 하는 중양주 기법으로 빚습니다. 두 번 빚은 이양주, 세 번 빚은 삼양주가 있고, 심지어 다섯 번 빚은 오양주도 있습니다. 여러 번 빚을수록 시간과 정성이 많이 들어가게 되지만 그만큼 향과 맛이 풍부해집니다.

차례나 제사를 지낼 때 술을 올리는 이유가 신선하고 깨끗한 향기의 술일수록 증발이 잘 되므로, 술의 향으로 하늘(천당)에 계신 조상님의 혼을 모셔오기 위해서라고 하죠. 그만큼 향이 좋은 맑은 술 약주를 즐기기 좋은 계절이 가을입니다.

햇곡식이 나는 가을에는 '신도주'와 '국화주'를 마셔보세요. '신도주'는 맑고 밝은 빛깔과 과일처럼 은은한 향, 깨끗한 맛이 일품으로 햅쌀을 이용해 빚어요. 햅쌀을 이용해 빚은 귀한 술로 오직 가을에만 맛볼 수 있으며 추석 차롓상에 올려요.

'국화주'는 가을의 꽃인 '국화'를 넣어 빚은 술이에요. 은은한 국화향이 찹쌀의 단맛을 만나 한 편의 시를 담은 술이 만들어져요.

국화를 넣은 술 중 유명한 것이 '한산소곡주'입니다. 앉은뱅이 술로 유명한 술이죠. 술이 익었나 젓가락으로 찍어서 맛을 보던 며느

---

* 이양주 이상의 중양주를 빚을 때 처음 빚어 발효에 들어가는 술.
** 중양주 빚기에서 밑술에 거듭해서 원료를 넣어주는 단계 또는 술.

국화를 넣어 빚은
국화주

리가 취해서 그만 일어나지 못해서 붙여졌다고 하고, 과거길에 오른 선비가 소곡주 술맛에 빠져 주막에 주저앉았기에 생겨난 별칭이라고도 하네요. 묵직하면서도 달고, 은은하게 번지는 국화향이 일품인 술입니다. 달아서 술술 넘어가지만 알코올 도수가 18도나 되는 독한 술이기도 합니다.

한겨울을 이겨내게 하는 술

추운 계절인 겨울. 외국에서는 레드와인에 과일과 향신료를 넣어 끓인 뱅쇼를 마신다고 하죠. 몸을 따뜻하게 해줘서 감기를 예방할 수 있다고 알려져 있습니다. 우리술에도 뱅쇼처럼 향신료를 사용한 술이 있습니다. 증류주에 약재를 넣은 감홍로와 이강고입니다.

파주 '감홍로'는 지초, 계피, 진피, 정향, 생강, 감초, 용안육 등의 한약재가 들어갑니다. 속을 따뜻하게 해주고 혈액순환을 촉진하며 위와 장을 튼튼하게 해준다고 하네요. 현대 과학자들이 연구한 바에 따르면 '감홍로'에 들어가는 약재들은 폴리페놀 성분이 많아서 항산화 효능이 뛰어나다고 합니다.

'감홍로'는 육당 최남선 선생이 《조선상식문답》에서 이강고, 죽력고와 함께 언급한 당시의 유명한 술 중 하나입니다. 판소리 〈별주부전〉과 〈춘향전〉에도 등장하는 맛있는 술이기도 하죠. 따뜻하게 데워 마시면 더욱 좋다고 합니다.

'이강고'는 배와 생강, 울금, 계피, 꿀을 넣은 술입니다. 조선시대부터 전라도와 황해도에서 널리 빚어졌던 술입니다. 대개의 증류주가 알코올 도수 40도 안팎인데 비해, 전주 '이강주'는 알코올 도수가 25도로 독한 술을 잘 즐기지 못하는 분들도 부담 없이 마실 수 있습니다.

주로 봄에 빚는 술이지만, 추운 겨울에 소나무를 넣은 술을 마시면 몸이 따뜻해져 좋습니다.

소나무는 우리 민족에게 아낌없이 주는 나무로 알려져 있습니다. 뿌리부터 잎새까지 무엇 하나 버리지 않고 쓰였습니다. 솔잎은 위장에 좋다고 하고, 솔가지는 관절에 특효가 있다고 합니다. 꽃가루인 송화는 몸이 허약하거나 감기, 배앓이에 좋고, 송진은 상처 난 데에 바르면 새살을 나게 하고 살균성이 크다고 하네요.

내친김에 소나무를 이용하는 술을 자세히 알아볼까요.

먼저 이른 봄, 새순으로 빚는 송순주입니다. 향이 그윽하여 소나무 술 중에서 으뜸이라고 합니다. 송순주는 경상남도 함양군, 전라북도 김제시, 대전광역시에서 무형문화재로 지정, 계승되고 있습니다.

전라북도 무형문화재인 김제 송순주는 백설기 밑술에 찹쌀 고두밥으로 덧술할 때 송순을 한데 넣어 발효하다가 소주를 넣는 혼양주(과하주) 방식입니다. 고 김복순 님이 기능보유자로 있었습니다.

대전광역시 무형문화재인 대전 송순주는 덧술을 항아리에 안칠 때 송순을 밑에 까는 방법으로 동춘당 종택의 윤자덕 종부가 빚고 있습니다.

소나무 새순으로 빚은
송순주

경상남도 무형문화재인 함양 송순주는 밑술을 멥쌀로 죽을 쑤어 쓰는데 이때 송순이 들어가는 것으로 알려져 있어요. 시중에서 많이 판매되고 있는 '솔송주'는 함양 송순주를 상품화한 것이에요. 시어머니에게서 술 빚는 방법을 배운 박흥선 명인(대한민국 식품명인 제27호)이 빚고 있습니다.

솔송주는 약주와 리큐르, 두 가지 제품이 있습니다.

솔향이 은은하게 번지는 솔송주는 반주로 잘 어울립니다. 솔송주는 국내외 주류품평회에서 여러 차례 수상했고, 수출도 늘려가고 있습니다.

소나무 옹이*에 생기는 관솔을 넣은 송로주는 충청북도 무형문화재로 지정되어 임경순 님이 빚고 있습니다. '보은송로주'는 관솔**과 솔가지, 복령을 넣어 빚은 송절주를 증류하여 소주로 내린 술입니다. 소나무 특유의 시원한 향이 일품이며 혈액순환 및 위장 강화에 효과가 있습니다. 특히 송로주는 관절과 신경통에도 좋다고 해요.

소나무 꽃인 송화로 빚은 송화주는 신경통과 피로회복에 좋다고 합니다. 완주 모악산 수왕사의 주지 스님이 빚는 송화백일주가 유명합니다.

---

*   나무의 몸에 박힌 가지의 아랫부분.
**   소나무의 가지나 옹이.

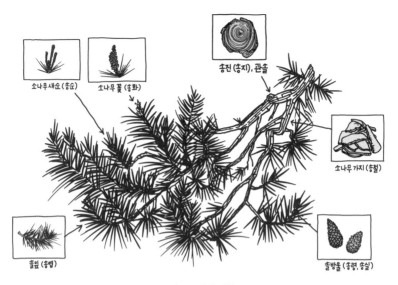

소나무 새순 (송순)　소나무 꽃 (송화)　송진 (송지), 관솔

소나무 가지 (송절)

솔잎 (송엽)　솔방울 (송령, 송실)

소나무 부위별 명칭

송절주는 소나무 가지 마디를 이용한 술입니다. 원기를 보태주고 풍담을 없애준다고 하네요. 서울시의 무형문화재로 지정되어 이성자 님이 기능보유자로 있습니다.

솔잎은 배에 냉기가 있거나 중풍이 있는 사람에게 좋다고 합니다. 솔잎으로 만드는 술을 송엽주라고 합니다.

이밖에도 열매인 솔방울로 빚은 송령주, 뿌리를 이용하는 송하주, 송진을 넣은 송지주가 있습니다. 정말 소나무는 버리는 것 하나 없이 다 쓰이고 있죠?

'우리술' 가로세로 낱말퀴즈

맞혀봐요! 술 상식이 쑥쑥 올라가요!

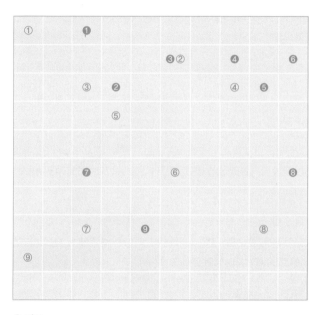

① 가로
❶ 세로

가로

① 발효 과정을 거쳐서 빚은 술을 증류기에 넣고 가열해 끓는점의 차이로 먼저 증발해 나오는 알코올과 향미 성분을 모아서 내린 높은 알코올 농도의 술.

② 포도, 사과 등 과실의 즙을 발효한 술.

③ 일정한 규격에 따라 빚은 술. 경주 최씨 가문에서 내려오는 경주교동○○가 유명하다.

④ 물에 들어 있는 이온, 고체입자, 미생물, 유기물 등 모든 불순물을 제거한 물.

⑤ 한 나라나 지역 등에 과거에서부터 이어져오는 양조법을 계승 및 보존하여 빚는 술.

⑥ 곰팡이의 한 종류로, 전분을 포도당으로, 단백질을 아미노산으로 분해하는 힘을 가지고 있다. 술빚기, 된장과 간장 등 발효식품을 제조하는 데 쓰인다.

⑦ 음식 차리는 법, 음식 만드는 법 등 과거의 식문화를 알 수 있도록, 기록되어 전해지는 옛날 조리책. 《산가요록》, 《수운잡방》, 《음식디미방》, 《규합총서》 등이 알려져 있다.

⑧ 약으로 마시는 술이라는 뜻을 지닌 말. 주세법에서는 곡식과 누룩으로 빚어서 침전물이 생기지 않도록 맑게 여과한 술을 가리킨다.

⑨ 원래는 술독에서 맑은 술을 떠내고 남은 술지게미에 물을 타가며 거칠게 '막' 거른 술을 의미했다. 지금은 탁주 전체를 가리키는 말로도 쓰인다.

세로

❶ 주류를 과세 물건으로 국가에서 징수하는 세금에 대하여 과세 요건 및 절차를 규정한 법.

❷ 물이나 술 따위를 데우거나 담아서 따르게 만든 그릇.

❸ 여름을 지내는 술이라는 뜻으로, 술을 빚을 때 소주를 첨가해 알코올 도수를 높여 상하지 않도록 만든 술.

❹ 전분 또는 당분이 포함된 재료를 발효시켜 알코올분 85도 이상으로 증류한 술.

❺ 가족들이 모여 준비한 음식을 상에 올리고 조상님들을 기리는 시간.

❻ 각도, 온도, 광도 따위의 크기를 나타내는 단위. 알코올○○.

❼ 소주를 내릴 때 쓰는 우리나라의 전통 증류기. 대개 옹기로 만들었다.

❽ 탁주의 한 종류로 요구르트처럼 걸쭉하여 떠먹거나 물에 타서 마신다. 배꽃이 필 무렵에 누룩을 띄워 여름에 빚는 술이라는 뜻을 가지고 있다.

❾ 증류주에 당분을 넣고 과일이나 꽃, 식물의 잎이나 뿌리 등을 넣어 맛과 향기를 더한 술.

3. 우리술을 찾는 방법

무슨 술을 사야 할지 모른다면

'우리술'을 사러 갔다가 이걸 살까 저걸 살까 고민하다가 결국 포기하고 다른 술을 구매하신 적이 있으신가요? 요즈음에는 다양한 온라인 사이트에서 '우리술'을 구매할 수 있어요.

'백술닷컴(paiksool.com)'에서 제공하는 '술 취향 테스트'나 '나에게 맞는 술 찾기'를 이용해보는 것도 좋아요. '술 취향 테스트'는 좋아하는 주종을 선택한 후, 간단한 테스트를 통해 자신의 술 취향 유형을 알려주면서 알맞은 술을 추천해줍니다. 또 '나에게 맞는 술 찾기'에서는 '새콤함', '깔끔한', '도수 낮은' 등 키워드를 선택하여 구매 목적에 맞는 술을 찾을 수 있게 합니다.

'우리술' 종합 정보 사이트인 '더술닷컴(thesool.com)'에서는 '우리술' 구매처를 온라인, 오프라인, 전문주점으로 구분하여 정보를 업데이트하여 제공해줍니다.

여러 가지 술을 맛보고 싶다면 구독서비스를 이용하는 것도 방법이랍니다. 술담화(sooldamhwa.com), 연금술사(alcoholmist.co.kr) 등에서는 매달 엄선한 '우리술'을 배송해줍니다.

여러분이 찾는 술이 온라인에서 판매하지 않는다면, 양조장에서 온라인 판매를 하지 않거나, 소규모주류제조면허*를 가진 양조장에서 생산하는 술일 가능성이 높습니다. 술을 제조, 판매하려면 법에서 정한 일정 규모의 시설을 갖춰야만 해요.

소규모주류제조자의 경우, 직접 내 가게에서 팔 수 있고, 다른 가게에 납품할 수도 있고, 술 도매상이나 슈퍼마켓, 편의점에서 판매할 수 있습니다. 단, 온라인 등 통신판매는 안 되는 것이죠. 이런 술을 구하고 싶다면 '우리술' 보틀숍을 알아보는 것도 방법입니다.

술 가격이 다른 이유

술을 구매하는 기준은 사람마다 다를 거예요. 요즘은 워낙 원재료도 다양하고, 병과 라벨 디자인도 다양하며, 가격 역시 천차만별로

• 음식점 등 식품 접객업자가 영업허가를 받거나 영업신고를 한 장소에서 술을 제조하고 판매할 수 있도록 한 것. 탁주, 약주, 청주, 맥주, 과실주 이 다섯 종의 술을 제조하여 실수요자인 최종 소비자와 식품 접객업자에게 판매할 수 있다.

다양한 가격대를 형성하고 있습니다.

병마다 색깔도 다양하고, 멋지게 포장해서 판매하는 술도 많고요. 어떤 분들은 피규어를 모으듯, 병이 특이하거나 예쁘면 집에 전시해두시기도 하더라고요.

특별한 날 마시는 술, 주말에 한잔 편하게 나 혼자 마시는 술, 가족, 친구들과 함께 마시는 술 등 목적에 따라 구입하고 싶은 '우리술'의 가격 또한 다양합니다.

'우리술'은 같은 원료를 쓰더라도 빚는 방법에 따라서 술의 향과 맛이 달라집니다. 다른 원료를 쓰면 더 말할 것도 없고요. 고급 술일수록 들어가는 원료의 양 대비 나오는 술의 양이 적습니다. 어떤 술은 물을 아예 넣지 않고 빚기도 한답니다. 고급 '우리술'이 비싸질 수밖에 없는 이유이죠. 원가가 훨씬 올라가게 되니까요.

'우리술'은 생산하는 데 들어가는 비용, 즉 제조원가가 높습니다. 원료도 일반 쌀이 아닌, 국내산 햅쌀을 사용합니다. 술에 따라서는 유기농 햅쌀을 쓰기도 합니다. 또 기계가 아닌 손으로 빚고, 일정 시간의 발효를 거쳐 정성이 듬뿍 들어간 명품 수제 술을 빚는 소규모 양조장도 많습니다.

우리가 대중적으로 마시는 막걸리도 다르지 않습니다.

막걸리는 저렴한 술이라는 인식이 있는데 약간 잘못된 편견입니다. 원래 막걸리가 농민의 술이긴 했지만, 지금처럼 저렴한 술이 아니었어요.

식량이 부족한 시기가 있었던 우리는 한동안 쌀로 술을 빚지 못했습니다. 밀가루로 술을 생산하면서 가격이 저렴한 막걸리가 탄생한 거죠.

제조원가를 낮추면서 동시에 많은 양의 술을 만들다 보니 새로운 문제가 생겨났습니다. 술의 알코올 도수나 향을 소비자 입맛에 어느 정도 맞추기는 했는데, 쌀로 빚은 막걸리 고유의 단맛을 내지 못하게 된 거죠. 그래서 달지 않은 술에 단맛을 내는 감미료를 넣게 된 거죠. 막걸리가 싸다고, 또 감미료를 넣었다고 해서 나쁘다는 건 결코 아닙니다.

사실 감미료를 넣지 않으면서 단맛을 내려면 그만큼 원료인 쌀을 많이 넣어야 합니다. 술을 빚을 때도 물을 적게 넣어야 하고요. 옛날 방식 그대로 쌀, 물, 누룩으로만 빚는 막걸리가 비싼 이유입니다. 요즘에는 감미료를 넣지 않은 막걸리도 마트나 편의점에서 구입하실 수 있어요.

라벨만 잘 봐도 술을 알 수 있다

술에 붙어 있는 라벨에는 많은 의미가 담겨 있어요. 보통 앞면과

뒷면에 서로 다른 라벨이 붙어 있는데요. 앞면에는 술의 이름과 알코올 도수, 용량이 쓰여 있어요.

요즘에는 양조장마다 라벨 디자인에도 무척 신경을 쓰고 있어요. 디자인 공모도 하고, 같은 양조장에서 나온 술이어도 일반과 프리미엄으로 나누어 라벨 색을 다르게 하기도 하고요.

뒷면의 정보표시면에는 정보가 세세하게 쓰여 있는데요. 글씨도

식품유형	증류식소주	에탄올 함량	41%
업소명	협동조합 ㅇㅿ, 강원도 원주시 ㅇㅇ면 ㅇㅇ길		
소비자상담전화	033 - 123 - 4567		
보관방법	직사광선을 피해 실온보관		
원재료명	정제수, 쌀, 밀누룩 (밀함유) 국산 원재료만 사용합니다.		
용기. 포장재질	유리병, 코르크 마개		
품목제조번호	2020303O4040		
주의사항	19세 미만 청소년에게 판매금지 부정, 불량식품신고는 국번없이 1399 지나친 음주는 간경화나 간암을 일으키며 운전이나 작업중 사고 발생률을 높입니다.		
제조년월일	2023년 5월 25일		

일정 글자 크기 이상을 유지해야 한다는 규정이 있습니다. 제조사, 원재료명, 제조년월일을 비롯하여 식품 유형, 에탄올 함량, 보관방법 등에 대한 설명 등이 기재되어 있어요. 우리가 마시는 술, 어떤 원료로 만드는 술인지 알고 마시면 더 좋겠죠?

술도 소비기한이 있나요?

사실 술은 뚜껑을 여는 순간 한자리에서 다 마시는데 소비기한이 필요한가요,라고 물으실 수도 있습니다. 그러나 슈퍼나 마트 혹은 물류창고 등에서 보관 후 판매하는 것들이니 소비기한을 알아두면 좋아요.

증류주인 소주는 소비기한이 따로 없어요. 기본적으로 알코올 도수 20도 이상에서는 세균 번식이 거의 불가능하기 때문이지요. 즉, 오랜 시간 두고 마셔도 건강상 문제가 발생하지 않는 음료라는 것인데요, 단 보관 관리가 잘된 술이어야 해요. 병이 파손되었다거나, 뚜껑을 열어서 공기와 접촉이 발생했다면 품질, 맛, 향에 변화가 생길 수 있어요.

술의 소비기한

소주(증류식/희석식)	살균주	생주
소비기한이 따로 없다	약주, 막걸리(탁주) 모두 1년 남짓	막걸리(탁주): 10~90일 약주: 90~180일 정도

발효주인 막걸리와 약주는 소비기한이 있습니다. 구입시 라벨에 표시된 소비기한을 확인하시면 됩니다. 살균 처리한 막걸리나 약주는 소비기한이 1년 남짓으로 긴 편입니다. 그렇지 않은 생막걸리나 생약주는 소비기한이 줄어듭니다. 대체로 소비기한은 냉장 보관 상태에서 생막걸리가 10~90일, 생약주가 90~180일 정도입니다. 요즘 탁주와 약주의 소비기한이 프리미엄과 도수가 높은 제품이 등장하면서 길어졌어요.

생막걸리, 생약주 모두 효모 등 미생물이 살아 있는 술입니다. 그런데 생약주에 비해 생막걸리의 소비기한이 짧은 이유가 뭘까요? 생약주는 효모가 살아 있지만 알코올 도수가 높아서 활동이 멈춰 있는 상태입니다. 그런데 생막걸리는 제품화하는 과정에서 알코올 도수를 낮추는 경우가 많아서 효모 등 미생물이 다시 활발하게 움직일 수 있는 환경이 되는 것이지요.

그래서 생막걸리는 냉장 상태에서도 유통되는 과정에서 효모를 비롯하여 유산균 등 풍부한 미생물이 번식을 하여 막걸리 속의 당을 소비하여 맛이 계속 변화하게 됩니다. 기간이 지날수록 당도는 낮아지고 신맛과 탄산 맛이 높아지는 경향을 보입니다. 그러니 냉장 상태의 막걸리를 구매했다면 빨리 마시는 게 좋겠죠.

간혹 생막걸리를 냉동 보관하는 경우가 있는데, 권장하지 않습니다. 언 막걸리는 해동하면서 탄산가스가 술에서 분리되어 터지기가 쉬워요. 또 막걸리의 침전물이 얼었다 녹는 과정에서 맛이 변합니다. 개봉하지 않은 생막걸리라면 냉동하기보다는 냉장고 깊숙이 보관하는 걸 추천해요. 잘 숙성되어 깊은 향과 맛을 느낄 수 있거든요.

참고로 막걸리와 약주를 살균 처리한 술은, 소비기한이 길고 구태여 냉장 보관하지 않아도 되기에 관리하기가 편하다는 장점이 있습니다. 효모 등 미생물이 죽어 있어, 생막걸리보다는 맛과 향에서 차이가 있을 수 있어요. 생막걸리나 생약주가 지닌 맛과 향을 간직할 수 있는 기술 개발이 되면 좋을 것 같네요.

알아두면 도움이 되는
'우리술' 보관법

좋은 보관법

- 바로 세워서 보관하기
- 직사광선을 피해 서늘한 곳
- 냉장 보관

하면 안 되는 보관법

- 직사광선이나 빛에 노출하기
- 눕혀서 보관하기

와인처럼 '우리술'도 눕혀서 보관하나요?

시중에 유통되는 술은 살균 과정을 거쳤느냐에 따라 생주와 살균 주로 구분됩니다. 술의 살균 방법은 '고온 살균법'과 '저온 살균법'이 있어요.

생주는 당연히 냉장 보관이 기본이고요, 살균주는 실온 보관도

가능하기는 하나 직사광선이 들지 않는 곳에 두는 게 좋아요. 살균을 하게 되면 열 처리로 인해 향미가 떨어질 수 있어요. 막걸리의 경우도 살균을 하게 되면 발효 과정에서 생긴 탄산가스가 빠져나가게 됩니다.

와인의 경우, 코르크가 건조되어 부피가 줄면 외부 공기가 병 안으로 유입되어 와인을 상하게 할 수 있다고 하여 눕혀서 보관을 합니다. 그러면 '우리술'도 눕혀 보관해야 할까요?

'우리술' 중에서 생막걸리는 원칙적으로 눕혀서 보관하면 안 됩니다. 간혹 생막걸리를 구매한 후 냉장고에 자리가 없다며 눕혀 보관을 했는데, 나중에 냉장고 문을 열고 깜짝 놀라는 경우가 있을 거예요. 냉장고에서 막걸리 냄새가 진동을 하고, 끈끈한 액체가 흘러나와 있는 것도 보셨을 거예요.

생막걸리는 효모의 활동이 멈추지 않고 계속 진행되는 술입니다. 효모는 쌀 등에 있는 전분이 누룩 등 국에 있는 당화효소에 의해 분해된 당분을 먹고서 알코올과 탄산가스를 만들어냅니다. 그래서 막걸리 특유의 톡 쏘는 맛이 만들어지죠.

생막걸리는 유통하는 과정에서 탄산가스 압력이 높아져 병이 터지는 일을 막기 위해 조금씩 가스가 빠져나가게 마개를 설계했습니다. 그래서 술이 샐 수 있기 때문에 눕혀서 보관하면 안 됩니다.

그런데, 꼭 그런 것은 아닙니다. 요즘 유행하는 스파클링 막걸리는 생막걸리의 효모가 활동하면서 만들어내는 탄산가스를 오히려 빠져나가지 못하게 가둔 술입니다. 병을 열면 스파클링 와인처럼 풍부한 탄산가스 거품이 생기게 되지요.

그래서 스파클링 막걸리는 높은 압력에 견딜 수 있는 병에 완전 밀폐되는 마개를 쓰고 있습니다. 이런 병에 포장된 막걸리는 눕혀서 보관해도 문제가 생기지 않습니다만, 좋은 보관방법이 아닙니다. 막걸리는 세워서 보관하면 침전물이 가라앉지만 눕혀서 보관하면 병 옆부분에 남게 되지요. 병을 흔들어서 연다고 해도 옆부분에 보기 싫은 침전물 흔적이 남게 되지요.

남은 술, 슬기롭게 알뜰하게
활용하는 법

막걸리

1. 막걸리 세안법

막걸리를 가만히 놔두면 맑은 부분과 침전물이 가라앉은 뿌연 부분으로 나뉘게 됩니다. 맑은 부분의 막걸리 1컵을 미지근한 물에 섞어서 세안할 때 써보세요. 막걸리에는 비타민, 유기산 등이 풍부해서 피부 미용에 좋다고 합니다.
침전물은 밀가루와 꿀과 함께 섞어서 막걸리 팩으로 써보세요. 촉촉하고 윤기 있는 피부로 가꾸는 데 도움을 줍니다.

2. 식물 영양제

먹고 남은 막걸리로 천연 화분 영양제를 만들 수 있어요. 남은 막걸리 2컵에 설탕 1컵을 녹인 후 한나절 실온에 두어서 발효원액을 만듭니다. 2리터 들이 생수병에 소주잔 1잔 분량의 막걸리 발효원액을 넣고 나머지를 물로 채운 뒤 섞어줍니다. 막걸리의 좋은 성분이 식물에게 풍부한 영양소와 효소를 공급해주고 알코올 성분으로 병충해를 예방하는 효과도 가져올 수 있어요.

3. 주방 기름때 제거

막걸리 침전물 속 알코올과 녹말 성분이 오염물을 쉽게 제거해준다는 꿀팁. 주방 기름때 제거뿐만 아니라 얼룩이나 찌든 때 청소에도 효과적이니 청소할 때 한번 써보시는 게 어떨까요.

희석식 소주

1. 튀김 요리

소주와 물을 1:1 비율로 섞어 튀김옷을 만들면 알코올이 기름 속에서 빠르게 증발하여 수분을 줄일 수 있어요. 이렇게 만들면 시간이 지나도 튀김이 쉽게 눅눅해지지 않고 바삭함을 더 오래 유지할 수 있어요.

2. 프라이팬 찌든 때

프라이팬의 때를 제거한다면서 철수세미로 빡빡 문질렀다가는 코팅이 다 벗겨져 버리는 경우가 있지요. 이럴 때 프라이팬을 적당히 데운 후 소주를 적신 키친타올로 오염 부위를 닦아내면 묵은 때를 쉽게 제거할 수 있어요. 이때 밀가루를 살짝 뿌려주면 효과가 배가되지요.

3. 생선 비린내 제거

프라이팬이나 에어프라이어의 망에 생선을 굽고 비린내가 남아 고생하신 적 있으실 거예요. 이때 소주를 붓고 팔팔 끓여주면 생선 비린내가 깔끔하게 없어져요.

4. 삼겹살 기름 제거

집에서 삼겹살을 구워 먹으면, 먹을 때는 너무 좋은데 방바닥에 기름 자국이 남게 되어 곤란하죠. 이럴 때는 분무기에 소주를 담은 후 칙칙 바닥에 뿌려주세요. 그러고는 마른걸레로 닦아주면 알코올 성분이 기름기를 깔끔하게 제거해준답니다. 정말 술은 버릴 게 없네요.

* 증류식 소주는 오랫동안 보관하였다가 마시면 더 깊은 맛을 느끼실 수 있습니다.

'우리술' 플레이버휠

농촌진흥청에서 개발한 '전통주 플레이버휠'은 우리술을 시음하면서 느끼는 맛과 향을 정리하는 데 도움을 줍니다. 과일향, 곡물향, 견과류향 등 향기 유형 11가지, 미각 2개 유형 등 모두 89개의 '우리술'과 연상되는 단어들을 원반 모양으로 정리한 틀입니다.

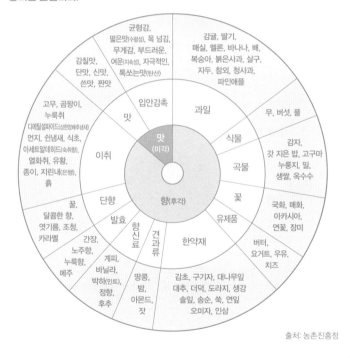

출처: 농촌진흥청

4. 알수록 매력적인 우리술 이야기

술을 마시면 취하는 이유

한 잔 술에 취하고, 두 잔 술에 취하고, 취하라고 마시는 게 술이라고 하지요. 술에는 알코올이라는 성분이 있어 우리를 취하게 만듭니다. 즉, 술이란 알코올이 1% 이상 들어간 음료를 지칭합니다. 술을 만들어보기에 앞서 알코올이 만들어지는 과정부터 알아볼까요?

알코올은 미생물의 일종인 효모가 당분을 분해하는 과정에서 만들어져요. 효모가 당분을 먹고 알코올과 이산화탄소를 만드는 거죠.

효모는 당분을 먹고
알코올과 이산화탄소를 만든다.

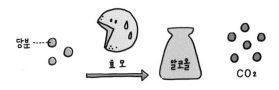

효모는 우리 주변에 어디든 있어요. 아주 작아서 눈에 보이지 않지만, 과일 껍질에도 효모가 있어요. 포도를 실온에 두면 술 냄새가 나는 것도 그런 이유이겠지요.

빵을 만들어보신 분들은 '이스트'라는 용어가 낯설지 않으실 거예요. 맞아요, 이스트가 효모입니다. 빵 반죽을 부풀리는 역할을 하지요.

이 효모가 먹는 당분은 과일에도 들어 있고, 우리가 먹는 밥에서도 당분이 만들어져요. 과일의 당분은 바로 효모의 먹잇감이 되어 발효가 되지만, 곡식의 경우 효모가 바로 먹지를 못해요. 전분의 형태로 들어 있어서 당분으로 바꾸어줘야 하거든요. 이 과정을 당화라고 한답니다.

처음 밥을 입에 넣었을 때는 잘 모르는데, 이 밥을 오래 씹으면 단맛이 느껴지잖아요. 그렇게 이해하시면 되어요. 입안으로 들어간 밥이 침과 만나 당화되어 당분이 되었다고요. 침 속에 당화 효소인 '아밀레이스'가 들어 있어서입니다.

술마다 발효 과정이 다르다

　와인은 과일인 포도가 주원료로 효모가 바로 발효를 시작해 술이 되므로 '단발효' 술입니다. 맥주의 경우 싹이 튼 보리인 맥아를 따뜻한 물에 담가두면 당분이 빠져나와 '맥아즙'이 되는데, 이것이 효모와 만나 발효가 되어 술이 됩니다. 와인보다 하나의 과정을 더 거치게 되어 '단행 복발효' 술로 분류합니다.

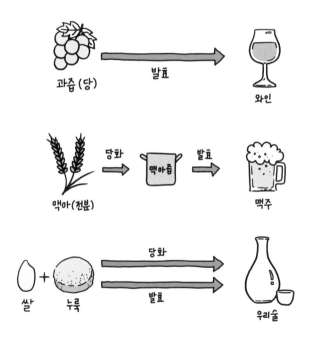

'우리술'은 어떨까요? '우리술'은 누룩의 힘으로 쌀에 함유된 전분을 당분으로 변화시키는 '당화 과정'과 당분이 알코올이 되는 '발효 과정'이 동시에 일어납니다. 그래서 '병행 복발효' 술입니다.

술맛을 결정하는 1등 공신, 누룩

술을 빚으려면 쌀, 물, 누룩이 필요합니다. 누룩은 쌀을 당화하는 과정에서 필요한 것이에요. 누룩은 술맛에 직간접적으로 영향을 미칠 만큼 중요한 요소예요. 누룩은 누룩곰팡이와 효모, 젖산균 등 유익한 미생물을 번식시켜 놓은 것이라고 생각하면 이해가 좀 쉬우실 거예요.

누룩곰팡이

전통누룩*의 종류는 형태별로는 떡누룩(병국), 흩임누룩(산국)으로 나누고, 계절별로는 춘국, 하국, 추국, 동국으로 나눕니다. 또 색깔별로는 황국, 흑국, 백국, 홍국으로 나누어져요.

떡누룩(병국)은 분쇄 정도와 재료에 의해 여러 종류로 나뉘어요. 곡물을 거칠게 갈아서 덩어리로 만든 누룩인 '조국'과 곡물의 껍질

---

* 누룩을 한자로 국麴, 麯 또는 곡䴳이라고 부른다. 이 책에서는 누룩을 국으로 통일하여 부르기로 한다.

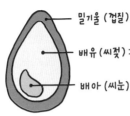

밀기울 (껍질) : 술빚기에 필요한 효소와 미생물을 가지고 있다.

배유 (씨젖) : 씨앗이 자라면서 양분이 되는 것. 주로 전분질로 이루어짐.

배아 (씨눈) : 씨앗을 싹 틔우는 데 필요한 중심 성분.
단백질, 비타민류, 지방질을 다량 함유.

밀의 구조

을 제거하고 곱게 가루내어 덩어리로 만든 '분국', 그리고 여뀌잎이나 닥나무잎 등 초재를 넣거나 그 즙에 반죽하여 덩어리로 만든 '초국'이 있어요.

또 흩임누룩(산국)은 곡물의 낱알이 흩어져 있는 상태의 누룩을 말합니다.

전통누룩은 주로 통밀이나 통보리를 원료로 해서 만들어요. 밀 껍질에는 미생물이 자라기에 필요한 영양소인 단백질과 무기질, 비타민 함량이 높아요. 또 밀과 같은 맥류 곡식의 껍질은 술빚기에 필요한 당화 효소와 젖산균을 기본적으로 가지고 있는 장점이 있어요.

꼭 밀과 보리만 사용하는 것은 아니고요. 조, 찹쌀, 멥쌀 등도 누룩에 이용됩니다.

누룩을 빚기에 가장 좋은 시기는 전통적으로 7~8월경(여름)인 초복과 말복 사이(삼복)라고 해요. 계절적으로 차이가 있는데, 주로

30~35℃에서 10여 일간 곰팡이가 잘 번식하도록 뒤집어주면서 띄운 후 수분을 말려서 보관합니다. 장기 보관시에는 진공포장하면 벌레나 유해 곰팡이 등이 생기는 것을 방지할 수 있어요. 냉동 보관된 누룩을 사용할 때는 미리 상온에 2~3일 두어 누룩 속의 미생물을 활성화하여 사용하여야 안전합니다.

전통누룩으로 술을 빚으면 맛과 향이 다양하고 풍부해지는 장점이 있습니다. 또 효모가 누룩에 같이 들어 있어, 술을 빚을 때 따로 넣어주지 않아도 됩니다. 하지만 전통누룩은 다양한 미생물이 작용하여 술맛이 균일하지 않을 수 있는 단점도 있습니다. 그래서 입국이나 개량누룩을 사용하기도 합니다.

입국은 고두밥을 지은 다음 순수하게 키운 한 종류의 곰팡이(백국균) 종균을 넣어 만들어요. 균체의 숫자가 일정하여 술을 빚을 때 효율적인 생산관리가 가능하며, 술맛도 일정하여 대량생산에 적합하지요. 단, 한 가지 곰팡이만 들어 있어서 술맛이 단조롭다는 단점이 있어요.

개량누룩은 전통누룩의 맛과 향, 안정된 당화력 등 장점을 살린 누룩이에요. 밀 속껍질(밀기울)이나 통밀 등의 재료에 당화 능력이 우수한 곰팡이균을 넣고 번식시켜서 만듭니다. 법적 명칭은 조효소제입니다. 투입하는 종균으로는 리조푸스균, 황국균 등이 복합적으로 쓰이고 있습니다. 당화력이 전통누룩의 3~4배에 달할 정도로 강

력하며, 단점은 입국과 마찬가지로 몇 가지 누룩균만 사용하여 맛
이 단조로워요.

입국과 개량누룩은 곡식의 전분을 당분으로 바꿔주는 누룩곰팡
이가 만들어낸 효소가 들어 있기 때문에 전통누룩과 달리 술을 빚
을 때 효모를 따로 넣어줘야 합니다.

누룩의 종류와 차이점

구분	전통누룩	입국	개량누룩
주원료	통밀	고두밥 + 곰팡이(백국균) 종균	밀기울 + 누룩곰팡이 종균
장점	술맛과 향이 다양하고 풍부하다	효율적인 생산관리가 가능하다	당화력이 강해 발효의 안정성을 높일 수 있다
단점	술맛이 균일하지 않다	술맛이 획일적이고 단조롭다	

쌀을 익히는 8가지 방법

생쌀로 술을 빚기도 하지만, 기본은 익힌 쌀을 사용하는 것입니
다. 익힌 쌀은 죽, 범벅, 구멍떡, 물송편, 개떡, 설기떡, 인절미, 고두
밥의 형태로 만들어 사용하는데, 어느 것으로 하느냐에 따라 술맛

과 향이 달라집니다.

꼭 흰쌀만 사용하는 것은 아니고요, 보리, 수수, 조 등의 곡식도 사용합니다. 제주도의 오메기술은 차조로 구멍떡을 만들고, 보리로 만든 누룩을 이용해 술을 빚습니다.

죽 쌀에 5배 정도의 물을 넣어서 끓입니다. 당화 속도와 발효가 빨라 겨울철에 적합한 방법입니다. 향이 좋고 밝은 빛의 술이 빚어집니다. 대표적인 술로 석탄주, 절주방, 청명주 등이 있습니다.

죽

범벅 쌀가루에 2.5~3배의 끓인 물을 부어 되직하게 반죽한 것입니다. 절반 정도 익은 상태의 반죽으로, 덜 익히면 당화와 발효가 잘 안 되거나 술이 되어도 신맛이 날 수 있습니다. 고급술에 사용되며 알코올 도수가 높은 술이 빚어집니다. 대표적인 술로 벽향주, 하절주, 송절주 등이 있습니다.

범벅

구멍떡 쌀가루에 뜨거운 물을 조금 부어 익반죽한 후, 손바닥만 한 크기로 둥글납작하게 가운데 구멍이 뚫린 도넛 모양으로 만듭니다. 끓는 물에 넣어 삶는데, 익어서 위로 떠오르면 건져낸 후 삶았던 물을 조금씩 넣어

구멍떡

주면서 주걱으로 으깹니다. 물 사용량이 적어 달고 향이 풍부한 술이 빚어집니다. 대표적인 술로 이화주와 하향주 등이 있습니다.

물송편 쌀가루를 익반죽하여 송편 모양으로 빚은 후 삶습니다. 구멍떡과 방법이 유사하지만 잘 사용하지 않는 방법입니다.

물송편

설기떡 쌀가루를 찜기에 넣고 찌는데, 쌀 양의 10% 정도의 물을 뿌려가며 섞어주고 20분 정도 찝니다. 다 익은 설기떡을 뜨거운 상태로 주걱으로 눌러 잘 풀어줍니다. 뭉쳐진 상태로 술을 빚

설기떡

으면 신맛이 나게 됩니다. 감칠맛이 나고 달콤한 술을 빚을 수 있는데, 대표적인 술로 소곡주가 있습니다.

인절미 고두밥을 떡메나 절구로 쳐서 만듭니다. 발효가 잘 되어 감칠맛이 뛰어나지만, 손이 많이 가서 잘 쓰이지 않는 방법입니다.

인절미

개떡 쌀가루를 버무려 둥글넓적하게 만든 후 찜기에 찐 것을 말합니다. 반죽에 들어간 물 외에는

개떡

추가되는 물이 없어 술빚기가 극도로 까다롭습니다. 발효하는 중에 말라서 발효가 잘 이뤄지지 않을 수 있기에 밑술을 완전히 숙성시킨 후 덧술을 해야 합니다.

고두밥 물기가 없이 고들고들하게 찐 밥으로 지에밥이라고도 합니다. 탱탱하여 손으로 누르면  잘 으깨지지 않는 온전한 쌀알이기에 당화가 더 디고, 발효 기간이 긴 단점이 있습니다. 주로 단양주와 중양주 덧술 빚기에 사용됩니다.

고두밥

물의 양에 따라 술맛이 달라져요

쌀의 양과 물의 양, 그 비율에 따라서 술맛이 달라집니다. '우리술'은 대개 쌀과 물의 비율을 1:1로 해서 술을 빚어요. 원하는 술맛에 따라 물의 양을 조절할 수 있어요. 물의 양이 쌀보다 많으면 시고 쓰면서 싱거운 맛이 되고, 물의 양이 적으면 부드럽고 단맛이 강해지거든요. 잘 모르겠다면 1:1로 하는 게 무난한 방법입니다.

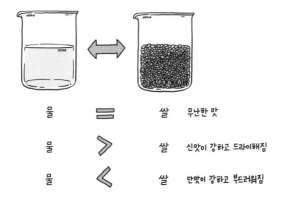

물	=	쌀	무난한 맛
물	>	쌀	신맛이 강하고 드라이해짐
물	<	쌀	단맛이 강하고 부드러워짐

누룩을 사용하는 방법

누룩은 사용 전에 2~3일간 햇볕에 말려 완전히 건조해줍니다. 누룩 안쪽에 있는 수분을 완전히 없애서 냄새나는 것을 예방하고 잡균을 햇볕에 살균하는 과정이라고 할 수 있습니다. 이런 과정을 '법제'라고 해요.

누룩은 원료에 바로 섞어 쓰거나, 적정량의 물에 불려서 사용하기도 해요. 이것을 '수국', '물누룩'이라고 합니다. 또 '수국'을 거름망으로 찌꺼기를 걸러낸 후 사용하는 방법도 있어요. '수국'을 사용하면 미생물이 활성화된 상태라 발효 속도가 빨라요.

누룩을 불리는 물의 양은 누룩의 2~3배가 적합하며, 시간은

5~7시간 정도가 적당해요. 너무 오래 물에 담가두면 다른 잡균이 번식할 수 있으니 조심하세요.

술빚기에 사용하는 누룩 양은 대략 전체 쌀 양의 10% 이내입니다. 단양주의 경우 단번에 완성해야 해서 10~30% 정도 넣습니다.

기후나 환경에 따라 다른
누룩의 형태

서울, 경기, 경상도 지역

얇거나 두툼하지 않은 사각형이나 원반형 모양. 서울, 경기의 중부 지역은 평균 온도가 낮고, 경상도 지역은 산악 지형이 많아서 두꺼운 누룩을 건조시키기 적합하지 않기 때문이다. 원료를 반죽하여 헝겊에 싸서 틀에 넣어 단단하게 모양을 만든 뒤, 온돌방에 쌓아서 띄운다.

부산금정산성누룩

넓고 얇은 모양. 고산지대여서 기온이 낮고 습기가 많아 건조가 쉽지 않기 때문이다.

충청, 전라도 지방

크고 두툼한 모양. 평야지대가 많아 일조시간이 길어 누룩이 일찍 건조되기 때문이다. 나무로 만든 선반 형태인 시렁이나 천장에 매달아 띄운다.

제주도 지방

손바닥처럼 작고 얇게 만든 모양. 섬이라 바람이 강하고 사면이 바다로
둘러싸여 있어 육지보다 습하기 때문이다.

술을 여러 번 빚는다고요?

쌀, 물, 누룩을 섞어 발효시키면 알코올 성분이 만들어져 술이 됩
니다. 이렇게 한 번에 빚어 완성하는 술이 '단양주'입니다. 이 술에
고두밥 등을 한 번 더 넣어 술을 빚으면 '이양주'가 됩니다. 이 과정
을 한 번 더 하면 '삼양주'가 되는 거고요. 이렇게 여러 번 빚는 술을
'중양주'라고 합니다. 술을 빚는 횟수가 늘수록 술맛이 깊고 부드러
우며 향이 어우러져 마시기 좋은 술을 얻을 수 있습니다.

요즈음에는 이양주, 삼양주, 오양주 등 다양한 '우리술'이 판매되고 있습니다.

자, 그럼 술빚기에서 '밑술'과 '덧술'을 알아볼까요?

제일 처음 빚는 술을 '밑바탕이 되는 술'이라고 해서 '밑술', 이후 고두밥 등을 넣고 빚는 술은 '더해지는 술'이어서 '덧술'이라 부른다고 이해하면 쉬워요.

밑술은 알코올 도수가 높으면서 맛과 향이 좋은 술을 빚기 위한 것으로서, 일차적으로는 우수한 효모균을 다량으로 증식, 배양하는 데에 목적이 있어요. 주모酒母라고도 합니다.

옛날 사람들이 처음 술을 빚어 마셨을 때는 단양주라도 충분히

단양주와 중양주의 이해

만족스러웠을 겁니다. 그러나 자주 마시다 보니 좀 더 알코올 도수가 높고 강한 술을 원하게 되었던 거죠. 그래서 먼저 빚어 둔 술을 더해 다시 술을 빚어 익혔는데, 술이 잘 되고 맛도 좋은 것을 알게된 거죠.

덧술은 '위덮이'라고도 부른답니다. 덧술은 대개 멥쌀이나 찹쌀이 주원료가 됩니다. 또 이들 쌀을 고두밥으로 익혀서 넣는 경우가 많습니다. 덧술을 할 때 익힌 쌀만 더 넣는 게 아니라, 제조방법에 따라서 물, 또는 물과 누룩을 더 넣기도 합니다. 더 많은 양의 술을 얻기 위한 방법이라고 할 수 있습니다. 쌀과 함께 누룩이 들어가는 경우도 있습니다. 밑술의 상태가 좋지 않거나 밑술의 양이 덧술에 넣을 쌀보다 상대적으로 적을 때는 발효가 잘 이뤄지도록 누룩을 더 넣어주게 됩니다.

덧술의 양은 밑술의 양에 따라서 결정됩니다. 대개 밑술에 사용된 쌀의 양에 비해 덧술의 양은 최소한 같거나 2배, 또는 4배에서 10배까지 많아지게 됩니다.

밑술과 덧술은 어떻게 하죠?

여러 번 술빚기. 즉 중양주를 할 때는 밑술과 덧술을 어떻게 해야 할까요? 밑술은 효모의 수를 늘리는 과정이에요. 밑술은 주로 멥쌀을 써요.

쌀을 익힌 후 누룩을 넣어 골고루 섞이도록 치대줘요. 처음에는 손에 달라붙어 힘이 들지만, 치댈수록 쌀의 전분이 삭아 차츰 묽어진답니다. 손에 달라붙지 않을 정도로 묽어지면 발효 항아리로 옮겨 담아요.

이제 밑술 발효가 시작됩니다. 효모는 25~30℃에서 활발히 움직이고 30℃가 넘어가게 되면 효모가 노화되고 사멸할 수 있어요. 반면 미생물들의 활동이 활발하여 술이 오염되기 쉬워요. 온도가 너무 낮으면 담요로 감싸주고, 너무 높으면 찬물에 담가 온도를 낮춰주세요.

밑술 발효는 잠복기, 증식기, 정지기를 거치는데요. 초기에는 잠복기로 특별한 변화를 보이지 않으며, 당화가 주로 진행되고 발효는 천천히 진행되어 단맛이 날 뿐이에요.

증식기에는 효모가 활발히 움직여서 이산화탄소가 만들어지면 보글보글 소리도 나고 거품도 생겨요. 정점에 이르면 소나기가 내리는 소리로 들릴 정도이죠. 이때의 술맛은 시고 쓰고 떫은 맛이 강해요.

정지기에 도달하면 거품이 줄어들고 누룩의 밀기울이 표면으로 떠올라요. 단맛이 거의 나지 않으며 신맛이 강해요. 이제 덧술을 준비해야 합니다.

덧술 시기 판단 방법 (물의 양이 많은 술빚기의 경우)

- 눈(시각): 술이 크게 한번 끓어올랐다가 가라앉은 자국이 발효 항아리 안쪽에 보인다. 활발하게 끓어오르던 거품이 잦아든다. 누룩 지게미가 위로 떠오른다. 이 시기에 토달하면 미리 준비하고 있다가 빠르게 덧술해야 한다.
- 코(후각): 이산화탄소의 톡 쏘는 자극적인 냄새가 나다가 약해진다. 곡물이 발효되는 향도 난다.
- 귀(청각): 술 끓는 소리가 비 오듯 나다가 잦아든다.
- 입(미각): 시고 쓰고 떫은 맛이 난다.

덧술 시기는 술의 발효 상태를 살피며 판단한다. 쌀과 물의 양 비율에 따라 덧술 시기가 달라진다. 쌀 양은 같고 물의 양은 다르다면, 물의 양이 많을수록 덧술 시기가 빨라진다.

출처: 《한국전통주교과서》

덧술을 하고 나면 항아리의 뚜껑을 닫아 외부 공기를 차단하고, 에어락을 달아서 이산화탄소가 배출될 수 있게 해줍니다. 이제 본격적인 알코올 발효 단계라 할 수 있죠.

이양주에서 덧술은 알코올 발효로 이어지는 단계이고, 삼양주라면 첫 번째 덧술은 효모를 더 많이 증식하는 단계예요.

술 거르고 숙성하기

술이 완성되면 옛날에는 대나무나 싸리나무로 만든 용수를 항아리에 박아넣고, 그 안에 고인 맑은 술을 떠냈어요. 요즘은 삼베나 나일론 등으로 만든 거름주머니나 체 같은 거름망을 이용해요. 걸러낸 술은 보관용 병에 담아서 냉장 숙성합니다.

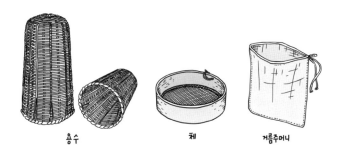

용수   체   거름주머니

이양주 이상 발효한 술의 알코올 도수가 대략 16~18도라고 해요. 이 정도 알코올 도수의 술은 냉장 보관하면 1년 이상 두어도 상하지 않지만 숙성되어 맛이 변할 수 있어요.

김치냉장고에 보관하면 좋아요. 술을 1개월 이상 숙성시키면 더욱 깊어진 향과 맛을 음미할 수 있어요.

증류주가 궁금해요

증류주는 물과 에탄올을 분리해내는 과정인 증류 과정을 거쳐 알코올 도수를 높인 술이라고 정의할 수 있어요. 술을 가열하면 끓는 점에 도달하게 되는데요. 이때 기체상태의 알코올이 나오죠. 이 기체를 냉각시켜 액체로 만들고 이를 모아 받아내면 증류주가 되어요.

그런데 그냥 탁주나 약주로 마셔도 되는데, 굳이 힘들게 증류주를 만들어 마시는 이유가 무엇일까요?

첫째, 증류 과정에서 여러 가지 안 좋은 물질이 제거되어 깔끔한 술을 마실 수 있어요. 둘째, 진하게 농축된 맛과 향을 즐길 수 있어요. 셋째, 알코올 도수가 높아 오래 두어도 상하지 않아요. 넷째, 인삼이나 더덕 등 약재를 넣어 약술을 담글 수 있어요.

물론 증류 과정이 복잡하고 어려워서 술이 비싸고 알코올 도수가 높다는 단점도 있어요. 술이 독해서 마시기 힘들다면 칵테일이나 하이볼로 즐길 수도 있어요.

증류주는 어떤 술로 만드나요?

일단 증류주를 만들려면, 잘 빚은 술이 필요해요. 잘못 빚은 술을 살리겠다며 증류주를 만들었다가는 큰일 나요. 잘못된 술은 발효과정에서 독성 성분이 생겨서 해롭기도 하고, 술의 나쁜 향과 맛이 그대로 증류주에 우러나와요. 덜 익은 술도 안 됩니다. 알코올 도수가 낮아서 제대로 증류되지 않고, 술이 맑지 않아요.

그러면 탁주로 해야 하나요, 약주로 해야 하나요? 가장 이상적이기는 잘 여과한 맑은 술인 약주가 좋아요. 탁주로 하면 증류기 안에서 앙금이 타서 탄내가 날 수 있거든요.

문제는 경제적인 이유 때문에 맑은 술로만 증류하기가 쉽지 않다는 거예요. 맑은 술, 즉 약주로 증류주를 내리려면 여과라는 단계를 한 번 더 거쳐야 하고, 그 과정에서 술의 양이 줄어듭니다. 때문에 탁주를 원료주로 많이 쓰게 되는데, 그러자면 탄내가 나지 않도록 조절하는 정교한 기술이 필요하겠죠.

증류주의 원료가 되는 발효주는 알코올 도수가 높을수록 좋아요. 한 번만 빚는 단양주는 여러 번 빚는 이양주나 삼양주에 비해 알코올 도수가 낮아요. 알코올은 물보다 낮은 온도에서 끓지요. 따라서 알코올 도수가 높은 술은 낮은 도수의 술보다 알코올 함량이 많아서 더 낮은 온도에서 증류를 할 수 있답니다. 또 술의 끓는점이 낮아지기에 열을 무리하게 가해 탄내가 올라오는 문제도 예방할 수 있지요. 알코올 증류도 잘 이뤄지게 하려면 이양주 이상이 좋겠죠.

한 번 증류하면 원료가 되는 술의 3~4배 정도 높은 도수의 술을 얻을 수 있어요. 대략 10도짜리는 30도를, 16도라면 48도의 증류주를 얻을 수 있죠(원료가 된 술의 30~35% 정도의 양). 대체로 맛있는 증류주는 40도 안팎이에요.

낮은 도수의 술을 거듭 증류하면 괜찮지 않나 생각할 수도 있는데요. 증류를 거듭하면 알코올 도수가 높아지기는 하겠지만, 마시기에 부담스럽기도 하고, 향미도 날아가게 됩니다.

증류는 어떻게 이뤄지나요?

증류는 여러 종류의 액체를 함께 섞어 놓았을 때 끓는점을 이용해서 서로를 분리하는 방법입니다.

물은 일반적으로 100℃에서 끓어요. 그런데 순수 에탄올은 78.3℃에서 끓습니다. 그래서 둘이 같이 섞여 있는 상태인 술을 에탄올의 끓는점보다 조금 높은 온도로 끓이면, 에탄올이 먼저 증발하게 됩니다.

증류를 시작하고서 나오는 증류액을 '초류'라고 합니다. 여기에는 아세트알데히드, 메탄올 등 안 좋은 물질이 많이 들어 있어서 버립니다. 보통은 전체 술 양의 1~3% 정도이죠. 그다음부터 나오는 증류액을 '본류'라고 합니다. 증류기에 넣은 술 양의 대략 3분의 1 정도의 소주를 얻을 수 있습니다.

증류를 계속하다 보면 알코올이 거의 빠져나가고 물이 많이 섞인 증류액이 나오게 됩니다. 이걸 '후류'라고 합니다. 후류는 따로 받아

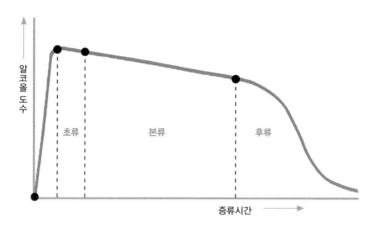

증류시간 경과에 따른 알코올 도수의 변화

알코올 도수

초류　　　　본류　　　　후류

증류시간

서 향이 좋으면 2차 증류할 때 쓰거나 합니다.

증류를 한 번 해서 증류주를 내릴 수도 있고 증류한 술을 2차로 증류하기도 합니다. 2차로 재증류하면 알코올의 순도가 더 높아지게 되겠죠.

증류의 여러 방식

증류는 공정 방식에 따라 단식과 연속식, 다단식으로 나뉘어요. 또 압력 방식에 따라 상압식과 감압식으로 나눕니다.

공정 방식

▸ 단식 증류

원료가 되는 술을 증류기에 한 번만 넣은 다음, 증류를 마칠 때까지 추가로 보충하지 않는 방식입니다. 소줏고리, 알렘빅 등 전통적으로 내려오는 대부분의 증류기가 단식 증류기입니다.

소줏고리   알렘빅(구리 증류기)   스테인리스 증류기

▸ 연속식 증류

원료가 되는 술을 증류기에 일정한 속도로 계속 공급해주는 방식입니다. 또 컬럼이라는 구조가 탑처럼 쌓여 있는 모양을 하고 있는데, 이를 통해 증류한 증기가 식으면 액체가 되어 내려가고 다시 데워지면 위로 올라가는 방식으로 연속적으로 증류를 계속 진행하게 됩니다. 각 칼럼은 하나하

나가 단식 증류기 역할을 하게 되어 최종적으로 95도에 이르는 순도 높은 알코올을 얻을 수 있습니다. 이런 증류기는 희석식 소주의 원료인 주정을 뽑아낼 때 쓰입니다. 또 화이트 럼이나 보드카에도 쓰입니다.

▶ 다단식 증류

단식과 연속식을 합쳐놓은 모양입니다. 원료를 추가로 공급하지 않는 점에서 단식이고, 컬럼이 있어서 연속식처럼 반복적인 증류를 할 수 있습니다. 이 다단식 증류기를 쓰면 석유 원유를 정제하는 것처럼 원하는 성분을 한 시점에서 따로따로 뽑아낼 수 있는 장점이 있습니다. 상업 양조를 하는 여러 양조장에서 갖추고 있는 증류기이기도 합니다.

압력 방식

▶ 상압식 증류

평소의 대기압 상태(상압)에서 증류하는 일반적인 증류 방식입니다. 높은 온도에서 증류할 때 얻을 수 있는 향미 성분이 많아서 맛과 향이 풍부합니다. 반면, 잘못 증류하면 탄내가 올라올 수 있고 장기간의 숙성이 필요합니다.

▶ 감압식 증류

압력을 낮추어 알코올의 끓는점을 40℃ 내외로 낮추어 증류하는 방식입니다. 낮은 상태에서 증류가 이루어져 원료로 넣는 술이 타지 않습니다. 따라서 향이 맑고 깨끗하며, 목 넘김이 부드럽고, 숙성을 거치지 않아도 마시기에 거슬림이 없습니다. 압력을 낮추기 위해 진공 펌프를 쓰면 향미(香味) 성분이 빠져나가게 되고, 낮은 온도에서 증류하다 보니 높은 온도에서 추출되는 향미 성분이 나오지 않습니다.

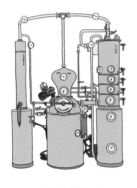

상압식 증류기

감압식 증류기

증류주 숙성이 중요한 이유

증류를 마치고 본격적인 숙성에 들어가기 전에 정제와 가스를 빼는 과정을 거칩니다. 상압식 증류를 한 소주는 높은 온도에서 나오는 기름기 성분이 있어 술이 뿌옇게 변합니다. 또 이 성분이 변질되어 술의 품질을 떨어뜨려요. 냉각 여과하거나 기름종이에 흡착하여 기름기 성분을 제거해야 합니다.

이후 실온에 뚜껑을 밀폐시키지 않고 한두 달 두면서 자극적인 향을 내는 가스를 빼줍니다. 막 내린 소주 원액은 자극적인 향이 강해서 마시기가 힘들어요. 이런 소주 원액이 오랜 숙성을 거치게 되면, 술 속의 성분들이 잘 반응하여 부드러워지고 맛의 깊이도 더해지게 됩니다.

숙성 용기는 스테인리스 탱크, 옹기, 오크통 등 다양한데 숨을 쉬는 옹기나 오크통이 좋아요. 이들 용기는 바깥과 숨을 쉬면서 들어오는 미세한 양의 산소와 술에 녹아 있는 성분들이 산화작용을 하여 숙성효과가 좋아집니다. 또한, 옹기는 다양한 미네랄 성분이, 오

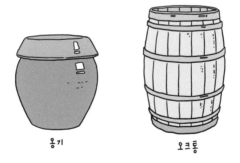

옹기   오크통

크통은 나무의 향과 맛이 증류주에 스며들어 맛과 향을 좋아지게 하지요. 옹기나 오크통이 숙성 과정에서 숨을 쉬기 때문에 2~3%의 술이 공기 중으로 날아가게 되는데, 천사의 몫, 즉 엔젤스 셰어angel's share라고 너그럽게 이해해주면 좋겠죠.

증류주는 왜 비쌀까요?

증류식 소주에 입문하고자 할 때 제일 먼저 부딪치는 게 술값에 대한 부담이라고 합니다. 그러나 알고 보면 술값이 터무니없이 비싼 게 아님을 알 수 있어요.

그 이유는 '좋은 원료', '빚는 정성', '완성되기까지 걸리는 시간'입니다.

첫째, 40도짜리 증류주 1병을 얻기 위해서는 16도짜리 술 3병이 필요하다고 해요.

둘째, 증류해서 내린 술은 바로 상품화하지 않고 일정 기간 숙성을 꼭 거쳐야 해요. 대개 '우리술' 양조장에서는 3개월~1년 이상 숙성을 하여 제품을 시중에 내놓습니다.

주세 (과세표준의 72%) = 720원
교육세 (주세의 30%) = 216원
부가가치세 ('과세표준＋주세＋교육세'의 10%)
= 193.6원

제조원가, 판매이윤 등

세금
1,129.6원

과세표준
1,000원

　　셋째, 증류주는 부과되는 세금 비율이 높습니다.* 술에는 주세, 교
육세, 부가가치세가 붙는데, 증류주의 주세는 무려 과세표준**의 72%
나 됩니다. 교육세는 주세의 30%가 부과되어요. 그리고 부가가치세
는 이 모든 세금의 10%가 붙으니, 과세표준이 1,000원일 때 주세가
720원, 교육세가 216원, 부가가치세는 '과세표준＋주세＋교육세'의
10%이므로 193.6원이 되어 세금이 모두 1,129.6원이 붙게 됩니다.

* 　　우리나라는 증류주의 주세를 주류 제조장에서 반출하는 가격에 주세율을 곱한 금액으
　　로 정하는 방식(종가세)을 채택하고 있다.
** 　세금을 부과하기 위한 기준.

우리술의 세계로 안내

물론 민속주나 지역특산주 등 주세법상 전통주에 속하게 되면 일정 범위 내에서 주세가 50% 감면되고, 교육세도 주세의 10%로 줄어들게 되지만, 그래도 가격이 만만치 않죠.

내 맘대로 담그는 술 - 담금주

담금주는 소주에 과일이나 약재를 넣어서 그 향과 맛을 우려내어 즐기는 술입니다. 소주의 알코올은 과일이나 약재에 있는 중요한 성분을 녹여서 더 잘 우러나오게 하는 역할을 합니다. 티백으로 차를 우리는 것과 마찬가지 원리이죠. 그래서 '침출주'라고도 합니다.

담금주에 쓰이는 소주는 알코올 도수가 높을수록 좋습니다. 알코올 도수 35~40도가 좋습니다.

담금주에 넣는 재료는 깨끗이 씻어 물기를 완전히 제거한 후에 사용합니다. 과일의 경우 완전히 익은 것보다 살짝 덜 익어서 신맛이 살아 있고 육질이 단단한 것을 쓰는 게 좋다고 합니다.

술을 담글 때 설탕을 넣는데 필수사항은 아닙니다. 술의 쓴맛을 중화시키기 위해 넣는 것이므로, 꿀이나 올리고당으로 대체해도 됩니다. 사용하는 술의 양은 재료에 대비하여 2~3배로 하는 게 일반적입니다. 보통 재료가 잠길 정도로 넣어줍니다.

담금주라고 해서 오래 두어야 하는 게 아닙니다. 과일을 넣은 술은 2~3개월 정도 두었다가 맑게 걸러서 밀봉시킨 후, 숙성하면서 마십니다. 약재를 넣은 술은 약 성분이 우러날 때까지 좀 더 오랜 시간을 담가두는 편입니다.

지금까지 '우리술'에 대해 알아보았습니다. 모르고 마시는 것보다 알고 마셔야 맛도 더 느낄 수 있겠지요.

알면 알수록 소중하고 가치 있는 '우리술' 그 맛과 향의 매력 속으로 모두 빠져봅시다.

백종원의 막걸리 쉽게 빚기

'우리술' 막걸리 빚기는 어렵지 않습니다. 막걸리는 빚으면 빚을수록 더 재밌고, '우리술'에 대한 이해도가 더욱 높아지게 되지요. 또 쌀과 누룩과 물만으로 빚은 술이 이렇게 단맛이 나는구나, 하는 걸 느낄 수 있습니다.

원래 우리 선조들이 드시던 막걸리는 알코올 도수가 10~12도 사이로, 지금의 5~6도보다 훨씬 높았습니다. 그러면서 깊은 맛이 나는 고급 술이었죠.

저와 함께 막걸리를 한번 빚어볼까요?

준비물

(재료 준비) 쌀 2kg, 누룩 200g, (생수 또는 끓여서 식힌) 물 2.3ℓ, 효모 3g, 설탕 1g

(기구 준비) 찜기, 찜기 천(면 보자기나 실리콘 면보), 거름주머니, 팔대기, 발효용 유리항아리(10ℓ 크기), 체, 채반, 대야

★ **주의사항**

1. 술빚기에 사용하는 모든 집기류를 소독하지 않으면 잡균이 들어가 발효과정에 문제가 생길 수 있습니다. 막걸리 빚을 때 사용하는 모든 집기류는 끓는 물에 소독하거나 알코올 소독 후에 사용하세요. (열탕 소독 시 집기류를 충분히 식힌 후 사용하세요.)

2. 술을 빚기 전에 반드시 손을 소독해주세요.

술빚기

① 효모 배양과 누룩 불리기

- 미지근한 온도의 정제수 100ml에 효모 3g(1숟가락), 설탕 1g(⅓숟가락)을 푼 다음, 6시간 동안 상온에 두어 효모를 배양합니다.

  ☞ 효모를 그대로 넣어도 되지만, 배양해서 사용하면 안정적으로 술을 빚을 수 있습니다. 설탕을 넣는 이유는 술을 달게 하는 용도가 아니라, 효모를 배양하기 위해서입니다. 효모 양의 대략 3분의 1 정도 넣으면 됩니다. 설탕물에 효모를 넣고 6시간 정도가 지나면 보글보글 거품이 일면서 끓어오르는 것을 볼 수 있습니다. 효모가 잘 배양되고 있는 중입니다. 효모가 당분을 먹고 알코올과 탄산가스를 뱉어내는 상태인 거죠.

- 정제수 200ml에 누룩 200g을 넣고 효모 배양과 같은 시간(6시간) 동안 불립니다.

  ☞ 시중에는 좋은 누룩들이 많이 판매되고 있습니다. 단점이라면 포장단위가 쌀부대처럼 대용량이라는 점이죠. 술을 많이, 자주 빚으시는 분이 아니라면 백술닷컴에서 작은 용량으로 담아 나온 누룩과 효모를 사용하면 편리합니다.

② 쌀 씻기

- 쌀 2kg을 매우 깨끗이 씻고 맑은 물이 나올 때까지 깨끗하게 헹군 후, 따뜻한 물을 채워서 1시간~1시간 30분 정도 불립니다.

  ☞ 준비한 쌀에 물을 넣고서 바로 헹궈냅니다. 쌀 표면에 묻어 있는 여러 가지 안 좋은 성분이 쌀알 안으로 스며들지 않도록, 그리고 나쁜 향이 들어가지

말라고 첫 번째 물을 바로 헹궈내는 거죠.

☞ 쌀에 다음 번 물을 받고서 부드럽게 손을 휘저으면서 한쪽 방향으로 쌀을 씻습니다. 절대 박박 문질러 씻으면 안 됩니다. 물을 갈아가면서 여러 번 맑은 물이 나올 때까지 헹궈줍니다. 옛날에는 이를 '백세'라고 했습니다. 100번 씻었다는 뜻이죠. '맛있어져라, 맛있어져라' 주문을 외우면서 계속 씻다보면 뿌연 뜨물이 없어지고 맑은 물이 나오게 됩니다. 이 상태가 되면 따뜻한 물을 채워서 1시간에서 1시간 반 정도 불립니다.

③ 고두밥 준비

- 불린 쌀을 건져내어 체에 받쳐서 물을 뺍니다. 40분에서 1시간 정도 물을 빼내면 됩니다.

- 쌀의 물기를 빼는 동안, 고두밥을 찔 준비를 합니다. 찜기에 물을 충분히 담고 끓입니다.

- 찜기의 물이 끓으면, 물에 적신 찜기 천(면보자기나 실리콘 면보)을 펴고 쌀을 안쳐 고두밥을 찝니다. 센불에서 40분을 찌고, 불을 약하게 줄여서 10분 동안 뜸을 들입니다.

- 고두밥이 다 쪄지면 채반으로 옮겨 밥알이 뭉치지 않게 잘 펼쳐준 다음, 손으로 만져서 살짝 시원한 정도(약 30℃)가 될 때까지 식힙니다.

④ 고두밥에 불린 누룩과 배양한 효모 섞기

- 큰 대야에 식힌 고두밥과 준비한 불린 누룩, 배양한 효모, 물 2ℓ를 모두 넣고 충분히 섞습니다. 섞기 전에 손을 깨끗하게 씻는 거 잊지 마세요.

☞ 섞을 때 밥알이 뭉치지 않게, 쌀알이 하나하나 잘 분리되게 합니다. 가급적

오래 섞습니다. 그래야 누룩에 있는 여러 성분들이 쌀 안으로 잘 스며들어 발효가 잘됩니다.

⑤ 소독이 된 항아리에 옮겨 담기

● 잘 섞은 고두밥과 누룩, 효모 반죽을 '술밑'이라고 해요. 이 '술밑'을 발효에 쓸 항아리에 옮겨 담습니다.

☞ 발효 항아리는 유리병, 플라스틱 통, 옹기 항아리 등 어느 것이든 좋습니다. 항아리 용량은 쌀과 물의 부피보다 큰 것으로 준비해야 합니다. 그렇지 않으면 발효하는 동안 끓어 넘칠 수 있습니다.

☞ 깔대기가 있으면 반죽을 항아리로 옮겨 담을 때 편리합니다.

☞ 안쪽을 손이나 페이퍼 타올로 잘 정리해주세요.

어디에 발효해야 하지?

유리병 – 투명하여 발효과정을 볼 수 있다.

플라스틱 통 – 가격이 저렴하고 가볍다.

옹기 – 가장 이상적. 두껍고 입구가 넓은 게 적당하다. 새것 사용을 권한다.

스테인리스 통 – 세척과 살균이 쉽다.

당신이 초보자라면?

10ℓ 내외의 유리병이나 20~30ℓ의 플라스틱 통이 좋아요.

---

⑥ 술 발효하기

- 술밑을 다 옮겨 담았으면, 발효 항아리의 뚜껑을 닫고서 발효에 들어갑니다. 뚜껑은 이산화탄소가 빠져나갈 수 있두록 살짝 닫아줍니다. 메일 힌 번씩 충분히 저어서 섞어줍니다.

  ☞ 술이 발효되는 데 걸리는 시간은 24~26℃ 환경에서 대략 6일이 걸립니다. 다른 볼일을 보느라 날짜가 좀 지났어도 걱정하지 않으셔도 됩니다.

⑦ 술 거르고 보관병에 옮겨 담기

- 술 발효가 끝나면 거름주머니로 옮겨 담고, 손으로 살살 주물러 술을 짭니다.
- 짜서 거른 술을 소독한 보관병에 옮겨 담고 냉장 보관합니다.

술 거를 시기를 판단하는 방법(물의 양이 많은 술빚기의 경우)

- 성냥(라이터) 불: 성냥(라이터) 불을 갖다 대어 불이 꺼지지 않으면 완성된 술이다. 효모가 활동을 마쳐 이산화탄소가 발생되지 않기 때문이다.

- 쌀알로 판단: 쌀알이 다 삭아 바닥에 가라앉고 쌀알 몇 개만 떠 있으면 익은 술이다. 삭은 쌀 알갱이를 만져서 판단할 수도 있는데, 쌀알을 엄지와 집게손가락으로 잡고 비벼서 술 즙이 잘 나오고 쌀밥이 미끄러운 느낌이 없으면 잘 삭은 것이다. 만약 쌀알이 미끌거리고 즙이 잘 나오지 않으면 더 기다려야 한다.

- 에어락: 에어락 작동이 멈추면, 발효 항아리 안의 술 표면을 살펴봐서 쌀알이 몇 개만 떠 있으면 술 거를 준비를 한다.

---

⑧ 시음하기

- 내가 빚은 술을 이제 마셔볼 차례입니다. 먼저 냄새를 맡아볼까요? 살짝 달콤한 향이 나네요. 맛을 보니 고소함도 느껴지네요.

- 막 걸러낸 술(원주)은 알코올 도수가 높고 진한 향과 맛이 있습니다. 물을 섞지 말고, 얼음을 타서 마시는 방법을 추천할게요.

  ☞ 쌀 외에 다른 원료를 사용하면 또 다른 향과 맛을 느낄 수 있습니다. 좁쌀을 제주에서 오메기라고 하죠? 좁쌀을 넣으면 술에 고소함이 느껴집니다. 바닐라향도 많이 나고, 마셨을 때 구수한 뒷맛이 있습니다.

백종원의 막걸리 쉽게 빚기 전 과정

준비물

쌀 2kg 물 2.3ℓ 누룩 200g 효모 3g 설탕 1g

① 누룩 불리기와 효모 배양
물 200mℓ
효모 3g
누룩 200g 물 100mℓ + 설탕 1g (⅓ 숟가락) 6시간 불리기

② 쌀 씻기
쌀 2kg을 부드럽게 한방향으로 원을 그리면서 '맑은물'이 우러날때까지

③ 쌀 불린 후 건져내어 물 빼기
따뜻한 물에 1시간~1시간 30분 쌀 불리기
체에 밭친 후 40분~1시간 물 빼기

④ 고두밥 찌기
준비된 찜기에 천을 깔고 쌀을 안친 다음 뚜껑을 덮고 센불에서 40분 찐후 약불에서 10분 뜸들이기

⑤ 고두밥 식히기
고두밥을 채반에 골고루 편 후, 손으로 만져서 시원해질 때까지 식히기

⑥

배양한 효모 　물 2ℓ　불린 누룩

밥알이 뭉치지않게 잘 섞어줌

고두밥에 물, 불린 누룩, 배양한 효모 섞기

⑦

1. 소독한 항아리로 옮겨담는다.
2. 안쪽을 손으로 잘 정리한다.
3. 이산화탄소가 나갈 수있도록 뚜껑을 살짝 닫는다.

항아리로 옮겨 담기

⑧

매일 한번씩 충분히 젓는다.
발효기간은 24~26°C 에서 6일간

발효하기

⑨

거름주머니에 발효된 술을 옮겨담고 손으로 주물러 술을 짠다.
짠술은 보관병에 담아서 냉장보관

술거르기

※ 막걸리 빚기 전에 기물 소독과 손 소독을 꼭 해주세요!

백종원의
막걸리 빚기

백
종
원
의 우
리
술

일러두기

본문 사진 중 출처 표기가 되지 않은 것은 '더본코리아'에서 촬영한 사진이다.
양조장은 가나다순으로 싣는다.

"토 선생, 용궁에 가면 '감홍로'도 있다네." 〈별주부전〉에서 용궁에 가는 것을 선뜻 내키지 않아 하는 토끼를 별주부는 감홍로로 유혹한다. 또 "향단아, 감홍로를 가져오거라." 서울로 떠나는 몽룡과 이별하며 춘향이 내오라고 한 술도 감홍로다.

경기도 파주시 윗가마울길 149   T. 031 · 954 · 6233   사진: 감홍로 제공

감홍로

역사 속에 남을 뻔한 '감홍로'의 명맥을 잇다. 대한민국 식품명인 제43호.

이기숙 명인

'감홍로'는 평양을 대표하는 전통주이다. 감甘은 단맛을, 홍紅은 붉은색을. 로露는 이슬을 의미한다. 로露는 임금에게 진상할 정도로 귀한 술에만 붙였다고 한다.

대를 이어 명인이 된다는 것, 소중한 유산을 지킨다는 것

'감홍로'를 만드는 이기숙 명인의 집안은 대대로 좋은 술을 빚어 온 양조 명가이다. 이기숙 명인의 선친인 이경찬 명인은 국가무형 문화재 '문배주'와 '감홍로'의 기능보유자이다. 문배주는 이경찬 명 인의 큰아들인 이기춘 명인에게로, '감홍로'는 막내딸인 이기숙 명 인에게로 이어졌다.

아버지에게서 '문배주'와 '감홍로' 제조비법을 모두 배웠지만, '감 홍로'의 따뜻한 성질과 향이 좋아 '감홍로'에 더 마음이 갔다고 한 다. 처음부터 양조인의 길에 들어섰던 것은 아니다. 오빠들이 전승 을 이었다. 그러던 중 '감홍로'의 맥을 잇던 오빠 이기양 명인이 갑 작스레 세상을 떠나며, 이 길에 본격적으로 들어섰다.

명인 지정도 쉽지 않았고, 우여곡절 끝에 세상에 내놓은 '감홍로'는 사람들에게 이미 잊혀진 술이었다. 경제적 부담도 더해지며, 제조법을 바꾸어 물을 타볼까, 막걸리를 만들어볼까 하는 생각도 들었다. 그럴 때면 '아버지라면 어떻게 하셨을까'를 생각하며 마음을 다잡았다.

우리 민족의 근성을 닮은 술

'감홍로'는 쌀과 메조가 주원료이다. 두 원료를 잘 쪄서 고두밥을 만들고 여기에 누룩을 버무려 밑술을 한다. 삼양주 방식으로 두 번 덧술하여 보름간 발효하여 술덧*을 만들고 이를 상압식으로 두 번 증류하여 알코올 도수 40도의 소주를 내린다. 이후 약간의 안정화 기간을 거친 뒤 일곱 가지 약재(지초, 용안육, 생강, 계피, 정향, 진피, 감초)를 넣어서 3개월간 침출한다. 원래 방풍도 넣었는데 의약품으로 분류되어 지금은 넣지 않는다. 이렇게 원액이 만들어지면 다시 3년의 숙성을 거치는데, 비로소 '감홍로'의 완성이다.

'감홍로'를 만드는 방법에 대해서 여러 가지가 알려져 있지만, 이기숙 명인은 아버지가 가셨던 길을 그대로 잇는 것이 자신의 몫이라고 생각하여 증류 방식도 상압 증류를 고집한다.

---

* 항아리 안에서 발효되고 있는 술. 쌀 등 원료에 누룩을 넣어 발효시킨 후, 거르거나(제성) 증류하기 직전의 상태에 있는 술.

'감홍로'는 쌀과 메조, 누룩으로 삼양주를 빚고 2번 증류한다. 완성된 술에 일곱 가지 약재를 침출한 후 1년 이상 숙성한다.

    '감홍로'는 한복의 치마 곡선을 닮은 도자기 병에 담는다. 하얀 도자기 병 어디에도 '감홍로'라는 이름이 쓰여 있지 않다. 병 모양 자체가 감홍로라 할 수 있다. 이기숙 명인은 항아리치마의 유려한 곡선이 우리 민족의 둥글면서 화합하는 근성과 닮았다고 생각한다.

    '감홍로'는 조금씩 반주 형태로 마시는 것도 좋지만, 한약재 향과 40도의 알코올 도수가 부담이 된다면 취향에 따라 언더록으로 마시거나, 토닉워터 혹은 포도 주스 같은 음료수와 섞어 칵테일로 마셔도 좋다. 컨디션이 안 좋은 날에는 '감홍로'와 뜨거운 물을 1:3 비율로 섞어 차처럼 마시면 좋다. 따뜻한 성질의 술이라 몸도 마음도 풀리며, 하루의 피로와 스트레스가 스르르 풀린다.

전국방방곡곡 우리술 양조장을 찾아서   135

농림수산식품부 지정 대한민국 식품명인증(좌)과 이기숙 명인이 빚은 '감홍로'(우).

명이 다하는 날까지 감홍로를 만들 것이다

세상에 나올 일 없이 집안에서만 전승되던 술이 어느덧 세월이 흘러 젊은 사람들도 찾는 술이 되었다. 전통을 지키는 것도 중요하지만 세상과 보조를 맞추고 소통하는 것도 중요하다. 자신은 묵묵히 전통을 지켜왔다면, 발전과 홍보는 전수 조교들에게 맡기고 있다.

당장은 아니지만, 아버지에게 물려받은 이 '감홍로'를 자식들에게 물려주고 싶다는 바람도 가지고 있다. 그때까지 묵묵히 아버지가 가셨던 길을 걸어볼 생각이다.

특징

한약재를 침출한 증류주.

주종

일반 증류주

알코올 도수

40도

향

용안육, 생강, 계피, 정향의 한약재에서 나오는 향이 강하게 느껴진다. 감초의 단맛도 은근하다. 전반적으로 달콤한 향이 느껴진다.

맛

감칠맛이 강하고 쌉싸름한 맛이 두드러진다. 살짝 단맛이 난다.

입안 감촉

오래 지속되는 여운이 있다. 부드러운 편이며 약간 가벼운 무게감이 있다. 목 넘김은 무거운 편이다.

감홍로 즐기기

감홍로를 60℃ 정도로 따뜻하게 데운 후 아이스크림 위에 뿌려 아포가토처럼 즐겨도 좋다. 또, 우유를 데워 감홍로를 붓고 잘 저은 후, 바닐라시럽과 계피가루를 넣어 카푸치노처럼 마셔도 좋다.

광주의 예'술' 공간 '꿈브루어리'. 술과 예술이 함께하는 복합문화공간이다. 이곳에 가면 풍류가객이 될 수 있다.

광주광역시 동구 동계천로 95번길 18-15 2동   T. 0507 · 1371 · 8430   사진: 꿈브루어리 제공

꿈브루어리

2017년 전통주 공방 '하경전통주연구소'를 시작으로 현재의 '꿈브루어리'를 열었다.
오민하 대표

'꿈브루어리'의 외관을 보면 '우리술' 양조장의 느낌이 들지 않는다. 올리브그린과 베이지색으로 칠한 건물의 외벽, 화산석으로 쌓은 돌담, 천 그늘막 밑에 자리한 야외 테이블 등은 커피 한잔과 함께 브런치를 즐겨야 할 것만 같다. 그럼에도 마당 한편에 놓인 항아리들이 어색하지 않다.

술과 함께하는 옥구슬처럼 빛나는 삶

오민하 대표는 한국전통주연구소, 가양주연구소 등 여러 교육기관에서 공부했고, 벼 누룩 장인이신 김영자 선생님과 누룩 명인이신 한영석 선생님께 누룩을 따로 배웠다. 한국전통주연구소와 광주신세계 문화센터에서 강사로 활동했고, 광주 지역에서 전통주교육기관인 하경전통주연구소와 전통주 공방인 서로서로공방을 운영했다.

'하경'은 한국전통주연구소의 박록담 소장이 내려준 아호이다. '물속에서도 옥구슬처럼 빛나는 삶이 되라'는 뜻이라고 한다. 오민

사진 꿈브루어리 제공

양조장이라기보다 커피 한잔과 브런치를 즐겨도 좋을 모습이다.

하 대표가 양조장을 시작하게 된 것도 특별한 계기가 있어서가 아
니다. 열심히 술을 빚다 보니 자연스레 양조장을 준비하게 되었다.

250여 년 전, 수원 백씨 가문의 벼 누룩을 재현하다

'꿈브루어리'에서 만드는 술이 '꿈의 대화'이다. 이제 정식으로 시장에 내놓을 준비를 하고 있는 술이지만 그 술의 명성은 시음해본 이들의 입소문을 통해 오래전부터 알려졌다. 한국전통주연구소의 박록담 소장은 "무등의 물길 따라 조운모우 조화로다. 이슬은 술이 되고 바람은 향이 되니 청일한 꿈의 대화는 두십천도 아까워라"라고 주품에 붙여 시를 내렸다.

'꿈의 대화'는 멥쌀 범벅으로 밑술을 하고 찹쌀 고두밥으로 덧술하는 이양주이다. 특이한 점은 누룩에 있다. 대개의 '우리술'에서 사용하는 밀 누룩 대신 벼 누룩을 사용한다.

오민하 대표는 경기도 양주시를 오가면서 벼 누룩 만드는 법을 배웠고, 자신의 작품 '꿈의 대화'에 그 진미를 담았다. 벼 누룩으로 빚은 술은 깔끔한 맛이 일품이다. 농후한 과일향이 특징이기도 하

사진: 꿈브루어리 제공

수원 백씨 가문의 벼 누룩을 재현하여 술을 빚는다.

다. 밀 누룩으로 빚은 술이 맏며느리 이미지라면, 벼 누룩은 새침한 꽃처녀의 모습을 닮았다고 한다.

벼 누룩은 도정하지 않은 벼를 그대로 분쇄한 후 자연 발효해서 만든다. 쌀가루를 뭉쳐서 만드는 이화곡 등의 쌀 누룩과 차이가 있다.

벼 누룩은 초기에 유기산 발효가 더 활발하게 진행된다. 산미가 많이 올라오기에 발효 초기에 많은 정성을 기울여야 한다. 특히 밑술 발효시 37~38℃에 이르는 고온 발효법을 쓰기에 세심한 관리가 필요하다. 고온 발효하면 맛이 깔끔하게 나오는 특징이 있어 이 방법을 고수한다.

발효조로는 옹기 항아리를 쓴다. 매번 짚을 태워 훈증하고, 솔가지를 끓인 수증기로 소독해서 사용한다.

우리술의 우수성을 널리 전파하고 싶다

'꿈브루어리'는 오민하 대표와 함께 딸인 차원영 씨가 운영하고 있다. 어머니 오민하 대표가 기술을 담당하는 CTO 역할을 맡고 있다면, 차원영 이사는 마케팅과 홍보를 비롯한 양조장 전반의 업무를 담당한다.

요즘 차원영 이사가 고민하고 있는 건 '꿈의 대화' 제품 패키지와 앞으로의 홍보 마케팅에 관한 것이다. 병의 모양, 라벨 디자인, 박스 등 포장에 대한 것부터 시작해서 가격 결정, 판매처 개척, 인터넷 쇼

펑몰 개설 등 고민하고 검토해야 할 것이 많다.

'꿈브루어리'를 알리는 첫 제품이니만큼 양조장의 아이덴티티를 확고히 심어줄 수 있어야 하기에 여러 방안을 신중하게 검토하고 있다. 차원영 이사의 꿈은 '꿈의 대화'를 세계에 알리는 것. 해외시장에 진출하여 '우리술'의 우수성을 널리 전파하겠다는 포부를 가지고 있다.

꿈의 대화 10

특징

벼 누룩으로 빚은 후 옹기에서 발효한 깔끔한 맛의 술.

주종

탁주

알코올 도수

10도

향

멜론과 참외의 과일향이 강하고, 연꽃향도 희미하게 느껴진다. 바닐라의 달콤한 향은 강한 편이다.

맛

감칠맛, 단맛, 신맛이 균형을 이룬다.

입안 감촉

부드러우며 여운이 오래 지속된다. 무게감은 높지 않은 편이다.

특징

벼 누룩으로 빚은 후 옹기에서 발효한 깔끔한 맛의 술.

주종

약주

알코올 도수

13도

향

파인애플향이 특징이며, 청사과향과 연꽃향도 느낄 수 있다.

맛

감칠맛, 단맛, 신맛이 균형을 이룬다.

입안 감촉

부드럽다. 마신 후 여운이 오래 지속된다.

꿈의 대화 10과 13 즐기기

단맛과 신맛이 균형을 이루고 있어 매운 음식과도 잘 맞고, 두부김치나 김치전, 족발과 함께 마시는 것도 추천한다.

41°

증류소주 · 1500㎖

증류주의 맛은 숙성에 있다. 어떻게 얼마나 숙성했느냐에 따라 소주의 맛은 천차만별이 된다. 직접 소주를 증류하고, 이 원액을 숙성할 항아리를 직접 만드는 곳이 있다. 바로 충주 도자기마을에 자리 한 담을술공방이다.

충청북도 충주시 엄정면 도자기길 16   T. 043·855·6267   사진: 담을술공방 제공

소주의 맛은 숙성 항아리에 달려 있다.
숙성 전용 옹기를 만들고 소주를 내리는 양조장.
이윤 대표

증류주 인기가 높아지면서 숙성에 관한 관심도 두드러지고 있다. 증류주 종류에 따라서 얼마나, 어떻게 숙성할 것인지에 관한 연구도 이와 함께 늘고 있다. 연구의 종점은 결국 그 술을 어느 그릇에 담아놓을 것인가로 귀결된다. 우리 전통의 옹기 항아리, 스테인리스 탱크, 오크통 등 숙성 보관용기의 종류도 다양하다.

세계 술과 경쟁하기 위한 해답

생활자기를 만들던 '담을술공방'의 이윤 대표가 술에 관심을 가진 동기는 단순했다. 사양산업으로 접어들고 있는 도자기 시장에서 살아남기 위해서는 뭔가 새로운 수요가 있을 법한 그릇이 필요했다. 그가 생각한 건 술병, 술잔, 안주접시 등 술과 관련된 그릇이었다. 우리나라에 애주가도 많고, 음식과 술을 페어링해서 내는 식당도 늘고 있으니 잘만 하면 수요가 무궁무진할 것 같았다.

2006년쯤, 이윤 대표는 아무래도 술을 공부해야 제대로 된 작품이 나올 것 같다는 생각에 서울 양재동에 있는 우곡종합양조연구소로 술을 배우러 찾아갔다. 국순당의 초대 회장인 우곡 배상면 선생이 설립한 양조 교육기관이었다.

배상면 회상을 만나서 인사를 나누며 자신이 원래 도예를 하는 사람이라고 소개하자, 그는 반색을 하며 손을 잡고 건물 옥상으로 이끌었다. 옥상에 가보니 온갖 숙성 용기들이 한가득 놓여 있었다.

배 회장은 이윤 대표에게 "당신은 술을 배울 게 아니라, 이걸 만들어야 된다"고 말했다.

그러면서 배 회장은 "아무리 좋은 제조법, 원료, 기술자, 기계를 써서 소주를 만들어도 그건 좋은 소주의 20%의 조건일 뿐이다. 나머지 80%는 숙성이 만들어낸다고 해도 과언이 아니다. 우리 스타일의 숙성 방법이 있어야 한다. 그래야 세계의 술과 경쟁할 수 있다"며 항아리의 중요성을 강조했다.

숙성 항아리를 만들다

숙성 항아리를 만들기 시작하면서 배상면 회장에게 많은 도움을 받았다. 그가 수집한 자료도 받았고, 조언도 들었다. 배 회장은 유약을 바르지 않아 숨을 쉬는 오키나와 스타일을 제안했다.

오키나와 아와모리 소주를 만드는 항아리는 일자형으로 곧게 뻗은 모양을 하고 있다. 이런 형태로 만들면 각 높이 별로 숙성 기능을 고르게 할 수 있는 장점이 있다.

숙성 옹기를 빚는 윤두리공방(좌)과 술을 빚는 담을술공방(우).

숙성 항아리를 개발하는 데 5년여의 세월이 걸렸다. 어떤 기준도 없으니 그만큼 걸어가는 길이 순탄치 않았다. 통기성을 얼마로 해야 하는지, 흙 입자의 크기가 어느 정도여야 하는지, 항아리는 얼마나 두꺼워야 하는지, 또 항아리 입구는 크기가 얼마만 해야 하는지, 가마의 온도는 얼마로 해야 하는지, 걸음마다 내딛기 쉽지 않았다.

소주를 제대로 마시려면 만드는 것에서 그쳐서는 안 된다

수년간 고생해서 숙성 항아리를 개발했지만, 문제는 이후에도 계속 이어졌다. 팔리지 않았다. 인맥으로 팔고, 아름아름 찾아온 이들에게 몇 개 팔고. 그런 식으로 명맥을 유지하다가 2016년에 이르러 도무지 안 되겠다 싶은 생각이 들었다. 술을 빚기로 결심했다. 옹기로 숙성한 술맛이 어떤지 안다면 옹기를 사지 않을까 하는 생각에서다.

성능이 좋은 독일제 동증류기. 이 증류기 덕에 양조 사업에 본격 뛰어들게 되었다.

　무조건 최고의 조건으로 술을 빚었다. 3년이 지나도 맛의 변화가 없을 제조비결로 술을 빚고, 최고급 사양의 독일제 동증류기도 구입했다.

　양조장을 시작하고서 이제는 새로운 문제가 생겼다. 증류기 성능이 너무 좋은 것이다. 하루에 500리터의 술을 증류해냈다. 설렁설렁 술을 빚고 소주를 내려야겠다는 처음의 생각은 어느덧 사라진 지 오래였다.

한번 맛보면 다른 술에 눈길을 돌릴 수 없는 맛

'담을술공방'에서 나오는 소주 브랜드가 '주향'이다. 알코올 도수 55도, 41도, 25도, 23도 제품이 있다.

'주향' 25는 증류해서 6개월 숙성하고, 가수해서 25도로 맞춘 다음 다시 한 달 더 숙성해서 병에 담은 술이다. 극강의 부드러움을 지닌 술이라는 평가를 받고 있다.

'주향' 41은 40도인 위스키에 대항한다는 의미에서 41도로 했다. 숙성 항아리에서 3년을 숙성한다. '주향' 55는 마니아층을 겨냥한 술로, 한번 맛보면 다른 술을 찾지 않는다.

'주향'은 상압 증류 소주에서 나기 쉬운 탄내나 누룩 냄새가 없는 깔끔한 맛을 지닌다. 목 넘김이 매우 부드럽다. 고소한 쌀향기 속에서 은은한 과일향과 꽃향이 피어난다. 단맛도 제법 있다. 무겁지도 가볍지도 않은 무게감이 느껴진다.

이제는 과실주를 담을 달걀형 항아리다

이윤 대표는 은퇴를 한번 결심했었다. 환갑을 넘기고도 흙을 만지는 게 언젠가부터 부담스럽게 느껴지기 시작해서였다.

요즘 그는 달걀형 항아리에 빠져 있다. 프랑스에서 건너온, 내추럴 와인을 만드는 친구가 달걀형 항아리에 와인을 숙성하니 너무 좋았다는 평가를 듣고서부터다.

소주 쪽에서 쓸 만한 숙성 항아리를 제시했으니, 이제 과실주 분야에 도움이 될 만한 숙성 옹기 항아리를 내놓고 싶은 욕심이 생겼다. 그때까지 은퇴는 없다고 말하는 이윤 대표는 천성 도예가이다.

주향 41

특징
상압 증류하여 유약을 바르지 않은 옹기에서 3년 숙성한 쌀 소주.

주종
증류식 소주

알코올 도수
41도

향
진하면서도 담백한 쌀향 사이로 꽃향기가 은은하게 번진다.

맛
쌀 소주 특유의 은은한 단맛이 느껴진다.

입안 감촉
부드러운 목 넘김이 일품이다. 여운이 오래 지속되고 적당한 무게감이 있다.

주향 41 즐기기

온더락으로 시원하고 가볍게 즐기면 좋다. 한 모금 마신 후 아이스크림 한 입을 안주 삼아 먹으면 깔끔한 디저트가 된다.

전통주 업계에 배상면 주가의 세 자녀(국순당 배중호 대표, 배혜정도가 배혜정 대표, 배상면주가 배영호 대표)만 있는 게 아니다. 새로운 전통주 개발에 힘을 쏟고 있는 3형제가 있다. 첫째 김종민 대표와 셋째 김종한 대표는 강원도 철원군에서 각각 '노금주가'와 '두루미양조장'을, 둘째 김종호 대표는 서울시 마포구에서 '구름아양조장'을 운영하고 있다.

강원특별자치도 철원군 동송읍 이평리 1564
T. 1899·7190

사진: 두루미양조장 제공

두루미양조장

자신의 브랜드를 걸고 형제가 양조장을 운영하고 있다.
철원에서 나는 물과 쌀을 원료로 하는 지역 전통주.

김종민(노금주가) 대표 · **김종한**(두루미양조장) 대표

강원도 철원군에 자리한 '두루미양조장'과 '노금주가'는 형제들이 자신의 브랜드를 가지고 각자 운영하는 양조장이다. 서울시 마포구에 자리한 '구름아양조장'까지 합하여 3형제가 모두 양조업에 뛰어든 형국이다.

양조업에 뛰어든 3형제

전기공사업으로 30여 년간 철원군의 향토기업으로 자리하고 있던 형제가 업종 전환을 하게 된 배경에는 어머니 유인자 씨의 의지가 있었다. 강원대에서 철원 오대쌀로 빚은 일본식 청주를 우연히 맛본 유인자 씨는 3형제와 양조 사업에 대한 검토를 진지하게 진행했다. 이들의 검토는 각자가 국내 전통주교육기관에서 공부하는 것으로 이어졌다. 첫째 김종민 씨와 셋째 김종한 씨는 한국전통주연구소에, 둘째 김종호 씨는 한국가양주연구소에 발을 들였다.

전통주에 매료된 것은 3형제 모두가 같지만, 방향성은 조금 달랐다. '일지춘'으로 대표되는 첫째 김종민 대표의 '노금주가'는 전통누룩을 사용하는 우리 방식을 고수하는 방향으로 나갔다. 둘째 김종호 대표의 '구름아양조장'과 셋째 김종한 대표의 '두루미양조장'은 상업 양조로 눈길을 돌렸다. 서울의 '구름아양조장'이 연구소의 역할을 담당하여 현대적 양조기법으로 젊은 트렌드에 맞는 술을 개발하면 그 상업적 신호를 포착하여 철원의 '두루미양조장'에서 제품을 생산하여 확산하는 방식이다.

'놀이동산 유니버스' 세계관을 담은 술

재미있는 건 이들 형제들의 양조장 이름이 모두 강원 철원을 상징한다는 점이다. 철원군을 상징하는 새는 두루미다. 노금주가의 노금도 두루미를 뜻하는 한자어이다. 또 두루미는 신선이 타고 다니는 새로 알려져 있다. 신선의 이미지에서 자연스레 구름이 떠오르니 '구름아양조장'이다. 3형제의 철원 사랑을 짐작케 한다.

'노금주가'의 '일지춘'은 2021년 대한민국주류대상에서 대상을 수상했다. 출시된 지 3개월만에 거둔 성과이다. 그 이전인 2020년에 '구름아양조장'에서 출시된 '만남의 장소'는 후추, 건포도, 레몬, 생강 등이 부재료로 들어간 탁주로 당시 양조업계에 센세이션을 일으켰다. 형제들의 술 빚는 솜씨가 남다른 게 분명하다.

'두루미양조장'이 만들고 싶은 술은 재미있고 맛있는 술이다. 그래서 제품군을 묶는 '놀이동산 유니버스'라는 세계관을 만들었다.

'대관람차'는 술을 처음 마시는 분들, 특히 여성층에게서 인기가 높은 술이다. 알코올 도수가 12도에 달하지만 목 넘김이 부드러워서 거부감 없이 잘 들어간다. 요거트 같은 약간의 걸쭉한 질감이 있고 바나나향, 수박향, 스파이시한 향도 느낄 수 있다. 새콤달콤해서 원샷으로 마시는 사람들이 많지만, 와인잔에 따라서 천천히 향과 맛을 음미하며 마시는 걸 추천한다.

'한탄강 익스프레스'는 술을 좋아하는 사람들을 위해서 만든 '드라이'한 제품이다. '대관람차'가 단맛의 여운이 길게 이어진다면, '한탄강 익스프레스'는 향과 맛을 음미하면서 목을 넘기면 단맛이 갑자기 뚝 끊기는 그런 느낌을 받는다. 마치 익스프레스 열차가 최고 높이에 올라갔다가 뚝 하고 내려가는 것처럼 말이다.

'노금주가'의 '일지춘'은 삼양주로 빚는다. 밑술을 멥쌀가루 범벅

2022년 대한민국주류대상 우리술 탁주 부문 대상을 받은 '대관람차'(좌), 2021년 대한민국주류대상 우리술 약주·청주 부문 대상을 받은 '일지춘'(우).

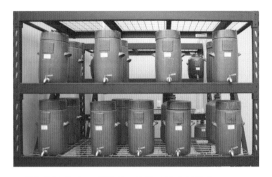

노금주가의 숙성고. 채주 후 3개월 이상 숙성한다.

으로 하고 마지막 덧술은 찹쌀로 한다. 처음에는 고온 발효했다가 15℃ 저온으로 낮춰서 50일 정도 장기 발효한다. 또 채주해서 3개월 이상 숙성한다. 손으로 거르고 앙금을 자연적으로 가라앉혀 맑은 술을 얻는 등 굉장한 정성이 들어가는 술이다.

무궁무진한 '우리술'의 세계

최근 몇 년간을 일컬어 '우리술' 전성시대라고 보는 이들이 많다. 이런 현상에 대해서 '노금주가'의 김종민 대표는 이제 시작이라고 말한다. '막걸리의 세계화'를 사람들이 외치는데, 막걸리 말고도 세계에 선보일 '우리술'은 무궁무진하게 많다. 3형제가 보여줄 '우리술'의 세계가 기대된다.

한탄강익스프레스

특징

드라이한 맛을 추구하여 개발된 탁주.

주종

탁주

알코올 도수

12도

향

수박, 참외, 배의 시원한 과일향이 난다.

맛

강한 감칠맛 뒤로 은근한 단맛이 난다.

입안 감촉

균형감과 목 넘김이 매우 뛰어나고, 뛰어
난 부드러움을 느낄 수 있다.

한탄강익스프레스 즐기기

80ml 정도의 잔으로 천천히 마셔주면 드라이함이 배가된다. 와인잔에 마시는
것도 추천한다. 코끝으로 짜릿한 향을 느낄 수 있다. 매콤한 요리나 고기류의 안
주와 함께 하면 좋다.

경상북도 문경시 가은아자개장터에 자리한 부부양조장 '두술도가'. 미국 실리콘밸리에서 일하다
귀국한 부부는 어쩌다 연고도 없는 시골에서 술을 빚게 된 것일까?

오!
미자씨
650㎖ alc.7.8%

15°
희양산
막걸리
alc.15%/500ml

경상북도 문경시 가은읍 가은5길 7 아자개장터   T. 010 · 4276 · 2329

두술도가

희양산 9
Alc 9%/750ml

미국 실리콘밸리에서 문경시 희양산 자락으로 귀농한 부부.
농사지은 쌀을 소비할 방법을 찾다 술을 공부하게 되었다.
김두수·이재희 대표

경상북도 문경시 가은읍에는 가은아자개장터라는 재래시장이 있다. 매달 4일과 9일에 장이 서는 오일장인데, 문화체험 관광형 시장으로 정비되어 관광객들의 볼거리, 즐길거리도 충족시켜주고 있다. 아자개는 후백제의 시조인 견훤의 아버지 이름이라고 한다. 그가 여기 문경시 가은읍에서 태어났기에 장터 이름이 그렇게 지어졌다고 한다.

'두술도가'는 가은아자개장터 안에 있다. 초가지붕을 올린 저잣거리를 재현한 건물 중 한 동을 차지하고 있는데, 그 외관에서부터 일

가은아자개장터 안에 있는 '두술도가'의 외부와 내부 발효실.

체의 첨가물 없이 쌀, 물, 누룩으로만 전통의 술을 빚는 양조장의 이미지가 잘 전달되는 듯하다.

쌀의 부가가치를 고민하다 만든 술

'두술도가'의 김두수, 이재희 부부는 원래 미국 실리콘밸리에서 일하다가 2004년 귀국하여 귀촌하였다. 보금자리를 찾아 전국을 두루 다니다가 문경시의 희양산 자락이 눈에 들어와 정착하게 되었다.

부부는 그곳에서 먼저 자리를 잡은 이들과 함께 우렁이농법으로 유기농 쌀을 재배했다. 문제는 열심히 쌀을 키워서 수확해도 잘 팔리지 않았다. 건강하고 맛있는 쌀이라도 가격이 비싸다 보니 소비자들이 쉬이 구매하지 못했다. 원래 술을 즐기는 편이었던 김두수 대표는 그 쌀로 술을 빚으면 소비가 잘 이뤄지지 않을까 생각했다. 귀농하여 농사를 짓기 시작한 지 십 년을 훌쩍 넘긴 어느 날이었다. 별다르게 교육기관에서 술빚기를 배우지 않았지만, 책과 인터넷에서 얻은 정보를 바탕으로 열심히 공부했다.

누룩의 조건도 다르게 해보고 물의 양, 쌀의 양도 조금씩 다르게 하며 술빚기 실험을 했다. 그때마다 마을 사람들이 술을 평가하고 응원해줬다. 그 응원에 자신감이 생겨 2019년 양조장을 차렸다.

마을 사람들이 정성껏 키운 쌀의 부가가치를 높여 잘 팔아보자는 김두수 대표의 취지는 제법 성공한 듯싶다. 매년 '두술도가'의 매출이 급성장하고 있으며, 2021년 한 해만 해도 대략 9톤 정도의 쌀을 소비했다고 한다.

'희양산 막걸리'와 '오!미자씨'

'두술도가'의 술은 '희양산 막걸리'와 '오!미자씨' 두 종류이다. '희양산 막걸리'는 알코올 도수 15도와 9도의 두 제품을 내고 있다. '오!미자씨'는 문경시의 특산물인 오미자를 넣은 술이다.

이양주 방식으로 술을 빚고, 누룩은 상업 누룩인 '진주곡자'와 '송학곡자'의 우리 밀 제품을 적절히 섞어서 쓰고 있다. 누룩 회사의 제품마다 장단점이 있어서 어느 하나를 고집하기 어려워서다. 전통누룩을 쓰면서 효모도 넣고 있다. 상업 양조에서 안정성을 보장받기 위해서는 효모의 사용이 불가피하다는 설명이다.

'희양산 막걸리' 15도는 원주에 가까운 술이다. 알코올 도수가 높아 묵직하지만 새콤달콤한 맛이 여운을 길게 남기는 술이다. 반면 알코올 도수 9도 제품은 드라이하면서 시원한 맛을 전해준다.

오랜 시간 동안 천천히 발효시키고, 술이 완성된 후에도 일정 시간 숙성을 거쳐서 제품을 출시하고 있다. 숙성을 통해 알코올 냄새를 중화시키고, 날카로운 맛들을 부드럽게 변모시키는 데 중점을 둔다고 한다.

'오!미자씨'는 여러 실험을 통해 오미자 과즙을 넣어 만드는 레시피를 확정했다. 오미자 청을 넣으면 술맛이 텁텁해지고 시원함이 덜해지며 단 술이 되는 문제가 있었다. 또 말린 오미자를 넣으면 시원함이 부족하고 한약제와 같은 풍미가 느껴졌다.

'두술도가'가 추구하는 술의 맛은 균형감 있는 드라이함이다. 입안으로 들어가면 처음에는 상큼한 신맛이, 그다음에는 단맛이, 마지막으로 쌉싸름한 맛이 느껴진다. 즉, 두술도가의 술은 세 가지 맛의 조화가 일품이다.

김두수 대표는 '두술도가'의 제품이 자기주장이 크지 않은 술이라고 본다. 그래서 술을 마시고 안주를 먹는 게 아닌, 음식을 먹고 술 한 잔으로 입가심하는 식의 음주법을 추천한다.

'으랏차차' '우리술'의 센세이션을 일으키자

'두술도가'의 술을 말할 때 빼놓을 수 없는 게 독특한 라벨 디자인이다. 한동네 사람인 그림책 작가 전미화 씨와 라벨 디자인에 관해서 이야기를 나누다가 전시회처럼 해보면 재밌겠다는 아이디어가 나오게 되었다고 한다.

여러 종류의 라벨이 나왔는데 그중 '으랏차차' 라벨이 센세이션을 일으켰다. 봄에 농사를 시작하는 농부가 힘을 내보자며 '으랏차차' 하며 기합을 넣는 모습이 담긴 그림을 라벨에 담았는데, 그게 당시 힘겨웠던 코로나 시기랑 우연히 잘 맞아떨어지면서 인기를 끌었다.

'두술도가'의 독특한 라벨 디자인. 술병에 전시회가 펼쳐진다.

라벨을 매번 교체하는 게 좀 부담되기는 하지만 호응이 좋으니까 궁리를 많이 하게 된다고 한다. 또 울진 산불 피해 복구 기금 모금을 위한 라벨을 제작해 달라는 등 뜻깊은 제의도 꾸준히 들어와서 고마움에 더욱 힘을 낸다고 밝힌다.

'우리술'을 세계에 알리고 싶다는 소망

코로나가 한창이던 2021년 부부가 함께 베를린에 다녀왔다. 베를린에서 열린 '딜리셔스 코리안 위크'라는 축제에 한국 술을 소개하기 위해서였다. 그때 현지인들의 높은 호응은 '우리술'을 빚는 양조인으로서의 자긍심을 높이는 계기가 되었다.

"쌀로 만든 한국 술이라고 하니까 반응이 너무 좋은 거예요. 서양에서는 건강한 음식으로 쌀이 밀가루의 대안으로 인식되고 있거든요. 기회가 되면 독일에 다시 가려고 해요. 독일 베를린에서 하는 푸드 박람회가 있어서 거기도 같이 참여할 겸. 좀 인연이 되면 우리술을 알리는 계기를 마련했으면 해요. 우리 문화가 K팝이니 해서 많이 알려져 있는데, 우리술 문화는 외국인들에게 그렇게 알려지지 않았거든요. 한국에도 맛있고 좋은 술이 있다는 걸 알리고 싶은 거죠."

희양산 막걸리

특징

산미와 드라이한 맛이 특징인 막걸리.

주종

탁주

알코올 도수

9도

향

붉은사과향과 요거트향이 매우 풍부하다.
갓 지은 밥, 아몬드, 누룩향도 난다.

맛

산미와 쌉싸름한 맛이 있고, 약간의 감칠맛
과 단맛, 그리고 희미하게 짠맛도 느껴진다.

입안 감촉

균형감이 좋은 편이며, 목 넘김이 부드럽다.

희양산 막걸리 즐기기

9도는 파전이나 육류처럼 기름진 음식과 궁합이 맞고, 15도는 와인처럼 치즈나
올리브와 함께 마시면 좋다.

프리미엄 소주로 유명한 '진맥소주'. 이 소주가 나오는 경상북도 안동시 도산면 가송리 맹개마을은 주변 자연이 아름답기로 소문난 곳이다. 퇴계 이황 선생이 절경에 반하여 자주 찾았다는 청량산이 병풍처럼 둘러싸고 있으며, 〈도깨비〉〈미스터 선샤인〉 등 드라마의 러브콜을 받은 곳이다.

경상북도 안동시 도산면 선성중앙길 32   T. 010·7604·0065   사진: 맹개술도가 제공

10여 년간 일군 IT 사업을 정리하고 홀연히 경상북도 안동시의 오지마을로 들어와 밀, 메밀 농사를 짓고 진맥소주 등 증류주를 만들고 있다.
박성호 이사

미국 샌프란시스코 국제주류품평회SFWSC·San Francisco World Spirits Competition에서 2년 연속 수상한 전통 소주인 '진맥소주'를 만드는 이는 밀농업회사법인 '밀과 노닐다', '맹개술도가'의 박성호 이사이다.

박성호 이사는 독일 베를린에서 컴퓨터를 전공한 IT 사업가였다. 그런 그가 10여 년간 일군 사업을 정리하고 홀연히 경상북도 안동시의 오지마을에 들어온 이유가 뭘까.

미국 샌프란시스코 국제주류품평회 수상 메달.

오지마을에서 난생처음 농사를 배우다

2007년 박성호 이사가 처음 만난 맹개마을은 오지 중에도 오지였다. 이곳에서 그는 마을 분들의 도움으로 난생처음 농사라는 걸 짓기 시작했다. 그리고 그 한 해의 경험은 그에게 밀 농사로의 전향과 지속가능한 환경농업이라는 화두를 던져주었다.

지속가능한 농업을 위해서 다른 사람의 노동력이나 화학비료를 쓰지 않고 할 수 있는 게 무엇일까를 고민했다. 그런 치열한 고민 끝에, 혼자서 다 할 수 있는 작물을 찾았다. 밀과 메밀이 있었다.

이러한 결심과 선택은 가톨릭농민회 선배들의 도움으로 실천에 옮겨졌다. 그리고 한 해 한 해 농사를 지은 경험을 쌓아가면서 자신이 생각하는 농업의 미래에 대한 가치를 계속 찾아냈다. 그러나 항상 난관은 있게 마련이고, 그 출발점은 경제적인 문제였다. 8개월 동안 열심히 농사지어 수확한 곡식을 팔면 서울에서 한 달 벌던 돈에 불과했다. 농사일 1년 연봉이 한 달 월급이라고 생각하니 암담했다.

금전적인 문제를 해결하기 위해 그는 밀을 이용해 할 수 있는 건 거의 다 해봤다. 밀가루를 내어 판매하기도 하고, 빵을 만들어보기도 하고. 지역의 종부님들과 된장 등 발효음식을 배워서 팔아보기도 하고. 2015년부터는 농가 스테이, 즉 펜션 사업도 시작했다. 그럼에도 "어떻게 하면 이 밀이 돈이 될 거냐? 어떻게 하면 내 밀을 더

가치 있게 소비할 거냐?"라는 고민을 계속했다. 그러다가 밀로 내리는 소주에 주목하게 되었다.

진심을 담아 양조업에 뛰어들다

소주를 만들어야겠다고 생각했지만, 그 실행은 쉽지 않았다.

양조를 전문적으로 했던 사람이 아니었던 그는 양조장이며 양조인, 외국의 제조업자 등 만날 수 있거나 연락할 수 있는 모든 사람에게 배웠다. 온라인을 통해 공부하고, 안동소주 명인인 박재서 선생님, 고 조옥화 선생님을 찾아가 배웠다. 지인들과 일본과 영국 스코틀랜드의 양조장도 찾아다녔다.

이렇게 소주 사업을 준비하면서 한편으로는 쌀이 아닌 밀로 소주를 내리는 게 가능할까에 대해 고민도 했다.

밀은 술을 빚기에 까다로운 작물이다. 더구나 직접 농사를 지은

'맹개술도가'의 진맥소주 제품들(좌)과 오크통에서 소주를 숙성하는 모습(우).

밀로 술을 빚다 보니, 밀의 가공상태며, 술맛이 제대로 나오게 하려면 어떻게 농사를 지어야 할지 등 원료부터 고민하는 단계를 거쳐야 했다.

유레카, 밀로 소주를 만들 수 있다

그런 그에게 확신을 심어준 책이 있었다. 국학진흥원의 지인이 선물한 《수운잡방》이다. 《수운잡방》은 1540년에 쓰여진 음식과 술의 조리서로서, 밀로 만드는 진맥소주가 기록되어 있다.

진맥소주는 삼양주 방식으로 빚은 발효주를 동(구리)증류기로 두 번 증류하여 빚는다. 통밀과 누룩으로 밑술을 빚어 3일 정도 발효하고, 이어 통밀을 쪄서 두 번 덧술하여 2~3주 발효하여 증류를 위한 술을 얻는다. 이를 두 번 증류하여 알코올 도수 60도에 이르는 원주를 생산한다. 숙성기간은 평균 1년 정도. 알코올 도수에 따라서 6개

사진(우) : 맹개술도가 제공

숙성고 안에서 6개월에서 2년 사이의 숙성 술이 기다리고 있다.

월에서 2년으로 숙성기간을 달리한다.

　2019년에 처음 출시한 진맥소주는 알코올 도수 53도, 40도, 22도의 세 가지 제품과 '시인의 바위'라는 이름으로 따로 내놓은 54.5도와 40도의 오크통 숙성 제품까지, 모두 다섯 종류가 있다. '시인의 바위'라는 제품명은 퇴계 이황 선생의 '경암'이라는 시에서 따왔다. 강한 바위와 오백 년 된 역사와 그 속에서 부드러운 시가 흐르는 느낌을 살리고 싶었다고 한다.

우리나라를 대표하는 증류주가 되고 싶다

　밀로 내린 소주, 진맥소주가 주력제품이지만, 박성호 이사는 그외 다른 제품개발도 꾸준히 진행하고 있다.

　"저는 소주가 우리나라를 대표하는 증류주라고 봅니다. 어느 나라는 보드카, 어느 나라는 럼, 어느 나라는 테킬라, 이런 식으로 그 나라를 대표하는 주종이 있다면 저는 소주가 우리나라를 대표한다고 생각합니다."

　진맥 소주가 한국을 대표하는 술이 됐으면 좋겠다는 바람과 함께, 새로운 원료를 이용한 소주도 만들 계획이다. 그 예로 메밀 소주가 있다. 매년 일정량의 메밀 소주를 만들어 소량이라도 항아리나 오크통에 넣어 숙성시키고 있다.

　안동시가 사과로 유명한데, 사과를 이용한 술에도 관심이 많다.

인근 사과 농가와 함께 사과 와인을 만들고 있다. 또 지역 농가와의 상생 차원에서 매년 5톤에서 10톤 정도 사과를 구매하여 서양의 '칼바도스' 만드는 스타일로 증류하여 오크통에 숙성한다. 이렇게 하다 보면 어느 날 빛을 보지 않을까 하는 마음으로 준비하고 있다고 말한다.

진맥소주

특징

통밀을 발효하여 증류한 소주. 2022년 샌 프란시스코 국제주류품평회 골드메달 수상.

주종

증류식 소주

알코올 도수

40도

향

전체적으로 고소한 밀향이 강하며, 참외향 도 은근하다. 멜론향, 바나나향, 매화향도 약하게 느껴진다.

맛

은은한 감칠맛 뒤로 단맛이 따라온다.

입안 감촉

묵직하며 여운이 오래 지속된다. 목 넘김이 부드럽고 균형감도 적당하다.

진맥소주 즐기기

달거나 매운 소주 안주보다는 생선회나 초밥, 스파게티 같은 음식과 즐겨보는 것 을 추천한다.

두견주는 진달래꽃을 두견화杜鵑花라고 불렀던 데서 붙여진 이름이다. 식용이 가능한 진달래꽃은 약꽃이라 불릴 만큼 항산화 효과뿐만 아니라 성인병 예방에도 효능이 있다. 두견주는 진달래꽃의 약효를 이용한 약주이며 진달래꽃의 향기를 더한 고급 가향주이다.

충청남도 당진시 면천면 성하로 250   T. 041·355·5430   사진: 면천두견주보존회 제공

'천년의 술' 면천두견주는 개인이 아닌 면천두견주보존회라는 단체가 명맥을 이어
나가고 있다.

유재석 대표

충청남도 당진시 면천면의 천하명주인 '면천두견주'는 진달래꽃을 따서 빚은 술이다. 면천에서는 봄철 보름 정도 피는 진달래꽃을 채취하여 말려 연중 사용한다. 말리는 양은 100평 규모 비닐하우스 2동이다. 그냥 말린다고 되는 게 아니고 꽃받침과 꽃술을 일일이 사람 손으로 따줘야 하기에 일손을 많이 필요로 한다.

역사서에 기록된 최초의 가향주

'면천두견주'는 《산림경제》, 《임원십육지》 등의 역사서에 기록되어 전하는 우리나라 최초의 가향주로 알려진다. 고려의 개국공신인 복지겸은 노후에 고향인 면천으로 내려와 지내다가 큰 병을 얻어 앓아눕게 되었다. 치유를 위해 애쓰던 그의 딸, 영랑이 인근 아미산에 올라 기도하던 중 산신령이 나타나 그에게 아비의 병을 낫게 하려면 진달래꽃을 따서 안샘의 물로 술을 담그라고 일러준다. 산신령의 말대로 영랑은 진달래꽃으로 술을 빚고, 은행나무를 심어 백일간 치성을 드린 후 복지겸에게 마시게 하니 병이 씻은 듯이 나았다고 한다.

보름 정도 피는 진달래꽃을 채취한 후 말려 술을 빚는 데 사용한다.

실제로 진달래꽃은 천식과 고혈압에 좋다고 알려진다. 면천두견
주보존회에서 진달래꽃의 약리 성분 분석을 연구기관에 의뢰한 적
이 있는데, 그 결과 핏속의 콜레스테롤 특히 LDL 콜레스테롤을 낮
추는 성분이 들어 있는 것을 확인했다.

1,100년 전 전설이 전하는 흔적이 지금도 면천에 남아 있다. 연구
자들은 전설과 역사서에 나온 기록으로 볼 때, 꽃을 넣어 술을 빚은
가향주는 '면천두견주'가 최초일 것으로 보고 있다.

개인이 아닌 단체가 명맥을 이어나가는 술

국가무형문화재로 지정된 '면천두견주'는 개인이 아닌 단체가 기

능을 보유하고 있다. 2001년 당대 '면천두견주'의 기능보유자이던 박승규 씨가 작고하면서 갑작스레 맥이 끊어지게 되었다. 몇 년간의 공백이 있게 되자, 당진시는 2004년 여덟 농가에서 16명을 선발하여 면천두견주보존회를 구성했다.

'면천두견주'는 두 번 빚는 이양주이다. 밑술과 덧술을 모두 찹쌀 고두밥으로 한다. 덧술할 때 말린 진달래꽃을 넣는다. 발효하는 기간은 90일 정도. 발효실의 온도를 15℃의 낮은 온도로 맞추기에 기간이 오래 걸린다. 발효 기간을 줄이고자 온도를 높이면 면천두견주 고유의 향과 맛이 잘 우러나지 않는다. 또 발효실에 있는 스테인리스 발효조의 자리를 주기적으로 바꿔주어야 한다. 같은 공간이라도 위치에 따라 온도 편차가 크기 때문이다.

'면천두견주'는 새콤한 산미가 있다. 은은한 진달래향과 매실향도 느껴진다. 찹쌀로 빚은 술을 오래 숙성했을 때 느낄 수 있는 단맛이 산미와 어우러져 더 달게 느껴진다. 잘 빚은 두견주일수록 감칠맛이 뛰어나다.

기능을 보존하는 노력과 더불어 안정적인 경영을 꾀하다

'면천두견주'의 유명세와 달리 매출은 그리 높지 않은 편이다. 추석, 설날 두 명절에 의지하는 매출 비중이 절반에 해당할 정도이다. 온라인 판매를 2022년부터 시작했지만 아직까지는 당진시 등에 나

면천두견주보존회 건물(좌)과 발효실의 모습(우).

가는 오프라인 매출이 크다. 그나마 고무적인 것은 젊은 층에게 면
천두견주가 서서히 알려지고 있다는 사실. 면천 관광을 왔다가 보
존회를 찾아와 두견주를 사가는 이들도 늘고 있다.

 '면천두견주'의 기능을 전승하고 보존하는 당연한 일을 위해서라
도 보존회는 영업 활성화를 통해 재정적인 독립을 꾀할 필요가 있
다. 안정적인 경영이 어쩌면 최우선 과제인 셈이다.

 지속가능한 경영을 위해 보존회 유재석 대표는 지금 두견주 증류
주 개발에 노력하고 있다고 밝힌다. '면천두견주'가 가지는 생주로
서의 제약에서 벗어나는 한편, 새로운 가치를 창출하기 위해서다.
몇 차례 시험 증류한 결과, 반응이 긍정적이어서 계속 추진할 생각
이며, 자가 누룩을 사용한 양조도 꾸준히 시도하고 있다. 술맛을 결
정하는 건 결국 누룩에서 나오기 때문이다.

면천두견주

특징

진달래를 넣어 빚은 우리나라 최초의 가향주.
국가무형문화재로 지정된 술.

주종

약주

알코올 도수

18도

향

짙은 진달래향과 함께 은은한 매실향, 조
청의 달콤한 향도 느낄 수 있다.

맛

단맛과 산미, 감칠맛의 조화가 일품이다.

입안 감촉

부드러운 목 넘김이 긴 여운을 남긴다.

면천두견주 즐기기

화전과 최고의 궁합이며, 꽃비빔밥의 반주로도 제격이다. 진달래가 콜레스테롤
을 낮춰주어 삼겹살과도 잘 어울린다.

'모월양조장'의 김원호 대표는 강원도 원주 토박이다. 또 농부의 아들이기도 하다. 그와의 대화는
어떤 주제로 시작했든 마지막은 꼭 '원주 사랑' 또는 '우리 농업 사랑'으로 끝난다. 양조장 이름인
'모월'은 동학농민운동 때 생겨난 원주의 옛 지명이다.

강원특별자치도 원주시 판부면 판부신촌길 84   T. 033 · 748 · 8008   사진: 모월양조장 제공

모월양조장

사람을 품은 술, 어머니의 정성이 담긴 술을 만든다.

김원호 대표

전기 엔지니어였던 김원호 대표는 원체 술을 좋아했다. 해외 출장을 가면 그 나라의 술을 즐겼고, 특히 맥주를 좋아해 맥주 만드는 법을 배우기도 했다. 연중 제사가 많은 집안이어서 할머니, 어머니가 술을 빚는 걸 어릴 적부터 보고 배웠다.

2002년 우루과이라운드 발효를 앞두고 쌀 수입을 반대하는 전국의 농민들이 시위할 때, 서울에 오신 아버지를 모시고 원주로 내려가면서 수입 농산물로 만드는 막걸리가 왜 '우리술'이냐며 논쟁을 벌이기도 했다.

양조장을 지어 원주 쌀 10%를 소비하겠습니다

술 좋아하는 고향 친구들끼리 원주의 농산물로 술을 빚어보자고 뜻을 모았다. 김원호 대표가 총대를 멨다. 우리 농업의 미래를 이야기하며 양조업이 사업적으로 괜찮다는 점을 피력했다.

2014년 협동조합을 설립하고, 이후 30평 규모 공간을 구해서 술을 빚기 시작했다. 술만 빚었다 하면 모여서 마시니 내다 팔 술이 없

2021년 농림축산부의 '찾아가는 양조장'으로 선정되었다.

었다. 이대로는 성과를 기대할 수 없다는 생각에 양조장 확장을 계획하고는 아버지에게 양조장 지을 땅을 달라며 큰 소리를 쳤다.

"제가 양조장 차려서 원주에서 나오는 쌀의 10%(약 1,500톤) 소비를 책임지겠습니다."

김원호 대표는 전통주 중에서도 증류식 소주에 관심을 가졌다. 증류주는 오래 둘수록 고부가가치상품이 되는 장점이 있다. 당장 팔리지 않더라도 잘 비축해놓으면 언젠가는 빛을 볼 수 있는 게 증류주이다.

또 증류주를 만들려면 많은 농산물, 특히 쌀을 소비해야 한다. 알코올 도수 40도의 소주 한 병을 만드는 데 같은 용량의 16도짜리 약주 3병이 들어간다. 가만 따져보면 소주 한 병에 얼마나 많은 쌀이 소비되는지 짐작할 수 있다. 우리 쌀을 소비하기 위해 술을 빚겠다는 김원호 대표가 증류주에 관심을 가지는 건 당연한 일이었다.

좋은 원료로 만드는 좋은 술

'모월양조장'에서 나오는 술은 약주 '모월 연', '모월 청'과 소주 '모월 인', '모월 로'가 있다. '모월 인'은 2020년 우리술품평회에서 최고상인 대통령상을 받았다.

쌀은 원주 토토미를 사용한다. 토토미는 원주시와 원주 농협이 만들어낸 브랜드 쌀이다. '모월양조장'에서는 그 품종에서도 '삼광' 품종의 쌀을 사용한다. '삼광'은 외래 품종을 대체하기 위해 개량된 국내산 쌀로 2021년에 농촌진흥청에서 선정하는 최고의 쌀로 뽑힌 바 있다.

누룩은 자가 누룩을 썼지만, 지금은 '진주곡자'와 '송학곡자'를 섞어서 쓴다. 누룩을 5~7% 정도로 적게 사용하고 있다.

일체의 첨가물을 넣지 않고 쌀, 물, 누룩으로만 술을 빚는다. 밑술과 덧술, 두 번 빚는 이양주로 100일이 걸려 완성된다. 김 대표는 저온에서 오랫동안 발효해야 완벽하게 발효가 마무리된다고 설명한다.

20℃ 미만의 저온에서 천천히 발효하면 알코올 도수 17~18도의 술이 만들어진다. 약주 제품 '모월 연'이 알코올 도수 13도, '모월 청'이 16도인데, '모월 청'이 좀 더 원주에 가까운 술이다.

소주 증류를 위한 발효주는 약주와 다른 방법으로 빚는다. 술을 빚을 때 물을 좀 더 넣어서 발효 기간을 단축한다. 그래도 저온 발효이기에 60~75일의 기간이 걸린다. 발효 기간을 단축한 이유는 증류를 통해 좋은 향기 성분을 채취해야 하는데, 너무 길어지면 그런 특성이 날아가기 때문이다.

당도가 0에 가까운 완전 발효주

'모월양조장'의 약주는 매우 산미가 강하다. 발효를 오래 지속하여 효모가 쌀의 모든 당분을 섭취하여 당도 0(영)브릭스에 가깝게 완전 발효시켰기 때문이다.

김원호 대표가 설명하는 모월 약주의 산미는 젖산의 맛이라고 한다. 술을 발효하는 초기에는 젖산 발효가 일어난다고 한다. 당분이 어느 정도 남아 있으면 최종적으로 새콤달콤한 맛이 나게 되지만,

'모월양조장'에서 나오는 약주와 증류식 소주 제품들.

가수 박재범이 출시해 유명해진 '원소주'. '모월양조장'에서 개발했다.

모월 약주는 당분이 거의 없기에 신맛만 남게 된다.

식초가 되는 건 아니라고 한다. 식초를 만드는 초산균은 알코올 도수가 12~13도 넘어가면 활동하지 못하기 때문이다.

알코올 도수 41도의 '모월 인'과 25도의 '모월 로'는 술에 남아 있는 당분이 거의 없을 정도로 완전히 발효시킨 술덧을 상압 증류해서 만든다.

증류식 소주에서 중요시되는 숙성은 6개월 이상 옹기에서 진행한다. 김원호 대표가 테스트한 결과로는 6개월에서 3년 사이로 숙성하는 게 좋다고 한다. 알코올 도수 41도인 '모월 인'은 6개월 이상 숙성하고 알코올 도수 25도인 '모월 로'는 따로 숙성을 거치지 않고 제품을 출시한다. 숙성 이전에 알코올 냄새 등을 날리는 탈기라는 과정을 두 달간 거치는 데 알코올 도수가 낮은 '모월 로'의 경우 그 렇게 하면 너무 부드러워지기에 바로 출시한다.

건강한 농산물로 만든 건강한 술 드세요

요즘 '우리술', 특히 증류식 소주에 2030 젊은 세대의 관심이 쏟아지고 있다. 김원호 대표는 '우리술'에 관심을 둔 젊은 세대에게 하고픈 말이 있다고 한다.

"저는 양조는 농업이라고 생각해요. 나와 여러분 모두가 건강해지려면 지역에서 나오는 건강한 식품, 건강한 농산물, 그리고 건강한 술. 이런 거 드셔야 해요. 가장 건강한 술은 내 주위에서 나는 원료로 만들어진 것입니다. 우리 지역특산주, 전통주 많이 드셔주십시오."

모월 인

특징

모월을 대표하는 술. 2020년 우리술품평회 대통령상 수상.

주종

증류식 소주

알코올 도수

41도

향

멜론과 파인애플향이 강하며, 바나나향과 솔향, 오미자향도 은근하게 느껴진다.

맛

단맛이 적당하다.

입안 감촉

목 넘김이 좋다.

모월 인 즐기기

차게 해서 반 잔 이상 채워 한 번에 들이켜기를 두 번 한 후, 세 번째 잔을 마시면 깔끔한 맛을 느낄 수 있다. 생선회 혹은 홍어회 같은 숙성회와 곁들여 마시면 좋다.

공덕산과 용문산을 끼고 있으며 낙동강 최상류, 금천강이 흐르는 배산임수의 정석, 경상북도 문경시
동로면은 오미자로 유명한 고장이다. 이곳에 오미자로 술을 빚는 이가 있다.

경상북도 문경시 동로면 노은리 192
T. 054 · 552 · 8252   사진: 문경주조 제공

맑은

문희주

홍승희

聞喜

500ml 13%

전통주 유통업을 하다가 양조인의 길로 들어섰다.
내 손으로 제대로 된 술을 빚고 싶다는 마음에서이다.

홍승희 대표

경상북도 문경시 동로면은 전국에서 생산되는 오미자의 45%가 나오는 지역이다. 국내 최초로 오미자 생막걸리를 만들어낸 '문경주조'가 이곳에 자리하고 있다. 홍승희 대표는 이곳에 양조장 자리를 알아보러 다닐 때만 해도 오미자에 대해 별다른 생각이 없었다.

원래 경상북도 예천군에서 전통주 유통업을 하던 홍 대표는 남의 술만 팔 게 아니라, 이제는 내 손으로 좋은 술을 빚고 싶은 생각이 들었다. 여기저기 양조장 자리를 물색하던 중 문경시 동로면이 눈에 들어왔다. 낙동강 발원지로 물이 맑고 산세도 수려하여 양조장으로 최적지라는 생각이 들었다. 와서 보니 여기가 오미자 특구 지역이라는 걸 알게 되었고, 인사차 만난 동네 이장도 오미자 막걸리를 만들어보라며 권유했다.

열정과 끈기로 오마자 생막걸리를 탄생시키다

오미자에 대해서 잘 몰랐던 홍승희 대표는 농업기술센터에 자문을 구하러 갔다. 담당 계장을 만났더니 적극 만류했다. 오미자는 다

'문경주조'에서 나온 제품(좌), 증류주 '폭스진'에는 직접 재배한 홉을 넣었다(우).

루기가 보통 어려운 게 아니고, 막걸리가 서민의 술인데 비싼 오미
자를 넣은 술이 수지타산이 맞겠냐는 소리였다. 국세청 기술연구소
에 자문했더니 살균주가 아닌 생막걸리로는 허가를 내줄 수 없다고
했다. 2007년 당시 해석으로는 한약재나 과실이 들어가는 술은 살
균 처리하여 안전성을 확보해야만 된다는 거였다.

　실제로 홍 대표가 술을 빚어보니 오미자가 빛과 열에 약해 금세
갈변되는 문제가 있었다. 기술 개발에 힘쓰는 한편, 국세청에 여러
차례 민원을 제기했다. 연구 노력은 특허로 이어졌다. 〈오미자가 첨
가된 건강 증진 기능성 오미자 생막걸리 및 그 제조방법〉이 그것이
다. 국세청의 허가도 받았다. 홍승희 대표의 오미자 생막걸리에 대
한 열정과 끈기에 넘어간 국세청은 관련 법규를 개정하여 부재료가
들어간 생막걸리의 길을 열어주었다. 부재료를 넣은 대한민국 제
1호 술인 오미자 생막걸리의 탄생이다.

긴 산고 끝에 세상에 나오게 된 오미자 생막걸리는 인기 폭발이었다. 그해 오미자 축제에 오미자 생막걸리를 선보이자, 2,500원에 판매한 막걸리가 1만 원에 되팔리는 일까지 생겼을 정도이다.

오미자 생막걸리가 이른바 대박을 쳤지만, 큰돈을 벌지는 못했다. 원가에서 재료비, 특히 오미자가 차지하는 비중이 워낙 컸기 때문이다. 홍 대표는 출고가격을 두 배로 올려야 된다는 의견도 있었지만 한 귀로 흘렸다. 소비자에게 더 가까이 가는 게 중요하다고 여겼기 때문이다.

'문경주조'만의 기술과 노력으로 만들어낸 술

오미자 생막걸리가 안정적으로 자리를 잡자 홍승희 대표는 또다시 새로운 도전에 나섰다. 첨가물 없이 쌀, 물, 누룩으로만 빚는 전통주였다. 초기 레시피를 개발하는 데에는 전주시 전통술박물관의 도움을 받았다. 오미자 생막걸리와는 전혀 다른 공정이기에 개발이 생각보다 어려웠다. 오미자 생막걸리를 개발할 때의 열정으로 다시금 집중했다. 연구 결과, 누룩 쓰는 방법과 온도관리가 핵심이라는 걸 알게 되었다.

홍승희 대표는 새로이 탄생할 전통주를 위해 황토벽돌로 전용 발효실을 지었다. 상주 옹기 명인인 정대희 씨에게 발효조로 쓸 항아리도 주문했다. 유약 대신 잿물을 발라 구운 오지 항아리다. 숨을 쉬

사진: 문경주조 제공

'문경주조'의 제품들이 전시되어 있는 공간(좌), 상주옹기 명인 정대희 씨에게 주문·제작한 오지 항아리에서 술을 빚는다(우).

기에 발효가 훨씬 잘된다고 한다. '문경주조'만의 누룩을 만들기 위해 누룩방도 지었다. 한번 마음먹으면 화끈하게 실행하는 게 홍 대표의 스타일이다.

전통 삼양주 방식으로 빚는 '문희'는 오랜 기다림 끝에 만들어지는 술이다. 기본적으로 100일간 발효 숙성해서 낸다. 빚는 방법은 거의 전 과정을 손으로 한다. 기계화의 필요성을 인식하면서도 아직 손맛을 따라가지 못하기에 수작업을 고집하고 있다. 약주인 '맑은 문희주'는 무려 2년 이상을 숙성한다. 채주해서 2년 이상 숙성하면서 맑은 술만 떠낸 제품이다. 제품 이름을 '기쁜 소식을 듣는다'는 문경의 옛 지명인 '문희'로 한 이유를 짐작할 수 있다. 문희주는 홍승희 대표가 '문경주조'의 여러 술 중에서도 가장 애착을 가지는 술이다.

2017년에는 오미자 스파클링 막걸리인 '오희'를 개발했다. 농촌진흥청으로부터 탄산가스 함량을 조절할 수 있는 기술을 이전받아 개발한 술이다. 2018년 평창올림픽 개막식 연회 때 만찬주로 선정된 술이기도 하다. '오희'는 오미자의 맑고 붉은색을 지녀 아름답다는 인상을 준다.

'폭스앤홉스'는 '오희'의 기술을 바탕으로 2020년에 개발한 '쌀맥주'다. 오미자 대신 홉을 넣어 맥주 특유의 씁싸름한 맛을 재현했다. 쌀로만 빚었지만 맥아로 빚은 맥주처럼 경쾌하다.

'문경주조'는 지난해인 2022년에 증류주 제품을 내놓았다. 오미자 발효주를 증류한 '오미연'과 홉을 넣은 쌀 발효주를 증류한 '폭스진'이 그 주인공이다. 제품의 알코올 도수는 72도, 58도, 40도, 25도이다. 알코올 도수 72도의 술은 국내에서 제일 높은 도수가 아닐까 싶다.

'문경주조'의 내일을 기대한다

홍승희 대표는 어느새 60대 중반의 나이가 되었다. 전통주 업계에 발을 들이고서 지나온 30여 년. 숱한 시련을 열정으로 극복해나간 시기였지만, 이제는 힘에 부치는 것도 사실이다. 홍승희 대표는 일본에서 양조를 공부한 큰아들 황득희 씨에게 거는 기대가 크다.

'문경주조'의 술이 좋아서 찾아주시는 분들에 대한 고마움을 잊지 않고 더욱 정성을 다해 술을 빚을 생각이다.

맑은 문희주

특징

세 번 빚은 정통 삼양주.

주종

약주

알코올 도수

13도

향

바나나와 바닐라의 달콤한 향, 솔잎의 신선함이 느껴진다. 엿기름과 조청에서 나는 달콤한 향도 은근하게 난다.

맛

감칠맛이 뛰어나다.

입안 감촉

목 넘김이 부드러우며, 여운이 오래 지속된다.

오희

특징

스파클링 오미자 막걸리.

주종

탁주

알코올 도수

8.5도

향

오미자의 달콤한 향이 난다.

맛

감칠맛이 뛰어나다.

입안 감촉

발효 과정에서 생긴 천연 탄산가스가 주는 청량감이 일품이다.

맑은 문희주와 오희 즐기기

맑은 문희주는 짭조름한 크림치즈와 잘 맞다. 오희는 해산물과 잘 어울리는데, 봉골레파스타나 바지락찜을 추천한다.

물 좋고 산 좋기로 유명한 강원도 홍천의 미담 양조장. 이곳 양조장의 술은 구하고 싶
어도 살 수가 없는 것으로 유명하다. 100% 수작업에 양조장 주인 조미담 대표의 품질
에 대한 기준이 높아 술맛을 보기가 여간 어려운 게 아니다.

강원특별자치도 홍천군 남면 남노일로 574-19   T. 033 · 433 · 3839   사진: 미담양조장 제공

미담양조장

사진: 미담양조장 제공

전통 방식 그대로 술을 빚는다.
매일 술 항아리를 어루만지며 술이 잘 익어가기를 빈다.
조미담 대표

강원도 홍천군 남면 제곡리. 구불구불한 농로를 따라 한참 들어가
자 야트막한 산기슭 아래 그림처럼 예쁜 초가집이 나온다. '미담양
조장'과 '미담주막'이다. 매일 술단지를 어루만지며 "잘 커줘서 고
맙다. 고맙다" 말하며 손수 술을 빚는 이가 이곳에 있다.

번거롭고 수고스럽지만, 전통을 지킨다는 것의 의미

'미담양조장'의 조미담 대표는 우리 전통방식 그대로를 고수하여
술을 빚는다. 고두밥을 찌고 쌀을 빻는 일만 기계의 힘을 빌리고 술
빚는 나머지 모든 과정을 일일이 손으로 한다. 옹기를 깨끗이 씻어
일일이 증기로 살균하고, 술을 맑게 거르는 것도 필터를 쓰지 않고
오랜 시간 자연적으로 가라앉혀서 얻는다.

대학가에서 전통주점을 운영하며 우리술에 관심을 갖게 되었다.
제대로 한번 배워볼까 싶어, 농림축산식품부가 주관하여 진행한
1년 과정의 교육을 이수했고, 이후 일본, 중국, 독일 등 세계 양조장
기행 프로그램도 참여하면서 견문을 넓혔다. 전통주 만들기 동호회

조미담 대표는 옛날 방식을 고수하여 술을 빚는다. 발효 항아리를 매일 직접 확인한다.

에서 활동하면서 술빚기의 지식과 경험을 쌓았다.

다섯 가지 꽃이 활짝 피어난 풍경을 맛으로 표현하다

'우리술'을 알게 될수록 조미담 대표는 오히려 심한 갈증을 느꼈다. 옛 조상들은 한 잔씩 마실 때마다 줄어드는 술을 애석해하며 마셨다는데, 그만큼 맛있게 다가오는 술이 없었다. 고민 끝에 전국의 숨은 고수를 찾아가서 배워야겠다는 결심을 하게 되었다.

1년 여 전국 팔도를 다니면서 술을 배웠지만 결과는 신통치 않았다. 드디어 경기도 용문산 보리고개 마을에서 고대하던 명인을 만났다. 순향주법으로 빚은 명인의 술을 한 모금 마셨을 때, 제대로 빚은

'우리술'이 어떤 맛과 향을 지니는지 비로소 알게 되었다.

이후 나만의 술 빚는 방법을 정립하기 위한 노력의 시간이 이어졌다. 그리고 마침내 그 방법을 찾아냈다. 조 대표가 생각하는 맛있는 술이란 깔끔함이라는 밭에 피어난 '새콤함', '달콤함', '쌉싸름함', '구수함', '떫떠름함'의 다섯 가지 꽃이 활짝 피어난 풍경이다.

'오미'의 꽃이 활짝 피어난 여덟 가지 술

'미담양조장'의 술은 석탄주, 연엽주, 송화주, 생강주, 이 네 가지 술을 탁하게 거른 탁주와 맑게 거른 약주로 모두 여덟 가지이다. '미담 석탄주'가 기본이고, 들어간 부재료에 따라서 연엽주는 쌉싸름함, 송화주는 은은한 솔향, 생강주는 매콤하면서도 시원한 풍미를 가진다. 알코올 도수는 탁주가 12도, 약주가 16도이다.

누룩은 '송학곡자' 제품을 사용하는데, 쓰기 전에 햇볕에 말리는 법제를 오래 진행한다. 누룩을 적게 쓰는 대신 낮은 온도에서 장기간 발효한다. 3개월 이상 침전물을 가라앉혀 떠오른 맑은 술만 떠낸다. 조 대표는 침전물의 미세한 입자가 오랜 시간 알코올과 어우러져 놀아야 제대로 된 '오미'의 꽃을 피울 수 있다고 본다. 여과기는 이 멋진 놀이 친구들을 애초에 다 가져가 버린다. 그래서 여과기로 거른 술은 절반은 죽은 술이라고 본다. 세월이 갈수록 맛있어지는 술이 바로 탁주라고 조 대표는 주장한다.

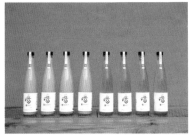

'미담양조장'은 석탄주, 연엽주, 송화주, 생강주 이 네 가지를 탁주와 약주로 해서 판매한다.

조 대표는 자신의 술을 섬세한 맛을 가진 음식이라고 본다. 그래서 어울리는 음식으로 시고 맵고 짜지 않은 것을 추천한다. 두부나 전처럼 담백한 것이 좋다. 육류는 양념하지 않은 스테이크가 좋고, 생선은 활어회나 찜요리가 어울린다. 심심하고 담백한 안주면 뭐든지 잘 맞는다.

전국 양조장 주막 투어를 꿈꾸다

'미담양조장' 간판에는 '미담주막'도 함께 적혀 있다. 조미담 대표의 바람은 좋은 술을 빚고 몸과 마음을 잠시 쉴 수 있는 공간을 내주는 주막이 전국적으로 생겨나는 것이다. 조미담 대표는 전국의 양조장 주막 투어를 계획해보고 싶다고 말한다. 주막에서 하룻밤 자고, 술을 마시며 전국 일주를 하는 것이다. 술과 시가 있는 고즈넉한 한옥에서의 하룻밤 생각만 해도 운치가 있다.

미담 석탄주

특징
전통 방식 그대로 만드는 수제 약주.

주종
약주

알코올 도수
16도

향
사과와 포도 같은 과실의 향이 난다. 버터나 견과류의 고소함도 느낄 수 있다.

맛
신맛, 쌉싸름한 맛, 단맛, 고소한 맛, 감칠맛의 오미를 풍부하게 느낄 수 있다.

미담 석탄주 즐기기

둥글고 깊은 모양의 와인잔에 마시는 걸 추천. 향을 모아주고 은은하게 퍼지게 해주어 향을 오롯이 음미할 수 있다.

도심 속 작은 양조장인 벗드림. 정직한 재료로 정직한 술을 빚는 사람들이 만든 양조장이다.
'벗'과 '드림dream'의 합성어로 친구들이 함께 양조의 꿈을 키우고 그 꿈을 세상에 전하고 있다.

부산광역시 강서구 대저로 259 A동   T. 051 · 337 · 3762   사진: 벗드림양조장 제공

벗드림양조장

도심 속 작은 양조장에서 감칠맛이 뛰어난 '우리술'과 막걸리 잼, 비누 등을 만들고 있다.

김성욱 대표

2018년 부산의 전통주 교육기관인 연효재에서 전통주를 배우던 중 도원결의하듯 의기투합한 친구들이 있었다. 전통주를 더 건강한 원료로 빚어서 많은 분이 공감하고 즐길 수 있도록 하자며 마음을 모았다. 친구들의 꿈, 또는 친구들이 드린다는 뜻에서 '벗드림'이라고 이름도 근사하게 정했다. 부산시 북구 만덕동의 상가건물 2층에 양조장도 냈다. 친구들의 뜻을 모았기에 법인 형태도 가장 민주적 형태라는 협동조합으로 했다.

성실하게 꾸준하게 뚜벅뚜벅 양조의 길을 걷다

양조장을 시작하고 지금까지 '벗드림'은 쉬지 않고 소걸음으로 앞으로 뚜벅뚜벅 걸어가고 있다. 협동조합 형태로 판매 활동하기에 애로점이 있어서 2020년 3월에 농업회사법인으로 전환했다. 지역 특산주 제조면허도 받았다. 2022년 여름엔 만덕동 상가건물 2층에서 강서구 대저동에 건물 1층 60여 평을 임대하여 확장 이전도 했다. 그간 매출도 꾸준히 증가했다. 신제품 개발과 새로운 영역의 오

부산 도심 속에 자리한 '벗드림양조장'의 외부와 내부.

프라인 영업을 통해 나름의 성장동력을 가져가고 있다.

여러 주류 품평회에도 출품해 우수한 성과를 거뒀다. 대한민국주류대상에서 2021년 탁주 부문 대상(볼빨간막걸리 10), 2022년 약주 부문 대상(라이스퐁당 17)을 연속으로 수상했다. 대한민국 우리술품평회에서도 2022년 탁주 부문에 감천막걸리로 우수상을 받았다.

인스타그램 등 SNS 홍보를 꾸준히 전개하고, 주류 관련 각종 전시회나 박람회에도 매년 10여 차례 이상 참여하는 등 제품 알리기에 주력하고 있다.

'벗드림양조장'은 사회적기업이기도 하다. 전통주를 통해 사회적 문제를 다소나마 해소하는 데 도움을 주겠다는 그 취지로 창의혁신형 예비 사회적기업 인정을 받았다.

이들이 성장할 수 있는 배경에는 이렇듯 성실하면서도 꾸준한 활동도 뒷받침되었겠지만, 무엇보다 제품의 힘이 있었기 때문일 것이다.

신생 양조장의 마음을 담은 신선한 막걸리

'벗드림양조장'에서 생산하는 술은 '볼빨간막걸리', '라이스퐁당 약주', '감천막걸리'의 세 종류이다. '볼빨간막걸리'와 '라이스퐁당 약주'는 2019년 양조장 출범 때부터 '벗드림'의 얼굴이 되어 온 제품이다. 2022년 초에 출시된 '감천막걸리'는 그간 성장해온 양조장의 기술력을 보여주는, 어쩌면 요즘 젊은 층의 기호에 맞춰 개발된 제품이라고 할 수 있다.

'벗드림양조장'이 설립되고서 첫 활동은 전통누룩에 관한 연구였다. 자가제조 누룩을 만들어내지 못하는 대신, 금정산성누룩 등 기존의 상업 누룩 여러 종류를 실험하면서 '벗드림양조장'만의 개성을 나타낼 수 있는 최적의 블렌딩 비율을 개발했다. 그러면서 첫 작품이 될 약주와 탁주 제품의 레시피를 정립해 나갔다. 그 과정이 거의 2년이 걸렸다.

'볼빨간막걸리'와 '라이스퐁당'은 이 자체 배합 누룩을 통해 빚은 술이다. 전통누룩에서만 나올 수 있는 다양한 향과 맛이 담길 수 있도록 노력했다. 어찌 보면 우리가 생각하는 전통 약주와 탁주란 이런 것이라고 주장하고 싶은 신생 양조장의 마음을 담은 술이다.

'볼빨간막걸리'는 이양주 방식으로 찹쌀, 물, 전통누룩으로만 빚었다. 알코올 도수 10도와 7도, 두 가지 제품을 내고 있다.

'라이스퐁당'도 찹쌀, 물, 전통누룩으로 빚은 술이다. 알코올 도수

17도와 13도, 두 가지 제품이 있다. 이양주 방식으로 한 달간 발효하여 3개월 정도 숙성한다.

양조에 쓰인 물은 삼지구엽초와 감초를 우려서 사용했다. '쌀로 만든 와인'이라는 점을 셀링 포인트로 삼은 맑은 술이다. 제품명의 '퐁당'은 불어로 설탕이라는 뜻이라고 한다. 찹쌀과 감초에서 나오는 단맛과 은은한 약재의 향이 매력적이다.

이들 두 제품 모두 전통누룩을 사용했기에 다양한 과일 맛이 느껴지고 꽃향이 난다. 그리고 산미를 다소 느낄 수 있다. 그 산미가 처음 접하면 어색하게 다가오지만, 마시다 보면 오히려 술의 조화를 잘 맞춰주고 있음을 느낄 수 있다.

'벗드림양조장'에서 생산하는 제품들.

가장 최근에 나온 '감천막걸리'는 감천문화마을과 콜라보레이션 해서 만든 제품이다. 우유처럼 부드럽고 가볍게 마실 수 있는 술을 표방하여 패키지도 우유병으로 했다. 뒷맛이 가볍고 은은한 배향을 느낄 수 있다. 알코올 도수도 시판되는 대중 막걸리와 같은 6도로 맞췄다.

'감천막걸리'는 앞서 나온 제품과 달리, 멥쌀과 개량누룩, 효모를 사용한다. 전통누룩에서 나오는 깊이감은 없지만, 부드럽고 가벼운 막걸리라는 제품 콘셉트에는 잘 맞는 선택이다. 효모는 한국식품연구원에서 개발한 아홉 가지 양조용 효모 중 한 가지를 사용하고 있다.

발효 전문기업으로 성장하는 것이 목표

'벗드림양조장'은 양조 외에 중장기적으로 발효 전문기업으로 성장할 계획을 가지고 있다. 지금은 막걸리와 약주, 파생상품인 막걸리 잼과 비누를 개발해 판매하고 있지만, 천연식초 그리고 효모를 이용한 반려동물의 사료와 간식도 계획하고 있다.

묵묵히 쉼 없이 앞으로 나아가는 '벗드림양조장' 그간의 행보를 볼 때, 이런 목표도 머지않아 달성되지 않을까 싶다.

볼빨간막걸리

특징

찹쌀 100% 전통누룩과 물로만 빚은 무첨가 막걸리. 2021년 대한민국주류대상 대상 수상.

주종

탁주

알코올 도수

10도

향

포도, 살구, 자두, 매화, 요거트의 향이 매우 강하며, 갓 지은 밥과 누룽지의 구수한 향도 느껴진다.

맛

찹쌀 100%로 빚어 감칠맛이 좋다. 적당한 산미가 있고 단맛은 강하지 않다.

입안 감촉

균형감, 무게감, 지속성이 뛰어나고, 부드러운 질감과 목 넘김이 좋다.

감천막걸리

특징

개량누룩과 효모로 빚은 부드러운 향과 맛의 일명 '우유막걸리'.

주종

탁주

알코올 도수

6도

향

멜론, 바나나, 배, 참외, 아카시아의 향이 매우 강하다. 갓 지은 밥과 잣, 바닐라의 고소하며 부드러운 향도 풍부하다.

맛

단맛과 감칠맛이 매우 강하다.

입안 감촉

목 넘김이 매우 부드럽고 균형감도 훌륭하다. 적당한 무게감이 있어 가볍지 않으며 여운이 오래 지속된다.

볼빨간막걸리와 감천막걸리 즐기기

볼빨간막걸리는 입안 가득 풍미를 채워줄 치즈 혹은 돼지국밥 같은 진한 국물요리 등과 어울린다. 감천막걸리는 술의 달달함을 잡아줄 매운 떡볶이, 돼지고기 김치찜 등 매운 음식과 잘 맞다.

1957년 18세의 나이에 첫 직장으로 시작한 병영양조장과의 인연으로 1991년 인수하여 지금까지 오로지 술만 바라보고 살아온 사람. 좋은 술은 좋은 재료에서 나온다는 이 신념을 지키며 늘 좋은 재료를 찾아 좋은 술을 빚고 있다고 자부하는 사람. 그가 바로 고 김견식 명인이다.

전라남도 강진군 병영면 하멜로 407 T. 061 · 432 · 1010

병영양조장

18세의 나이에 '병영양조장'에서 처음 일을 시작하여 한평생 술만 바라보고 살았
다. (우리술 발전을 위해 애쓰신 고 김견식 명인(2023.06.14)의 업적을 기립니다.)
김견식 명인

• 2022년 진행한 고 김견식 명인과의 인터뷰 내용을 바탕으로 한 글입니다.

전라남도 강진군에는 조선왕조 500여 년간 전라도와 제주도를 포함하는 육군의 총 지휘부가 있었다. 그 병영성이 있었다 해서 지명조차 병영면인 이곳에서 지난 66년 세월을 수호목처럼 버티면서 가족과 지역을 지켜온 양조인이 있다. 옛 병영의 병마절도사와 병사들이 마셨다는 역사성을 지닌 보리소주. 이를 재현한 '병영소주'로 명인(대한민국 식품명인 61호) 반열에 오른 고 김견식 명인이다.

긴 세월을 양조에 바친 내공의 양조인

김견식 명인의 양조 인생은 집안 형님네 양조장 일을 돕는 데서 시작되었다. 그때가 1957년이다. 그로부터 66년이 지난 지금, '병영양조장'은 김견식 명인의 가업이 되었다. 말단 공장직원으로 시작해서 최고 지위인 경영주가 된 것이다. 60년, 한 갑자는 한 사람의 생애를 담기에 충분한 세월이다.

보리로 소주를 내리는 것은 과거에는 흔한 일이었다. 우리에게 잘 알려진 진도 홍주도 보리를 발효한 술덧을 원료로 하는 증류주이

제1회 남도 전통명주 우수상, 샌프란시스코 국제주류품평회 은상 등 국내외에서 상을 수상했다(좌). '병영양조장'의 대표 술인 병영소주와 병영사또(우).

다. 쌀은 근래까지 귀한 식재료였기에 잡곡을 원료로 소주를 빚는 게 더 일반적이었다. 수수가 원료가 되는 문배주, 차조를 쓰는 고소리술, 메조로 만드는 감홍로 등 잡곡이 주원료가 되는 증류주는 매우 다양하다. 전라도 지역은 기후가 따뜻하여 예로부터 쌀 다음에 보리를 심는 이모작을 해온 곳이다. 쌀보다 흔했던 게 보리이므로 보리소주가 성행할 수밖에 없었다.

전라남도 강진군은 소주에 대한 전통이 탄탄한 곳이라고 한다. 김견식 명인이 양조 일을 처음 시작할 때부터 '병영양조장'에서는 이미 보리와 고구마로 소주를 빚어 왔다. 심한 단속에도 불구하고 집집마다 소줏고리로 몰래 소주를 내리는 밀주가 꽤 오랫동안 유지되었다고 한다. 그럼에도 '병영소주'를 되살리는 과정은 쉽지 않았다. 한번 단절된 전통을 다시 잇기란 그만큼 어려운 일이다.

지역의 좋은 원료로 좋은 술을 만들다

'병영소주'는 밑술인 주모를 만들고 여기에 보리쌀로 고두밥을 지어 거듭 덧술하는 일종의 삼양주 방식으로 발효하여 증류를 위한 술덧인 발효주를 빚는다. 그 발효주는 쌀로 빚은 것에 비해 색이 거뭇하고 단백질과 기름기가 많은 형상을 지닌다. 이를 상압으로 두 번 증류하면 색이 맑고 부드러우며 스파이시한 향에 은은한 단맛을 내는 '병영소주'가 된다. 숙성은 1년 이상 진행한다. 따로 오크통에 넣어 숙성시키는 것도 있는데, 3년 이상 묵힌 다음 출시할 계획이다. 오크통 숙성 버전은 알코올 도수 53도로 일반 '병영소주'의 40도보다 더 높다.

'병영양조장'은 '병영소주' 외에도 증류주로 '병영사또'가 있다.

'병영사또'는 쌀로 빚어 증류한 소주에 복분자와 오디를 넣어 침출한 술이다. 강진에는 복분자와 오디가 많았기에 사람들은 이를 침출시킨 소주를 즐겨 마시곤 했는데, 이런 풍습을 이었다. 강진에서 나는 곡식과 과실로 술을 빚는 게 농산물을 생산하는 지역 농민과 상생할 수 있고, 지역의 맛을 나타낼 수 있다는 생각에서 개발한 제품이다.

쌀 소주를 베이스로 한 이유는 생산하고 있는 막걸리 원주를 활용했기 때문이다. 증류는 감압식으로 한다. 복분자와 오디를 넣어 침출하기에 향과 맛이 부드러운 감압 증류가 적당하다는 판단에서

병영소주를 증류하는 데 쓰이는 다단식 동증류기(좌), 오크통에 숙성 중인 병영소주도 곧 시중에 선보일 예정이다(우).

다. 2012년 우리술품평회 일반 증류주 부문 대상을 받았고, 2013년 샌프란시스코 국제주류품평회와 런던 국제주류품평회에서 은상을 수상하였다.

'병영소주'와 '병영사또'는 어떻게 마시는 게 좋을까. '병영양조장' 측은 스트레이트가 좋지만 높은 알코올 도수에 익숙하지 않으면 얼음을 넣은 온더록을 추천한다. 은은하게 번지는 보리향 또는 복분자와 오디향을 느낄 수 있다.

지역을 지키며 양조인의 길을 끝까지 걸어갈 것이다

'병영양조장'은 김견식 명인과 세 자녀의 힘으로 운영하는 가족 사업체이다. 부족한 일손은 생산시설의 자동화로 해결했다. 팔순을 훌쩍 넘긴 김견식 명인이지만 지금도 술 빚는 일에 손을 놓지 않고 있다.

"술 발효된 거 보면 그냥 감이 확 와 버려요. 지금 제대로 익어가는 구나. 지나치다 슬쩍 냄새만 맡아도 알 수 있고. 아들이 지금 오히려 나보다 더 낫다 할 정도지만, 그래도 손을 안 놓고 있어요. 아들한테는 원료를 좋은 거 쓰라고 늘 이야기해요. 그게 제일 중요한 거죠."

60여 년을 술 빚는 일에 매달려온 김견식 명인. 양조인으로서 아쉬움은 없을까.

"저는 돈이 조금 생기면 공장에 계속 투자하면서 지금까지 일하고 살아왔다고 해도 과언이 아니에요. 나름대로 할 만큼 다 해봤으니까. 가끔은 도시로 갔으면 경제적으로 더 낫지 않았을까 하는 생각도 들어요. 하지만, 지역을 꾸준히 지키면서 살면 되지 않았나 싶어요. 돈을 떠나서 말이죠."

병영소주

특징

전남 강진의 보리로 빚은 술을 상압 증류하여 만드는 증류식 소주. 2022년 우리술품평회 최우수상 수상.

주종

증류식 소주

알코올 도수

40도

향

은은한 보리향과 바닐라향이 있다. 갓 지은 밥과 누룽지의 구수함이 있고 배향도 약하게 감지된다.

맛

감칠맛과 단맛이 약하게 난다.

입안 감촉

균형감, 목 넘김, 무게감, 부드러움, 여운 모두 적당하다.

병영사또

특징

쌀 소주에 오디와 복분자를 침출한 일반 증류주.

주종

일반 증류주

알코올 도수

40도

향

오디, 복분자(딸기), 사과와 자두향이 은근하게 풍긴다. 복숭아향과 살구향도 희미하게 느낄 수 있다.

맛

감칠맛과 단맛이 약하게 난다.

입안 감촉

균형감, 목 넘김, 무게감, 부드러움, 여운 모두 적당하다.

병영소주와 병영사또 즐기기

명란탕, 명란 계란찜 등 명란이 들어간 요리와 잘 어울리며 생선회나 전골요리도 좋다. 생선회가 병영소주와 만나면 쫄깃한 회의 식감과 감칠맛이 배가된다.

평산 신씨 가문의 고조리서인 《음식법》에 나오는 술인 송로주. 1994년 충청북도 무형문화재로 지정된 '보은 송로주'. 숙취가 전혀 없는 명주라는 송로주를 전 세계에 알리기 위해 고집스레 전통을 지키는 사람이 있다.

충청북도 보은군 속리산면 삼가구병길 151   T. 0507·1365·0774   사진: 보은송로주 제공

보은송로주

송로주
충청북도
무형문화재 3호
일반증류주 Alc. 40% 700ml

소나무의 모든 기운이 담긴 '송로주'(충청북도 무형문화재)를 만드는 이.
임경순 명인

속리산 옆 구병산 자락에 있는 보은 구병리 마을은 그야말로 두메산골이다. 세상의 온갖 재난을 피할 수 있다는《정감록》의 십승지지 중 하나인 우복동이 이곳이다. 기암괴석과 솔밭이 우거진 이곳의 풍광은 산수화 한 폭을 그대로 옮겨놓은 듯하다.

명인과의 만남으로 인생의 길이 바뀌다

구병리 마을에서 감자, 옥수수, 느타리버섯 등을 키우며 하루하루를 보내던 젊은 농부 임경순 씨는 귀가 번쩍 뜨이는 정보를 입수하게 된다. 소나무 술의 명인이 보은으로 내려와 크게 양조장 사업을 하기 위해 터를 찾고 있다는 것.

그분을 모시고자 삼고초려를 했다. 처음엔 거절이었다. 양조장을 하기에 워낙 길이 험하고 외진 곳이라는 게 문제였다. 재차 찾아뵙고 간청했다.

'보은송로주'는 충청북도 무형문화재이다. 당시 기능보유자였던 신형철 명인 곁에서 '송로주' 빚는 법을 하나씩 배웠다. 근 10여 년

'보은송로주'는 기암괴석과 솔밭이 우거진 속리산 옆 구병산 자락에 자리하고 있다.

을 배웠다. 1998년 신형철 명인이 작고한 뒤에는 기능전수자였던 임경순 명인이 계속 맥을 잇고자 노력한 결과, 2006년에 정식으로 송로주 기능보유자가 됐다.

우여곡절 끝에 '보은송로주'를 세상에 내놓다

'보은송로주'가 정식으로 세상에 나오기까지 과정은 쉽지 않았다. 상표권을 알아보다가 '송로주'가 이미 등록이 됐다는 걸 알았다. 무효소송을 준비했다. 정식 소송 전에 상표권자가 양보해줘서 '송로주' 상표를 되찾을 수 있었다. 그래도 당시 금액으로 600만 원이 들어갔다. '송로주' 글자 하나당 200만 원인 셈이다.

민속주 제조 면허를 받는 데에도 문제가 있었다. 이를 위해서는 문화체육관광부 장관 추천이 있어야 하고, 또 무형문화재 기능보유자만이 그 추천을 받을 수 있는데 신형철 명인이 작고하면서 그 자리가 공중에 붕 떠버렸기 때문이다. 사방팔방으로 뛰어다니면서 그것도 어떻게 잘 해결할 수 있었다. 이런저런 난관을 헤쳐 나가는 데 주변 분들이 많이 도와줬다.

우여곡절 끝에 1999년에 양조장을 설립하여 2001년부터 보은송로주가 세상에 본격적으로 선을 보이게 되었다.

소나무의 마지막 기운까지 술에 담다

'보은송로주'에는 구병산의 맑은 물과 멥쌀, 누룩, 관솔과 복령이 들어간다.

관솔은 송진이 엉겨 굳어진 소나무 가지나 옹이를 말한다. 침향나무의 수지가 굳어진 침향과 비슷하다.

복령은 베어낸 소나무 뿌리에 기생하는 균체, 일종의 버섯이다. 송로주라는 이름과 복령을 잘못 이해하여 송로버섯이 들어갔다고 여기는 이도 있다. 송로버섯은 이름과 달리 떡갈나무 주변에서 생겨난다.

우리 전통주에는 유독 소나무를 이용하는 술이 많다. 꽃가루인 송화(송화주), 새로 돋아난 순(송순주)과 가지(송절주), 솔잎(송엽주), 열매인 솔방울(송령주), 껍질(송피주), 뿌리(송근주)까지 소나무에서 쓰이지 않는 부위가 없다.

관솔과 복령을 써서 빚는 '송로주'는 여타의 소나무 술과 어떻게 다를까.《동의보감》에는 관절신경통에 좋다고 나와 있다. 임경순 명인은 그런 약리효과를 말하는 대신 이렇게 설명한다.

"소나무는 꿋꿋해요. 누가 자기를 흔들거나 가지를 잘라내도 아파하지 않고 묵묵히 다 받아내요. 그런데, 소나무 입장에서 가지가 부러진다는 건 팔이 부러진 셈이잖아요? 뭔가 치료를 하지 않으면 세균이 내 몸으로 들어와 썩게 할 거 아니겠어요. 그래서 그 부러진 부분에 송진을 집중적으로 내뿜어요. 내 몸을 보호하려는 강한 생명력, 소나무의 기가 거기에 막 엉켜 있는 거지요. 그 기가 굳어진 게 관솔입니다. 그러니 얼마나 좋겠어요? 복령도 소나무를 베어내고 남은 뿌리에 시간이 지나고서 생겨나거든요. 말하자면 소나무의 마지막 기운이 다 모이는 거지요."

천천히 오래 묵혀서 최고의 명주를 만들다

증류주인 '송로주'를 내리기 위해서는 먼저 원주가 되는 발효주를 빚어야 한다. 멥쌀가루로 죽을 쑤고 누룩을 1:1로 넣고 치대어 밑술을 빚는다. 사흘 정도면 밑술이 다 되는데 그때 고두밥을 지어 덧술을 한다. 밑술의 쌀이 5kg일 때 덧술은 쌀이 95kg이 들어간다. 덧술의 양이 많아서 누룩을 더 보태 넣는다. 누룩은 모두 20% 정도 들어간다. 누룩은 '진주곡자' 제품을 이용하고 있는데, 점차 자가제조 누룩으로 전환할 계획이다.

관솔과 복령은 덧술 때 들어간다. 〈송로주 주방문〉에는 생률(생밤) 치듯이 관솔을 깎는다고 나와 있다. 관솔을 밤 모양으로 깎아서 넣는다는 설명이 아니다. 그렇게 쳐서 나온 부스러기를 넣는다는 뜻이다. 요즘 식으로 말하자면 연필 깎듯이 한다고 할까, 대패질하듯이 한다고 해야 할까.

발효주가 완성되기까지 대략 보름이 걸린다. 그럼 지체하지 않고 증류에 들어간다. 증류는 감압 방식을 이용하여 알코올 도수 40도에 맞춰 한 번에 마무리한다. 관솔이 들어가서 송진내가 나는 송로주에는 감압 증류 방식이 더 적합하다는 설명이다. 증류에서 나온 '송로주'는 스테인리스 탱크에서 1년여 숙성한다.

'보은송로주'는 알코올 도수 40도의 도자기병 제품만 나오고 있

관솔과 복령은 덧술할 때 들어간다. 발효과정을 거쳐 감압 증류하여 술을 내린다.

다. 이와 별도로 알코올 도수를 25도로 낮추고 유리병으로 패키지를 바꾸는 작업을 진행하고 있다. 보다 젊은 층의 기호에 맞춰야겠다는 생각에서다.

많은 사람과 다양한 술을 빚으며 생각을 나누다

'보은송로주'는 많이 생산하지도, 많이 팔리지도 않는 술이다. 한 해에 1,500병 정도 생산하고 판매하는 수준이다. 더 많이 빚을 생각도, 더 많이 팔 욕심도 없다. 양조장 일만 하는 게 아니라 농사도 짓고 음식점도 운영하고 있다.

다만, 욕심이 있다면 자그마한 규모라도 전용 체험전수관이 있었으면 한다. 우리 전통주의 매력을 제대로 알리고 싶은 무형문화재 기능보유자로서의 바람이다. 지금도 보은군 무형문화재협회에서 주관하여 매년 대여섯 번씩 진행하는 교육에 참여하고 있다.

그러나 무형문화재 기능보유자 네 사람이 돌아가면서 참가자들에게 교육을 진행하다 보니 할당 시간이 20여 분 정도로 너무 촉박해 늘 아쉽기만 하다. 누룩도 직접 디뎌보고 술도 담가보는 등 처음부터 끝까지 다 가르쳐주고 싶은데 그럴 시간이 없다. 그럴수록 많은 사람과 다양한 술을 빚으며 생각을 나눌 수 있는 전통주 교육 공간 마련이 간절해지는 임경순 명인이다.

보은송로주

특징
관솔, 복령을 넣은 약용 소주.

주종
일반 증류주

알코올 도수
40도

향
강한 솔향이 나며, 송순향도 희미하게 바탕에 깔린다. 정향의 매운 향이 약간 있다.

맛
감칠맛과 단맛을 약하게 느낄 수 있다. 살짝 산미와 쌉싸름한 맛도 있다.

입안 감촉
목 넘김이 좋고 부드럽다. 은은한 솔향이 적당한 여운을 남긴다.

보은송로주 즐기기

소나무의 상쾌한 향이 있어서인지 기름지거나 비릿한 생선류와 잘 어울린다. 고등어구이, 생선회, 과메기 등을 추천한다.

우리술에는 어떤 마력이 있는 게 틀림없다. 정확히는 우리술 빚기가 그러하다. 많은 이들이 처음에는 소일거리로 시작했다가 그 마력에 빠져서 험난한 양조인의 길로 들어선다. 교수, 농부, 주부, 엔지니어, 금융인 등 출신도 다양하다.

인천광역시 남동구 호구포로 50 8층 819-1호 T. 032·851·8979 사진: 송도향 제공

송도향

삼양춘청주
SAMYANGCHOON
CHUNGJU

술의 매력에 빠져 양조인으로 인생 2막을 살고 있다.

강학모 대표

'송도향'의 강학모 대표는 금융인 출신이다. 2008년 인생 2막을 준비하며 술과 처음 인연을 맺었다. '우리술'의 매력에 빠져서 3~4년 정도 집 안에서 술을 조금씩 빚다 보니 양이 점차 늘어나게 되었다. 급기야 인천 청학동에 자그마한 공방을 얻기에 이르렀다. 새 사업을 위한 준비는 아니었지만, 결국 양조장을 차리게 되었고 2014년 초 첫 제품인 '삼양춘'을 출시하게 되었다. 10년 전 일이지만 전통주 업계에서는 비교적 선구자에 속한다.

세 번 빚는 이름난 술, 삼양춘을 만들다

강학모 대표는 인천 '삼해주'에서 제품의 콘셉트를 가져왔다. 마침 인천의 문학산성에는 '삼호현'이라고 바위에서 삼해주가 흘렀다는 고개도 있었다. 옛날에는 뛰어난 술에 봄 '춘'자를 붙였다. 그래서 강학모 대표는 브랜드를 '세 번 빚는 이름난 술'이라는 의미에서 '삼양춘'으로 정했다. '삼양춘'의 로고에는 3개의 굵게 내린 선이 있다. 첫선은 거칠고, 중간을 거쳐 마지막 선은 매끄럽다. 삼양주가 빚

사진: 송도향 제공

'세 번 빚어 이름난 술'이라는 의미로 로고에
3개의 굵게 내린 선을 넣었다.

어지는 과정을 선으로 표현한 것이다.

강학모 대표는 세 번 빚는 과정에서도 첫 단계 밑술, 즉 1담금이
제일 중요하다고 본다. 제품을 개발하면서 여러 번의 실패와 축적
한 데이터를 통해 체득한 깨달음이다.

전통누룩은 물론, 입국을 사용하는 것도 주저하지 않는다

'삼양춘' 탁주와 약주는 멥쌀가루 범벅으로 밑술을 빚고 중밑술, 덧
술을 거치는 삼양주 방식으로 이루어진다. 쌀은 강화섬쌀을 쓰고, 누

룩은 '송학곡자' 제품을 쓴다. 탁주는 충분히 발효되어 효모 활동이 멈춘 원주에 알코올 도수를 맞추기 위해 물을 넣어 제성하고, 열흘 이상 숙성기간을 거친다. 달지 않고 드라이한 맛에 부드러우면서 농후한 질감을 가진다. 은은하게 번지는 꽃향기가 좋다. 알코올 도수는 12.5도이다. 약주는 은은한 단맛과 약한 산미를 가진다. 탁주와 달리 가벼운 바디감을 느낄 수 있고, 부드러운 목 넘김과 깔끔한 여운이 특징이다. 알코올 도수는 15도이다. 페어링은 담백한 흰살생선찜이 좋다.

'삼양춘' 청주는 전통누룩이 아닌 입국을 넣어 만든다. 법규상 전통누룩이 1% 이상 들어가게 되면 청주가 아닌 약주가 되기 때문이다. 대개 입국을 띄우는 데는 주로 백국균이 종균으로 쓰인다.

강학모 대표는 이 제품을 개발하면서 발상의 전환을 해 담금 과정마다 종균을 다르게 했다. 1담금에는 백국균을 쓰고, 2담금에는 황국균을 썼다. 강 대표는 그렇게 빚는 유일한 청주가 '삼양춘 청주'라고 밝힌다. 입국을 사용하면 제품생산이 안정적인 대신, 맛이 단조롭다는 단점이 있다. 강 대표는 1담금에서는 백국균을 써서 산미와 깔끔한 맛을 잡고, 2담금에서는 황국균으로 단맛을 더했다.

다양한 부재료를 이용해 술의 다각화를 모색하다

이런 발상에서 만들어진 또 다른 제품이 '오마이갓 스파클링 봄꽃'이다. 입국을 발효제로 썼고, 목련 발효액이 들어갔다. 강화섬쌀이외에도 고구마, 찰쌀보리가 쓰였다. 은은한 단맛과 목련향이 잘 어우러지며 알코올 도수 9도로 식전주나 디저트로 가볍게 즐길 수 있는 술이다. 탄산가스를 주입하여 톡톡 터지는 청량감도 더했다. 에빗레스토랑의 조셉 리저우드 셰프와 함께 개발한 제품이다. '오마이갓 봄꽃'은 입국을 주 발효제로 사용했지만 주종은 약주이다. 전통누룩도 1% 이상 들어갔기 때문이다. 강학모 대표는 앞으로 모과, 깻잎 등 다양한 부재료를 넣어 시리즈로 제품을 개발할 계획이다. 탁주 제품도 곧 출시를 앞두고 있다.

'송도막걸리'는 입국을 발효제로 썼고, 레몬을 넣은 천연 스파클링 막걸리이다. 수박향과 바나나향이 감돌고 멜론과 배의 달콤함과 레몬의 쌉싸름한 뒷맛이 어우러진다. 자연적으로 발생되는 탄산가스를 가두기 위해 발효 과정 도중에 병에 넣는다. 술이 유통 과정에

목련 발효액이 들어간 '오마이갓 스파클링 봄꽃'(좌)과 레몬이 들어간 '송도막걸리'(우).

서 탄산압으로 인해 터지지 않도록 적정한 시점을 찾는 게 노하우이다. 레몬탄산수를 마시는 것 같은 느낌이어서 프라이드치킨, 떡볶기 등 기름지거나 매운 간식류와 잘 어울린다.

어떤 술이든 잘 빚을 자신감

강학모 대표는 이제 어떤 술이든 안정적으로 잘 빚을 자신감이 생겼다. 그에게 필요한 것은 새로운 술에 대한 아이디어이다.

"저는 다양한 사람들하고 콜라보레이션을 할 의향이 있어요. 그러니까, 콘셉트를 주고받으며 협업을 하는 거죠. 그러다가 하나둘 시장에서 반응을 얻게 되면, 대량 생산을 해야 하잖아요? 그래서 대량 생산을 할 수 있는 곳과 지금 OEM 계약을 체결하기 위한 밑작업을 하고 있어요."

삼양춘 탁주

특징

강화도 햅쌀을 이용해 50일에 걸쳐 세 번 빚는 삼양주. 2018년 대한민국주류대상 대상 수상.

주종

탁주

알코올 도수

12.5도

향

특유의 진한 쌀향이 난다.

맛

적당한 단맛과 쓴맛이 잘 어우러진다.

입안 감촉

고운 입자의 쌀 잔감이 혀에 남아 좋은 술을 마신다는 느낌이 든다.

삼양춘 약주

특징
2018년 대한민국주류대상 대상 수상.

주종
약주

알코올 도수
15도

향
진한 누룩향과 잘 익은 과실향이 난다.

맛
은은하게 올라오는 달콤함과 쌉싸름한 끝맛의 균형감이 좋다.

입안 감촉
끝에 산미가 올라와 술을 마신 후 깔끔한 느낌이 든다.

삼양춘 탁주와 삼양춘 약주 즐기기

삼양춘 탁주는 해물라면, 코다리찜, 전류 등 어느 음식과도 잘 어울린다. 삼양춘 약주는 카나페, 연어회 등 화이트와인 안주와도 궁합이 맞다.

술도가제주바당

우리나라에서 메밀이 가장 많이 나오는 곳은? 언뜻 떠오르는 '메밀꽃 필 무렵'의 강원도 봉평이 아니
다. 제주도가 압도적 1위이다. 그럼, 키위는? 그것도 제주가 1위이다. 약용 도라지도 제주산이 좋다.
메밀과 키위, 약용 도라지가 만나 술이 되면 어떨까?

제주특별자치도 제주시 구좌읍 한동로 27   T. 010 · 6463 · 1775   사진: 술도가제주바당 제공

제주도에서만 할 수 있는 술을 만드는 이. 100% 제주 지역 농산물로 술을 빚는다.

임성환 대표

'술도가제주바당'은 제주 지역의 농산물로 술을 빚는다. 제주도 향이 가득한 곳이다. 이곳이 알려진 건 비교적 최근이지만, 신생 양조장은 아니다. 2014년에 설립되어 곧 10년을 바라본다.

형제가 함께 시작한 술도가제주바당

'술도가제주바당'의 시작은 임성환 대표의 여동생인 임효진 씨 부부와 남동생 임성진 씨 부부였다. 임성진 씨는 서울 삼해약주의 권희자 명인에게 사사했고, 지금은 '제주지애'라는 양조장을 따로 운영하고 있다. 메밀 막걸리 '밀주'로 날로 이름값이 높아지는 곳이다. 제주에 정착하기 전 강릉에 살았던 임효진 씨는 동생 임성진 씨의 권유로 전통주에 입문했다. 강릉과 서울을 오가며 수수보리아카데미에서 전통주를 배웠다.

임성환 대표는 중간쯤인 2018년도에 합류했다. 그가 합류하면서 증류주 제품개발이 본격화되었다. 임성환 대표 합류 이전, 술도가제주바당은 전통누룩과 쌀, 물로만 옛 방식 그대로 술을 빚는 프리미

'술도가제주바당'의 첫 제품인 '한바당'(좌)
과 '맑은바당'(우).

엄 전통주 양조장이었다. '한바당' 탁주와 '맑은바당' 약주가 그때
의 작품이다. 이양주 방식으로 각각 3개월, 5개월을 발효, 숙성해 빚
는다. 참외향이 두드러지고 약간의 산미가 느껴진다. 탁주는 부침개
등 기름진 음식과 약주는 회와 어울린다고 한다.

제주의 농산물을 이용해 증류주를 개발해보자

증류주 개발은 제주의 농산물을 이용해 술을 만들어보자는 생각
에서 시작됐다. 제주도에서 재배되는 메밀을 시작으로 이후 키위로
술을 만들었다. 처음 개발한 증류주인 '메밀이슬'은 메밀이 쌀의 절

반가량 들어간다. 그래서 짙은 메밀향이 특징이다.

'키위술'은 이름 그대로 키위로 만드는 증류주이다. 아주 단순한 네이밍이다. 이 술의 아이디어는 농촌진흥청의 최한석 박사가 냈다. 그는 이후 상품개발에도 많은 도움을 주었다.

'키위술'은 키위 과육에 효모를 넣어 발효하고 이를 증류해서 얻는다. 키위의 당도가 높지 않으므로 당도를 높이기 위해 설탕을 추가한다. 원료 키위는 골드 키위만 사용한다.

'키위술'을 만들면서 제일 큰 어려움은 과실을 베이스로 했기에 증류할 때 메탄올이 많이 올라온다는 점이었다. 이를 배제할 수 있는 증류 시점을 잡는 데 노력이 많이 들어갔다. 골드 키위라는 과실이 비싸다 보니 원료비 부담도 만만치 않다. 발효조 한 통에 약 700만 원어치의 키위가 들어가니 술 빚는 과정마다 정성과 주의를 집중할 수밖에 없다.

'제주낭만'은 백도라지를 침출해 넣은 술로 도라지의 쌉쌀한 맛뿐만 아니라 달큰한 맛도 맛볼 수 있다. 가수 최백호 씨의 노래 '낭만에 대하여'에서 나오는 '도라지 위스키 한 잔'이라는 대목에서 착안한 이름이다. 원료가 되는 백도라지는 제주시 조천읍 선흘리, 한기림JK백도라지연구소의 이기승 명인에게서 공급받는다.

'성산포 소주'는 '우리소주조합'의 일원으로서 만드는 술이다. 농촌진흥청에서 전통소주를 만드는 데 가장 적합한 효모로 개발하여

'술도가제주바당'의 출시 제품들(좌)과 미니어처 세트(우).

보급한 N9를 이용하여 증류식 소주 대중화와 국내산 소비 촉진을
위해 만든 소주이다. '당진 소주', '강릉 소주', '가평 소주'가 '성산포
소주'의 형제 술이다. 한동안 품귀현상을 빚기도 했던, '술도가제주
바당'의 이름을 널리 알리는 데 공헌한 효자 술이다.

독특한 디자인과 미니어처로 차별화

  '술도가제주바당' 제품의 라벨은 눈에 쏙 들어오는 독특한 디자
인을 자랑한다. 이들 디자인은 임효진 씨의 아이디어를 바탕으로
만들어졌다.

  '메밀이슬'의 라벨에는 메밀꽃이 그려져 있다. 금색으로 인쇄된
둥근 삼각형은 메밀을 형상화한 것이다. '키위술'에는 키위 새가 한
라산에 넘쳐 흐르는 꿀을 빠는 모습이, '제주낭만'에는 도라지꽃이
그려져 있다. 증류주 세 종류를 하나로 모은 미니어처 세트도 눈에

띈다.

'제주 술생산자 협동조합'을 통한 교류도 활발히 진행하고 있다. '술도가제주바당'을 비롯하여 '제주샘주', '제주와이너리', '토향', '제주양조장', '시트러스' 등 전통주를 생산하는 제주 지역 내 8개 양조장이 모인 곳으로 경험을 공유하고 공동 마케팅을 펼친다.

전통주는 좋아하는 이들이 한데 어울려 마시고 즐기는 곳

'술도가제주바당' 임성환 대표가 밝히는 자신의 꿈은 양조장과 체험장, 판매점, 펜션을 한데 모은 공간을 만드는 것이다. 전통주를 좋아하는 이들이 한데 어울려 마시고 사귀고 즐길 수 있는 교류의 장을 만들고 싶다는 바람이다. 직영점인 카페 '술도가제주바당'에서 양조장의 술 시음은 물론, 술빚기 체험과 전통주 판매, 전통주와 관련된 나눔의 장소도 운영하고 있으니, '술도가제주바당'의 술을 맛보고 싶으신 분들은 이곳을 방문해보시길 바란다.

메밀이슬

특징
메밀함량 33%. 감압식으로 증류한 소주.

주종
증류식 소주

알코올 도수
40도

향
메밀꽃향이 강하다. 국화향도 희미하게 느껴진다.

맛
첫맛은 강하지만 뒷맛이 달근하다. 중간에 잔 맛이 없다.

입안 감촉
부드러운 목 넘김이 매우 훌륭하다. 뒤에 남는 여운은 깔끔하게 떨어진다.

키위주

특징

유럽식 증류주인 슈냅스의 일종.

주종

일반 증류주

알코올 도수

40도

향

키위향이 자극적으로 강하며 과실에서 나오는 달콤한 향도 적당하다.

맛

키위에서 나오는 알싸한 맛이 있다.

입안 감촉

목 넘김이 매우 훌륭하다. 뒤에 남는 여운이 오래 지속된다.

메밀이슬과 키위주 즐기기

메밀이슬은 메밀의 향을 온전히 느낄 수 있는 소주로 맛과 향이 강하지 않은 생선회와 잘 어울린다. 키위주는 토닉워터로 하이볼을 만들어 마시면 키위의 향을 느낄 수 있다.

술을 좋아하다 이제는 직업이 된 사람. 덕업일치를 이룬 이다. 더 맛있는 술을 빚어 마시고 싶다는
바람에 술을 배우고, 이제는 양조장도 운영하고 술도 출시하여 판매하고 있다. 빠른 속도와 대량 생
산보다는 정성과 기본을 지키며 더딘 걸음으로 뚜벅뚜벅 걸어가는 양조인을 만날 때면, '빨리빨리'
를 외치며 전진만 하려는 스스로를 반성하게 된다.

경기도 용인시 처인구 양지면 죽양대로 2298-1   T. 070·4218·5225   사진: 술샘 제공

신新나는 술, 신信나는 술을 만들다.
술을 좋아해 직접 빚어볼 생각에 시작했다가 전문 양조인이 되었다.
신인건 대표

술을 좋아해서 이제는 직접 담가 마셔야겠다는 결심을 했다. 아무리 책을 들여다보면서 해봐도 안 되기에 한국가양주연구소에 등록해서 술을 배웠다. 술 공부한 동기들 다섯 명이 뭉쳐서 사랑방을 만들었다. '술이 샘 솟는 곳' 또는 '술 선생님'이라는 뜻으로 '술샘'이라 이름 지었다. 그러다가 얼떨결에 증류식 소주를 대량으로 납품하는 계약을 맺게 되었다. 초심자의 행운인지, 천운이 닿았는지 기한 내에 무사히 납품할 수 있었다. 하늘과 땅이 닿은 술이라고 생각해서 이름을 '미르'라고 했다. 양조장 '술샘'은 이렇게 시작되었다.

다양한 변주가 가능한 전통주의 매력

'술샘'의 신인건 대표는 전통주의 매력으로 다양한 변주가 가능하다는 점을 꼽는다.

이런 생각에서일까. '술샘'의 제품은 매우 다양하다. '술샘'에서 생산하는 제품은 탁주, 약주, 청주, 증류식 소주, 리큐르까지 40여 종이 넘는다. 신인건 대표는 일단 아이디어가 떠오르면 시제품을 빚는다.

증류식 소주, 탁주 등 젊은 층의 입맛을 사로잡는 술

'술샘'의 여러 제품 중에서도 매출 비중이 높은 술은 '술샘 16, 19', '꿀샘 16' 등 리큐르이다. 매출의 거의 절반을 차지한다. 신 대표의 표현대로 '술샘'의 캐시 카우이다. '술샘 16'은 증류주에 오미자를 넣었고, '술샘 19'는 생강과 강황을, '꿀샘 16'은 생강과 벌꿀을 넣었다. 젊은 층의 입맛을 사로잡는 술을 빚어 '우리술'의 저변을 넓혀야 한다는 신 대표의 철학이 담긴 제품이다.

증류식 소주 '미르'는 '술샘'을 대표하는 술이다. '미르'는 2018년 우리술품평회에서 최고상인 대통령상을 받은 바 있다. 알코올 도수 54도, 40도, 25도의 제품이 있으며, 상압식 증류하여 항아리에서 장기간 숙성한다.

감압식 증류로 내리는 소주 제품도 있다. 농촌진흥청과 함께 개발한 '미르 라이트'가 그 주인공이다. 생쌀 발효법과 농진청에서 개발한 국산 토종 효모 중 하나인 N9을 이용해 빚는다. 감압 증류 소주 특유의 부드럽고 가벼운 풍미를 지닌다.

'술샘'의 탁주로는 '술샘 이화주', '술취한 원숭이', '붉은 원숭이', '아임프리'가 있다.

'술샘 이화주'는 요거트처럼 떠먹는 탁주이다. 배꽃이 필 무렵에 쌀로 누룩을 빚어 담근 술이라 하여 이화주라는 이름이 붙었다. 물이 거의 들어가지 않은, 반죽에 가까운 상태에서 발효를 진행하기에 빚는 법이 매우 까다로운 술로 알려진다. 고문헌으로 전해지는 이화주를 '술샘'에서 국내 최초로 상업화했다.

'술취한 원숭이'와 '붉은 원숭이'는 홍국균을 쌀에 입혀서 발효시킨 탁주 제품이다. '술취한 원숭이'는 살균하지 않은 생주이고, '붉은 원숭이'는 살균제품이다. 알코올 도수는 10.8도로 다소 높은 편이다. 홍국쌀 특유의 쌉싸름한 맛이 있어서 차갑게 해서 스파게티, 치즈, 전과 같이 마시면 좋다.

'아임프리' 막걸리는 농진청에서 개발한 쌀 누룩을 이용해서 만든 제품이다. 쌀 누룩은 황국균을 고두밥에 접종하여 만든다. 쌀로 빚어 글루텐프리라는 의미에서 '아임프리'라고 이름 지었다.

직원들 모두가 '술'로 잘살 수 있기를

신인건 대표는 전통주 1세대에 속한다. '술샘'을 창업한 지도 10년이 훌쩍 넘었다. 어려운 일도 많았지만 그런 고비를 거치면서 '술샘'의 체질은 강건해졌다. 신인건 대표의 꿈은 직원 모두가 잘사는 것이다. 젊은 친구들이 자기 술을 만들 수 있도록 기반을 만들어주는 것이 목표이자 꿈이라고 말한다. 그래야 '우리술'도 지금보다 발전할 수 있을 테니까.

술샘 16

특징

오미자를 넣은 리큐르주.

주종

리큐르

알코올 도수

16도

향

감귤과 청사과향이 나며, 오미자향이 강하게 난다. 후추향도 살짝 느껴진다.

맛

단맛이 매우 강하며, 감칠맛도 뛰어나다.

입안 감촉

굉장히 자극적이며 여운이 매우 오래 지속된다. 균형감 있는 무게감과 부드러움이 강하며, 떫은맛이 있고 목 넘김은 보통이다.

미르 40

특징
2018년 우리술품평회 대통령상 수상.

주종
증류식 소주

알코올 도수
40도

향
파인애플향과 풀향이 강하다. 솔잎향도 나
며, 누룩의 구수한 향도 희미하게 난다.

맛
단맛이 강하며, 감칠맛과 쌉싸름한 맛, 산
미가 균형감이 있다.

입안 감촉
자극적이면서도 부드러운 목 넘김이 긴 여
운을 남긴다.

술샘 16과 미르 40 즐기기

술샘 16은 디저트나 샐러드 같은 가벼운 음식이나 돼지고기류와 궁합이 맞다.
단맛이 강하다고 느끼시는 분들은 매운 비빔국수나 매운 갈비찜도 추천하다. 미
르 40은 닭꼬치나 콘치즈, 육회 등 어떤 안주와도 어울린다.

과하주라는 술이 있다. '여름을 지내는 술'이라는 뜻이다. 언뜻 여름에 마시기 좋은, 시원한 술이 아닐까 여겨지나 실상은 그렇지 않다. 술이 상하기 쉬운 여름철에도 거뜬히 빚고 마실 수 있다는 의미에서 붙여진 이름이다. 과하주는 술이 발효되는 끄트머리쯤에 증류주를 넣어 알코올 도수를 높여주어 더 이상 효모가 활동하지 못하게 만든 술이다. 알코올 도수가 높아서 술의 변질을 막는 효과가 있다.

경기도 여주시 점봉길 93-12 T. 070·8288·1694

술아원

조선 최고의 명주 과하주, 국화
Ale 15% 375ml

SOOLA

조선 최고의 명주 과하주, 순곡
Ale 20% 375ml

SOOLA

술과 내가 하나 되는 곳, '술아원'.
평범한 가정주부였던 그가 술을 배워 이제는 어엿한 사장님이 되었다.
강진희 대표

경기도 여주시에 있는 '술아원'은 과하주 전문 양조장이다. 2015년에 세워진 이 양조장은 첫 제품부터 과하주를 내놓은 그 분야의 선두 주자이다. '술과 내가 하나 되는 곳'이라는 뜻을 담고 있다.

술과 내가 하나 되는 곳

'술아원'의 강진희 대표는 술을 좋아하는 평범한 주부였다. 애주가다 보니 술이 어떻게 만들어지는지 알면 술맛을 더 이해할 수 있지 않을까 생각했다. 어느 술을 배울까 궁리하다가 전통주가 제일 어렵다는 소리를 듣고선 호기롭게 한국가양주연구소 문턱에 발을 올려놓았다.

강 대표는 '우리술'에 대해서 잘 모르고 즐기지도 않았지만, 갈수록 그 매력에 빠져들었다. 술이 발효되는 모습이 너무 예뻤고, 다 완성된 술이 보여주는 다양한 맛의 세계가 좋았다. 양조장을 시작하게 된 동기도 단순하다. 일종의 졸업 작품으로 팀원들과 과하주 '술아'를 기획했고, 술이 힘들게 산고를 거쳐 세상에 나올 때까지 동분

서주하다 보니 깊은 애정을 가지게 되었다. 프로젝트를 끝내고 이제 다시는 이 술은 볼 수 없다고 생각하자 안타까웠다. 그래서 30평 규모의 작은 공간을 임대하여 양조상을 차렸다.

시작할 때의 걱정과 달리 양조장 사업은 비교적 잘 굴러갔다. 매출이 커지고 일도 많아지는데 일손을 구하기 힘들었다. 동생이 참여했고, 아들도 일손을 거들라고 불러들였다. 규모가 커진 지금도 '술아원'은 강진희 대표의 가족들이 서로 역할을 나눠서 운영을 맡고 있다.

과하주의 신세계에 빠지다

전통주를 공부하던 시절, 평소 와인을 좋아해서 세리 와인, 포트 와인을 알고 있던 강진희 대표는 제조 방법이 같다는 과하주에 관심이 있었다. 그러던 중 빚은 지 얼마 안 된 과하주를 시음하게 되었다. 너무 독하고 맛이 없어서 한잔 마시곤 곧바로 냉장고에 넣어버렸다. 그렇게 잊고 지내다가 다시 꺼내서 마셔본 과하주는 전혀 다른 맛이었다. 전에 없던 깊은 맛과 향도 그렇고 약주와 증류주가 숙성을 통해 어우러지는 맛이 신세계였다.

어려운 도전을 즐기던 강진희 대표에게는 과하주의 복잡한 제조 과정도 매력 포인트였다. 좋은 과하주를 빚으려면 탁주, 약주, 소주에 통달해야 한다.

강진희 대표가 생각하는 과하주의 기본은 달고 독한 맛이다. '술

어려운 도전을 즐기는 강진희 대표는 좋은 과하주를 만들기 위해 탁주, 약주, 소주 등 모든 술을 공부한다.

'아원'의 과하주는 단맛을 내기 위해 발효 초기에 증류주를 넣어서 발효 기간은 길지 않다. 대신 숙성 기간을 오래 잡는다. '경성과하주'의 경우 숙성 기간이 무려 1년이나 걸린다.

과하주는 증류주를 넣는 시기에 따라서 맛이 달라진다. 단맛이 도는 발효 초기에는 증류주를 넣어주면 단 술이 된다. 또 발효가 거의다 끝날 즈음에 넣어주면 당분이 다 알코올로 변했기 때문에 단맛이 없는 드라이한 술이 된다. 단맛 정도를 조절할 수 있다는 게 과하주의 또 다른 매력점이다.

여름에만 마신다는 과하주의 인식을 바꾸다

'술아원'의 과하주 제품은 프리미엄급 제품인 '경성과하주'와 '술

전국방방곡곡 우리술 양조장을 찾아서

아' 시리즈가 있다. '술아' 시리즈는 순곡주, 연화주, 매화주, 국화주
의 4가지 제품으로 이뤄져 있다.

'술아' 시리즈가 4가지 제품으로 구성된 것은 여름에만 마시는
술로 잘못 알려진 과하주의 인식을 바꾸기 위해서다. 봄의 매화,
여름의 연꽃, 가을의 국화 등 계절을 대표하는 꽃을 넣어서 '술아'
는 춘하추동 언제든 마실 수 있는 술이라는 이미지를 가져오고자
했다. '술아'에 들어가는 꽃은 강진희 대표가 직접 채취하여 사용
한다.

여주 밤고구마로 빚은 '술아원'의 소주

과하주를 잘 빚기 위해서는 소주도 잘 내려야 한다. '술아원'에서
는 고구마 소주 '필'을 내놓고 있다. 대왕님표 여주쌀만큼 유명한 여
주 밤고구마를 원료로 한 술이다. 고구마를 쪄서 으깨어 발효시키
고, 다시 증류해서 소주로 내렸다. 알코올 도수 25도로 독한 술을 잘
마시지 못하는 사람도 무난하게 즐길 수 있다. 해산물 종류의 음식
과 잘 어울린다.

고구마 소주 '필'에는 경기도농업기술원에서 지원받은 숙성 기술
이 들어갔다. 맛이 강한 고구마 소주의 특성상 오랜 숙성이 필요한
데, 또 숙성이 길어지면 향이 달아나는 문제가 생긴다. 이런 딜레마
를 해결하기 위해 에어 버블 숙성 기술을 도입했다. 증류주를 숙성

여주 밤고구마를 원료로 하여 만든 고구마 소주 '필'.

할 때 공기 방울을 넣어줘서 숙성 기간을 단축하는 방법이다. '필'은
이 기술로 6개월간 숙성한 후 출시한다.

'술아원'에서 나오는 복분자 술도 있다. '복단지'는 강진희 대표가
직접 농사지은 토종 복분자를 사용한다. 시중에서 유통되는 복분자
주가 주정에 복분자를 넣은 침출주인 경우가 많은데, '복단지'는 쌀
과 복분자로 빚는 삼양주이다. 약간의 산미가 있고 드라이하면서도
은근한 단맛을 느낄 수 있다.

재밌게 모두가 즐길 수 있는 '찾아가는 양조장'

'술아원'은 2021년 '찾아가는 양조장'으로 지정되었다. 서울 사람
인 강진희 대표가 양조장을 세울 자리로 여주를 선택한 이유는 품

2021년 '찾아가는 양조장'으로 지정되었다.

질 좋은 쌀과 물맛 외에도 이곳의 풍광이 좋았기 때문이다. 여주에
는 아름다운 경관과 문화 유적지도 많기에 많은 사람이 양조장을
찾으면서 여주 관광도 했으면 하는 바람을 늘 가지고 있었다.

강진희 대표는 찾아가는 양조장 프로그램을 공부가 아니라 재밌
게 즐기는 활동으로 채우고 싶다고 한다. 술빚기 체험이라도 재미
있는 주제를 정해서 하는 것이다. 예컨대 신혼 때 장만한 한복을 입
고 하는 술빚기 같은 체험이다. 세월이 지나 이제는 몸에 맞지 않게
된 한복을 서로 바꿔 입고 돌려 입으며 웃으면서 하는 체험, 칵테일
등 술을 더 맛있게 마시는 방법을 알려주는 체험 프로그램, 인근의
전통주 양조장의 제품도 함께 소개하는 자리를 만들어보고 싶은 생
각이다.

경성과하주

특징

약주에 직접 증류한 소주를 넣어 숙성한 과하주.

주종

약주

알코올 도수

20도

향

다채롭고 복합적인 과일향이 은은하게 난다. 요거트와 오미자, 바닐라향도 적당하다. 캐러멜의 달콤한 향이 강한 편이다.

맛

감칠맛과 단맛이 강하며, 약간의 산미도 있다.

입안 감촉

묵직한 무게감이 있으면서도 목 넘김이 좋고 여운이 오래 지속된다.

경성과하주 즐기기

달콤하고 시원한 과일과 함께 마시면 산뜻한 느낌이 배가된다.

충청남도 당진시 신평면, 해풍을 맞고 자란 질 좋은 쌀이 나는 곡창지대에 100년을 바라보는 양조
장이 있다. 1933년 시작해 3대에 걸쳐 현재까지 이어지고 있는 신평양조장이다. 전통의 신평양조
장은 백련잎을 첨가해 발효한 프리미엄 막걸리로 유명하다.

신평양조장

충청남도 당진시 신평면 신평로 813   T. 041·362·6080   사진: 백술닷컴 제공

3대가 이어온 백 년의 막걸리인 백련막걸리를 지키고 있다.
단순히 술만이 아닌 문화를 만들고 있다.

김동교 대표

신평오일장 길 건너편에 자리한 '신평양조장'에 들어서면, 오른편으로 옛 양조장 건물이 보이고 왼편으로는 백련양조문화원이 위치한다. 백련양조문화원에서는 '신평양조장'의 역사와 근대 양조 문화를 담은 각종 물품을 전시하고 있으며, 술빚기 등 각종 체험활동을 이곳에서 진행하고 있다.

삶과 함께하는 문화 공간

'신평양조장' 술의 특징은 연잎(백련잎)을 넣어 빚는 막걸리라는 점이다. 원래 연잎주는 김동교 대표 집안의 가양주였다. 여름에만 담그던 이 술을 김 대표의 부친이자 대한민국 식품명인이기도 한 김용세 명인이 10여 년의 연구 끝에 연잎을 덮어 발효할 때 넣는 방식으로 상업화하는 데 성공했다.

'신평양조장'의 '백련막걸리'는 2009년 청와대 만찬주로 쓰였고, 2014년에는 '백련맑은술'이 삼성그룹 신년회 건배주로 선정되었다. 2012년에는 대한민국 우리술품평회에서 살균탁주 부문 대상을 받

신평오일장 길 건너편에 자리한 '신평양조장'. 내부로 들어가면 술 빚는 과정을 살펴볼 수 있는 견학코스가 준비되어 있다.

왔고, 2013년에는 약주 부문에서 장려상을 받는 등 술맛을 인정받고 있다.

'신평양조장'의 제품은 막걸리와 맑은 술, 통틀어 4가지가 있다. 막걸리는 세 종류로 백련 생막걸리 '스노우', '미스티', 백련 살균막걸리 '미스티'가 있다. 모두 당진에서 생산된 쌀을 쓰고 백련잎이 들어간다.

백련 생막걸리 '스노우'는 대중적인 제품으로 알코올 도수 6도이다. 백련막걸리 '미스티'는 프리미엄급 제품으로 소량 생산하고 있다. 당진 해나루쌀을 쓰고 '신평양조장'이 보유하고 있는 오래된 항아리에서 발효한다. 제조 방법도 '스노우'와 다른 방법으로 이루어진다. 알코올 도수는 7도이다. '백련맑은술'은 약주로 알코올 도수 12도 제품이다.

'신평양조장'은 막걸리 세 종류와 한 종류의 맑은 술(약주)을 판매하고 있다.

백련막걸리는 고유의 향을 가지고 있다. 은근하게 번지는 그 향은 술에 들어간 연잎의 향과 또 다르다. 김동교 대표는 연잎은 술맛을 부드럽게 만들어주는 역할이 크며, 그 고유한 향이 백련막걸리의 매력을 담아내는 요소라고 본다. 또 술의 품질을 관리하는 포인트가 된다. 그 향이 잘 나는지, 안 나면 어떤 이유로 그렇게 되는지 분석한다.

김 대표는 생막걸리가 술이 계속 변화하기에 아직도 연구가 많이 필요하다고 생각한다. 발효과정을 지켜보면서 수많은 변수에 따라 적절한 대응을 해줘야 한다. 가장 대중적인 술이라 해서 막걸리가 결코 만들기 수월한 술이 아니라는 게 3대를 이어가고 있는 양조장 대표의 생각이다.

소비자와 직접 만나면서 문화를 만들어가는 양조장

2010년부터 '신평양조장'을 이끄는 김동교 대표는 취임 이후 새로운 시도를 많이 했다. 새롭게 변화하는 시대에 맞춰서 사업 모델을 변화시키고 다변화를 도모했다. 서울에 직영 전통주 주점을 내기도 하고, 소비자들이 찾아올 수 있는 양조장이 되고자 공장을 신축하면서 견학시설을 확충했다. '소비자와 직접 만나면서 문화를 만들어가는 양조장'이 그가 생각하는 '신평양조장'의 새로운 모습이다.

손님을 맞이할 준비를 갖추는 한편으로, 김동교 대표는 해외 관광객을 유치하기 위해 한국관광공사와 협업하는 등 많은 노력을 기울

3대 100년의 역사를 엿볼 수 있다. 청와대 만찬주로 뽑힐 만큼 수상도 화려하다.

였다. 발로 뛴 결과, 폴란드, 룩셈부르크 등 20개국 국가에서 단체관광객이 찾아오는 성과를 거두었다.

지역사회와 함께하는 양조장의 역할도 톡톡히 하고 있다. '신평양조장'은 막걸리 축제를 정기적으로 개최하고 있다. 양조장 자체의 축제로 규모는 작아도 옛 동네잔치처럼 모두가 모여 즐길 수 있는 자리를 마련하고 있다.

동네 활성화를 위해 '신평양조장과 동네 한 바퀴' 같은 프로그램도 기획하고 있다. 신평오일장이 열리는 날, 시장에서 장도 보고, 3대째 이어온다는 대장간 등 오일장터 주변의 볼거리를 함께 둘러보고, 연잎주 빚기 체험도 하는 그런 행사이다.

옛날식에 가까운 맛을 만들기 위한 노력

김동교 대표가 장기적으로 추진하고 싶은 일은 '우리술'의 근본을 복원하고 과학화하는 일이다. 옛날 우리술의 원형들을 하나둘 되살리면서 실제 상업 양조 현장에서 어떻게 구현할 것인지를 과학적으로 분석하고 해결 방법을 찾아가겠다는 생각이다.

백련막걸리 미스티(살균)

특징

연잎을 넣어 빚은 프리미엄 살균 막걸리.
2012년 우리술품평회 대상 수상.

주종

탁주

알코올 도수

7도

향

멜론과 바나나향이 은근하게 번지며, 요거
트향도 느낄 수 있다.

맛

감칠맛과 단맛이 강하며 약간의 산미가 있다.

입안 감촉

부드러운 질감이 매우 우수하며, 목 넘김
과 지속성도 훌륭하다.

백련맑은술

특징
백련잎의 은은한 향이 매력적인 술.

주종
약주

알코올 도수
12도

향
사과향(붉은사과, 청사과)과 연잎향이 풍부하다. 멜론, 배, 참외 등 과실향이 은은하게 난다.

맛
감칠맛과 단맛이 강하며 약간의 산미가 있다.

입안 감촉
부드러운 질감이 매우 우수하다.

백련막걸리와 백련맑은술 즐기기

둘 다 부드러운 술이라 안주 없이도 가볍게 마실 수 있다. 튀지 않는 맛이라 어떤 안주와도 잘 어울린다.

'양양술곳간'은 강원도 양양 지역에서 아직은 유일한 지역특산주 업체이다. '양양술곳간'이라는 이름을 통해 따사로운 햇볕에서 느껴지는 행복한 마음과 곳간에서 인심 난다는 넉넉함을 담았다.

강원특별자치도 양양군 강현면 안골로 221-7   T. 033 · 672 · 2217   사진: 양양술곳간 제공

학원을 운영하다 양조로 업종을 전환한 부부.
양양을 대표하는 지역특산주를 만드는 꿈을 갖고 있다.

김정녀 대표 · 안상호 이사

'양양술곳간'의 김정녀 대표와 안상호 이사는 원래 학원을 운영했다. 2015년 강릉에서 양양으로 이사한 김정녀 대표는 양양군 농업기술센터에서 하는 전통주 교육을 다녔다. 기초부터 심화반까지 단계별로 수강하고, 이어 맥주, 와인, 장 담그기 등 발효에 대해서 전반적으로 배우다 보니 술에 대한 이해가 깊어지게 되었다.

술 빚는 일이 취미에서 직업으로 변하는 순간

어느 날 문득, 학원 일을 그만두고 다른 일을 해보면 어떨까 하는 생각이 들었다. 자신들이 젊은 것도 아니고, 아주 나이를 먹은 것도 아니지만 평생 즐기며 할 수 있는 일을 하고 싶다는 생각이 들었다. 술 빚는 일이 취미에서 직업으로 변하는 순간이었다.

이런 결심의 배경에는 김정녀 대표의 술빚기에 대한 자신감도 한몫했다. 강릉단오제 전통주 선발대회에 2017년, 2018년 두 번 나가서 장려상과 은상을 수상했고, 2020년 대한민국 명주대상에서는 동상을 받았다. 이때 수상한 약주가 지금 출시되고 있는 '모든날에'이다.

2019년에 사업자를 냈고, 그 이후에 김정녀 대표는 양조를 본격적으로 공부했다. 한국가양주연구소에 등록해서 기초부터 다시 배웠다. 명주반, 명인반, 주인반을 거쳐 최고 지도자 과정까지 다 수료했다.

술을 귀하게 여기는 마음

'양양술곳간'에서 나오는 술은 약주 '모든날에'와 탁주 '양지백주', 두 제품이다.

쌀은 양양 오대미와 맛드림 쌀을 쓴다. 맛드림 쌀은 전국 쌀축제에서 농림축산식품부 장관상을 받는 등 고품질 쌀로 평가받고 있다. 술빚기에 중요시되는 물은 지하 30m에서 퍼 올린 다음, 끓여서

사진: 양양술곳간 제공

'양양술곳간'의 '모든날에'와 '양지백주'는 옹기 항아리에서 발효된다.

사용한다. '양양술곳간'의 술이 잘 나오는 비결 중 하나가 바로 깨끗한 수질과 물맛이다. 누룩은 부산의 '금정산성누룩'을 쓴다. 산미가 있으면서 단맛이 적은 술을 지향하는 '양양술곳간'에게 알맞은 누룩이다.

발효는 옹기 항아리로 한다. 무거운 항아리를 매번 뜨거운 물로 씻어 햇볕에 말리고, 매번 증기로 소독해야 하는 등 번거롭지만 스테인리스 발효조가 담아내지 못하는 부분이 있어서 아직까지는 항아리를 고집하고 있다.

기나긴 기다림으로 맞이하는 한 잔의 술

술빚기는 삼양주 방식으로, 멥쌀가루 범벅으로 밑술과 중밑술을 하고, 마지막에 고두밥으로 덧술을 한다. 발효는 22℃ 정도의 낮은 온도에서 진행하기에 마치기까지 대략 4주에서 6주가 걸린다. 거른 술은 0℃의 아주 낮은 온도에서 탁주는 30일, 약주는 120일 정도의 숙성을 다시 거친다. 약주를 거를 때도 기계를 쓰지 않고 자연침지 방식으로 한다. 이렇게 '양양술곳간'의 술이 나오기까지는 5~6개월이 걸리게 된다. 기나긴 기다림의 시간이다.

'양양술곳간'의 탁주 '양지백주'와 약주 '모든날에'는 세 번 빚는 술이지만 만드는 방법은 서로 약간씩 다르다. 하나는 밑술에 범벅을 이용하고 다른 하나는 과정 중에 죽을 쑤어 넣는다. 추구하는 맛

우아한 맛을 지향하는 '모든날에' 약주(좌)와 진한 맛의 '양지백주' 탁주(우).

의 방향도 틀리다. '양지백주'는 진한 맛을, '모든날에'는 깊으면서 우아한 맛을 지향한다. 저온 발효를 했기에 술의 향은 그리 강하지 않다. 두 술 모두 청사과향이 강한데, '양지백주'는 바나나와 살구향이, '모든날에'는 포도향이 함께 전달된다.

지역의 정서를 담은 좋은 술

'양양술곳간'은 신생양조장이니만큼 갈 길이 멀다. 새로운 제품을 개발해서 구색을 강화할 필요가 있고, 판로를 더욱 안정적으로 다져야 한다. 현재 개발 중인 신제품은 과일을 넣은 약주와 탁주이다. 과일로는 사과와 산딸기를 연구하고 있다. 과하주도 연구 중인 분야이다.

'양양술곳간'의 술은 온라인에서는 네이버 스마트스토어와 강원

양양몰에서 판매되고 있고, 오프라인에서는 양양비치마켓, 리버마켓 등 프리마켓이 주된 판매처이다. 서울에 있는 보틀숍과 음식점 몇 군데에도 제품이 나가고 있다.

제품을 알리기 위해 각종 주류박람회에도 매년 꾸준히 참가하고 있다. 현장에서의 판매 실적보다도 시음을 통해 술을 알리고 소비자의 반응을 아는 것에 주력하고 있다.

'양양술곳간'이 실제 이루고 싶은 위상은 지역의 정서를 담은 좋은 술을 만드는 양조장이 되는 것이다. 양양을 생각하면 '양양술곳간'을 떠올리고, 양양에 오면 이곳을 꼭 방문해보고 싶어 하는 그런 곳 말이다.

모든날에

특징

양양 오대미와 맛드림 쌀로 빚은 삼양주.

주종

약주

알코올 도수

15도

향

청사과향과 포도향이 강하게 전달된다. 산성누룩 특유의 누룩향도 은근하게 느낄 수 있다.

맛

전체적으로 부드럽고 은은하다.

입안 감촉

매우 부드럽게 넘어가는 목 넘김과 오래 남는 여운이 있다. 묵직하면서도 균형감이 뛰어나다.

양지백주

특징
죽 밑술에 찹쌀과 멥쌀을 넣어 빚는 삼양주.

주종
탁주

알코올 도수
15도

향
바나나향, 살구향과 함께 청사과향이 다소 강하다. 고소한 견과류향이 두드러지며 다소 강한 누룩향도 느껴진다.

맛
산미가 다소 강하며, 감칠맛, 단맛, 쌉싸름한 맛이 뒷받침한다.

입안 감촉
매우 부드럽게 넘어가는 목 넘김과 오래 남는 여운이 있다. 묵직하면서도 적당한 균형감이 있다.

모든날에와 양지백주 즐기기

모든날에는 차돌박이 구이나 육사시미와 찰떡궁합이다. 양지백주는 양념이 진하고 강한 음식과 어울린다.

제주의 핫플레이스 애월에 위치한 '제주샘주'. 넓고 푸른 자연친화적인 위치와 제주만의 청정 암반수로 술을 만드는 곳이다. 주변의 아름다운 해변과 오름이 있어 제주의 자연을 그대로 담아내고 있다.

제주특별자치도 제주시 애월읍 애원로 283   T. 064·799·4225

제주샘주

제주의 전통주 오메기술과 고소리술을 현대인의 입맛에 맞도록 개선·발전시키며
전통을 잇고 있다.

김숙희 대표

'제주샘주', 정식 명칭으로 제주샘영농조합법인이 설립된 것이 2005년. 첫 제품이 출시된 게 2007년이다. 전통주 업계를 통틀어봐도 매우 이른 시기에 설립된 양조장이다.

설립 후 10년간은 계속되는 적자의 시간이었다. 이후 조금씩 형편이 나아지고 있으나, 빛을 보기 시작한 기간은 그리 오래되지 않았다. 여건이 육지에 비해 좋지 않은 제주도에서, 그것도 여성기업인이 뚝심 있게 사업을 이끌어간 원동력이나 비결은 무엇일까.

제주의 술을 지키겠다는 일종의 사명감으로 시작하다

'제주샘주'의 김숙희 대표는 제주의 전통술을 세상에 다시 선보이고 싶다는 마음에 뒷일은 크게 생각하지 않고 통 크게 일을 저질렀다. 그렇지만 계속되는 적자에 불안한 마음도 컸다고 한다. 한 5년만 투자하면 되겠지 했는데, 5년이 지나도 앞이 보이지 않았다. 후회하는 마음 반, 주저앉을 수 없다는 오기 반으로 버텼다.

김숙희 대표가 계속 적자를 보면서도 손을 놓지 못했던 데에는,

제주시 애월읍에 위치한 '제주샘주'. 내부로 들어가면 수상한 상장과 상패가 가득하다.

이 사업이 다른 사람이 할 수 없고, 자신만이 할 수 있는 것이라는 자긍심도 있었기 때문이다.

형편이 어려워도 전통주 한 길을 걷겠다고 다짐하던 시절에, 질을 낮추는 대신 저렴한 술을 만들어 달라는 제의도 받았었다. 김숙희 대표는 고생하면서 여기까지 왔는데, 수익이 좀 난다고 하루아침에 돌아설 수는 없다는 생각에 모두 거절했다. 대단한 뚝심이다.

제주만이 아닌 전국적인 술로 만들다

제주에서 양조장을 하면 관광상품 판매와 같은 이점이 있을까. 김 대표는 이점보다는 불이익이 더 많았다고 한다. 지역 특산주로 인정받으려면 해당 지역의 농작물, 특히 쌀을 소비해야 하는데 제주에서는 쌀이 거의 나오지 않는다. 이 규정을 제주의 현실에 맞게 고치기 위해 꽤 발품을 팔아야 했다. 지금은 인근 지역인 전라남도 해

안지역에서 나오는 쌀을 소비해도 되는 것으로 규정이 바뀌었다. 전적으로 김숙희 대표의 공로이다. 그리고 이 덕을 지금 후배 양조장들이 보고 있다.

김숙희 대표는 제주도 술이니까 관광상품으로만 팔고자 했으면 진작에 문 닫았을지도 모른다고 밝힌다. 제주만 바라보지 않고 전국을 대상으로 하는 유통 라인을 개척했고, 그 노력으로 '제주샘주'가 현재 안정적으로 운영될 수 있는 밑바탕이 되었다.

'제주샘주'는 2014년부터 '찾아가는 양조장'으로 지정되었다. 찾아가는 양조장 프로그램으로 진행하는 쉰다리 체험, 오메기떡 체험, 고소리술 칵테일 체험과 이어지는 시음은 '제주샘주'의 술을 알리는 데 큰 역할을 하고 있다. '쉰다리'는 여름철 제주 사람들이 먹다 남긴 밥에 누룩과 물을 넣어 발효시켜 만드는 음료이다. 새콤달콤한 맛에 걸쭉한 질감이 요거트와 비슷한 느낌을 주는 식물성 유산균 음료이다.

제주의 정취를 느낄 수 있는 이름의 술

'제주샘주'에서 나오는 술로는 '고소리술', '오메기술', '니모메', '바띠', '세우리'가 있다. 모두 제주의 정취를 느낄 수 있는 이름들이다.

쌀과 물이 귀한 제주에서는 차좁쌀로 떡을 빚고 물에 데친 후 누룩과 섞어서 술을 빚었다. 그게 '오메기술'이다. 이를 소줏고리로 증류해서 내리면 '고소리술'이 된다. 고소리는 소줏고리를 가리키는 제주 말이다.

'제주샘주'의 '오메기술'에는 조릿대와 개똥쑥, 감초 등의 약재가 들어간다. 조릿대는 혈액순환에 좋은 약재이다. 개똥쑥을 넣는 이유는 조릿대에서 나오는 비릿한 맛을 잡기 위해서고 감초는 특유의 향과 단맛을 주기 위해서다.

'고소리술'은 차조와 쌀로 빚은 오메기술을 상압 증류해서 내린다. 약주로 나오는 오메기술과 달리 약재를 넣지 않는다. 알코올 도수 40도와 29도, 두 가지 제품이 있다.

'니모메'는 감귤 껍질을 넣어 빚은 약주이다. '니모메'는 '너의 마음에'라는 뜻의 제주 말이다. 작명자는 김숙희 대표이다. 이름도 예쁘고, 색상도 예쁘고, 은은한 감귤향에 술맛도 상큼하고 달콤해서 여성 소비자층이 자주 찾는 술이다. 식전주로 잘 어울린다.

기본을 지키며 최고의 술을 만들자

척박한 사업 환경 속에서도 꿋꿋하게 자리 잡고 성장해서 이제는 그 그늘을 후배 양조인에게까지 베풀 수 있게 되었다. 김숙희 대표는 꾸준히, 천천히, 지금처럼만 가고 싶다며, 당장의 이익을 위해 빠른 길로 가기보다는 기본을 지키겠다는 다짐을 매일 한다고 말한다.

고소리술

특징

차조와 누룩으로 빚은 오메기술을 증류한
소주. 2014년 우리술품평회 대상 수상.

주종

증류식 소주

알코올 도수

29도

향

누룽지의 구수한 향이 강하다. 달큰한 향도
은근하게 느껴진다.

맛

약간의 단맛과 쌉싸름한 맛이 있다.

입안 감촉

상당한 무게감이 있지만 부드러워 목 넘김
이 좋다. 여운도 적당하다.

고소리술 즐기기

돼지고기 등 기름진 음식과 잘 어울린다. 미지근하게 마셔도 좋고 차갑게 마셔도
좋다.

제주 성읍민속마을 중간쯤에 자리한 수령이 1,000년도 더 된 느티나무(천연기념물 제
161호) 아래로 초가집이 도열해 있다. 그 초가집 사이 한 집에 '술 다끄는 집', '오메기
술' 문패가 걸려 있다.

제주특별자치도 서귀포시 표선면 성읍정의현로 56번길 5
T. 010 · 6640 · 1559

제주 술 다끄는 집

오메기떡을 주재료로 한 오메기술(제주특별자치도 무형문화재)을 빚는 이.
강경순 명인

'다끄다'는 '술을 빚다'는 제주어이다. 오메기떡을 원료로 빚는 오메기술. 강경순 명인(제주특별자치도 무형문화재 오메기술 기능보유자, 대한민국 식품명인 63호)이 빚은 저 노란빛의 술은 어떤 맛일까.

어머니에게서 딸로 이어진 오메기술

강경순 명인은 제주도 무형문화재로 지정된 오메기술과 고소리술의 기능보유자인 김을정 선생(1925~2021)의 딸이다. 어머니가 술을 빚는 모습을 어릴 적부터 보고 자란 강 명인은 어머니 밑에서 한 30년을 공부했다. 지금 고소리술은 김을정 선생의 며느리인 김희숙 명인(대한민국 식품명인 84호, 고소리술익는집)이 빚고 있다.

제주의 토속음식 하면 '오메기떡'이 떠오른다. 쑥빛 떡에 팥소가 들어 있고, 팥고물이 푸짐히 묻어 있어 하나 먹으면 배가 든든한 그 떡 말이다. 오메기술의 주원료인 술떡이자 진짜 오리지널 오메기떡은 구멍떡이다.

오메기떡은 차조가루에 뜨거운 물을 부어 익반죽한 다음 치댄

후 손에 쏙 담길 정도로 둥글게 떼어 굴리다가 납작하게 눌러 떡을 만든다. 오목하게 누르기도 하고, 도넛 모양으로 가운데를 뚫기도 한다.

물이 귀했던 제주에서는 떡을 찌지 않고 삶았다고 한다. 솥에 떡을 넣으면 바닥으로 가라앉고, 익으면 물 위로 올라온다. 올라온 떡을 건져 양푼에 넣고 식혀가며 으깬다. 솥에 남은 물을 조금씩 부어가며 떡에 멍울이 지지 않도록 꼼꼼하게 뭉갠다. 그리고 여기에 부숴놓은 누룩을 섞는다.

어머니에게 배운 누룩과 순차조로 빚은 상쾌한 술

강 명인은 누룩을 빚는 법도 어머니에게서 배웠다고 한다. 지금도 어머니한테 배운 대로 제주 보리를 이용해 누룩을 35개 정도 만들어 보름 동안 발효해서 사용한다.

15일 정도 누룩을 띄우는데, 표면에 하얀색으로 피어난 곰팡이는 녹색으로 변했다가 마지막에 노란색으로 변한다. 사용하기 전 햇볕에 말리는 법제 과정을 거친다. 적당히 핀 곰팡이는 털어내지만, 많이 피었으면 군내를 없애기 위해 흐르는 물에 빠르게 씻어낸다. 그래서인지 강 명인의 누룩은 곰팡이 냄새도 안 나고, 오히려 향긋한 냄새가 난다.

떡과 누룩가루를 한참 뒤적뒤적 섞은 후 술독에 담는다. 면포를

성읍민속마을에 자리한 '술 다끄는 집'.

덮는데, 공기가 통하게 구멍을 내준다. 술독은 보관실에 두고 아침 저녁으로 휘저어 바닥에 가라앉은 누룩을 고루 섞어준다. 대개 일주일 정도 발효시킨 후 체로 거르면 노란빛의 오메기술과 만날 수 있다.

오메기술은 첨가물이 없는 100% 차조로 빚은 술이어서 숙취가 없다. 3개월 정도 숙성시켜도 맛있게 즐길 수 있다. 노란빛이던 술이 3개월 정도 지나면 오미자 색처럼 붉어지는데, 그 술 또한 별미이다.

아직 갈 길이 먼 명인의 길

서른여섯 해 술을 빚으며 행복했던 날도 많고 힘든 날도 많았다고 한다. 명인만 되면, 여기저기서 찾고 술도 더 알려질 거라 생각했다. 그런데 제주 사람들조차도 오메기술을 잘 모른다. 그러니 강 명인이 갈 길은 아직 멀다

술 빚는 일만으로도 힘들 텐데 강 명인은 마을해설사로도 활동하고 있다. '술 다끄는 집'의 명인이 빚는 술도 맛보고 술 담기 체험도 하기 위해 찾는 손님들을 위해 마을해설사 과정을 수료했다고 한다. '술 다끄는 집'을 찾으면 강 명인이 빚은 새콤하면서 향긋한 오메기술을 한잔 마실 수 있다. 한잔 술이 오가는 사이에 들려주는 제주의 지난 이야기들은 덤이다.

제주 오메기술

특징
100% 순차조로 만든 오메기떡으로 빚은 술.

주종
탁주

알코올 도수
12도

향
솔잎향과 오미자향이 난다.

맛
산뜻하고 청량하며, 새콤하다.

입안 감촉
목 넘김이 좋으며, 밀키한 느낌이 있다.

오메기술 즐기기

산뜻하고 새콤한 맛이라 의외로 와인 안주와 잘 어울리다. 치즈나 과일 등과 함께 가볍게 즐겨보는 것을 추천한다.

초창기에 전통주 사업을 시작한 이들의 마음을 극단적으로 정리하자면 사명감, 자신감, 조급함으로
대표될 것 같다. 제대로 빚은 전통주의 맛을, 이렇게 맛있는 술을, 하루라도 빨리 세상 사람들에게
알리고픈 심정이 복합적으로 어우러지지 않았을까.

경기도 평택시 오성면 숙성뜰길 108   T. 031 · 681 · 8929   사진: 좋은술 제공

다섯 번에 걸쳐 정성껏 빚는 오양주로 유명한 '천비향'을 빚는다.

이예령 대표

'좋은술'의 '천비향'은 다섯 번에 걸쳐 정성껏 빚는 오양주로 유
명하다. 2018년, 2020년 우리술품평회 약·청주 부문 대상을 수상했
다. 그 '천비향'의 초창기 이름자 풀이는 '천년의 비밀을 간직한 향'
이었다. 지금은 '오랜 기간 준비한 잔치 음식의 향기'로 바뀌었다.
'잔치 음식에는 술이 항상 빠질 수가 없으니, (당신의) 흥겨운 잔치를
위해 (내가) 오랫동안 준비한 향(술)이 있다'는 뜻이 된다.

오랫동안 준비한 좋은 술 천비향

2012년 한국가양주협회에서 진행한 '한국전통주학교' 과정을 이
수한 수강생들이 의기투합하여 양조장을 차리기로 뜻을 모았다.
2013년 6명의 공동출자로 회사를 세웠고 '좋은술'이라고 했다. 당시
만 해도 삼양주도 드물었고, 오랜 기간 숙성하여 깊이를 더한 술은
더더욱 없었기에 충분한 시장성이 있으리라 생각했다. 그러나 마음
과 달리 현실은 냉혹했다.

술맛은 인정해도 그 술을 사기 위해 지갑을 순순히 열 정도로 시

경기도 평택시에 자리한 '좋은술'. 발효실에서 술의 발효 상태를 확인하는 이예령 대표.

장이 성숙되지 않은 상태였다. 결국 3년이 지나자 모두 뿔뿔이 흩어지고, 지금의 '좋은술'을 이끄는 이예령 대표만 남게 되었다. 이예령 대표는 결단을 내렸다. 경기도 의왕시에서 자신의 집이 있던 평택시로 옮겼다. 기존의 집을 헐고 양조장을 세웠다. 남편과 두 딸의 적극적인 응원이 큰 힘이 되었다.

판로가 없었다. 지금처럼 온라인 판매가 허용되던 시절도 아니었다. 새벽에 일어나 보따리를 챙겨서 전국 방방곡곡을 누볐다. 자정이 넘어서 집에 들어오면, 파김치가 된 몸을 이끌고 술을 빚었다. 그렇게 2년 정도가 지나자 비로소 반응이 왔다.

이런 힘겨운 세월 속에서도 다섯 번 빚는 오양주 기법을 버리지 않았다. 완성된 술을 3개월 15℃ 저온 숙성하고, 또 0℃ 극저온에서 3개월, 합하여 6개월을 숙성하는 방식도 포기하지 않았다. 연중 술을 빚어도 술맛이 달라지지 않도록 기술 연마를 게을리하지 않았다. 돈이 생기는 족족 생산설비에 투자했다.

여러 번 빚을수록 향이 오래도록 지속된다

'천비향' 시리즈는 모두 오양주로 빚는다.

'술 예쁘다', '술 그리다', '택이'는 '천비향'과 달리 세 번 빚는 삼양주이다. 삼양주라고 해서 정성이 덜 들어간 술이 아니다. 이예령 대표는 삼양주와 오양주의 매력이 틀리다면서 탁주는 삼양주로 했을 때가 제일 맛있다고 말한다. 오양주를 넘어서 칠양주, 팔양주, 구양주까지 거듭해서 술을 빚으면서 맛을 테스트한 결과, 약주는 오양주, 탁주는 삼양주라는 결론을 얻었다고 한다.

이예령 대표는 앞으로 탄산가스가 들어가는 탄산 약주를 개발할 구상도 가지고 있다. 알코올 도수를 12도로 낮추면서 시원하게 마

사진: 좋은술 제공

오양주로 빚는 약주 '천비향' 시리즈와 삼양주로 빚는 탁주 '술 예쁘다', '술 그리다', '택이' 등.

실 수 있는 술이다. 인위적으로 탄산가스를 주입하는 게 아니라 후발효를 통해 탄산가스가 만들어지는 공정을 거친다. 포장도 마시기 편하게 알루미늄 캔으로 할 생각이다.

살균주를 만드는 것도 지속적인 연구 과제이다. 전통누룩으로 빚은 술은 다양한 미생물이 존재하여 살균했을 때 맛이 급격히 떨어지게 된다. 단일 미생물로 만드는 일본 술 사케와 다른 점이다. 자칫하면 엿기름 냄새가 나고 간장 냄새가 날 수도 있다. 과정도 쉽지 않아서 살균과 숙성을 적어도 세 번 이상 반복해야 맛을 잡을 수 있다.

무궁화 증류주도 있는데 이름은 '어차피'로 알코올 도수를 36.5도로 맞췄다. 일년 365일 즐길 수 있는, 사람의 체온 36.5도처럼 몸에 편안한 술이라는 점을 강조한 이름이다.

맛이 곧 전통이다

이예령 대표가 '술 ○○○다', '어차피'처럼 우리말 이름을 붙이고 한글날 10.9, 일년 36.5와 같이 스토리를 부여하는 이유가 있다. 고리타분하다는 전통주의 선입견을 불식시키는 한편, 젊은 층과 외국인에게 보다 친근하게 다가가고 싶어서다.

이예령 대표는 맛이 곧 전통이라고 생각한다. 기본원칙은 변함이 없지만, 지금의 기술 수준을 반영하여 더 좋은 결과를 만들어내는 것. 그런 변화를 어떻게 이끌어내느냐가 그의 고민이다.

천비향

특징

다섯 번 빚은 오양주로 3개월간 발효하고 9개월 이상 장기 숙성한 술. 2020년 우리 술품평회 대상 수상.

주종

약주

알코올 도수

16도

향

풍부한 과일향. 사과향과 멜론향이 강하다. 봄날의 꽃밭을 연상케 하는 다양하고 깊은 향기가 난다.

맛

단맛이 강하고 적당한 산미가 있다.

입안 감촉

목 넘김이 매우 좋고, 부드럽고 깔끔한 여운이 있다.

천비향 즐기기

달짝지근한 양념이 곁들여진 찜닭이나 풍부한 육즙이 있는 소고기 안심과 함께 마시는 것을 추천한다.

청명은 24절기 중 하나로 양력으로 매년 4월 4일에서 5일 사이에 위치한다. 청명은 하늘이 차츰 맑아진다는 뜻이다. 이때 한 해의 농사를 시작하는 봄 밭갈이를 하게 된다. 청명 때 날씨가 맑으면 한 해 농사가 풍년이 된다는 속설이 있다. 청명주는 이 시기 청명절에 마시는 술이다.

충청북도 충주시 중앙탑면 청금로 112-10   T. 043·842·5005   사진: 중원당 제공

중원당

충청북도 무형문화재인 청명주 기능보유자.
김해김씨 집안 약방문인《향전록》에 근거해 술을 제조한다.
김영섭 대표

조선시대 실학자 이익은《성호사설》에서 "나는 평생 청명주를 가장 좋아하며, 청명주의 양조 방법을 혹시나 잊어버릴까 두려워서 기록해 둔다"며 특별히 언급했을 정도로 이 술을 좋아했다. 또한 여러 지방에서 청명주를 빚었지만, 그중에서도 충주 금탄의 물로 빚은 술을 으뜸으로 쳤다.

이 청명주가 일제 강점기를 거치면서 맥이 끊어졌다. 다행히 이 지역에 오래 자리 잡은 김해김씨 가문에《향전록》이라는 책자가 전해지고 있었고, 거기에 청명주 빚는 법이 수록되어 있었다. 이를 바탕으로 김영기 선생이 각고 끝에 청명주를 재현하는 데 성공했고, 1993년에 충청북도 무형문화재로 지정되었다.

선친에 이어 무형문화재가 된 아들

'중원당' 김영섭 대표는 2007년에 선친인 김영기 선생에 이어 무형문화재 기능보유자가 되었다. 당시로서는 최연소 기능보유자였다. 김영섭 대표는 무형문화재 기능보유자가 되고 나서도 여러 전통주 교육기관에서 술을 공부했다. 배상면연구소에서 시작하여 한국전통주연구소 박록담 소장, 한국양조연구소 이윤희 소장 등에게서 술빚기를 배웠다. 김영섭 대표는 무형문화재 기능보유자 중 술 교육기관을 다닌 사람은 아마도 자신이 유일할 것이라고 밝힌다.

전통주를 잘 빚기 위해서는 깊은 공부와 이해가 필요하다. 김영섭 대표는 자신의 부친이 《향전록》이라는 집안에서 전해지는 문헌을 바탕으로 청명주를 재현했지만 완벽한 복원은 아니었다고 밝힌다. 《향전록》에 나온 레시피 그대로 술을 빚었을 때 안정적으로 술맛이 나오지 않았다. 청명주가 제 술맛이 나오기 시작한 것은 2016년부터이다. 김영섭 대표가 20여 년에 걸쳐 청명주 빚기에 매달린 노력의 결과이다. 초대 무형문화재 기능보유자였던 선친 때부터 헤아리면 30여 년이 걸린 셈이다. 술 하나를 제대로 복원한다는 건 이만큼 어려운 일이다.

'중원당' 입구의 모습(좌), 2021년과 2022년의 대한민국주류대상 수상패(우).

Part 2

전통과 유행, 두 마리의 토끼를 잡다

청명주는 무형문화재 술 중에서도 젊은 층의 인기가 높은 편이다. 화이트와인처럼 산뜻하면서 아로마가 풍부하고 여운이 길게 이어지지 않고 경쾌하게 끝맺음한다. 청명주라는 술 자체가 요즈음 소비자 기호에 부합되기도 하지만 술의 매력을 충분히 이끌어낼 만큼 잘 빚었기 때문일 것이다.

청명주는 대한민국 우리술품평회, 대한민국주류대상 등 유수의 술품평회에서 여러 차례 수상한 이력을 갖고 있다. 2022년에 대한민국 우리술품평회에서 최고상인 대통령상을 수상했고, 2023년에도 우수상을 받았다. 대통령 추석선물과 정상회담 만찬주로 선정되는 등 술맛을 널리 인정받고 있다.

청명주는 밑술을 죽으로 하는 술이다. 찹쌀을 가루 내어 죽을 쑤어 식힌 뒤 누룩과 섞고, 발효 후 찹쌀 고두밥으로 덧술하는 이양주이다. 완성되기까지 무려 5개월이 걸린다. 발효조로는 옹기 항아리를 쓴다. 스테인리스 발효조를 쓰기도 했으나 술맛이 옹기 항아리에 비해 거칠어서 항아리로 바꾸게 되었다는 설명이다. 현재 200리터 들이 항아리 100개를 이용해 술을 생산하고 있다.

누룩은 시중의 밀 누룩을 써왔으나, 내년부터 직접 만든 밀가루 누룩을 쓸 예정이다. 밀가루 누룩은 깔끔하면서 잡내가 없다는 특징이 있어 청명주에 더욱 어울린다.

청명주가 익어가는 옹기 항아리(좌)와 청명주에 들어가는 누룩(우).

김영섭 대표가 생각하는 청명주의 매력은 밸런스가 좋다는 점이다. 단맛, 신맛, 쓴맛 등 어느 한 가지가 튀는 게 없이 조화를 이룬다. 다소 강한 신맛은 찹쌀에서 나오는 단맛이 잡아줘서 균형을 맞춘다.

'중원당'에서 생산하는 청명주는 약주 외에도 탁주도 있다. 밑술을 죽으로 하는 약주와 달리, 탁주는 구멍떡을 이용한다. 그래서 단맛이 좀 더 강하고 질감도 두텁게 느껴진다. 생산기간은 약주와 마찬가지로 5~6개월 정도로 탁주치고는 숙성을 오래한다.

지역특산주로 다양한 변화를 시도

'중원당'은 지역특산주 면허를 최근인 2022년에야 취득했다. 그동안 청명주 한 가지에만 매달리기에도 시간이 없었고, 청명주 하나로도 '중원당'을 알리기에 충분한데 군이 필요하겠냐는 생각에서였다.

그렇게 뒤늦게 지역특산주 면허를 받았지만 기다렸다는 듯이 '보은주', '호호', '선희 10' 등의 다양한 탁주를 내놓았다. 요리연구가, 술 큐레이터, 전통주 소믈리에 등 다양한 분야의 전문가와 협업하여 개발한 제품이다.

'보은주'는 요리연구가 이보은 씨와 협업하여 생산하는 술이다. 구멍떡을 빚어 밑술하고, 찹쌀 고두밥으로 덧술하여 6개월간 저온 발효해서 완성한다. 은은한 단맛에 적당한 산미가 있고, 배, 포도, 참외 등의 과일향이 일품이다. 2022년 우리술품평회에서 탁주 부문 최우수상을 받았다. 두부김치, 감자채전 등을 비롯하여 한식 요리와 찰떡궁합이다.

'호호'는 전통주 소믈리에 김하은 씨와 협업한 술이다. 구멍떡 밑술에 찹쌀 고두밥과 단호박을 넣어 덧술한다. 2022년 대한민국주류대상을 수상했다. 단호박이 들어갔으나 많이 달지 않고 산뜻한 맛을 준다. 디캔딩하면 더욱 풍부한 향과 맛을 즐길 수 있다. 육포, 치즈, 햄 등 간단한 안주와 어울린다.

'선희 10'은 술 큐레이터인 문선희 씨와 협업해서 개발했다. 오렌지와 충주 사과가 들어간다. 깔끔한 산미 아래 오렌지의 쌉싸름한 향과 사과의 풍부한 맛이 어우러진다. 기름지고 양념이 강한 요리와 잘 어울린다.

전통주의 대중화를 위해서는 정부의 다양한 지원 필요

청명주는 수요에 비해 공급이 늘 부족한 술이다. 요청이 많아도 생산량이 따라가지 못해 대형 마트 같은 곳에 납품하지 못하고 있다. 온라인에서는 '중원당 쇼핑몰'과 여러 술 판매 사이트에서 구매할 수 있다. 오프라인에서는 전통주 보틀숍과 전통주점에서 맛볼 수 있다.

'중원당'의 앞으로의 계획 중 하나는 청명주 소주를 내는 것이다. 김영섭 대표의 차분한 스타일 그대로 차근차근 공부하면서 준비해 나가는 중이다. 증류 방식과 증류기를 결정하는 것부터 누룩까지 검토할 것이 많다는 설명이다.

김영섭 대표는 우리 전통주가 더 발전하기 위해서는 주세법 개정 등 정부의 지원이 더 필요하다고 말한다. 생산자 입장에서는 전통주 가격이 낮다고 여겨지지만, 소비자 입장에서는 망설임 없이 집어 들기에 만만치 않은 가격이다. 가격 경쟁력을 높이는 게 전통주를 활성화하는 최우선 과제이고, 이를 위한 다양한 지원과 노력이 있어야 될 것이라고 김영섭 대표는 조심스럽게 의견을 피력했다.

청명주

특징

음력 3월 청명절에 빚어 온 대표적인 봄 술.
2022년 우리술품평회 대통령상 수상.

주종

약주

알코올 도수

17도

향

신선한 과일의 향이 강하고, 목 넘김 후에
다가오는 바닐라향이 은은하게 느껴진다.

맛

화이트와인이 연상되는 산뜻한 산미와 균
형을 이룬 단맛과 감칠맛이 있다.

입안 감촉

무게감이 가볍지 않으며, 목 넘김이 부드
러워 여운이 오래 지속된다.

청명주 즐기기

차갑게 마셔야 더욱 향긋한 맛을 느낄 수 있다. 식전주로 좋고, 안주는 담백한 해
산물 요리를 추천한다.

강원도 춘천시 호반 변의 가정집 지하실을 개조한 작은 양조장. 잔디밭과 화단이 아름다운 양조장을 둘러보면, 따뜻한 봄날에 마당 한편의 평상에 앉아 화전일취하고 싶다는 충동이 생긴다. '지시울 양조장'의 '화전일취'는 이렇듯 술의 소재나 형상이 아니라 술 마시는 이의 정서를 담아낸 술이다.

강원특별자치도 춘천시 서면 박사로 741-5   T. 010·3235·2451   사진: 지시울양조장 제공

약주를 즐기시는 아버지께 술을 대접하고픈 마음에서 술을 공부하기 시작했다.

유소영 대표

'지시울양조장'은 설립된 지 채 5년이 안 되는 신생양조장이다. 2020년에 첫 제품이 나왔다. 그럼에도 2021년, 2022년 대한민국주류대상 약·청주 부문에서 2년 연속 대상을 수상했다. 좋은 술을 빚는 데에 오랜 이력이 꼭 필요한 것은 아닌가 보다.

유소영 대표는 2018년에 전통주 공부를 시작했다. 약주를 즐기는 아버지께 직접 빚은 술을 대접하고픈 마음에서 시작한 술 공부였다.

정성을 담은 기본에 충실한 술빚기

유소영 대표는 기본에 충실한 술빚기를 한다. '우리술'의 기본은 정성이다. 전통주를 빚는 주요 과정인 백세, 침지, 방랭은 손이 많이 가는 일이다. 특히 효모 활동으로 인해 끓어오른 술독을 식히는 방랭의 과정이 중요하다. 방랭을 잘해야 술의 향이 좋아진다고 한다. 꾸준히 술독의 온도를 지켜보면서 차갑게 식히고 다시 보쌈을 해서 온도를 높이고 하는 일련의 일은 정성과 애정이 부족해서는 지키기 어려운 과정이다.

'지시울양조장'은 옹기 항아리를 발효조로 쓴다. 소주를 내릴 때는 우리 전통의 소줏고리를 쓴다. 옹기로 술을 빚으면 관리하기가 참으로 힘겹다. 술독의 크기는 70리터. 술을 빚고 난 항아리는 오랜 시간 물을 채워 우려내고, 끓는 물에 소독도 하고 증기로 재차 살균한다. 힘이 많이 들어도 유 대표는 자신이 생각하는 술이 그런 것이기에 원칙을 지킨다.

제품은 밑술과 찹쌀 고두밥으로 덧술을 하는 이양주 방식으로 이루어진다. 누룩은 '송학곡자'를 쓰고 5% 이내로 넣는다. 누룩이 적게 들어가다 보니 술이 빚어지는 데 오랜 시간이 걸린다. 3개월간 발효하고, 채주한 이후에 장시간 숙성을 거친다. 술이 완성되는데 대략 5~6개월이 걸린다.

유소영 대표는 자신이 빚는 술의 향이 좋기를 바란다. 향이 좋으면서 진득하지 않고 좀 가벼운 술을 만들고 싶다고 말한다. 그래서 밑술을 할 때 범벅 방식을 쓴다. 죽으로 하면 너무 부드럽고 범벅은 그거에 비해 뾰족한 맛이 있다.

풍성한 맛과 향이 나는 술

'지시울양조장'의 술은 탁주, 약주, 소주, 과하주가 있다. 화전일취 탁주와 약주는 같은 베이스로 빚는다. 탁주는 알코올 도수 12도이고 약주는 15도이다. 그래서 제품명도 '화전일취 12', '화전일취 15'

라 명명했다.

'화전일취 38'과 '화전일취
52'는 소줏고리로 증류해서 내
린 소주이다. 옹기인 소줏고리
를 이용하기에 수율이 굉장히
낮다. 대신 소줏고리로 증류하
면 술이 가지고 있는 맛을 그대
로 담아낼 수 있다. 적당한 바디
감과 풍성한 느낌이 화전일취
소주의 장점이라는 자평이다.

'화전일취 18 백화'는 봄철에
직접 채취하여 말린 꽃을 넣어 빚은 술이다. 발효 마지막에 증류
식 소주를 넣는 과하주 방식으로 만들었다. 오전 10시쯤 꽃이 봉
오리를 벗어나 막 피어나기 시작할 때 일일이 손으로 딴다. 이때
가 가장 향이 좋을 때라고 한다. 매화, 복숭아꽃, 작약 등 22종의
꽃이 들어간다. 알코올 도수 18도의 술이다.

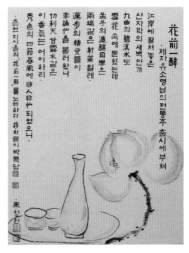

대표 술인 화전일취는 '꽃 앞에서 모두 취
하자'는 의미이다.

천천히 내실을 다지며 내 것으로 만들기

'지시울양조장'은 사람으로 치면 이제 갓난아기를 벗어난 상태이
다. 전통주의 제2 부흥기라고도 하는 요즈음, 유소영 대표의 각오나

'화전일취 18 백화'에 들어가는 22종의 봄꽃.

포부를 들어보았다.

"양조장이 아직 제 손안에 있지 못해요. 뭐 사실 장님이 코끼리 다리 만지는 거에서 조금 벗어났는데요. 조금씩 알아가기 시작하는 거 같아요. 여유가 조금씩 생기면서 생각할 거리도 늘어나는 것 같고. 새삼 깨닫거나 발견하는 것도 있고. 양조장 일이 제 손안으로 들어올 때까지 서두르지 않고 찬찬히 내실을 다져갈 생각입니다."

화전일취15

특징

철원 오대미와 춘천의 맑은 물로 빚어 저온
숙성하여 맛과 향이 우러난 약주.

주종

약주

알코올 도수

15도

향

참외향과 파인애플향이 강하다. 매화향이
느껴지고 은은하게 연꽃향도 감지된다.

맛

감칠맛이 뛰어나고, 높은 단맛과 산미가
어우러져 새콤달콤함을 전달한다.

입안 감촉

균형감이 훌륭하고 목 넘김이 좋고 여운이
오래간다.

화전일취 15 즐기기

향이 강한 음식은 피하는 게 좋고 생선회나 알리오올리오 스파게티와 함께 마시
면 좋다.

푸른 산과 맑은 물, 아름다운 우리 강산. 물 좋기로 소문난 고장 장성에서 '청산녹수'의 술이 오늘
도 익어 간다.

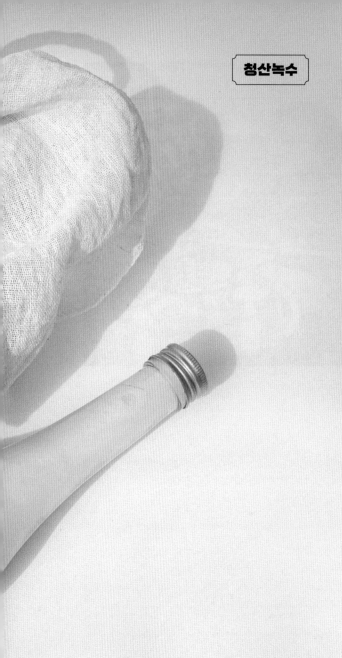

청산녹수

전라남도 장성군 장성읍 야은리 178-2   T. 061·393·4141   사진: 청산녹수 제공

미생물공학을 전공하고 대학에서 생물체의 유전자를 연구하는 교수이자 양조인.
'우리술'의 세계화를 위해 연구에 매진하고 있다.
김진만 대표

'청산녹수'의 김진만 대표는 현직 전남대학교 생명산업공학과 교수이다. 그래서인지 강의를 참 잘한다. 어떤 질문이든 배경, 연혁, 현황을 거쳐 전망까지 일목요연하게 정리해서 답을 들려준다. 우리나라 전통주 업계의 과거부터 지금까지 어떤 일이 있었는지 궁금한가? 앞으로 나갈 방향은? 김진만 박사님께 들으면 된다.

주류시장에서 약세였던 전통주가 비약적으로 발전할 수 있었던 데에는 몇몇 계기가 있었다. 전통주의 온라인 판매, 탁주 주세의 종량제로의 전환 등이 그것이다. 그런 국면마다 김 대표는 업계를 대변하는 목소리를 내는 데 주저하지 않았고, 때로는 발로 뛰면서 주도적으로 상황을 이끌어왔다.

푸른 산과 맑은 물, 아름다운 우리 강산

김 대표가 양조장을 시작하게 된 시기는 2008~2009년경 한창 막걸리 붐이 일었을 때였다. 한류를 이용한 우리 음식 알리기의 일환으로 우선 막걸리를 일본으로 수출하자는 계획에서였다. 그 계획은 우여곡절 끝에 무산되었지만, 김 대표는 양조장 건립을 계속 추진하여 2009년 8월에 '청산녹수'를 설립하였다.

'청산녹수'의 캐치프레이즈는 "과학으로 전통을 선도하는 양조장"이다. 김진만 대표는 전통이라는 용어는 문화적·경험적 측면에서 만들어진 것이지, 과학적인 측면이 담겨 있지 않다고 생각한다. 그는 전통의 빈 부분을 채우는 것이 자신의 역할이라고 말한다.

한·중·일 모두 곡식을 원료로 해서 술을 빚는다. 중국은 누룩이 발달했고 고체발효법을 개발해서 증류주 만들기에 특화된 술 제조법을 발전시켰다. 일본은 누룩곰팡이와 효모를 선발해서 단일 미생물 조합으로 술을 빚는 방법으로 나아갔다. 또 쌀의 단백질과 지방질이 술에 미치는 영향을 연구하여 철저하게 도정하여 이를 최소화

사진: 청산녹수 제공

'청산녹수'에서 개발, 실험 중인 누룩들. 한국식품연구원에서 개발한 효모에 대한 실증 실험도 맡고 있다.

하는 방법을 정립하였다.

반면, 우리나라는 원재료인 쌀, 누룩, 효모 각각에서 나오는 향과 맛이 어우러지는 복합적인 영향력을 중시한다. 그러다 보니 전통주 연구도 세 방향에서 골고루 진행될 수밖에 없다.

과학으로 전통을 선도하는 양조장, '청산녹수'

김진만 대표는 좋은 술을 빚기 위한 원료의 선택과 전 과정에 대한 연구를 꾸준히 진행하고 있다. 가장 비중을 두고 있는 연구 분야는 유산균이다. 유산균은 알코올 발효할 때 효모와 어울려 유의미한 결과를 만들어낸다. 그래서 유산균과 효모의 공동 배양이 가능하며, 막걸리는 그 결과물이라고 할 수 있다.

'청산녹수'는 한국식품연구원에서 개발한 효모에 대한 실증 실험을 맡고 있다. 실증 실험은 신규 효모가 실험실 환경이 아닌 상업 양조 환경에서도 자신의 특징이 그대로 구현되는지를 확인하는 과정이다. 김진만 대표는 그 실험 결과를 공유하여 각 양조장이 안심하고 해당 효모를 사용할 수 있도록 한식연의 보급 사업을 뒷받침하고 있다.

사람들에게 선택받을 수 있는 술

'청산녹수'가 내놓은 제품은 탁주로 '사미인주', '편백숲 산소막걸리'로 순수령 5.8도, G12, 딸기 스파클링 6.8도가 있다. 또 일반 증류주로 '52C'와 '첨내린 담금주'가 있다.

'사미인주'는 '청산녹수'의 첫 제품이다. 송강 정철의 가사 〈사미인곡〉에서 이름을 따왔다. 유기농 쌀을 원료로 하여 첨가물 대신 벌꿀을 넣어 빚어, 유리병에 담은 술이다. 알코올 도수는 8도로 드라이한 맛을 지닌다. 한식연의 2번 효모를 사용하여 바나나향과 멜론향을 느낄 수 있다. 벌꿀과 사과 농축액이 들어가는 게 특징이다.

'편백숲 산소막걸리'는 '청산녹수'의 이름을 대중적으로 알린 제품이다. 맥주 순수령처럼 쌀, 물, 누룩으로만 빚는다고 하여 '순수

'사미인주'를 비롯한 '청산녹수'의 대표 제품들.

령'이라는 부제를 붙였다.

산소막걸리 'G12'는 알코올 도수 12도의 원주(전내기술) 그대로를 담은 제품이다. '골디락스'라는 부제를 달았는데, '가장 먹기 좋은, 딱 적절한 조건'을 뜻하는 말이라고 한다.

산소막걸리 '딸기 스파클링'은 'G12' 베이스에 설향 딸기를 넣은 탄산 막걸리이다. 진한 딸기향과 달콤한 맛, 4기압에 이르는 강력한 천연 탄산가스의 청량감으로 소비자의 선호도가 높은 제품이다. 김 진만 대표는 앞으로 장성 사과를 넣은 '꿀사과 막걸리'를 내놓을 계 획도 가지고 있다.

'청산녹수'의 증류주는 '첨내린'이다. 증류식 소주는 42도와 25도 제품이 준비 중에 있고, 시중에는 소주 원액에 주정을 넣은 담금주 제품과, 담금주를 베이스로 해서 오이를 넣은 일반 증류주 '52C'가 나와 있다.

'52C'는 오이 침출주이다. 알코올 도수는 17도. 예전 오이 소주의 레트로 감성을 되살려보고자 만든 술이다. 52는 오이, C는 영어로 오이를 뜻하는 Cucumber의 앞글자라고 한다. 발효시 장성 특산물 인 삼채를 넣는다.

제2의 '청산녹수'를 준비하며

폐교를 리모델링하여 쓰던 양조장에서 새로운 곳으로 이전을 했

스마트 브루어리 시스템을 도입하고 술 카페를 준비하고 있는 '청산녹수'의 새 양조장.

다. 신규 양조장에는 스마트 브루어리 시스템을 도입하고, 술 카페도 열어 '우리술' 시음회도 활발하게 추진할 계획이다. '청산녹수'의 새 시대가 더욱 기대된다.

G12

특징
편백숲산소막걸리 시리즈의 프리미엄 탁주.

주종
탁주

알코올 도수
12도

향
바나나향이 매우 강하고, 바닐라향과 같은 달콤함이 강하다.

맛
단맛이 매우 강하며, 감칠맛이 뛰어나다. 산미는 보통이다.

입안 감촉
12도의 묵직한 무게감이 압도적이다. 균형감이 뛰어나며 부드러운 목 넘김이 일품이다.

G12 즐기기

부드럽고 담백한 막걸리이므로 생선회, 숙회, 해물찜 등 담백한 해산물 안주와 잘 어울린다.

전통주 붐이 일기 전 2008년부터 자신의 이름을 걸고 술도가를 낸 이가 있다. 요즘이야 '프리미엄 막걸리'를 찾아 마시는 세상이지만, 2008년만 해도 주류시장에서 프리미엄 막걸리는 천덕꾸러기 나 다름없었다.

최행숙 전통주가

경기도 파주시 법원읍 사임당로 763   T. 031·958·1297   사진: 백술닷컴 제공

인삼 농가의 평범한 주부였던 그는 술 익는 향기에 반해 양조일을 시작했다.

최행숙 대표

'최행숙 전통주가'의 최행숙 대표는 술을 마시지 못한다. 선천적으로 알코올이 몸에 맞지 않는 스타일이다. 그랬던 이가 술도가의 사장님이 되었다. 원래는 인삼 농사를 짓는 농가의 주부였던 그가 전통주를 접하게 된 계기는 우연이자 필연이었다.

술도 못 마시는 이가 술도가의 사장이 되다

인삼 농가 주부들을 대상으로 하는 전통주 교육을 울며 겨자 먹기로 따라갔다가 한국전통주연구소의 박록담 소장과 인연을 맺게 되었다. 마지못해 나선 만큼 최행숙 대표는 술빚기를 시큰둥하게 여겼다. 그때만 해도 술이 뭐 별거 있겠냐는 생각이었다. 그러나 이런 생각은 자신이 빚은 술을 거르러 갔을 때 확 달라지게 되었다.

술 항아리를 열자마자 나는 그 향기에 완전히 반해버렸다. 최 대표는 그 자리에서는 별다른 내색을 하지 않았지만, 집에 오자마자 부리나케 배운 그대로 술을 빚었다. 그리고 그걸 들고서 박록담 소장을 찾아갔다. 술을 맛본 박록담 소장은 대뜸 "최 여사님은 술 해야겠다"는 말을 했다. 그렇게 최행숙 대표의 양조 인생은 시작되었다.

파주와 서울을 오가며 매수 전통수현구소로 술을 배우러 다녔다. 그 당시 경기도 파주시 법원리는 밤 10시만 되면 차도 끊기고 암흑 절벽이 되는 곳이었다. 이삼 년 동안 열정적으로 술을 배우고 빚었다. 온라인 전통주 카페 활동도 열심히 했다. 농촌진흥청에서 주관하는 전통주 교육도 받았다. 그곳에서 전통주 분야에서 내로라하는 전문가들도 알게 되었다. 전통주를 처음 알게 된 2000년부터 파주 초리골에서 양조장을 설립하는 2007년까지 최 대표에게는 귀중한 배움의 시간이었다.

인삼을 이용한 프리미엄 막걸리

'최행숙 전통주가'의 첫 작품은 '미인 약주 인삼', 즉 인삼주였다. 쌀 미米 자에 인삼에서 따온 사람 인人을 붙여 '미인'이라고 작명했다. 다른 인삼주처럼 인삼추출액을 넣는 게 아니라 발효할 때 인삼을 같이 넣었다.

'미인 인삼주'는 인삼축제 기간에만 생산하여 판매한다. 현재 출시하는 제품은 '아황주', '미인 약주', '미인 탁주', '모량주 막걸리' 세 종류이다. 파주 장단콩 막걸리, '아황주'를 증류한 아황주 소주, 백하수오를 넣은 리큐르도 준비 중이다.

사진: 배술닷컴 제공

파주시 법원읍에 위치한 '최행숙 전통주가'의 외부와 내부.

고려시대 명주를 재현해내다

대표 제품인 '아황주'는 농촌진흥청과 함께 재현한 고려시대의 명주이다. 거위 새끼의 노란 털처럼 진한 황금빛의 술색이 특징이다.

멥쌀 65%에 찹쌀 35%를 넣어 빚는다. 밑술이 덧술보다 배로 많은 독특한 구조이다. 멥쌀은 추청쌀을 사용하고, 찹쌀은 화선찰벼를 쓴다. 화선찰벼를 쓰면 술색이 좀 맑게 나온다고 한다.

최 대표가 밝히는 '아황주'의 비법은 밑술할 때 우리 밀을 볶은 가루를 넣는다는 것이다. 그래서 술이 훨씬 더 구수한 맛이 난다고 한다.

밑술하고 5일만에 고두밥으로 덧술하여 14일 있다가 거른다. 그리고 보름 동안 숙성시켜 출시한다. 찹쌀로만 빚는 '미인주'는 1주일을 더 숙성한다. 그래야 완전 발효가 되면서 담백한 질감이 나온다는 설명이다.

'모량주 막걸리'는 파주시 금촌 통일시장에서만 판매한다. '아황주'의 탁주 버전이다.

아황주 소주는 틈나는 대로 상압 증류해서 옹기에서 숙성, 비축하고 있다. 5년 이상 숙성된 술이 제법 되는데, 시장에 선을 보일 그날이 기다려진다.

백하수오를 침출한 리큐르도 최 대표가 기대를 모으고 있는 술이다. 향이 좋고, 여성에게는 더더욱 좋다는 하수오 리큐르까지 준비되면 '아황주'는 탁주, 약주, 소주, 리큐르까지 단계별로 구색을 다 갖추게 되는 셈이다.

끈기와 노력으로 새길을 개척해 나가다

'최행숙 전통주가'는 누룩에 대해서 준비하고 있는 게 있다. 지금은 맥이 끊어진 셈이지만, 우리 전통의 흩임누룩을 되살려보고자 한다.

멥쌀에 녹두가루를 넣어 고두밥을 찌고 거기에 우리 전통누룩에서 나온 미생물과 효모를 넣어 실험적으로 누룩을 만들고 있다.

최행숙 대표는 술 제조방법에 대해 거리낌 없이 상세히 알려준다. 쌀 대비 물의 양이 어떻고, 발효 때 온도관리는 어떻고, 누룩을 어떻게 하고, 숙성할 때 주의사항은 또 어떻게 해야 하고 등등. 울퉁불퉁 굵어진 최 대표의 손가락에서 지난 세월의 노력이 느껴진다.

아황주

특징

멥쌀과 찹쌀로 빚은 짙은 황금빛의 담백한 술.

주종

약주

알코올 도수

17도

향

은은하게 바닐라향이 느껴진다. 잘 익은 사과향도 느낄 수 있다.

맛

캐러멜이 연상되는 단맛이 강하다. 약한 산미를 느낄 수 있다.

입안 감촉

끈적거리지 않는 깔끔함과 담백함이 있다. 차게 마실수록 목 넘김이 좋고 부드럽다.

아황주 즐기기

갈비찜 등 간장으로 양념한 짭조름한 음식과 잘 어울린다. 명란젓도 좋다.

전라남도 담양군은 대나무로 유명하다. 과거에는 여러 죽세공품 생산지로 유명했고, 지금은 대나무 숲에서 힐링하는 관광으로 알려진 고장이다. '추성고을'은 담양군을 대표하는 양조장이다. '추성'은 신라 때부터 불러 온 담양군의 옛 지명이다.

전라남도 담양군 용면 추령로 29   T. 061·383·3011

대한민국 식품명인 22호로 집안에서 4대째 내려오는 '추성주'를 복원해 빚고 있다.

양대수 명인

'추성고을'의 대표 술은 '추성주'이다. 대한민국 식품명인 22호인 양대수 명인은 집안에서 4대째 내려오는 이 '추성주'를 복원해 빚고 있다.

'추성주'에는 전설이 있다. 1천 년 전인 고려 문종 때 담양 인근에 연동사라는 절이 있는데, 스님들이 빚는 곡차의 맛이 좋기로 유명했다. 이 술을 늙은 살쾡이가 인간으로 둔갑해 날마다 훔쳐먹다가 이영간이라는 젊은 유생에게 발각되어 목숨이 위태롭게 되었다. 살쾡이는 자신을 살려주면 일평생 도움이 되는 비밀의 책을 주겠다며 제안했고, 이 책을 받은 이영간은 크게 출세하게 되었다고 한다.

집안에서 내려오는 술을 복원하다

이 전설의 술 제조법이 양대수 명인 집안으로 전해진 것은 양 명인의 증조할아버지 때이다. 독실한 불교신자였던 그분은 크게 시주한 보답으로 스님으로부터 제조법을 전해 받았다고 한다.

사실 '추성주'는 양대수 명인의 집안에서도 일시 맥이 끊어졌던 술이다. 이 술을 되살리게 된 계기는 1980년대 중후반 시작된 우루과이라운드였다. 수입 농산물이 들어오면 우리 농민들이 생산한 농산물을 어떻게 팔아야 하나 고민하던 그에게 아버지가 집안에서 내려오는 술을 해보면 어떻겠냐고 제안했다.

양 명인의 아버지는 1988년에 돌아가셨고, 졸지에 유지를 받들게 된 양대수 명인은 '추성주'의 복원에 매달렸지만, 꽤 오랜 기간 성과를 거두지 못했다. 제조법이라고 전수받은 게 대충 원료가 뭐가 들어간다는 정도로 적힌 쪽지 한 장에 불과했기 때문이다.

특히 20여 가지에 이르는 많은 약재가 들어가는 데 이걸 어떻게 법제해야 하는지 방법이 나와 있지 않았다. 동네 어르신들을 찾아뵈면서 술을 빚는 방법을 배우고, 약재상을 다니면서 약재를 법제

사진: 추성고을 제공

전통의 술인 '추성주'가 익어가는 담양 '추성고을'.

하는 법을 배우는 나날의 연속이었다. 숱한 시행착오를 거치면서 3년여 고생을 거듭하던 어느 날 약재를 언제 어떻게 투입해야 하는지 머릿속이 환하게 정리되었다.

계절에 관계없이 술을 빚고 관리하기 위한 두 가지 버전

'추성주'는 약주와 증류주, 두 가지 버전이 있다. 현대에 와서 버전을 달리한 게 아니다. 계절과 관계없이 술을 빚고 보관하기 위해 오래전부터 약주와 증류주 두 가지로 만들었다. '추성고을'에서는 이 둘을 구분하기 위해, 약주에는 '대잎술', 증류주에는 '추성주'라는 제품명을 붙였다. 약재를 침출하여 약주인 '대잎술'을 만들고, 이를 증류한 술에 다시 약재를 넣어 2차로 침출하면 증류주 '추성주'가 만들어진다.

'추성고을'에는 1만 3천 리터들이 증류주 저장탱크가 있다. 거기에는 18년 이상 숙성된 '추성주'가 잠들어 있다. 장 담글 때 쓰는 씨간장처럼 씨앗이 되는 술이다. 양대수 명인은 매번 꺼내 쓰는 만큼 채워놓고 있다.

'추성주'의 고급 제품인 '타미앙스'는 많은 상을 받았다. 2013년 우리술품평회에서 대상을 받았다. 2014년에는 샌프란시스코 국제주류품평회에서 최고상인 더블골드 메달을 받았다. 벨기에의 몽드셀렉션에서도 최고상을 받았다. '우리술'이 특히 대나무 약재 술이

세계인의 입맛을 사로잡은 '타미앙스'.

세계인의 입맛을 사로잡을 수 있다는 걸 증명한 쾌거였다.

조선의 유명한 술인 '죽력고'

'추성고을'에서는 육당 최남선이 조선의 유명한 술로 언급했다는 '죽력고'도 만든다. 죽력은 원래 대나무가 많이 나오는 지방에서 대나무의 진액을 모아서 만드는, 한방에서 쓰는 약재이다.

죽력을 내리는 전통적인 방법은 매우 복잡하다. 먼저 항아리 하나가 들어갈 정도로 구덩이를 판다. 항아리에 대나무를 쪼개어 채우고, 뒤집어서 다른 항아리와 주둥이를 맞춰 올린다. 진흙으로 틈새를 막고 새끼줄로 동여맨다. 여기에 황토를 5센티미터 정도 두께로 바른다. 이렇게 준비한 항아리를 구덩이에 넣고 왕겨를 쏟아붓는다. 여기에 불을 붙여 3일간 태운다. 불이 사그라지면 대나무에서 진이 내려와 모이게 되는데 이것이 죽력이다.

양대수 명인은 수차례 실패 끝에 상압 증류의 방식을 응용하여 죽력을 추출하는 기계를 개발했다.

'추성고을'의 '죽력고'는 이렇게 내린 죽력과 석창포, 계피, 생강을 넣은 증류주이다. 알코올 도수는 25도로 부담 없이 마시기에 좋다. 죽력이 0.9% 들어 있다. 향이 강하지 않고 은은하며 약간의 단맛이 있고, 대나무향의 여운이 오래 지속된다.

술을 바로 알고 제대로 마시는 법을 알려주는 교육이 필요하다

양대수 명인은 어릴 때부터 술에 대해 교육해야 할 필요가 있다고 말한다. 가까운 일본만 하더라도 유치원생들이 양조장 견학을 하기도 하는데, 그 정도까지는 아니더라도 학생들에게 최소한 술을 마시는 예법에 대해 교육해야 한다고 강조한다.

술에는 그 나라의 문화가 담겨 있다. 특히 전통주에는 면면히 이어오는 조상의 정신과 현재 우리 농업의 모습이 함께 담겨 있다고 해도 지나침이 없다. 술을 바로 알고, 술을 제대로 마시는 법을 알게 되는 것. 지나치게 조급한 우리의 음주문화를 바꾸고, 나아가 전통주의 자리를 튼튼하게 굳힐 수 있는 하나의 해법이 아닐까 싶다.

죽력고 25

특징

최남선이 꼽은 조선의 유명한 술.

주종

일반 증류주

알코올 도수

25도

향

대나무향이 매우 강하며 계피와 석창포, 생강의 향이 은은하게 전달된다.

맛

약간 쌉싸름한 맛 뒤에 은은하게 단맛과 산미가 느껴진다.

입안 감촉

대나무의 향과 상쾌하고 깔끔한 맛이 특징이다.

타미앙스

특징

한약재를 넣어 빚은 후 감압 증류하여 오래 숙성하여 만든다. 추성주의 프리미엄 술. 2013년 우리술품평회 대상 수상.

주종

일반 증류주

알코올 도수

40도

향

구기자향과 오미자향이 매우 강하며, 구수한 누룩향도 잘 느껴진다.

맛

감칠맛이 매우 뛰어나다.

입안 감촉

자극적이고 무게감이 있는 맛의 여운이 오래 지속된다.

죽력고 25와 타미앙스 즐기기

죽력고 25는 육포와 어울리며, 타미앙스는 죽순 요리나 생선회와 함께 마시면 좋다.

새로운 한자를 알게 되었다. 맛있는 음식 추(饆). '추연당'은 '맛있는 음식(술)으로 인연을 맺는(은) 집'이라는 뜻이라고 한다.

경기도 여주시 가남읍 금당리길 1-111   T. 010 · 6851 · 3570   사진: 여주시 제공

추연당

추연당 맑은 술

다섯번 빚는 술

순향주

Soonhyangjoo Traditional
Crystal Flavor

375ml 15%

백년향

百年의 香

A Flavor of a hundred year

500ml 10%

2022

사진: 추연당 제공

어릴 적 할머니가 빚던 술 향기를 못 잊어 마흔일곱 살에 술빚기를 시작했다.
이숙 대표

양조장 '추연당'은 쌀과 물이 좋기로 소문난 경기도 여주에 있다. 2020년 우리술품평회에서 약·청주 부문 우수상과 2023년 경기주류대상 약·청주 부문 대상을 받은 '순향주', 2021년 탁주 부문 최우수상을 받은 '백년향'으로 명성이 높아지고 있는 양조장이다.

옛날 할머니가 담그던 '우리술'과 장독이 기억나다

이숙 대표는 원래 천연비누를 수입해 판매하는 업체를 운영했다. '웰빙'이라는 단어가 부각되는 시기였고 아이들의 아토피에 좋다고 알려져 사업은 순조로웠다. 그러던 어느 날 헛헛해지는 마음을 발견한 이숙 대표는 옛날 할머니가 담그던 '우리술'과 장독이 기억났다. 외국의 물건을 가져다 파는 대신 우리의 것을 해보고픈 마음이 들던 차였다.

2012년부터 한국전통음식연구소에 다니면서 전통음식과 전통주를 배웠다. 술 익는 소리와 향에 반하고, 빚은 술을 나눠주는 재미에 빠져 지내다 보니 어느덧 5년이 훌쩍 지났다.

술빚기에 자신감이 생겼다. 단순한 양조장이 아니라 문화 사업으로 진행하면, 자신에게 조금 더 다른 인생의 방향이 보일 것도 같았다. 양조장 사업을 시작하겠다고 하자 주변에서 모두 뜯어말렸다. 모두가 만류하면 더 하고 싶어진다고, 그런 마음에 여주시 금당리에 양조장을 차렸다.

'추연당'에서 내놓은 첫 작품인 순향주

이숙 대표는 '추연당'의 첫 작품으로 '순향주'를 골랐다. 그가 구상한 술의 이미지는 달지 않은, 드라이한 맛이다. 개인적으로 드라이한 술맛을 좋아하는 데다가, '우리술'이 너무 달아서 음식과 페어링이 좋지 않고, 너무 끈적거린다는 주위 요리 전문가들의 의견을 듣고서 내린 결론이다. 드라이한 술을 빚으려면 멥쌀을 써야 한다. 멥쌀로 술을 빚는 주방문을 고문헌에서 찾던 이숙 대표는《음식디미방》에서 백설기로 밑술을 하는 순향주를 보게 되었다. 어릴 적 할머니가 빚던 술이 백설기로 만들었던 걸 기억했기에 이 대표는 더욱 마음에 와 닿았다.

원래《음식디미방》에서 순향주는 세 번 빚는 삼양주였다. 주방문대로 여러 번 해봤는데 술이 안정적으로 빚어지지 않자 이숙 대표는 다섯 번 빚는 오양주법으로 바꿔 시도해보았다.

오양주법으로 바꿔서 처음 세 번을 백설기로 빚고, 두 번을 고두밥으로 마무리하면 술 양도 더 나오고 알코올 발효도 잘되니 괜찮을 것 같다는 구상이었다. 여러 번 시음 끝에 밑술부터 다섯 번째 담금까지 모두 멥쌀로 했다가, 마지막 덧술은 찹쌀로 바꾸었다. 너무 드라이하고 독하다는 의견에서였다. 찹쌀을 넣으면 감칠맛이 더 돌면서 새콤달콤한 맛이 나게 된다.

기교를 부리지 않고 초심으로 빚는 술

'추연당'의 '순향주'는 발효에서 숙성까지 100일이 걸린다. 이숙 대표는 술을 빚을 때마다 매번 백일치성을 드리는 마음이다. 초심을 꾸준하게 유지하는 게 좋은 술을 내놓는 비법이라는 걸 깨달았기 때문이다.

이숙 대표는 잘된 '순향주'는 호두 같은 고소한 향이 난다고 말한다. 살짝 산미가 돌면서 참외향, 살구향 등 과일향도 난다. 깔끔하면서 감칠맛과 살짝 도는 산미가 맛에 액센트를 준다. 시원하게 마시면 쌀의 고소함도 느낄 수 있다. 반면, 매운 술은 목에서 부드럽게 넘어가지 않고 목 안에서 탁 치는 느낌을 준다. 살짝 끝에서 청양고추 먹은 것 같은 느낌의 매콤한 맛을 느끼게 된다.

탁주인 '백년향'은 순향주와 마찬가지로 100일간 발효·숙성해서 빚는다. 밑술을 백설기로 하는 삼양주이다. 우리술품평회에 이어 2022년 참발효어워즈에서도 대상을 수상한 명주이다. '백년향'

의 매력은 입안에 잔당이 남지 않고, 마시면 깔끔하게 떨어지는 시원함을 느낄 수 있는 점이다. 소비자들은 참외와 배의 과일향, 고소한 아몬드향, 진한 바다감을 갖고 있으면서 부드럽게 넘어가는 목넘김, 은은한 단맛과 산미, 그리고 이 모든 게 어우러지는 풍부한 맛과 향의 향연을 느낄 수 있다고 칭찬을 아끼지 않는다.

'소여강'은 증류식 소주이다. 여주의 트레킹 코스인 여강길에서 이름을 따왔다. 여강길은 코스마다 상징이 되는 색상이 있다. 2코스 '세물머리길'는 금색, 3코스 '바위늪구비길'은 파랑, 4코스 '오일장터길'은 초록색이다. 이 느낌을 살려서 제품 라벨에도 여강길 각 코

'추연당'은 쌀, 물, 누룩 등 술의 원료와 병을 캐릭터화한 웹툰을 제작하고 있다. 보다 많은 사람들이 '우리술'에 관심을 갖기를 바라는 마음에서다.

스가 상징하는 색상을 넣었다. 알코올 도수 25도 제품은 4코스의 초록, 42도는 3코스의 파랑, 50도는 2코스의 금색으로 제품명을 표시하고 있다. '소여강'은 그냥 마셔도 좋지만 칵테일로 만들어 마시면, 색다른 맛을 즐길 수 있다.

'소여강'을 증류하기 위한 술은 따로 빚는다. 침전물이 완전히 가라앉아 맑게 떠오른 술만 떠서 소주를 내린다. 그리고 항아리에서 42도 이상은 1년, 25도는 6개월을 숙성한다. 맑은 술로 내린 소주이기에 상압 증류를 했어도 굉장히 깔끔한 맛을 낸다. 쌀 소주 특유의 은근한 단맛이 있고 고소함이 있고 아로마가 풍부하다.

맛있는 음식, 사람과의 인연, 함께하는 공간

이숙 대표의 사업가로서의 생각은 '추연당'이라는 상호에 잘 드러난다. '맛있는 음식', '사람과의 인연', '모이는 공간'이 키워드이다.

'맛있는 음식'으로 이숙 대표가 지금 진행하고 있는 건 육포와 도라지정과이다. 내 술에 어울리는 안주를 만들고 싶다는 소박한 마음에서 시작했다. 이숙 대표는 술에 앞서 전통음식을 공부하기도 했고, 2021년 한국전통음식 요리경연대회에서 대통령상을 받기도 한 이 분야의 전문가이니 자격은 충분하다. 브랜드는 세종대왕의 이름을 따서 '이도'라고 정했다.

여주 산림조합 안에 위치한 '여유'라는 어르신 카페도 운영하고 있다. 일자리 창출을 위해 어르신 20명이 일하는 이 공간에서 이들 제품을 먼저 상품화해서 판매하고 있다. 여주의 백작약을 넣은 모주를 만들어볼 계획도 있다. 술지게미를 활용한 부차적인 식품이 아니라, 모주라는 식품 자체의 가치, 맛과 향, 영양을 소개하고 싶어서다.

'사람과의 인연'과 '모이는 공간'에 대한 구상은 술과 갤러리와 음악이 있는 체험관으로 정리된다. 여주에는 화가, 도예가, 음악가 등 예술인이 많다. 이들의 작품이 전시되고 공연이 이뤄지는 공간. 그러면서 맛있는 술과 음식을 두고서 사람들이 소통하는 자리. 이숙 대표는 그런 정겨운 문화공간을 만들고 싶은 바람을 가지고 있다.

순향주

특징

드라이한 산미가 좋은 오양주.

주종

약주

알코올 도수

15도

향

멜론향, 참외향이 강하다. 바나나향과 배
향도 은은하게 느껴진다.

맛

감칠맛이 뛰어나며, 적당한 산미가 있고,
단맛은 약하다.

입안 감촉

목 넘김이 우수하고 여운도 오래 지속된다.

순향주 즐기기

어떤 안주와도 잘 어울리지만, 불고기 양념으로 만든 육포를 제일로 추천한다.

순창 지란지교 양조장의 정식 명칭은 '농업회사법인 친구들의 술, 지란지교'라는 긴 이름이다. 좋
은 사람들과의 어울림을 중시하는 임숙주 대표의 철학이 담긴 상호이다.

전라북도 순창군 순창읍 순창7길 5-1   T. 063·934·9898

친구들의 술 지란지교

도시에서의 직장 생활을 정리하고 고향 순창으로 돌아와 어머니의 술 비법을 이어
받아 무화과 술을 빚고 있다.
임숙주 대표

"인류가 제일 처음 빚은 술이 뭔지 아세요? 바로 무화과 술이에요."

설명인즉슨 아담과 하와가 선악과를 따 먹고서 벗은 몸을 가리려 나뭇잎을 따서 엮었는데, 그 나뭇잎이 무화과 잎이었다고 한다. 성서에 기록된 최초의 과실. 임숙주 대표는 그 무화과를 키우고 또 술을 빚는 사람이라고 자신을 소개한다.

혀로 맛을 보고 가슴으로 품는 술

임 대표는 2013년 경기도 수원에서의 직장 생활을 정리하고 고향인 전라북도 순창에 귀향했다. 두 해 남짓 무화과 농사에 전념했다. 어느 정도 숨 돌릴 겨를이 생기자, 그는 옛집에 남아 있던 돌아가신 어머니의 유품을 정리하기 시작했다.

그러던 중 쳇다리, 주걱, 체 등 어머니가 쓰시던 술 빚는 도구들을 찾아냈다. 어머니에 대한 그리움이 새록새록 돋아났다. 술 빚는 어머니를 도왔던 기억을 되살려가며 술을 빚어보기로 했다. 술 빚는 방법에 대한 기억이 가물가물하기도 하여 순창 전통고추장 민속마을에 있는 발효미생물산업진흥원에서 진행한 전통주 제조과정 단기교육에 참여하기도 했다.

어머니가 술을 빚던 그 자리에서 아들이 술을 빚었다. 술 잘 빚는 사람으로 슬슬 소문도 나고 자신감도 생길 무렵에, 주위의 강권으로 '2016 대한민국명주대상'에 출품했다. '설주'라는 이름으로 출품한 술은 전체 부문 대상을 수상했다. '설주舌酒'라는 이름은 '혀로 맛을 보고 가슴으로 품자'는 뜻에서 지었다고 한다.

얼떨결에 큰 상을 받게 되자 전통주를 제대로 배워보고 싶다는 생각이 들었다. 서울과 순창을 매주 오가며 한국전통주연구소의 박록담 소장에게서 1년을 배웠다. 자신이 빚은 술이 순창 백일주의 맥락을 이은 것이라는 걸 그때 알게 되었다. 순창 백일주, 또는 순창 삼해백일주는 순창읍 가남리 가잠마을 안동 권씨 집안에서 빚던 가양주이다. 담양에서 이 집안으로 시집온 창평 고씨가 전했다고 한다.

2023년, 2020년 대한민국주류대상 대상을 수상했다.

편안하게, 기쁜 마음으로 빚어야 술맛이 좋다

양조장은 2019년에 차렸다. 술 사업으로 돈을 벌겠다는 생각보다는 친구들과 술을 나누고 싶다는 마음이 더 컸다. 2020년부터 본격적으로 술을 빚었지만, 그해 후반기까지 팔지 않았다. 팔기에는 내 술이 너무 아깝다는 생각이 들었다. 술도가 사장님답지 않은 발언이다. 아마도 자기 술의 가치를 다른 이들이 알고서 제값을 쳐줄까 하는 따위의 걱정이 있지 않았을까 싶다. 임숙주 대표는 마음을 비운 상태에서 술을 빚어야 된다고 말한다.

욕심 없이 잘 모르던 시절에 빚은 술이 명주대상을 받았는데, 더 잘하겠다고 욕심을 내는 순간 술맛이 이상했다. 술이 빚는 사람의 기쁨, 슬픔, 화 등 기분을 파장으로 느낀다는 생각이 들었다. 일상처럼 편안하게, 기쁜 마음으로 술을 빚어야 좋은 향과 맛이 깃든다.

전통주는 과학이 아닌 마음으로 빚는 술

'지란지교'의 술은 탁주, 약주, 무화과 탁주, 소주의 4종류가 있다. 그중 소주는 아직 시장에 공식적으로 내놓지 않았다. 양산을 위해서는 좀 더 많은 연구가 필요하다는 생각에서다.

탁주, 약주 모두 100일 발효, 90일 저온 숙성해서 빚는다. 멥쌀을 가루내어 죽을 쑤고 누룩을 섞어 밑술을 빚고 고두밥으로 덧술하는 이양주다. 덧술 발효는 15℃ 정도의 저온에서 진행한다. 100일이라

전라북도 순창군에서 직접 재배한 무화과를 넣어 술을 빚고 있다.

는 긴 발효 기간을 거쳐야 알코올이 아닌 풍부한 향과 맛이 깃든 술이 만들어진다는 설명이다.

누룩은 직접 제조해서 쓴다. 친지가 생산한 우리 밀을 빻아서 쓰고 무화과 잎을 초재로 이용한다. 무화과 잎에는 효모가 많아서 누룩 발효가 잘 이뤄진다고 한다. 초복 무렵에 띄우는데 한창때는 누룩의 품온이 40℃를 오르내린다. 그런 환경을 이겨냈기에 그의 누룩 효모는 높은 온도에 강한 내성을 갖는다. '지란지교'의 술이 실패 없이 잘되는 이유이다.

약주를 거르는 건 오랜 기간 침전물을 서서히 가라앉히는 자연침지 방식을 이용한다.

무화과 탁주에는 무화과 청이 들어간다. 그가 직접 재배한 무화과 중에서 잘 익은 것만 골라서 사용한다. 청을 만드는 이유는 '피신'이라는 효소를 줄이기 위해서다. 무화과 탁주의 붉은색은 레드비트 분말로 낸다. 알코올 도수는 12도이다.

우리의 근간을 잘 지켜 새로움을 만드는 일

임숙주 대표는 전통주 1.5세대에 속한다. 앞선 선배들의 걸음을 따라가며 후배들이 따라 올 발자취를 남기고 있는 그는, 우리 근간을 잘 지키며 새로운 술을 빚는 게 자신이 할 일이라고 말한다.

지란지교 탁주

특징

순창 백일주의 맥을 이은 100일 발효,
90일 숙성한 술.

주종

탁주

알코올 도수

13도

향

농익은 사과향이 강하게 나며, 멜론과 참
외의 달콤함도 쉽게 감지된다.

맛

단맛과 산미가 강하다. 약간의 쌉싸름한
맛도 느낄 수 있다.

입안 감촉

묵직하지만 목 넘김이 좋다. 밀키한 부드
러움도 함께 한다.

지란지교 무화과 탁주

특징
잘 익은 무화과의 풍성한 향을 느낄 수 있는 술.

주종
탁주

알코올 도수
12도

향
풍부한 무화과향을 느낄 수 있다.

맛
단맛이 강하고, 약간의 산미도 있다.

입안 감촉
목 넘김이 좋아 부드럽게 넘어간다.

지란지교 탁주 즐기기

새콤한 맛과 단맛이 있어 매콤한 요리와 즐기면 좋다. 불족발이나 곱창을 추천한다.

충청남도 서천군 한산면에 들어서면 제일 먼저 눈에 보이는 풍경이 있다. '한산소곡주' 판매점이 길거리에 즐비하게 늘어서 있는 모습이다. 한산면에서 '소곡주'를 생산하는 업체는 70여 곳. 옛날에는 무려 250~300여 농가에서 '소곡주'를 빚었다.

충청남도 서천군 한산면 충절로 1118 (한산소곡주)   T. 041·951·0290   사진: 한산소곡주 명인 제공

'한산소곡주' 기능보유자인 우희열 명인의 아들. 한산소곡주 대중화와 명품화에 노력을 아끼지 않고 있다.

나장연 대표

'한산소곡주'는 앉은뱅이 술로 유명하다. 술맛을 보던 며느리가 젓가락으로 찍어 먹다가 취해서 일어서질 못했다는 데서 유래되었다고도 하고, 과거 길에 오른 선비가 '소곡주' 맛에 반해서 주막에 눌러 앉았기에 그런 별칭이 생겼다고도 한다. 그만큼 달고 진하며 감칠맛이 일품인 술이 아닐 수 없다. '한산소곡주'는 단맛에 홀짝홀짝 들어가는 술이지만, 알코올 도수가 18도로 요즘 나오는 희석식 소주보다 독하다.

'한산소곡주'의 명품화

'한산소곡주'가 지금처럼 전국적인 성세를 누리는 데에는 정부의 노력도 있었다. 전통주 등의 산업진흥에 관한 법률(전통주산업법)이 제정되는 시점에 맞춰, 2009년 10월에 지식경제부는 한산면 일대를 지역특화발전 특구로 지정하였다.

이에 따라 서천군은 157억 원의 예산을 들여 '한산소곡주' 명품화사업에 착수했다. 각 농가에서 중구난방으로 이뤄지던 '한산소곡

어머니 우희열 명인과 아들 나장연 대표. 우희열 명인은 대한민국 식품명인 제19호이다.

주'의 제조법을 표준화했고, 지리적 표시 단체표장을 도입해 한산 지역에서 생산된 술에만 '한산소곡주'라는 명칭을 쓸 수 있게 했다. 이런 정부의 지원책에 따라서 정식으로 제조허가를 받은 한산소 곡주 양조장이 계속 늘어났다. 2010년 당시 합법적인 '한산소곡주' 양조장의 수는 달랑 3개. 이 숫자가 2012년 23개가 되었고, 2019년 에는 68개의 양조장이 '한산소곡주' 제조허가를 받은 것으로 집계 된다.

'한산소곡주'는 충청남도 무형문화재이다. 현재 기능보유자인 우 희열 명인은 대한민국 식품명인 제19호이기도 하다. 우희열 명인은 시어머니 김영신 보유자로부터 술을 배웠고, 큰아들 나장연 대표를 기능 전수자로 두고 있다.

'한산소곡주' 제조의 표준화

　나장연 대표는 1992년에 학교를 졸업하고서 서천으로 내려왔다. 연로한 할머니와 어머니가 힘겹게 양조장 일에 매달리고 있는데, 나 몰라라 할 수 없었기 때문이다. 젊은 피, 나장연 대표가 한 일은 '한산소곡주' 제조를 표준화하는 일이었다. 표준화한다고 해서 소곡주 제조 공정을 멋대로 바꾸지 않았다. 그동안 해왔던 방식을 고수하면서 더 잘될 수 있는 방법을 찾아서 하나씩 개선해 나갔다.

　일례로 '한산소곡주'를 빚는 데 건고추가 들어간다. 술독 하나에 건고추 3개를 박아넣는데 고추의 매운맛을 술에 담기 위해서가 아닌, 술이 잘되기를 바라는 주술적인 행위이다. 메주콩도 들어간다. 술이 시어지는 걸 막아주기 때문이라는 데 실제 효과가 없는 것으로 알려진다. 이러한 것을 나장연 대표는 알면서도 꾸준히 지키고 있다.

　대신 나장연 대표가 주목한 것은 누룩이다. 누룩이 일정해야 술이 잘되기 때문에 품질이 안정적으로 유지되도록 하는데 연구를 거듭했다. 그는 술맛에 가장 많은 영향을 미치는 게 누룩에서 나온다고 생각한다. 최근까지 나장연 대표는 누룩을 직접 만들었다. 그러다가 일손 부족으로 서천군 판교면에 있는 업체에 위탁하여 생산하고 있다. 생산을 위탁했지만 밀을 선별해서 성형하여 발효시키는 전 과정을 컨설팅하면서 품질이 유지되도록 관리했다. 초기와 달리 누룩의 품질이 안정적으로 나오는 지금에는 다른 '한산소곡주' 양조장

'한산소곡주'를 소개하는 강의도 듣고 시음도 할 수 있는 복합전수관.

에도 그곳 누룩을 사용하도록 권장하고 있다.

나장연 대표는 사용한 누룩에서 선별한 효모를 배양하여 술 빚을 때 따로 넣어주고 있다. 나 대표가 효모를 넣는 이유는 술의 안정적인 발효와 품질관리를 위해서다. 그 효모가 내 집 누룩에서 선별한 것이니, 누룩의 힘을 더 강화한 것이라고 보면 될 것이다.

나장연 대표는 전통주 양조장으로는 드물게 실험설비를 갖추고 있다. 클린 벤치, 인큐베이터, 원심분리기, 현미경 등 제대로 갖춘 설비이다. 술을 빚는 과정, 특히 밑술 단계에서 수시로 시료를 채취하여 정상적으로 발효가 이뤄지고 있는지 확인한다. 효모가 제대로 크고 있는지, 초산균 같은 잡균이 번식하지 않았는지 살핀다.

'한산소곡주'의 대중화와 명품화를 위한 나장연 대표의 노력

나장연 대표는 '한산소곡주'의 품질을 높이기 위해 찹쌀, 밀 등 원료가 되는 곡식의 품종을 개량하는 연구개발에 적극 참여했다. 2009년에는 한국식품연구원과 공동으로 전통주 명품화를 위한 향미 개선 연구를 진행했다.

한산 지역 각 농가들이 무난하게 '소곡주' 주류면허를 받을 수 있도록 자신의 경험과 노하우를 나눴다. 양조장 시설 개선을 위한 정부 지원금을 받는 일에도 앞장서 적지 않은 예산을 받아냈다. 건양대에서 '소곡주' 활성화 교육 프로그램을 만들었을 때에도 현장 경험과 지식을 전파했다. '한산소곡주' 지리적단체표장을 만들 때, 술병과 로고 서체를 개발하는 일에도 관여했다. 현재 '한산소곡주' 70여 양조장은 같은 디자인의 술병과 서체가 들어간 라벨을 사용하고 있다.

'한산소곡주'를 세상에 알리기 위해 2003년부터 2008년까지 매년 체험행사를 개최했다. 2015년부터 시작된 '한산소곡주' 축제에도 한산소곡주홍보추진위원장을 맡아 성공적인 축제가 이뤄지도록 최선을 다했다. 이렇듯 '한산소곡주'가 명품으로 변모하는 걸음마다 나장연 대표의 노력이 있었다.

나장연 대표는 '한산소곡주'가 아직도 세상에 많이 알려지지 않았다고 생각한다. 추석, 설날 등 명절에 집중하여 판매가 이뤄지는 것이 그 증거이다. 젊은 세대들이 '한산소곡주'의 맛을 낯설어하는 것도 아쉽기만 하다.

    전통주에 대한 선입견을 버리고 다가간다면 '한산소곡주'를 다시 보게 될 것이다.

특징

달고 진한 감칠맛을 지닌 앉은뱅이 술.

주종

약주

알코올 도수

18도

향

청사과향이 두드러지며, 은은한 밀향이 느껴진다.

맛

단맛과 감칠맛이 강하며, 산미도 은은하게 느껴진다.

입안 감촉

묵직하지만, 목 넘김이 좋다.

한산소곡주 즐기기

술의 밀도가 높아 차갑게 마시면 좋다. 안주는 해산물 종류와 소고기 육회 등을 추천한다.

조선시대 구중궁궐에서 임금이 마시던 술인 진양주. 100% 찹쌀로 빚어 밝은 노란빛을 띠며,
차갑게 마시면 입안에 가득 퍼지는 독특한 향과 맛이 일품인 우리술이다.

전라남도 해남군 계곡면 덕정리 123   T. 061·532·5745

해남진양주

큰딸 임은영 씨가 어머니 최옥림 대표를 이어 전라남도 무형문화재인 진양주의 명
맥을 잇기 위해 전수교육을 받고 있다.
최옥림 기능보유자, 임은영 전수자

해남진양주는 궁중에서 빚던 술이 민간에 전해져 6대째 내려오고 있는 명주이다. 1994년에 전라남도 무형문화재로 지정되었다.

궁중에서 전남 영암으로, 다시 해남으로,
임씨 집안의 가양주가 되다

진양주가 민간에 전해지는 과정은 흥미롭다. 조선 헌종 때 사간 벼슬을 지낸 김권이라는 분이 있었다. 그분이 관직을 그만두고 고향인 전라남도 영암으로 귀향할 때 궁녀였던 최씨를 소실로 맞이하여 함께 내려왔다고 한다. 최씨는 궁중에서 임금님이 드시는 술을 빚었던 분. 약주를 즐기던 김권에게 최씨가 궁중의 비법으로 좋은 술을 빚어 드린 것이 진양주의 시작이다. 최씨는 김권의 손녀인 광산 김씨에게 진양주 빚는 법을 전수했는데, 이후 광산 김씨는 이웃 해남의 장흥 임씨 가문으로 시집가게 되었다.

궁중에서 전남 영암으로, 다시 해남으로 적을 옮긴 진양주는 임씨 가문의 가양주가 되어 지금의 무형문화재 기능보유자인 최옥림 여사에게로 6대째 이어오게 되었다. 최옥림 여사는 어려서 친정에서 술 빚는 법을 배웠다고 한다. 술 빚는 데 재주가 있어서 그가 빚은 술은 부드럽고 술이 빨리 익어 인기가 좋았다고 한다. 임씨 집안에 시집와서 시어머니에게 진양주 빚는 법을 배웠고, 정확한 계량과 쌀 씻는 법을 정립하여 진양주를 발전시킨 것으로 알려진다. 지금은 큰딸인 임은영 씨가 최옥림 여사에게서 진양주 빚는 법을 전수받고 있다.

덕정리 우물물과 찹쌀, 누룩으로 빚는 참된 술

진양주는 해남 덕정리의 우물물로 빚어야 제맛이 난다고 한다. 덕정리의 물로 빚은 술은 맛이 부드럽고 향이 은은해 참 진眞 자를 써서 진양주라고 이름 붙였다고 한다. 또 진양주는 찹쌀로만 빚은 술인데 찹쌀을 옛날에 진眞미米라고 불렀던 데서 이름이 유래하기도 했다.

덕정리 마을로 가는 길에는 '진양주마을'이라는 이정표가 있다. 덕정리가 장흥 임씨 집성촌이었기에 예전에는 임씨 집안 사람이면 누구나 가양주로 내려온 진양주를 빚을 줄 알았다고 한다. 지금은 오직 최옥림 여사만이 진양주의 맥을 잇고 있다.

진양주는 해남지역에서 키워낸 찹쌀을 사용해서 일체의 첨가물 없이 물과 누룩만 넣어 빚는다. 찹쌀 1되를 담그면 술 1되가 나올 정도로 진한 술이지만 독하지 않고 뒷맛이 깔끔해서 한없이 마시게 되는 일명 '앉은뱅이 술'이다. 또 예전에는 원료인 찹쌀이 비싸고 보관도 어려웠기에 지체 높은 양반들이나 맛볼 수 있는 귀한 술이었고 서민은 접하기 어려워 '먼발치의 술'이라고 불렀다고 한다.

진양주는 찹쌀 죽으로 밑술을 하고, 다시 찹쌀 고두밥을 지어 덧술하는 이양주이다. 찹쌀 1되에 물 5되를 넣어 죽을 쑤고 누룩과 버무려 밑술을 안친다. 사나흘 지나 밑술 발효가 끝나면 찹쌀 9되로 고두밥을 지어 덧술을 하고, 보름 정도 지나 술이 거의 익었을 때 물 5되를 붓고, 다시 사나흘 지나서 술이 완전히 익으면 용수를 박아 청주를 떠낸다.

진양주는 시중에서 구하기 어려운 술이다. 오프라인에서는 해남

양조장에 구비되어 있는 감압식 증류기. 진양주로
빚은 소주는 어떤 맛일지 궁금하다.

의 로컬푸드 매장에서 구입할 수 있고, 온라인은 해남군청에서 직영하는 쇼핑몰인 '해남미소'에서 살 수 있다. 아니면 양조장에 직접 연락하여 택배로 받아야 한다.

연중 술을 빚지 않고 추석과 설날, 양대 명절을 앞두고 제품을 생산한다. 진양주는 생주가 아닌 살균약주로 유통된다. 그래서 소비기한이 1년이다.

해남진양주

특징

찹쌀로만 빚는 이양주. 전라남도 무형문화재.

주종

약주

알코올 도수

16도

향

매실향과 치자꽃 향이 강하고 연꽃과 밀향이 은근하게 난다. 누룩향이 다소 강하고, 엿기름의 달콤한 향도 느낄 수 있다.

맛

찹쌀의 감칠맛이 뛰어나다. 강한 단맛과 적당한 산미를 맛볼 수 있으며, 쌉싸름한 맛도 희미하게나마 찾을 수 있다.

입안 감촉

목 넘김이 좋고 부드럽다. 여운이 적당히 지속되며 무게감은 가벼운 편이다.

진양주 즐기기

흰살 생선회와 잘 어울린다. 약간의 산미가 있으면서 달지만 무겁지 않은 맛이 담백한 생선회의 맛을 더욱 깔끔하게 만들어준다. 차게 식혀서 마셔야 제맛이다.

풍정사계. 춘하추동 계절별로 특색 있는 술을 빚는다. 양조장 이름인 '화양'은 '조화양지'의 준말로 '조화롭게 술을 빚는다'는 뜻이다. 사계절을 담은 조화로운 술은 어떤 맛일까?

충청북도 청주시 청원구 내수읍 풍정1길 8-2   T. 043·214·9424   사진: 화양양조장 제공

화양양조장

사계절의 정취를 약주, 과하주, 탁주, 증류식 소주로 표현하였다.
이한상 대표

'화양양조장'에서 빚는 '풍정사계'는 전통주 중에서도 베스트셀러에 속하는 술이다. 2017년 한미정상회담 청와대 만찬주를 비롯하여 여러 차례 국빈 만찬주로 쓰였고, 대한민국 우리술품평회에서도 대통령상과 대상, 최우수상 등을 수상하여 명성이 높은 술이다.

'풍정사계'는 양조장이 자리한 청주시 청원구 내수읍 풍정리 마을에서 느껴지는 봄·여름·가을·겨울의 정취를 약주, 과하주, 탁주, 증류식 소주의 4가지 술에 담는다. 물론, 춘하추동 사계절을 담은 술이라고 해서 그 계절에만 판매하는 건 아니다. 다만 워낙 소량 생산되어 구하기가 쉽지 않을 뿐이다.

술을 마시며 어린 날의 아름다운 풍경을 떠올릴 수 있기를

이한상 대표는 풍정사계의 이미지를 이렇게 설명한다. "가을날 안개가 자욱하게 내려앉은 마을 길을 따라서 등굣길에 오르던 어린 시절을 생각합니다. 길 좌우편으로 코스모스가 하늘하늘 피어 있는 길을 따라 걸을 때 멀리 보이던 느티나무. 지금은 사라졌어도 잊혀지지 않는 그 아름다운 모습이 내 술을 마시면서 그려졌으면 했죠."

홈페이지에 나온 술 소개 글을 엮으면 윤선도의 〈어부사시사〉에 못지 않은 '풍정사시사'가 만들어진다.

> 봄은 감미로운 술, 약주. '진달래가 활짝 폈을 때 할미꽃, 제비꽃 초대하여 같이 마시고 싶은 술'.
>
> 여름은 향기로운 술, 과하주. '찬 샘에 담가 놓은 맑은 술을 정자에 앉아 매미 소리를 들으며 마시고 싶은 술'.
>
> 가을은 맛있는 술, 탁주. '누렇게 익은 벼를 베다 논두렁에 앉아 추수의 기쁨을 함께하며 마시는 술'.
>
> 겨울은 귀한 술, 증류식 소주. '눈발이 매섭게 파고드는 날, 힘겨운 산행 후 산장 안에서 라면 끓여놓고 피어오르는 김을 안주 삼아 마시고 싶은 술'.

사진가에서 양조인으로, 사진이 아닌 술로 추억을 담다

이한상 대표가 술 빚는 일을 시작하게 된 배경에는 어린 시절 할머니가 술을 빚던 추억이 한몫했다. 할머니가 고두밥을 쪄서 누룩과 비벼 섞는 모습. 항아리에 담아 솜이불로 덮어서 술을 발효하던 모습. 가마솥 뚜껑을 뒤집어서 만든 '는지'에서 방울방울 떨어지는 소주를 모아 내리던 모습 등의 추억이 그를 양조인의 길로 이끈 계기가 되었다.

원래 사진관을 운영했던 이한상 대표는 2006년경 새로운 사업을 모색하고 있었다. 그즈음 경주에서 직업사진가협회에서 주관하는 세미나가 열려서 참석했던 이 대표는 무심코 경주교동법주를 사오게 되었다. 한 달 내내 선반에 올려놓고 마시는 데도 맛이 변하지 않는 법주에 매료되어 전통주에 관심을 가지게 되었고 본격적으로 술을 공부하기 시작했다. 전주술박물관의 입문자 과정을 듣고서 관심이 깊어져 서울의 한국전통주연구소에서 심화 과정을 이수하였다.

전통주를 배우면서 그가 제일 인상 깊게 들은 말은 '내 술을 하려면 내 누룩이 있어야 된다'는 것이었다. 강의를 듣자마자 바로 누룩틀을 주문하여 누룩 만들기에 몰입했다. 박록담 소장이 쓴 《버선발로 디딘 누룩》이라는 책을 교과서 삼아 직접 디뎌 만든 향온곡으로

사진: 화양양조장 제공

직접 만든 누룩으로 부부가 함께 술을 빚는다.

술을 빚어보고선 그 맛에 빠져들게 되었다.

향온곡 술은 일반 밀 누룩으로 빚은 것에 비해 뭐라 설명하기 어려운 미묘한 차이가 느껴진다. 술맛이 훨씬 부드러워지고, 완성된 술색도 아름다운 황금빛을 띤다.

향온곡과 설기떡을 밑술로 하여 나온 '풍정사계 춘'은 2016년 대한민국 우리술품평회에서 최우수상을, 다음해엔 대상을 받았다. 2017년 미국 트럼프 대통령이 방한했을 때 청와대 만찬주로 선정된 일은 '화양양조장'이 자리 잡는 데 큰 보탬이 되었다. 주문이 폭주하여 그전까지 힘들었던 형편이 눈에 띄게 펼 정도로 좋아졌다.

'화양양조장'은 약수로 유명한 초정리 인근에 제2양조장을 세웠

사진: 화양양조장 제공

한적한 시골 마을의 정취를 담아낸 풍정사계 시리즈를 빚고 있는 화양양조장.

다. 증류주를 전문적으로 생산하기 위해 마련된 이곳에는 다단식 동증류기가 설치되어 새롭게 내놓을 소주인 '향온 23'을 준비하고 있다. '향온 23'은 '풍정사계 동'과 다르게 빚는 술이다. 찹쌀이 들어가는 '풍정사계 동'과 달리 '향온 23'은 멥쌀로만 빚는다. 증류 방법도 '풍정사계 동'이 단식 동증류기를 쓰는 데 비해, '향온 23'은 다단식 동증류기를 이용한다. 맛도 '풍정사계 동'이 부드러운 편이라면 '향온 23'은 깔끔하면서 드라이한 맛을 지닌다.

누룩의 연구를 통해 '우리술'의 세계화를 꾀하다

이한상 대표는 '우리술'의 세계화에 대해서 깊이 고민하고 있다. 그는 독창적인 '우리술'을 만들기 위해서는 누룩에 대한 연구가 집중되어야 한다고 생각한다.

일본도 중국도 누룩으로 술을 빚지만 우리 것과는 다르다. 여러 균이 통합되어 있는 우리 누룩을 서양이나 일본식 시각이 아닌 우리 시각에서 접근해볼 필요가 있다고 말한다.

풍정사계 춘

특징

설기로 밑술하여 발효 후, 저온 숙성한 법주.
2021년 우리술품평회 대통령상 수상.

주종

약주

알코올 도수

15도

향

잘 숙성된 누룩향과 배꽃·메밀꽃·풋사과
의 향이 느껴진다.

맛

산미와 단맛이 잘 균형을 이룬다.

입안 감촉

실키한 부드러움이 있고 여운이 오래 지속
된다.

풍정사계 동

특징
설기로 밑술하여 발효한 법주를 증류한 후 1년 이상 장기 숙성한 증류식 소주.

주종
증류식 소주

알코올 도수
42도

향
약간의 누룩향과 은은하게 번지는 쌀향과 꽃향기가 좋다.

맛
약간 드라이하면서 깔끔하게 떨어지는 맛이다.

입안 감촉
목 넘김이 부드럽고 여운이 오래 지속된다.

풍정사계 춘과 동 즐기기

약주인 풍정사계 춘은 해물냉채, 두릅죽순채 등 한정식과 어울리는 반주와 잘 맞다. 소주인 풍정사계 동은 도미찜이나 진한 양념의 생선요리와 마시면 좋다.

열정 청년 양조장

같이양조장

'같이양조'는 이름처럼 '같이' 하면서 '가치'를 추구하는 술을 빚는다. 전통주 플랫폼인 '대동여주도', 쿠캣 , 전통주 전문 주점인 '이유 있는 술집' 등과 협업하면서 세상 어디에도 없는 독특한 술을 만들고 있다.

'같이양조'의 술은 '연희'로 시작한다. 처음 자리 잡았던 서울시 서대문구 연희동 일대의 풍광과 정서를 한 병의 술로 표현한 술이다. 연희동은 화교거리, 다문화, 연희창작문학촌, 홍제천 봄꽃길, 카페거리의 이미지를 모두 가진 복합적인 공간이다. 이 공간을 이미지화하면 연상되는 외국의 술을 콘셉트로 하여 전통주의 기법과 어울리는 부재료를 섞어 술을 탄생시켰다.

대표 제품인 '연희 민트'는 동동주(부의주)를 베이스로 모히토를 표현하고자 했고, '연희 멜론'은 삼해주 기법으로 미도리 사워Midori Sour(증류주에 산미와 단맛을 더해 만든 칵테일)를, '연희 홍차'는 하향주로 밀크티를, '연희 유자'는 호산춘으로 IPA 맥주를 나타내고자 했다.

최우택 대표는 마케팅을 아는 양조인이다. 자기 술에 대한 스토리텔링, 가격책정 방향, 소비자 심리, 영업 및 생산 전략 등 젊은 양조인답게 분석적으로 판단한다.

서울특별시 마포구 양화진4길 17   T. 0507 · 1492 · 9991

골목양조장

'골목양조장'의 박유덕 대표가 양조인의 길에 접어든 계기는 우연히 보게 된 TV 프로그램이다. 대학 진학을 앞두고 앞으로의 진로를 고민하던 중, TV에서 '브루마스터'를 소개하는 프로그램을 보게 되었다. 그 직업이 멋있게 보였던 그는 진로를 식품공학으로 정하고 발효학에 관심을 가지게 되었다.

대학에 들어와 맥주를 만드는 동아리 활동을 하며 농촌진흥청에 현장실습을 가게 되면서 '우리술'에 매료되었다. 당시 농촌진흥청에서는 고문헌 속에 나오는 전통주 복원사업 등을 진행하고 있었고, 이런 연구 활동을 거들면서 전통주의 가치와 시장에서의 가능성을 확인했다.

제품은 '골목막걸리 오리지널'과 '골목막걸리 프리미엄'이 있다. '골목막걸리 오리지널'은 팽화미와 입국, 전통누룩을 넣어 만들고, '골목막걸리 프리미엄'은 일체의 첨가물 없이 쌀, 물, 누룩으로만 빚는다.

'골목막걸리'는 복숭아향이 나는데 박유덕 대표는 망고나 바닐라향이 좀 더 가미되도록 연구하고 있다.

박유덕 대표의 향후 목표는 지속적으로 지역 농산물, 충청남도 지역이나 예산군 지역의 농산물을 활용해서 좋은 제품을 선보이는 것이다.

충청남도 예산군 예산읍 형제고개로 967 다동 3~5호   T. 0507·1428·0924

날씨양조

철 따라 옷을 갈아입듯 제철 과일이 들어간 막걸리를 속속 출시하여 화제를 모으고 있는 양조장이 있다. 술 이름도 '오로라', '봄비', '지구의 그림자에 달이 가려진다' 등 저마다 시적인 운치와 개성이 가득하다. 바로 '날씨양조'이다.

이 개성 넘치는 술을 만드는 한종진 대표의 이력도 술만큼이나 다채롭다. 양조장 대표이자 사진작가이다. 주말마다 웨딩포토그래퍼로 일하고, 사진 관련 교육도 종종 진행한다. 한때 맥주 펍도 운영했고 막걸리학교 강사로도 일했다. 막걸리학교 강사로 있으면서 여러 가지 부재료를 이용한  술빚기 실험을 했는데, 이러한 경험이 지금의 다양한 제품을 만드는 밑거름이 되었다.

제철 과일을 이용해 술을 만드는데 한라봉, 망고, 레몬, 수박, 자두, 살구, 포도, 블루베리, 딸기, 바나나, 오디 등 제품마다 사용하는 재료도 다양하다.

부재료를 제외하고는 모두 쌀, 물, 전통누룩만 사용한다. 삼양주 스타일로 37일간 발효하고 7일간 숙성한다. 단맛을 줄이기 위해 멥쌀 고두밥을 덧술에 사용한다. 찹쌀은 감칠맛을 위해 소량만 쓴다.

'날씨양조'는 전국 각지의 과일을 부재료로 이용하기에 지역 특산주가 아니다. 보틀숍을 통해서 구입할 수 있다.

서울특별시 영등포구 도림로 125가길 4-4 골목길 파란대문 T. 0507 · 1399 · 5034

독브루어리

독브루어리는 지역 특산물을 이용해 술을 만드는 지역 상생 양조장으로 농림축산부가 선정한 ESG 지역사회 발전 부문 대상을 수상했다. 김포 쌀을 주원료로 하여, 김포 꿀과 파주 사과 등을 이용해 막걸리를 빚는다. 양조장 설립 전부터 지역 농가를 찾아다니며 재배 계약을 맺었다는 추덕승 대표는 지역과 상생해 세상에 새롭게 나아갈 수 있는 술, 이를 통해 지역의 농산물을 새롭게 알리는 술을 만드는 게 목표라고 말한다.

양조장 이름이 왜 "독DOK"일까? 독에 술을 빚어 언제든 내어 마셨던 우리 고유의 주류 문화에서 착안한 것으로 술이 우리 일상에 늘 가까이 있다는 의미를 담아 '독'이라고 지었다고 한다.

대표 제품 이름 또한 독의 영문 표현인 "DOK"이다. 술독에서 바로 꺼내어 먹던 싱그러운 과실의 풍미와 고소한 쌀의 풍미를 신선하게 그대로 느낄 수 있다. 고유의 저온 숙성 방법을 통해 목 넘김이 부드럽고 잡미가 없어 끝까지 개운한 막걸리이다. 독에서 여러 원재료들이 합쳐지고 발효되어 새로운 존재인 술로 태어나듯 독브루어리를 통해 지역의 재료들이 새로운 술로 태어나 소비자들이 새롭게 막걸리를 즐겼으면 하는 바람이 있다. 또한 우리 막걸리를 즐기며 우리술과 지역 농산물의 가치를 느끼게 하는 것이 목표이다.

경기도 김포시 하성면 누산봉성로 237번길 163   T. 0507 · 1385 · 4707

사진: 독브루어리 제공

동강주조

강원도 영월군에 자리한 '동강주조'는 스파클링 막걸리 전문 양조장이다. '얼떨결에'라는 브랜드 아래 민트, 퍼플, 옐로의 세 가지 제품을 통해 짧은 시간 내에 입지를 탄탄히 다지고 있다. 방용준 대표는 대기업 계열의 전자 회사에 다니다가 양조에 뜻을 두어 발효공학을 공부했고, 7년여 준비 기간을 거쳐 2020년에 양조장을 세웠다.

강원도 영월군은 방용준 대표가 나고 자란 고향이다. 그가 고향으로 내려올 결심을 한 것은, 영월의 농산물을 잘 알고 있으며, 맥주발효공법을 적용한 스파클링 막걸리에 영월 지역의 수질이 적합하다는 이유였다.

방용준 대표가 말하는 맥주 막걸리는 어떤 것일까. 바디감이 상당히 가벼운 술이다. 종래의 막걸리처럼 걸쭉하면 탄산가스가 액체 속으로 충분히 녹아들지 않는다. 병 속에 탄산가스를 가둬둘 수는 있으나 병뚜껑을 열었을 때 한 번에 날아가 버린다. 그러나 맥주처럼 바디감이 가벼운 술을 충분히 냉각시키면 개봉해도 녹아 있던 탄산가스가 액체와 분리되지 않고 머물면서 시원함을 지속적으로 전달할 수 있다. 말하자면 같은 탄산음료라도 콜라와 우유 탄산음료의 차이라고 한다.

방용준 대표는 술을 개발하면서 양조가 아닌 식품의 관점에서 맛과 향을 표현하고자 고민했다. 발효온도와 발효도, 알코올 내성을 개량한 동강주조만의 효모를 적용한 스파클링 막걸리를 제조하며, 호불호가 없는 주류를 만들고자 했다.

강원특별자치도 영월군 영월읍 덕포하리 5길 33 T. 010·4595·5589 사진: 백술닷컴 제공

시향가

전라남도 곡성군의 특산물은 토란과 멜론이다. 토란은 명절 때 아니면 접하기 어려운 식재료이다. 감자처럼 생겼지만 끈적거리는 식감에서 호불호가 갈린다.

'시향가'의 양숙희 대표는 이 토란을 원료로 한 막걸리를 개발하여 세상에 이름을 알렸다. 시향가는 베풀 시施 향기 향香 집 가家를 써서 '향기를 베푸는 집'이라는 뜻이다. 무색 무취 무향인 토란과 쌀을 넣어 술을 빚으면 매일 항아리의 향기가 바뀌는 데서 착안했다. 로고에도 달이 차오르는 시간, 술잔을 채운다는 뜻을 담았다.

대표 제품은 '시향가 프리미엄 토란막걸리', '말이야막걸리야', '우주멜론미'의 세 가지. '시향가막걸리'와 '말이야막걸리야'는 토란을 넣었고, '우주멜론미'는 곡성의 또 다른 특산물인 멜론을 듬뿍 넣었다.

매우 가볍고 부드러운 게 특징이다. 목 넘김이 시원하고, 뒷맛이 깔끔하고 부드럽다. 컵에 따라 마셨을 때 묻어나는 앙금 하나 없이 깨끗하다. 모두 감미료 등 첨가물이 들어가지 않은 제품이다.

시향가 제품은 패키지가 독특한 것으로도 유명하다. 알루미늄 캔에 담기도 하고, 3리터 들이 디스펜서 포장도 한다.

전라남도 곡성군 곡성읍 낙동원로 20   T. 0507·1379·0915

팔팔양조장

'팔팔양조장'은 청년들이 의기투합하여 차린 양조장이다.
추청미 단일품종의 김포금쌀을 원료로 하여 달콤한 맛이 일
품인 '팔팔막걸리'를 내놓고 있다.
'팔팔양조장'이라 이름을 지은 것은 쌀 한 톨이 식탁에 오르
려면 농부의 손이 88번 거쳐야 하는 것처럼, 술을 빚는 과
정 하나하나에 정성을 다하고 최선의 노력을 기울여야 한다
는 정신을 담기 위해서다.

'팔팔양조장'이 표방하는 가치는 기본에 충실한 막걸리 제
조이다. 정덕영 대표는 양조장을 시작하기 전 국내에 나온
막걸리에 대한 논문과 책을 거의 다 섭렵할 정도로 공부에 몰두했다. 어느 계절
에 마셔도 거의 일정한 품질의 술을 즐길 수 있도록 말이다.
매일매일 시간별로 술이 빚어지는 과정을 기록하여 데이터베이스화한다. 매번 시
료를 채취하여 현미경으로 분석하여 발효과정을 모니터링한다. 자동화시스템을 적
극 도입하여 제조 원가를 낮춰 저렴하게 소비자들이 제품을 즐길 수 있게 하였다.
대표상품인 '팔팔막걸리'는 특등급 김포금쌀로 빚는다. 원료 함량을 극대화해서
쌀에서 오는 매력, 단맛과 산미를 최대한 담아냈다. 달지만 달지 않고, 약간의 산
미와 어우러져 참외나 시트러스 계열의 과일향을 느낄 수 있다.

경기도 김포시 김포대로 1216번길 87-74　T. 0507 · 1329 · 8819

'아이는 버려도 누룩은 버리지 못한다'는 옛말이 있을 정도록 우리 조상들은 누룩을 매우 중요하게
여겼다. 좋은 술을 빚는다는 것은 바로 좋은 누룩을 만드는 것과 같다.

Part 3

누룩과 효모를 만드는 사람들

금정산성토산주 | 송학곡자 | 진주곡자 |
한영석발효연구소 | 이스트디자이너스

(유)금정산성토산주의 대표. 1997년부터 대표를 맡아 회사를 안정적으로 성장시켰다.
유청길 명인

부산광역시 금정구 산성로 409 T. 051·583·0222

500년 이상의 역사를 지닌 것으로 알려진 금정산성막걸리를 제조하는 곳은 유한회사 '금정산성토산주'이다. 금정산성막걸리가 민속주로 지정되고서 이제는 밀주가 아니라 합법적으로 술을 생산하자는 마을 주민들의 뜻을 모아 설립된 회사이다.

유청길 명인은 2013년 산성막걸리 제조로 대한민국 식품명인 49호로 지정받았다. 식품명인의 선정기준은 해당 분야에서 20년 이상 종사하였거나, 역사성을 입증할 수 있는 문헌이 있어야 하는 등 매우 까다롭다. 서민의 술인 막걸리에 대한 제대로 된 자료가 남아 있을 리 만무하기에, 막걸리 분야 명인은 그가 유일하다.

금정산성막걸리 맛의 비결은 '유가네 누룩'

금정산성막걸리의 묵직한 산미는 누룩에서 나온다. '금정산성누룩'은 다른 지역의 누룩과 모양새가 다르다. 다른 지역의 누룩이 대개 틀에 단단히 찍어서 도톰하면서도 둥근 원반이나 사각형 모양인 것과 달리 산성누룩은 피자도우처럼 얇고 넓게 퍼진 생김새를 하고 있다.

유 명인네 집안 대대로 내려온 방식이기에 '유가네 누룩'이라고 한다. 통밀 반죽을 보자기로 싼 다음 체중을 실어서 발로 밟아 반죽을 넓게 펴는 방식으로 모양을 만든다. 이렇게 하면 중심부는 얇고 가장자리는 두툼한 형태의 누룩이 만들어진다. 가장자리에 수분이 상대적으로 많게 해서 누룩곰팡이가 누룩 전체에 골고루 피게 하려는 과학적 원리가 숨어 있다.

또 계속 발로 밟아 공기를 빼주면서 전분의 부피를 늘린다. 늘어난 전분의 부피로 인해 곰팡이 균이 더 잘 피는데, 훗날 술맛과 향을 좌우한다.

유 명인은 전통누룩으로 술을 빚으면 산미가 강해지는 게 당연하다고 설명한다. 여기 산성마을에 자리한 여러 미생물이 누룩에 들어가기 때문이다. 그 균들에 의해서 술에 풍부한 향과 맛이 입혀진다. 그리고 그 균들은 술이 익어가면서 생기는 알코올에 의해 살균 소독이 이뤄지기에, 종국에는 빚어진 술이 식품으로서 문제가 없게 된다.

1930년대에 발간된 《조선주조사》에 의하면, 막걸리가 전체 술 소비량의 70%를 차지할 정도였다고 한다. 그만큼 막걸리에 들어가는 누룩의 양도 컸다. 그 시절 금정산성누룩은 전국적으로 소비되며 '우리술'의 맛과 향을 좌우했다.

젊은 층에게 사랑받는 막걸리

'금정산성누룩'으로 만든 금정산성막걸리는 '오리지널', '순', '청탁'의 세 가지 제품이 있다. '오리지널'은 알코올 도수가 8도. '순'은 6도이고 '청탁'은 5도이다. 가장 최근에 나온 '청탁'은 일본에서 발효공학을 전공한 유청길 명인의 아들이 개발한 제품이다.

이 세 제품의 제조방법은 거의 동일하지만, 발효기간과 마지막 술을 거르는 단계에서 '특별한' 방법이 들어가 달라진다.

알코올 도수를 8도에서 6도로 낮추는데 수십 년의 세월이 걸렸다. 방법이 어려웠던 게 아니다. 금정산성막걸리의 맛에 대한 유 명인의 고집이 있었기에 바꾸지 않은 것이다.

알코올 도수가 다른 만큼 제품마다 선호하는 연령대도 틀리다. '청탁'은 젊은 층이, '순'은 40~50대가, '오리지널'은 50대 이상 장년층이 좋아한다.

제품의 맛은 공통적으로 산미가 강하다. 그 산미를 줄이는 게 과제였는데 지금은 개선이 많이 되었다.

유청길 명인은 젊은 층에게 금정산성막걸리를 알리는 방법으로 '체험'이 제일이라고 생각한다. 누룩 방에서 누룩을 띄우는 모습을 보고, 누룩을 직접 디뎌보고 술 빚는 장면을 지켜보면 막걸리가 왜 한국의 전통이 되는지를 피부로 느낄 수밖에 없다는 설명이다.

'금정산성막걸리박물관'은 여러 물품의 전시와 체험을 통해 막걸

금정산성막걸리·누룩전승 계보
金井山城濁酒·麴 傳承系譜

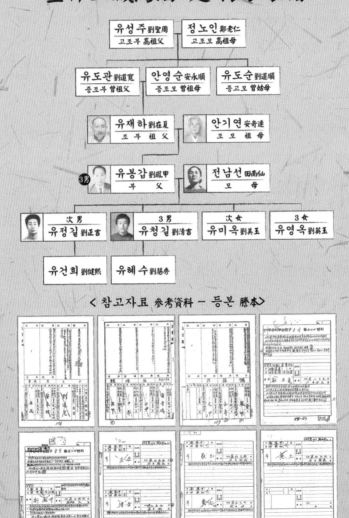

| 유성주 劉聖周 고조부 高祖父 | 정노인 鄭老仁 고조모 高祖母 |

| 유도관 劉道寬 증조부 曾祖父 | 안영순 安永順 증조모 曾祖母 | 유도순 劉道順 증고모 曾姑母 |

| 유재하 劉在夏 조부 祖父 | 안기연 安奇連 조모 祖母 |

3男 | 유봉갑 劉鳳甲 부 父 | 전남선 田南仙 모 母 |

次男 유정길 劉正吉 | 3男 유청길 劉淸吉 | 次女 유미옥 劉美玉 | 3女 유영옥 劉英玉 |

유건희 劉健熙 | 유혜수 劉慧秀 |

〈 참고자료 參考資料 － 등본 謄本〉

리 문화를 알려주겠다는 유 명인의 의지를 담은 공간이다.

마지막으로 유 명인은 대한민국에 막걸리의 전통을, 그리고 누룩의 전통을 이어가는 사람이 아직 있다는 사실을 사람들에게 말해주고 싶다고 말한다.

1972년 창업한 '송학곡자'. 우리나라 전통누룩의 양대 산맥으로 가업을 이어 2대째
누룩을 빚고 있다.

정주현 부장

광주광역시 광산구 체암로 1830   T. 062·942·8447

송학곡자

전라도의 '송학곡자', 경상도의 '진주곡자'. 우리나라에서 상업적으로 생산하는 전통누룩의 양대 산맥이라고 할 수 있는 곳이다.

이 두 곳의 누룩 모두 제조 방법이 비슷하다. 통밀을 분쇄하고 떡처럼 뭉쳐서 발효실에서 온도와 습도를 조절하여서 한 달간 띄워서 완성한다. 하지만 누룩의 개성은 서로가 확연히 다르다는 평가를 받고 있다. 어디 누룩은 선이 굵고 남성적인데, 어디는 섬세하고 여성적이다. 어디는 알코올 발효가 잘되고, 어디는 좋은 향을 내는 유기산을 많이 만들어낸다. 소비자들은 이렇게 비교하여 평가를 내리며, 각 제조사의 누룩을 저마다의 비법으로 섞어서 사용하기도 한다.

대부분의 누룩 제조사가 양조장과의 대량거래에 주력하고 있는데 비해, 송학곡자는 일찌감치 1kg들이 소포장 상품을 개발하여 일반 개인 소비자들에게 판매해왔다. 그래서 '우리술' 빚기 입문자들에게는 더욱 친숙한 누룩으로 받아들여지고 있다.

누룩과 효모를 만드는 사람들

술 입문자들에게 친숙한 누룩

'송학곡자'의 역사는 1969년부터 시작된다. 광주시 송정리에 자리했던 '금천주조장'이라는 양조장의 부설 누룩 제조장으로 출발했지만 1994년 분리한 후 2000년에 지금의 위치인 광주시 광산구 삼거동으로 공장을 이전했다. 이후 2008년 우리 밀 누룩 출시, 2010년 누룩 브랜드 '소율곡' 개발, 2016년 누룩 제조설비 특허 획득 등 발전을 거듭해오고 있다.

'송학곡자'가 걸어온 지난 50여 년의 발자취가 매번 순탄하지는 않았겠지만, 최근 몇 년간의 경영 성과를 보면 눈에 띄게 성장하고 있다. 연간 누룩 생산량은 2019년에 360톤에서 2020년 430톤, 2021년 480톤으로 불과 2~3년 사이에 30%가 넘게 성장했다. 원료로 쓰이는 우리 밀의 수매량도 이 기간에 2배 이상 늘어났다.

'송학곡자'의 누룩 브랜드인 '소율곡'은 본디 소素, 빛날 율燏, 누

'송학곡자'의 누룩 브랜드인 '소율곡'. 어떤 첨가물 없이 전통 방법으로 빚은 누룩이다.

룩 곡麴 자를 쓴다. 본래 바탕이 가지고 있는 것이 빛나는 누룩이라는 뜻이다. 어떤 첨가물 없이 전통 방법으로 빚은 누룩이라는 의미를 담고 있다. 우리 밀과 수입 밀로 만든 두 제품이 있고, 술과 식초를 만드는 양조장에 나가는 10kg 대용량과 1kg 소용량 포장이 있다.

자동화를 통한 품질의 개선

'송학곡자'에서 누룩을 제조하는 과정은 일일이 수작업으로 이뤄졌던 과거와 달리, 지금은 어느 정도 자동화되어 이뤄진다. 기계로 섞은 밀 반죽을 성형기에 옮겨 놓으면 일정한 분량씩 반죽이 떼어져 컨베이어 벨트를 타고 움직이게 되고, 프레스 압력으로 틀에 찍혀져 모양이 만들어진다. '송학곡자' 누룩 성형기의 특징은 밀 반죽을 프레스로 한 번에 누르는 게 아니라 압력을 달리하여 네 번에 걸쳐 찍는다. 사람이 발로 여러 번 밟아서 모양을 잡던 옛 방식을 재현한 것이다. 이렇게 형태가 나온 누룩 반죽을 발효실로 옮겨서 약 30일간 자연 발효시키면 비로소 누룩이 완성된다.

'송학곡자'의 누룩은 폭 21cm, 높이가 2.5~3cm로 다른 지역의 누룩보다 다소 작고 얇은 형태를 지니고 있다. 지역 기후의 특징을 고려하여 정해진 크기로 50여 년 전 '송학곡자' 초창기와 달라지지 않았다. 누룩이 얇기 때문에 반죽할 때 수분을 더 많이 넣고 발효실의 습도도 높게 유지한다.

발효실에서 발효되고 있는 누룩. 연탄 난로로 온도를 유지한다.

'송학곡자'의 발효실은 모두 14개로, 10개는 재래 방식 그대로 연탄난로를 사용하고, 4개는 전기온돌로 온도를 조절한다. 연탄을 지금도 사용하는 이유는 연탄의 열기가 마른 열이 아니라 습한 열이라는 특징이 있어서 누룩 발효에 좋은 영향을 미치기 때문이라고 한다.

몇 년 전부터 아버지 정세현 대표와 함께 일을 하고 있는 정주현 부장은 회사가 궁극적으로는 스마트 팩토리로 발전해야 한다고 생각하고 있다. '송학곡자'가 가진 노하우를 데이터화하여 현실화하기 위해 연구개발을 꾸준히 진행하고 있다.

'송학곡자'의 거래처에는 특이하게도 한의원과 제주도 감귤농장이 있다. 한의원에서는 누룩을 '신곡'이라는 약재를 만드는 데 쓴다고 한다. '신곡'은 적소두, 행인, 청호 등의 한약재를 섞어서 발효시킨 것으로, 몸속에 쌓인 노폐물을 분해해서 배출하는 역할을 한다. 소화효소 분비를 증진해서 각종 소화불량을 치료하는 효과도 있는 것으로 알려져 있다.

제주도 감귤농장에서는 액비를 만드는 데 누룩을 사용한다. 누룩으로 만들어진 비료를 쓰면 당도가 높고 껍질에 윤기가 감도는 고품질의 감귤을 생산할 수 있다.

'송학곡자'는 해외로도 수출이 된다. 미국 뉴욕과 시애틀을 비롯하여 캐나다, 베트남, 인도네시아 등지로 나가고 있다. 외국에도 '우리술' 양조장이 여러 곳 존재하고 늘어나고 있다는 건 즐거운 소식이 아닐 수 없다.

외조부에서 아버지로, 그리고 이제는 아들이 그 명맥을 잇는 '진주곡자'.

이진형 부장

경상남도 진주시 큰들로 162(상평동) T. 055·753·4002

경상남도 진주시에 자리한 '진주곡자'는 오랜 기간 양질의 누룩을 제조해온 이력과 시장점유율을 볼 때 국내에서 수위를 달리는 누룩 제조업체이다.

진주시 상평동에 자리한 '진주곡자'에 방문했을 때 3가지 이유로 놀랐다. 첫 번째는 산업공단에 공장이 자리하고 있다는 점. 전통누룩을 제조하는 공장이면 풍광 좋고 공기 맑은 산골에 자리 잡고 있을 것 같다는 선입견을 깨는 입지이다. 두 번째는 예상과 달리 부지가 굉장히 넓다는 점. 넓은 부지에 여러 개의 부속건물로 이뤄진 진주곡자는 끝에서 끝까지 오가는데 제법 발품을 팔게 했다. 마지막 놀라움은 '진주곡자' 정문을 들어서자 발견할 수 있는 자동차정비공장에서나 볼 수 있는 팻말이다. 넓은 부지를 나눠서 자동차 정비소에 임대로 준 것일까.

진주곡자공업연구소, 누룩을 지켜온 세월을 보여주는 회사 이름

'진주곡자', 정식 명칭으로 진주곡자공업연구소이다. 회사명에서 우리 전통누룩을 지켜온 '진주곡자'의 지난 세월을 알 수 있다.

'진주곡자'의 출발점은 1930년대로 거슬러 올라간다. 1929년에 '진주곡자제조조합'이 있었고, 이 조합이 1940년대에 이진형 부장의 외조부인 최이형 씨에게로 소유권이 이전되었다. 1974년에는 이진형 부장의 부친이자 현 대표인 이원휘 씨가 경영을 맡게 되었고, 지자체의 기업 공단 조성 방침에 따라서 1985년에 현 위치로 공장을 이전하게 되었다.

미생물을 다루는 누룩 공장이기에 터를 옮기는 일은 매우 신중해야 했다. 공장 이전 시 누룩 발효실의 모든 나무틀을 다 해체해서 가지고 왔다. '진주곡자'의 자산은 그 틀에 깃들어 있는 미생물 그 자체이기 때문이었다.

공장의 위치는 바뀌었어도 '진주곡자'의 자산인 누룩 균은 그대로 유지되고 있다는 설명이다. 공장의 터가 넓은 이유는 누룩 제조 공정의 특성 때문이다. 통밀 반죽 덩어리가 아니라, 발효되어 미생물이 깃든 누룩으로 거듭나기 위해서는 최소 한 달의 시간이 필요하다. 날이 습한 장마철에는 그 기간이 두 달도 넘게 늘어진다. 그러자면 누룩이 발효되는 공간, 즉 국실을 여러 개 두어야 하는데 그 공간의 크기가 작지 않다. 국실이 적으면 시장의 수요에 대응할 방법이 없기에 가동 여부와 상관없이 국실을 마련해두고 있어야 한다. 진주곡자의 국실은 모두 18개. 수많은 국실은 그만큼 시장의 수요

가 많았던 과거의 영광을 말해주지만, 최소 비용으로 최대 효율을
따져야 하는 경영자로서는 부담이기도 하다.

전통누룩 제조의 자동화를 위한 노력

전통누룩에 한정했을 때 '진주곡자'의 월 판매량이 100톤에 달했
다. 그런 '진주곡자'이지만 전통누룩에 대한 수요가 줄면서 꽤 힘겨
운 시간을 버텨야 했다. 한 달에 일주일만 공장을 가동했던 시절
까지 있었다. 공장 가동률이 2006년에 60%, 2007년에 70% 수준
이었다가 막걸리 붐이 일었던 2010년에 최대 정점을 찍었지만,
아직 그 성세를 회복하지 못하고 있다. '진주곡자' 건물에 남아
있는 자동차공업소 흔적은 어려운 시기를 이겨내기 위한 몸부림
의 흔적이다.

'진주곡자'의 3대 경영자인 이진형 부장은 마케팅을 전공한 호주
유학파이다. 2002년부터 '진주곡자'에 몸을 담아 2011년부터는 아
버지를 대신하여 경영을 전담하고 있다. 누룩 공장의 일을 도우면
서 미생물학 석사학위를 취득했다. 그는 재래적인 방법으로 이뤄지
던 누룩 제조에 자동화, 안전 위생, 제품 균일화의 개념을 도입했고
소정의 성과를 거둔 것으로 알려진다. 2009년에 국실에 연탄보일러
대신 자동 온습도 조절 장치를 도입했고 제품의 안정성과 현대화를
위해 경상대학교, 일본의 대형 주류제조업체와 매주 화상회의를 진

완전 자동화와 부분 자동화를 통해 누룩을 만든다.

행하는 등 노력을 기울였다.

'진주곡자'의 주 제품은 밀 누룩이다. 수입 밀 제품과 '조경밀'이
라는 우리 밀 품종을 이용한 제품, 앉은뱅이 토종 밀을 원료로 한 제
품, 이렇게이다.

밀 누룩을 만드는 과정은 전통의 방법에서 크게 벗어나지 않는다.

누룩 성형은 완전 자동화 방법과 성형시 프레스를 이용하는 부분
자동화의 방법이 함께 이용된다.

완전 자동화는 통밀만 투입하면 알아서 갈리고 반죽 후, 틀에 찍
혀서 나오는 방식이다. 사람이 하는 일은 원료를 부어주는 것과 성
형된 반죽 덩어리를 누룩 선반에 올려놓는 일뿐이다. 이 자동화 기
계는 1990년대 후반에 들여왔으나 제대로 성형이 이뤄지지 않아서
버려두었던 물건이다. 이진형 부장은 2009년에 이 기계를 다시 끄

집어내어 여러 번의 시행착오를 거쳐 부활시켰다. 자동화 기계를 도입하며 인력과 공정 시간을 줄였다.

누룩의 안정적 발효를 위한 노력

국실 선반으로 옮겨진 통밀 반죽은 한 달여 시간이 지나면 발효되어 비로소 누룩이 된다. 발효는 나무틀에 붙어 있는 누룩곰팡이 등 미생물이 통밀 반죽을 먹이로 서식지를 옮겨가는 과정이다. 이때 도꼬마리잎, 연잎, 짚과 같은 초재를 사용하지 않는다. 나무틀에 미생물이 충분히 있기 때문이다.

예전에는 잘못 만들어진 누룩을 그냥 파는 경우도 허다했다고 한다. 그러다 보니 우리 전통누룩으로는 술을 안정적으로 빚을 수가 없다는 오해가 생기게 되었고, 양조장에서 누룩을 점점 멀리하게 되었다.

우리 밀, 수입 밀, 앉은뱅이 토종 밀을 원료로 한 '진주곡자'의 전통누룩.

누룩과 효모를 만드는 사람들

이진형 부장은 좋은 누룩은 고소하고 구수한 향이 난
다고 말한다.

　누룩이 잘못 발효되는 원인은 국실의 온도관리가 제대로 이뤄지
지 않았기 때문이다. '진주곡자'가 자동 온습도조절 시스템을 서둘
러 도입한 이유이다.

　이진형 부장이 생각하는 좋은 누룩은 뽀얀 색을 띠고 잡내가 없
으며 그냥 먹어도 고소한 누룩이다.

　전통누룩 연구개발은 어떤 방향에서 이뤄질까. 먼저 다양한 밀 품
종에 따라서 누룩이 만들어지는 특성을 연구하는 것이다. 밀 품종
에 따라서 누룩으로 발효시켰을 때 번식하는 미생물의 종류와 양상
이 달라진다. 또 그 누룩으로 술을 빚었을 때 그 품질이 어떻게 달라
지는지 확인한다.

　옛 문헌에 전해지는 다양한 누룩도 시험해본다. 녹두, 팥, 콩, 조,

쌀 등 다양한 종류의 곡물을 이용해 옛 누룩을 재현해보기도 하고, 맛의 차별점을 나타낼 수 있는 새로운 조합을 찾아보기도 한다.

누룩이 첨가물이 아닌 발효제가 되는 게 목표

전통주의 붐이 일고 있다지만 '진주곡자'의 매출은 2018년 이래 매년 완만한 하향세를 걷고 있다. 전통누룩이 대형 양조장에서 주된 발효제로 쓰이지 못하고, 술의 향과 맛을 돋우는 일종의 조미료로 쓰이고 있는 게 그 이유일 수 있다.

그렇기에 프리미엄 막걸리를 만들어줄 누룩을 특허 내거나 다양한 형태의 누룩을 만들어 소비자에게 다가갈 준비를 하고 있다.

발효식초로 척수염을 치료한 후, 식초에 관심을 갖다 누룩까지 연구하게 되었다.

한영석 대표

전라북도 정읍시 담곡길 66　T. 010·5340·2112

경기도 수원시에서 패션의류매장을 운영하던 한영석 대표는 건강이 안 좋아지면서 사업을 정리하게 되었다. 이후 식초를 통해 건강을 회복하게 된 그는 2010년 식초로 시작해서 2011년 한국가양주연구소를 통해 술빚기와 누룩을 배웠다. 급기야 2012년에는 '한영석 발효연구소'라는 사업자를 내기에 이르렀다. 제2의 인생 목표를 식초와 술, 누룩을 비롯한 발효식품에 두겠다는 다짐에서다.

식초에서 술로, 술에서 다시 누룩으로

수원에 마련한 공방에서 한영석 대표는 20리터 항아리 기준으로 한 달에 50독 이상의 술을 빚었다. 어떤 날은 하루에 10독의 술을 빚기도 했다. 매번 술을 빚어도 계속 방법을 달리했다. 가향재를 넣지 않고서도 자신이 원하는 맛을 낼 수 있는 방법을 찾고자 노력했다.

술만 빚는 게 아니라 식초도 담그고 누룩도 계속 디뎠다. 누룩을 완성시키면 꼭 술을 빚어보면서 품질을 평가했다. 술을 빚어서 누룩의 특징을 되짚어보는 형태의 연구였기에 술을 많이 빚을 수밖에

전라북도 정읍에 있는 '한영석발효연구소'. 한영석 대표는 2020년 한국무형문화유산 전통발
효식품 부문 전통누룩 명인으로 지정되었다.

없었다. 그러면서 2014년에는 궁중술빚기대회에서 동정춘으로 대
상을 수상함으로써 자신의 술빚기 실력을 입증하였다.

한영석 대표의 누룩에 대한 애정과 노력은 2020년 ㈔한국무형
문화예술교류협회로부터 한국무형문화유산 전통발효식품 부문 전
통누룩 명인으로 지정받기에 이른다. 전통누룩 복원에 대한 공로를
인정받아서다.

그가 2018년에 경기도 수원에서 전라북도 정읍 내장산 자락의 답
곡마을로 터전을 옮긴 것도 '누룩을 활용한 것들에 대한 사업'을 본
격화하기 위해서다.

자연에서 찾은 미생물을 통한 프리미엄 누룩

한영석 대표가 만들고 있는 누룩은 내부비전곡, 향미주곡, 백수환

45일간 발효를 마친 누룩은 햇빛에서 말린다. 마당에 놓인 항아리에서 식초가 익어가고 있다.

동곡 등 이른바 프리미엄 누룩이다.

누룩은 한여름에 띄우는 게 가장 좋지만, 연중 누룩을 만들어야 하는 누룩공장 사장님이기에 한영석 대표는 누룩실의 환경을 장마가 끝나는 초여름 시점에서 가을까지로 맞춰두었다. 언제 누룩 반죽을 집어넣든 초복부터 시작해서 선선한 바람이 불기 시작하는 가을을 맞이할 수 있도록 환경을 조성한 것이다.

누룩의 발효 기간은 45일이다. 누룩실에 집어넣어서 완성되는 데까지는 약 두 달의 시간이 걸린다. 한영석 대표는 자신의 누룩이 자연 발효 누룩이라고 강조한다. 발효를 마친 누룩은 햇빛에서 말리고, 잘게 부순 다음에 다시 햇빛에 말리는 법제 과정을 거친다. 햇빛에 말리는 과정에서 복사열로 누룩 속의 수분이 제거되어 장기간 보관·저장할 수 있고, 자외선에 의해 잡균이 제거된다. 비로소 누룩의 완성이다.

효모를 디자인하는 사람.

느린마을 막걸리의 개발자인 그는 특허로 낸 효모로 자신의 술을 빚는다.

정창민 대표

경기도 남양주시 진접읍 장현로 140   T. 031·571·6075

이스트디자이너스

　'이스트디자이너스'의 정창민 대표는 오랜 기간 배상면주가에서 연구자로 일했다. 세간에는 '느린마을 막걸리'의 개발자로 알려져 있다. 회사 이름에서 알 수 있듯 그는 당초 양조장을 세울 생각이 없었다. 그가 개발하여 특허 낸 효모를 비롯하여 양조에 필요한 미생물을 개발하여 판매하는 회사를 세우는 게 목표였다. 그가 회사를 세우던 2016년 당시만 해도 이런 연구 성과물을 공급하는 기업은 정부 연구기관을 제외하고는 찾아보기 힘들었기에 사업성이 있다고 판단했다.

　그가 낸 특허는 '막걸리 장기 보존을 위한 신규 효모 균주'이다. 오랜 기간 보관해도 막걸리 본래의 풍미를 잃지 않고 술 품질의 변화나 알코올 도수가 높아지지 않아 손쉬운 막걸리 유통을 가능하게 한다는 설명을 담고 있다. 허나 이런 연구 목적과 달리, 그의 효모는 사과향기를 내주는 미생물로 세간에 알려져 있다. 술을 빚어 팔아서 자신의 효모를 홍보하겠다는 그의 의도는 어떤 식으로든 성공한 셈이다.

기본이 탄탄해야 제대로 된 술을 빚을 수 있다

정창민 대표는 벤처정보대학교 등의 강의를 나가고, 술 품질인증 심사위원으로도 활동하고 있다. 연구자로서 오랜 기간 일해온 그의 경력을 인정받아서이다.

'이스트디자이너스'에서 나오는 제품은 '그래, 그날 Yes, The Day' 막걸리이다. 가볍고, 뒷맛이 깔끔하면서 목 넘김이 좋은 술을 개발 목표로 했다. 특히 향이 좋은 술을 만들고자 했고, 여러 과일이나 꽃 향기 중에서도 사과 향기에 특화하고자 했다.

'그래, 그날'이라는 브랜드는 정창민 대표가 즐겨 본 만화 '미생'의 주인공 이름에서 따왔다. 주인공 장그래가 성장해가는 모습이 그만큼 보기 좋았다고 한다. '그래, 그날' 막걸리의 정식 명칭은 영문 'Yes, The Day'이다. 글로벌시대에 막걸리라고 영어 이름을 쓰지 못할 게 뭐냐는 생각에서 과감하게 작명했다고 한다.

'그래, 그날' 막걸리는 특히 젊은 여성층의 인기가 높은 술이다. 가볍고 부드러운 질감이 좋고, 달달한 사과 음료수와 같은 느낌이 감성적이라는 평가이다. 단맛을 내면서도 깔끔하기로는 최강이라는 평가도 있다. 또 정창민 대표가 의도한 것은 아니지만, 흔들지 않고 윗부분 맑은 술을 먼저 마시고, 나머지는 흔들어 섞어 마시면 두 가지 맛을 즐길 수 있어 더욱 좋은 술로 알려지고 있다. '그래, 그날' 막걸리의 단맛은 아스파탐이 아닌 액상 과당에서 나온다. 과당은 효모의 먹이가 되어 술의 품질을 낮출 수 있기에 잘 쓰이지 않지만, 그의 효모가 저온에서 생육이 떨어지고 먹이 활동을 적게 하는 균주여서 과감히 투입했다고 설명한다.

'그래, 그날' 막걸리는 생쌀 발효법으로 만들어진다. 쌀가루에 입국과 그가 특허 낸 효모가 들어간다. 여기에 다양한 효소제와 과당이 들어간다.

정창민 대표는 쌀의 전분을 당화하고 소화시키는 데 효소제를 적극 활용한다.

"차별 포인트를 가져야 되는데, 여기에 과학을 한번 넣어보자는 생각을 했던 거예요. 좀 안정적으로 발효되는 술을 빚어보자. 누룩에서 제일 중요한 것들이 효소 세 가지라고 저는 생각했고. 이들을 중심으로 썼고, 입국을 넣은 건 향이 좀 더 좋아지더라고요."

그가 밝히는 제조 레시피는 간단하다. 그는 술에서 사과 향기를 내기 위해 특별한 작업을 하지 않았다고 한다. 효모만 잘 다루면 술의 향기가 하늘과 땅 차이로 바뀔 수가 있다는 설명이다.

정창민 대표의 향후 목표는 양조에 필요한 것들을 연구하는 회사를 굳건하게 세우는 일이다. 양조미생물을 연구하고, 술이 잘 발효될 수 있도록 설비를 개발하는 회사를 만들고 싶다고 한다. 나아가 효소와 발효 연구의 성과를 이어가는 식품을 만드는 회사를 만들고 싶다고 포부를 밝힌다.

백
종
원
의
우
리
술

부
록

알아두면 쓸모 있는 '우리술' 용어
무형문화재 지정 '우리술'
대한민국 식품명인이 만드는 '우리술'

가양주   집에서 빚어 마시는 술. '우리술' 문화의 뿌리는 저마다 집집마다 전해
지는 비법으로 빚는 가양주였으나, 일제강점기에 실시된 주세법과 주
세령에 의해 금지되면서 많은 종류의 '우리술'이 사라지게 되었다.

가향주   술에 독특한 향을 주기 위해 꽃이나 과일, 열매 등을 넣어 빚은 술.

고조리서   음식을 만드는 법을 수록한 옛 문헌. 주로 음식과 함께 술 제조법이 함
께 실려 있다. 조선시대에 쓰인 《음식디미방》, 《산가요록》, 《수운잡방》,
《규합총서》 등에는 저마다 100여 종이 넘는 술 제조법이 수록되어 있
다. 안동 장씨가 쓴 재령 이씨 집안의 조리서인 《음식디미방》에 51종,
《수운잡방》에는 광산 김씨와 안동 양반가의 술 빚는 방법 59종이 기
록되어 있다. 일종의 서민 생활지침서인 전순의가 쓴 《산가요록》에도
51종의 술이 전해진다. 《규합총서》는 빙허각 이씨가 쓴 여성용 전통생
활 기술집으로 16종의 술이 기록되어 있다.

누룩   술을 빚는 데 필요한 효소를 만드는 곰팡이와 알코올 발효에 필요한 효
모를 곡식에 번식시킨 당화제이자 발효제. 분쇄한 밀이나 쌀 등을 반죽
하여 모양을 만들고 적당한 온도에서 발효시켜 만든다.

당화   곡식에 있는 전분 등 다당류가 아밀레이스 등 효소의 작용으로 단맛을 내는 단당류나 이당류로 분해되는 것.

덧술   여러 번 빚는 술빚기(중양주법)에서 밑술에 더하는 원료. 먼저 빚어 둔 밑술을 발판으로 원료를 추가하여 더욱 향과 맛이 좋고 알코올도수가 높으며 저장성이 좋은 술을 빚는다. 덧술은 대개 고두밥을 지어 넣는 경우가 많은데, 고두밥만 넣기도 하고, 고두밥과 누룩과 물을 같이 사용하기도 하는 등 여러 가지 방법이 쓰인다.

리큐르(리큐어)   증류주나 주정에 당분을 넣고 과실이나 꽃, 식물의 잎이나 뿌리 등을 넣어 맛과 향기를 더한 술. 주세법에서는 증류주의 알코올을 다 휘발시키고 남은 잔여물이 처음 전체 무게의 2% 이상 남아 있는 술을 의미한다.

맥아   보리나 밀의 싹을 트게 한 후 건조시킨 것. 싹을 틔우는 과정에서 당화효소인 아밀레이스가 만들어져 곡식의 녹말을 당분으로 바꾸는 작용을 한다.

밑술   이양주 이상의 여러 번 술빚기(중양주법)에서 맨 처음 빚는 술. 술밑, 주모라고도 한다. 쌀 등 곡식을 죽, 백설기, 범벅 등의 형태로 익힌 후 누룩과 섞어서 발효시켜 밑술을 만든다. 우수한 효모균을 증식, 배양하는 데 목적이 있다. 밑술에 고두밥, 백설기 등으로 익힌 곡식을 추가하는 것을 덧술이라고 한다.

발효   미생물이 유기화합물을 분해하여 사람에게 유용한 유기물, 즉 알코올, 유기산 등을 만드는 작용. 술, 간장, 치즈, 젓갈 등을 만드는 데 쓰인다. 효모균의 알코올 발효와 젖산균의 젖산 발효가 대표적이다.

삼해주   음력 정월에 십이간지 중 열두 번째 날인 돼지날 亥日에 시작하여 돼지날마다 세 번에 걸쳐 빚는 술. 술 빚은 지 12일 또는 36일마다 돌아오는 돼지날에 덧술을 하기에 최소한 36일 이상 또는 108일 되어야 완성되는 장기 발효주이다.

술덧   항아리 안에서 발효되고 있는 술. 쌀 등 원료에 누룩을 넣어 발효시킨 후, 거르거나(여과와 제성), 증류하기 직전의 상태에 있는 술.

술지게미   술을 빚은 후에 술을 짜내고 남은 앙금. 주박, 재강이라고도 한다.

술품질인증제도   정부가 지정한 인증기관이 품질인증을 받고자 하는 생산업체가 신청한 술에 대해서 품질인증을 실시하고, 그 인증품에 대해서 정부가 품질을 보증하는 제도를 말한다. 술 품질인증은 제조방법, 제조장, 제품의 품질기준을 구분한 각각의 심사항목에서 기준점 이상의 적합판정을 받았을 때 부여된다.

신도주   햅쌀로 빚은 술. 백주, 신곡주라고도 부른다. 추석 때 송편과 함께 차례상에 올리는 절기주이다.

양조주   과실즙에 있는 당분이나 곡류에 있는 전분을 당화시켜 효모의 작용으로 알코올 발효한 술. 발효주라고도 한다.

에스테르   산과 알코올의 결합에서 물이 생성되면서 만들어지는 화합물. 술을 빚을 때 누룩에 있는 여러 미생물의 작용에 의해서 다양한 산성 물질이 만들어지고, 효모의 활동에 따라서 알코올과 함께 에스테르도 생기게 된다. 사과향, 바나나향, 파인애플향 등 술에 나는 다양한 과일향은 이 에스테르의 효과이다.

이강고   전통 소주에 배와 생강, 꿀 등을 첨가하여 제조한 술. 조선 중엽부터 전라도와 황해도에서 널리 제조되었다. 전라북도 무형문화재로 지정된 전주이강주는 배, 생강, 울금, 계피, 꿀을 넣어 장기간 숙성시켜 생산된다.

입국   찐 곡식, 주로 고두밥에 당화 효소를 만들어내는 누룩곰팡이를 접종하여 배양한 것. 곰팡이균으로는 주로 백국균이 쓰인다. 단일균으로 이뤄져 있어 발효 관리가 쉽고 결과물의 맛과 향이 깔끔하다는 장점이 있는 반면, 맛과 향이 전통누룩을 썼을 때처럼 복합적이지 않고 단조롭다는 단점도 지닌다.

전내기술   물을 조금도 타지 않은 순수한 술. 원주라고도 부른다. 탁주의 경우는 빚은 뒤, 맑은 술(약주)를 떠내거나 물을 섞지 않고 걸러낸 술을 말한다.

전통주갤러리   한국 전통주의 맛과 멋, 문화적 가치를 널리 알리고자 농림축산식품부와 한국농수산식품유통공사가 설립한 전통주 소통공간. 전통주 전시 및 판매, 전통주 시음·체험프로그램 운영, 전통주 컨설팅 및 비즈니스 자문, 전통주 홍보 콘텐츠 제작 지원 등의 사업을 하고 있다.

전통주산업법 〈전통주 등의 산업진흥에 관한 법률〉의 약칭. 전통주 등의 품질향상과 산업진흥에 필요한 사항을 정하여 경쟁력을 강화하고, 농산물의 부가가치를 높여 농업인의 소득증대와 국가경제 발전에 이바지함을 목적으로 2010년에 제정되었다.

정제효소제 고체나 액체 배지에 당화효소 생성 곰팡이를 배양한 후 전분질을 당화·분해시키는 효소만 분리하여 정제한 것을 말한다. 일반적으로 α-아밀레이스와 글루코아밀레이스 등이 혼합되어 있다. 대규모 제조시 안정적인 당화를 위해 보조제로 사용한다.

제성 발효가 끝난 술에 물을 넣어서 제품 규격에 맞게 알코올 도수를 맞추고, 첨가물을 넣어 맛을 조정하는 등의 재가공 작업을 말한다.

조효소제 녹말을 함유한 곡물에 당화효소 생성 곰팡이를 접종하여 번식시킨 것. 개량누룩이라고도 한다.

주류품평회 술 제품을 모아서 품질이나 맛을 평가하는 행사. 우수한 '우리술'을 가리는 품평회로는 규모가 큰 것으로 '대한민국 우리술품평회'와 '대한민국주류대상'이 있다.

대한민국 우리술품평회 우수 전통주의 선발, 육성 및 우리술의 품질향상과 경쟁력 촉진을 위해 농림축산식품부와 한국농수산식품유통공사에서 매년 우수제품을 선정하여 시상하는 국가 공인 주류품평회이다. 2010년부터 시작되었고, 탁주, 약·청주, 증류주, 과실주, 기타주류의 총 5개 부문에서 부문별 대상, 최우수상, 우수상 3점 등 모두 15점을 선발하며, 부문별 대상 중 심사를 거쳐 대통령상 1점을 선정하여 시상한다.

대한민국주류대상 조선비즈에서 주최하여 2014년부터 시행하고 있다. 대한민국 우리술품평회와 달리 주류대상은 우리술 외에도 위스키, 맥주, 사케, 와인 등 모든 주종, 심지어 수입주류까지 국내에서 판매되는 모든 술을 대상으로 하며, 주종별로 가장 높은 점수를 받은 브랜드를 그해의 Best로 따로 선정하고 있다.

대한민국명주대상 기업이 아닌 일반인도 참여할 수 있는 술품평회이다. '우리술'을 사랑하는 이들이 참여해 기후와 풍토, 양조 기술 등 지역성을 반영하여 빚은 저마다의 특색 있는 술을 평가하고 격려하는 순수한 가양주 빚기 축제라는 데에 취지를 둔다. 민간단체인 한국전통주연구소에서 주관하는 행사로 2008년부터 매년 실시하고 있다. 청주(맑은 술), 탁주, 소주 3부문에서 각 부문별 6점씩, 모두 18개 출품된 술을 선정해 시상하고 있다.

주방문 ①음식의 조리·가공법과 술 빚는 방법 등을 수록한 한글 조리서. 지은이가 알려지지 않았으며 1600년대 말엽에서 1700년대 초기에 쓰인 것

으로 추정된다. 과하주, 백하주, 삼해주, 벽향주 등 28종의 술 빚는 방법
이 수록되어 있다. ②우리 고유의 가양주나 전통주를 빚는 법을 수록한
문헌을 일컫는 말.

주세령 일제강점기에 주세에 관하여 과세 요건, 신고, 납부, 주류의 제조 면허
따위를 정한 명령. 1909년 일제에 의해 주세법이 도입되고, 1916년 주
세령이 도입되면서 주류 제조 면허를 받지 않은, 민간에서의 술빚기가
전면 금지되었다.

주세법 주류에 세금을 부과하기 위한 과세 요건 및 절차를 규정한 법률. 1949년
제정된 이래 거의 매년 개정되어 현재까지 시행되고 있으나, 1909년 일제
에 의해 만들어진 큰 틀을 그대로 이어받고 있다.

죽력고 죽력은 푸른 대나무 줄기를 숯불이나 장작불에 쪼여 흘러나오는 끈끈
한 진액을 말한다. 죽력고는 죽력을 섞어 내린 소주를 말한다. 발효주
를 증류하여 소주를 내릴 때, 소줏고리 안쪽에 죽력과 생강, 꿀을 넣는
방법을 기본으로 솔잎과 대나무잎, 생강, 계피, 석창포 등을 섞은 약재
를 넣기도 하는데, 기화된 알코올이 약재의 기운을 머금고 내리게 하여
모은 술이다. 2003년 전라북도 무형문화재로 지정되었고, 송명섭 명인
(대한민국 식품명인 제48호)이 기능보유자로 있다. 양대수(대한민국 식품명인 제
22호) 명인이 생산하는 죽력고도 있다.

진도 홍주 소주를 내릴 때 지초를 거치게 하여 붉은색을 우려낸 술. 알코올 도수

40도 이상의 고도주이면서도 향이 은은하고 맛이 부드러우며 뒤끝이 깨끗한 것이 특징이다. 농산물 지리적 표시 제26호이자 전라남도 무형문화재로 지정된 술이다.

침출주 술에 과일이나 약재, 향신료의 재료를 넣어 우려낸 술.

팽화미 뺑튀기한 쌀. 쌀을 압력솥에 넣고 열을 가해 고온, 고압 상태를 만든 뒤 급격히 열어서 압력과 온도를 낮추면 내부의 수증기가 팽창하여 다공질이 되고 호화가 이뤄지는데, 이렇게 만들어진 쌀을 팽화미라고 한다. 막걸리 제조장에서 원료처리를 간소화하고, 쌀 씻는 물을 절약하기 위해 많이 사용하고 있다.

호화 녹말(전분)에 물과 열을 가했을 때 부풀어오르면서 점도가 높은 상태로 변화하는 것. 녹말이 호화되면 치밀한 녹말분자의 결합구조가 흐트러져 소화 효소가 쉽게 작용할 수 있게 된다.

혼성주 발효주나 증류주에 약재나 과일, 향료 등을 섞은 술.

혼양주 발효주와 증류주를 섞어서 빚은 술. 대표적인 종류로 과하주가 있다.

효소 생명활동에 필요한 화학 반응을 촉매하는 단백질 성분. 전분을 분해하는 아밀레이스, 단백질을 분해하는 프로테이스 등이 있다.

알아두면 쓸모 있는 '우리술' 용어

무형문화재 지정 '우리술'

(2023. 11. 현재)

구분	이름	주종	기능보유자	비고
국가 무형문화재	경주교동법주	약주	최경	
	면천두견주	약주	면천두견주보존회	
	문배주	소주	이기춘	식품명인 제7호
서울시 무형문화재	삼해주	약주	권희자	
		소주	김택상	식품명인 제69호 (작고)
	송절주	약주	이성자	
	향온주	약주	박현숙	
대구시 무형문화재	하향주	약주	박환희	
대전시 무형문화재	송순주	약주	윤자덕	
	국화주	약주	김정순	
경기도 무형문화재	계명주	약주	최옥근	식품명인 제12호
	옥로주	소주	유민자	식품명인 제10호
	남한산성 소주	소주	강환구	(전수교육조교)
경상남도 무형문화재	함양 송순주	약주	박흥선	식품명인 제27호
경상북도 무형문화재	김천 과하주	약주	송강호	식품명인 제17호
	문경 호산춘	약주	송일지	

경상북도 무형문화재	안동소주	소주	박재서	식품명인 제6호
			김연박	식품명인 제20-가호
	안동 송화주	약주	김영한	
전라남도 무형문화재	보성 강하주	약주	도화자	(작고)
	해남 진양주	약주	최옥림	
	진도 홍주	리큐르	김양덕	(전수교육조교)
전라북도 무형문화재	송화백일주	리큐르	조영귀	식품명인 제1호
	이강주	리큐르	조정형	식품명인 제9호
	죽력고	일반증류주	송명섭	식품명인 제48호
	여산 호산춘	약주	이연호	
충청남도 무형문화재	청양 구기자주	약주	임영순	식품명인 제11호
	계룡백일주	약주	이성우	식품명인 제4-가호
	한산소곡주	약주	우희열	식품명인 제19호
	아산 연엽주	약주	최황규	
	금산 인삼백주	일반증류주	김창수	식품명인 제2호
충청북도 무형문화재	보은 송로주	일반증류주	임경순	
	청주 신선주	약주	박준미	식품명인 제88호
	충주 청명주	약주	김영섭	
제주도 무형문화재	고소리술	소주	김희숙	식품명인 제84호
	성읍민속마을 오메기술	약주	강경순	식품명인 제68호

무형문화재 지정 '우리술'   477

대한민국 식품명인이 만드는 '우리술'

(무형문화재 중복 제외) (2023. 11. 현재)

대한민국 식품명인 '우리술'	가양곡왕주(민속주왕주)	약주	남상란	식품명인 제13호
	추성주	일반증류주	양대수	식품명인 제22호
	감홍로주	일반증류주	이기숙	식품명인 제43호
	산성막걸리	탁주	유청길	식품명인 제49호
	설련주	약주	곽우선	식품명인 제74호
	연잎주	약주	김용세	식품명인 제79호

참고문헌

권희자,《술 만들기》, 미진사, 2012

국세청기술연구소,《국세청기술연구소일백년사》, 국세청기술연구소, 2009

김승유, 변윤희,《양조장의 시간 공간 사람》, 국립민속박물관, 2019

김승유, 변윤희, 박록담,《우리 술 문화의 발효 공간 양조장》, 국립민속박물관, 2019

농림축산식품부, 김영준, 송기철, 이윤희, 장기효, 정석태, 정철,《과실주개론》, 진한엠앤비,
    2014

농림축산식품부, 이종기, 문세희, 배균호, 김재호, 최한석, 김태완, 정철,《증류주개론》, 진
    한엠앤비, 2016

농림축산식품부, 김계원, 김재호, 노봉수, 안병학, 여수환, 조호철,《탁·약주개론》, 진한엠
    앤비, 2014

농촌진흥청 국립농업과학원,《풀어쓴 고문헌 전통주 제조법》, 진한엠앤비, 2022

류인수,《한국전통주교과서 2판》, 교문사, 2018

명욱,《젊은 베르테르의 술품》, 박하, 2018

박록담,《한국의 전통명주 1: 다시 쓰는 주방문》, 코리아쇼케이스, 2015

이대형,《술자리보다 재미있는 우리 술 이야기》, 시대의 창, 2023

허시명,《막걸리 넌 누구냐》, 예담, 2010

허시명 외 8인(김재호, 류인수, 문선희, 유병호, 전진아, 정석태, 최규택, 최한석) 한식진흥원(기획),《향기
    로운 한식, 우리술 산책》, 푸디, 2018

국립농업과학원,〈전통주의 양조기반 구축 및 과학화 연구〉, 농촌진흥청, 2014

국세청주류면허지원센터,〈소규모주류제조자를 위한 가이드북〉, 국세청주류면허지원센
    터, 2019

국세청주류면허지원센터,〈주류 제조자를 위한 가이드북〉, 국세청주류면허지원센터,
    2020

농수산식품유통공사, 〈2021년 주류시장 트렌드 보고서〉, 농림축산식품부, 2015

농촌진흥청 우리술 국민정책디자인단, 〈우리술 청년창업 가이드북〉, 농촌진흥청, 2017

윤숙자, 장명숙, 〈한국의 민속주에 관한 고찰(I)-서울·경기도·강원도·충청도 지방을 중심으로-〉, 한국식생활문화학회지 9권, 1994

정낙원, 〈밑술 담금 방법을 달리한 전통주의 이화학적 특성〉, 한국식생활문화학회지

최원호, 김광신, 최병건, 황승욱, 김우리, 이석진, 안정현, 신종환, 〈감성특성을 반영한 술잔 디자인 개발 프로세스 연구〉, 한국콘텐츠학회 논문지1 4권, 2014